Lew Tolstoi
Die schönsten Erzählungen

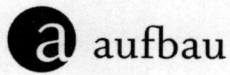 aufbau

Lew Tolstoi

Die schönsten Erzählungen

*Ausgewählt
von Marlies Juhnke*

*Mit einem Nachwort
von Sigrid Löffler*

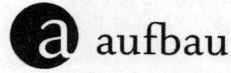 aufbau

Aus dem Russischen
von Hermann Asemissen

ISBN 978-3-351-03315-6

Aufbau ist eine Marke
der Aufbau Verlag GmbH & Co. KG

1. Auflage 2010
© Aufbau Verlag GmbH & Co. KG, Berlin 2010
Einbandgestaltung hißmann, heilmann, hamburg
unter Verwendung eines Fotos von © Age/mauritius images
Druck und Binden Pbtisk, s. r. o., Příbram
Printed in Czech Republic

www.aufbau-verlag.de

INHALT

DER LEINWANDMESSER
Die Geschichte eines Pferdes

Gewidmet dem Andenken von M. A. Stachowitsch

I

Immer höher wölbte sich das Himmelszelt, immer weiter breitete sich die Morgenröte aus, immer weißer wurde das matte Silber des Taus, immer fahler die Mondsichel, immer klingender der Wald; die Menschen standen allmählich von ihrer Nachtruhe auf, und im herrschaftlichen Gestütshof ertönte immer häufiger das Schnaufen, das Scharren im Stroh und ab und zu auch ein wütendes, schrilles Wiehern der sich am Tor drängenden und sich gegenseitig stoßenden Pferde.

»Nuu! Ihr kommt noch zurecht! Seid wohl ausgehungert?«, rief ihnen der alte Pferdeknecht zu, als er das knarrende Tor öffnete. »Wohin?«, schrie er mit drohend erhobenem Arm eine junge Stute an, die den Versuch machte, durchs Tor zu schlüpfen.

Der Pferdeknecht Nester hatte einen Kosakenrock an, um den ein mit Beschlägen verzierter Ledergurt geschnallt war; die Peitsche hatte er über die Schulter geworfen und einen Beutel mit Brot am Gurt befestigt. In den Händen trug er einen Sattel und Zaumzeug.

Die Pferde waren durch den spöttischen Ton ihres Wärters durchaus nicht erschrocken oder gekränkt, sondern taten höchst gleichmütig und zogen sich ohne Hast vom Tor zurück. Nur eine alte braune Stute mit langer Mähne legte die Ohren flach an den Kopf und drehte sich mit einer raschen Bewegung um, woraufhin eine junge Stute, die weiter hinten stand und eigentlich nichts damit zu schaffen hatte, gellend zu wiehern begann und nach dem erstbesten Pferd mit den Hinterbeinen ausschlug.

»Nuu!«, erhob der Pferdeknecht die Stimme noch drohender und ging dann in eine Ecke des Hofes.

Von allen Pferden, die sich im Gestütshof befanden – es waren annähernd hundert Tiere –, zeigte sich ein scheckiger Wallach, der einsam in einer Ecke unter dem Schutzdach stand und mit halb zugekniffenen Augen den Eichenpfosten des Stalles beleckte, am wenigsten ungeduldig. Welchen Geschmack er dem Pfosten abgewinnen konnte, ist kaum zu begreifen, doch gab er sich seinem Tun mit ernstem, versonnenem Gebaren hin.

»Laß den Unfug!«, rief ihm der Pferdeknecht in der gleichen Tonart zu, während er an ihn herantrat und den Sattel sowie eine vom Schweiß glänzend gewordene Filzdecke neben ihn auf den Mist legte.

Der scheckige Wallach hörte mit dem Lecken auf und sah den Pferdeknecht lange und regungslos an. Er stieß weder ein vergnügtes noch ein unzufriedenes oder mürrisches Wiehern aus, sondern zog nur den Bauch ein und wandte sich tief aufseufzend von ihm ab. Der Pferdeknecht umfasste den Hals des Wallachs und streifte ihm das Zaumzeug über den Kopf.

»Was seufzt du denn?«, fragte Nester.

Der Wallach schwang den Schweif, als wollte er sagen: »Ach, nur so, Nester.« Als Nester ihm nun die Filzdecke auf den Rücken warf und den Sattel darauflegte, drückte der Wallach die Ohren flach an den Kopf, wahrscheinlich, um seine Unzufriedenheit zu zeigen, was ihm jedoch nur ein paar Schimpfworte und ein Anziehen des Bauchgurts eintrug. Der Wallach blähte sich dabei auf, doch da steckte ihm Nester einen Finger ins Maul und stieß ihn mit dem Knie in den Bauch, so dass er die Luft ausstoßen musste. Nichtsdestoweniger drückte er, als Nester die Riemen über dem Sattel mit den Zähnen anzog, die Ohren abermals an den Kopf und blickte sich sogar missmutig um. Wenngleich er auch wusste, dass ihm das nichts helfen würde, schien er es dennoch für angebracht zu halten, zu zeigen, dass ihm dies unangenehm sei und dass er seine Unzufriedenheit immer bekunden werde. Als er fertig gesattelt war, stellte er das angeschwollene Vorderbein vor und begann auf der Kandare zu kauen; offenbar tat er auch dies aus irgendwelchen besonderen Erwägungen heraus, denn er musste ja längst wissen, dass dem Metall keinerlei Geschmack abzugewinnen war.

Nester schwang sich, einen Fuß in den kurzen Steigbügel stellend, aufs Pferd, wickelte die Peitsche auseinander, schob unterhalb der Knie die Enden seines Kosakenrocks beiseite und setzte sich mit jener besonderen Haltung in den Sattel, die Kutschern, Jägern und Pferdeknechten eigen ist. Als er dann die Zügel anzog, hob der Wallach zwar den Kopf und zeigte seine Bereitschaft, sich in jede gewünschte Richtung in Bewegung zu setzen, rührte sich jedoch nicht vom Fleck. Er wusste, dass es vor dem Losreiten noch allerlei Geschrei geben würde, weil Nester dem zweiten Pferdeknecht, Waska, vom Sattel aus noch verschiedene Anweisungen zu erteilen und die Pferde anzubrüllen pflegte. Und da legte Nester auch wirklich schon los: »Waska! He, Waska! Hast du die Mut-

9

terstuten rausgelassen? Wohin, du Biest?! Nu! Bist wohl eingeschlafen? Mach's Tor auf und lass zuerst die trächtigen Stuten durch!« und dergleichen mehr.

Das Tor ging knarrend auf. Waska, der verschlafen und mürrisch neben dem Tor stand, hielt sein Pferd am Zügel und ließ die anderen durch. Vorsichtig über das Stroh schreitend und es beschnuppernd, zogen die Pferde eins nach dem andern vorbei: junge Stuten, einjährige Hengste mit gestutzter Mähne, noch saugende Füllen und trächtige Stuten, die einzeln mit ihren massigen Leibern schwerfällig durch das Tor stapften. Einige junge Stuten legten sich gegenseitig die Köpfe auf den Rücken und wollten zu zweit oder zu dritt gewaltsam durch das Tor drängen, wofür sie jedes Mal von den Pferdeknechten grob angefahren wurden. Die noch saugenden Tiere drückten sich manchmal fremden Mutterstuten an die Beine und antworteten mit einem hellen Gewieher, wenn sie von ihren eigenen Müttern durch ein kurzes Aufwiehern zurückgerufen wurden.

Eine junge übermütige Stute bog sofort, nachdem sie durch das Tor ins Freie gelangt war, den Kopf nach unten und zur Seite, schlug mit den Hinterbeinen aus, wieherte, traute sich aber dennoch nicht, der alten, graugesprenkelten Shuldyba vorauszulaufen, die mit langsamen, schweren Schritten und hin und her schwankendem Bauch wie immer gewichtig an der Spitze aller anderen Pferde ging.

Der Gestütshof, auf dem es noch vor wenigen Minuten so lebhaft zugegangen war, lag jetzt wie ausgestorben da. Trübselig ragten die Pfosten der verlassenen Schutzdächer empor, unter denen nur noch zerstampftes und mit Mist vermischtes Stroh zu sehen war. Sosehr sich der scheckige Wallach an dieses Bild der Verödung auch gewöhnt hatte, schien es doch bedrückend auf ihn zu wirken. Während er, mit dem alten Nester auf dem knochigen Rücken, auf seinen krummen, steif gewordenen Beinen hinter der Herde hertrottete, hob und senkte er, sich gleichsam unaufhörlich verneigend, langsam den Kopf und seufzte ab und zu, soweit ihm dies der gestraffte Sattelgurt gestattete.

Ich weiß schon, sobald wir auf die Landstraße kommen, wird er Feuer schlagen und sein hölzernes Pfeifchen mit den Messingbeschlägen und dem kleinen Kettchen anzünden, dachte der Wallach. Ich freue mich darüber, denn am frühen Morgen, wenn noch Tau liegt, habe ich diesen Geruch gern und werde durch ihn an mancherlei Angenehmes erinnert. Dumm ist es nur, dass der Alte, sowie er das Pfeifchen zwischen den Zähnen hat, jedes Mal übermütig wird, sich irgendwas einbildet und sich auf die Seite setzt – immer gerade auf die Seite, wo es mir weh tut. Nun, soll er, in Gottes Namen, mir ist es nichts Neues, dass ich leiden muss, damit andere ihr Behagen haben. Ich habe sogar schon gefunden, dass darin eine Art Vergnügen für Pferde liegt. Soll er sich nur aufblasen, der arme Wicht! Er spielt ja doch nur den Tapferen, solange er allein ist und ihn niemand sieht – mag er auf der Seite sitzen, dachte der Wallach, während er auf seinen krummen Beinen vorsichtig in der Mitte der Landstraße weiterstapfte.

2

Als Nester mit seiner Herde am Fluss angelangt war, an dessen Ufer die Pferde weiden sollten, sprang er von dem Wallach herunter und sattelte ihn ab. Die übrigen Pferde

schwärmten inzwischen bereits auf der noch unzer-
stampften, taubedeckten Wiese aus, über der, ebenso wie
über dem sie bogenförmig einfassenden Fluss, Dunst auf-
stieg.

Nachdem Nester dem scheckigen Wallach das Zaumzeug abgenommen hatte, kraulte er ihn unter dem Hals,
woraufhin der Wallach zum Zeichen der Dankbarkeit und
des Wohlbehagens die Augen schloss. »Das gefällt ihm,
dem alten Biest!«, sagte Nester. In Wirklichkeit konnte
der Wallach dieses Gekraule absolut nicht leiden und gab
sich nur aus Taktgefühl den Anschein, dass es ihm angenehm sei, indem er zustimmend den Kopf schüttelte.
Doch da stieß Nester, der vielleicht annahm, eine allzu
große Vertraulichkeit könnte beim Wallach falsche Vorstellungen von seiner Bedeutung hervorrufen, plötzlich
ganz unvermittelt den Kopf des Pferdes zurück, holte mit
dem Zaumzeug aus und versetzte dem Wallach mit den
Riemenschnallen einen äußerst empfindlichen Schlag
gegen das dürre Bein, woraufhin er, ohne noch etwas zu
sagen, einen kleinen Hügel bestieg und zu dem Baum-
stumpf ging, auf dem er gewöhnlich zu sitzen pflegte.

Den scheckigen Wallach kränkte zwar die Handlungsweise des Pferdeknechts, doch ließ er sich nichts an-
merken und ging, langsam seinen spärlichen Schweif
schwenkend und dies und jenes beschnuppernd oder auch
– lediglich zur Zerstreuung – mal einen Grashalm abrup-
fend, auf den Fluss zu. Ohne sich im Geringsten darum
zu kümmern, was um ihn herum die sich des Morgens
freuenden jungen Stuten, die einjährigen Hengste und
Fohlen trieben, und wohl wissend, dass es der Gesundheit, namentlich in seinem Alter, am zuträglichsten ist,
auf nüchternen Magen zuerst tüchtig zu trinken und dann

erst zu fressen, wählte er eine möglichst flache und breite Uferstelle aus und stapfte bis an die Haarbüschel der Fesseln in den Fluss hinein, steckte das Maul ins Wasser und schwenkte voller Behagen den enthaarten Stumpf seines spärlichen scheckigen Schweifs, als er nun mit seinen eingerissenen Lippen das Wasser schlürfte und seine sich füllenden Flanken auf und nieder zu wogen begannen.

Eine händelsüchtige braune Stute, die den Alten schon oft gereizt und ihm manchen Schabernack gespielt hatte, stapfte auch jetzt durch das Wasser auf ihn zu und tat so, als käme sie von ungefähr vorbei, während sie es in Wirklichkeit nur darauf abgesehen hatte, ihm vor der Nase das Wasser aufzuwirbeln und zu trüben. Doch der Schecke, der sich bereits satt getrunken hatte, gab sich den Anschein, die Absicht der Stute gar nicht zu bemerken, zog ruhig seine in den Schlamm eingesackten Füße einen nach dem anderen heraus, schüttelte den Kopf und begann, abseits von der Jugend zu fressen. Indem er die Beine auf verschiedene Weise spreizte und dadurch nicht unnötig viel Gras niedertrat, fraß er, fast ohne sich einmal aufzurichten, ganze drei Stunden lang. Nachdem er sich dermaßen vollgefressen hatte, dass sein Bauch wie ein Sack von den knochigen, spitzen Rippen herabhing, stellte er sich auf seinen vier gebrechlichen Beinen so hin, dass er beim Stehen möglichst wenig Schmerzen hatte und namentlich das rechte Vorderbein schonte, das am empfindlichsten war. In dieser Stellung schlief er ein.

Es gibt erhabene, widerwärtige und mitleiderregende Alterserscheinungen. Doch gibt es auch solche, die zugleich erhaben und widerwärtig wirken. Von dieser Art eben waren die Alterserscheinungen des scheckigen Wallachs.

Der Wallach war von hoher Statur – mindestens zwei Arschin und drei Werschok hoch. Sein Fell war schwarz gescheckt, wobei allerdings die schwarzen Stellen mit der Zeit eine schmutzigbraune Färbung angenommen hatten. Die scheckigen Flecke verteilten sich auf drei Stellen. Der eine Fleck begann auf dem Kopf, bog seitlich der Nüstern ab und zog sich schräg über den halben Hals, von dem die lange, mit Kletten durchsetzte, teils weiße, teils bräunliche Mähne herabhing; der zweite Fleck zog sich die rechte Flanke entlang bis zur Mitte des Bauches, und der dritte, der von der Kruppe ausging, erstreckte sich über den Schweifansatz und die halben Schenkel. Der Rest des Schweifes war weißlich gesprenkelt. Der große, knochige Kopf mit seinen tief in den Höhlen liegenden Augen und der schlaffen, irgendwann einmal eingerissenen schwarzen Lippe hing schwer und tief von dem vor Magerkeit gekrümmten Hals herab, der aussah, als sei er aus Holz. Hinter der herabhängenden Lippe sah man die vom Gebiss zur Seite gedrückte dunkle Zunge und die gelben Stummel der abgewetzten unteren Zähne. Die Ohren, von denen eins einen Riss aufwies, hingen schlaff zu beiden Seiten des Kopfes herab und wurden von dem Wallach nur ab und zu träge bewegt, wenn er die auf ihnen sitzenden Fliegen verscheuchen wollte. Eine Strähne des noch ziemlich vollen Stirnhaars hing hinter einem Ohr herunter, die Stirn selbst war kahl, eingefallen und stoppelig, und an den breiten unteren Kinnladen hing sackartig die Haut herab. Die Adern auf dem Kopf und am Halse waren voller Knoten und zuckten und zitterten jedes Mal, wenn sie von Fliegen berührt wurden. Die Züge des Wallachs hatten einen streng-geduldigen, scharfsinnigen und leidenden Ausdruck. Seine Vorderbeine waren in den Knien gekrümmt, an beiden Hufen hatte er Geschwülste, und das eine Bein, das bis zur Hälfte scheckig war, wies am Knie eine faustgroße Beule auf. Die Hinterbeine waren zwar besser erhalten, hatten jedoch an den Schenkeln offenbar schon seit langem wund geriebene Stellen, an denen das Fell nicht mehr nachwuchs. Im Verhältnis zum hageren Körper schienen sowohl die Hinter- als auch die Vorderbeine ungewöhnlich lang zu sein. Die Rippen waren zwar stark, hoben sich jedoch unter der gestrafften Haut so plastisch ab, dass man meinen konnte, das Fell sei in den Vertiefungen dazwischen angetrocknet. Der Widerrist und der Rücken waren mit vernarbten Wunden von früheren Hieben übersät, und hinten sah man eine noch frische wunde Stelle, die angeschwollen war und eiterte. Der schwarze Ansatz des Schwanzes mit den sich abzeichnenden Knochenwirbeln hob sich lang und fast kahl vom Körper ab. Auf der braunen Kruppe befand sich nach dem Schwanz zu eine mit weißen Haaren bewachsene, etwa handbreite Narbe, die von einer Bisswunde herzurühren schien; eine zweite Schramme war vorn am Schulterblatt zu sehen. Die Kniegelenke der Hinterbeine und der Schweif waren infolge der dauernden Magenstörungen des Wallachs unsauber. Das Fell stand, obwohl es kurz war, am ganzen Körper borstenartig ab. Doch ungeachtet der abstoßenden Gebrechlichkeit dieses Pferdes wurde man bei seinem Anblick unwillkürlich nachdenklich gestimmt, und ein Kenner hätte gleich gesagt, dass es einstmals ein außergewöhnlich gutes Pferd gewesen sein musste.

Ein Kenner hätte sogar gesagt, dass es in Russland nur eine einzige Rasse gibt, die einen derartig ausladenden Körperbau, solche mächtigen Schenkel, solche Hufe, solche feinknochigen Beine, eine solche Haltung des Halses und vor allem eine solche Form des Kopfes mit den großen schwarzen leuchtenden Augen, den rassig hervortretenden Adern an Kopf und Hals sowie einer solchen Feinheit des Fells und der Haare aufweist. In der Tat, es lag etwas Erhabenes in der Erscheinung dieses Pferdes und in der fürchterlichen Verbindung der Anzeichen seiner durch das scheckige Fell noch unterstrichenen Gebrechlichkeit mit seinem ganzen Gebaren, in dem sich Ruhe und Selbstbewusstsein, Kraft und Schönheit ausdrückten.

Gleich einem lebenden Wrack stand der Wallach einsam inmitten der taubedeckten Wiese, während aus einiger Entfernung das Getrappel, Schnaufen, Tollen und jugendlich helle Wiehern der ausgeschwärmten Herde herübertönte.

3

Die Sonne hatte sich mittlerweile über den Wald erhoben und beleuchtete mit ihren hellen Strahlen die Wiese und die Windungen des Flusses. Der verdunstende Tau wurde zu kleinen Tropfen, und an sumpfigen Stellen verflüchtigte sich, einem Rauchwölkchen gleich, über dem Walde hie und da der letzte Frühnebel. Am Himmel bildeten sich kleine gekräuselte Wolken, doch es war noch windstill. Am anderen Flussufer erhob sich ein dichtes Roggenfeld mit grünen, bereits anschwellenden Ähren; der Duft von frischem Grün und Blumen wehte herüber. Aus dem Walde ertönten die heiseren Rufe eines Kuckucks, und Nester, der lang ausgestreckt auf dem Rücken lag, zählte, wie viele Jahre er noch zu leben habe. Über dem

Roggenfeld und der Wiese stiegen immer wieder Lerchen in die Höhe. Ein Hase, der sich verspätet hatte und zwischen die Herde geraten war, machte sich mit ein paar Sätzen davon, hielt an einem Strauch inne und spitzte lauschend die Ohren. Waska hatte den Kopf ins Gras gesteckt und war eingeschlafen. Die Stuten machten einen Bogen um ihn und verteilten sich noch weiter über die Flussniederung. Die alten Tiere schnauften und suchten sich, auf der taunassen Wiese eine glitzernde Spur hinterlassend, einen Platz aus, wo sie ungestört sein würden; sie waren bereits gesättigt und naschten nur noch ab und zu einen besonders wohlschmeckenden Grashalm. Die ganze Herde bewegte sich unmerklich in ein und derselben Richtung weiter. Auch hier ging die alte Shuldyba mit gemessenen Schritten allen andern Pferden voran und zeigte damit, dass man noch weiter vordringen durfte. Muschka, eine schwarze Stute, die erstmalig gefohlt hatte, wieherte unaufhörlich und fauchte mit erhobenem Schweif ihr kleines lilaschimmerndes Fohlen an, das mit schlotternden Knien neben ihr hertrottete. Lastotschka, eine braune, noch ganz junge Stute mit glattem, wie Atlas glänzendem Fell, senkte den Kopf so tief, dass ihr das schwarze seidige Haar des Schopfs über Stirn und Augen fiel, und riss spielerisch Gras ab, warf es hin und stampfte mit ihren von Tau nassen, an den Knöcheln buschigen Füßen darauf. Eins der älteren Fohlen hatte sich ein besonderes Spiel ausgedacht und galoppierte nun schon zum sechsundzwanzigsten Male, den kurzen krausen Schweif steil aufgerichtet, um seine Mutter herum, die offenbar an diese Eigenheit ihres Sohnes bereits gewöhnt war, seelenruhig ihr Gras fraß und nur ab und zu mit ihren großen schwarzen Augen zu ihm hinüberschielte. Eins der allerjüngsten, noch saugenden Füllen mit schwarzem Fell, großem Kopf und possierlich zwischen den Ohren emporragendem Schopf und einem Schwänzchen, das noch nach der Seite gebogen war, wie es im Mutterleib gelegen hatte, spitzte die Ohren und starrte aus seinen stumpfen Augen regungslos zu dem hin und her galoppierenden Fohlen hinüber, wobei nicht zu erkennen war, ob es dieses beneidete oder sein Treiben missbilligte. Etliche der jüngsten Fohlen gaben sich, mit den Nüstern stoßend, dem Saugen hin, während andere, weiß Gott warum und ungeachtet der Rufe ihrer Mütter, in kurzem, ungeschicktem Trab in die entgegengesetzte Richtung davonliefen, als suchten sie etwas, und dann unvermittelt stehenblieben und ein verzweifeltes, schrilles Wiehern ausstießen; manche hatten sich gemächlich auf eine Seite niedergelegt, manche versuchten Gras zu fressen, manche kratzten sich mit einem Hinterbein am Ohr. Zwei trächtige Stuten, die sich von der übrigen Herde abgesondert hatten, bewegten sich, bedächtig einen Fuß vor den anderen setzend, langsam fort und fraßen noch immer. Ihrem Zustand wurde allgemein Achtung gezollt, und von den Jungtieren nahm sich kein einziges heraus, sich ihnen zu nähern und sie zu stören. Und wenn es sich der eine oder andere Wildfang dennoch einmal einfallen ließ, bis in ihre Nähe vorzudringen, dann genügte eine einzige Bewegung mit dem Ohr oder mit dem Schweif, um ihm die ganze Ungebührlichkeit seines Benehmens zum Bewusstsein zu bringen.

Die einjährigen Hengste und Stuten gaben sich den Anschein, schon erwachsen und gesetzt zu sein, und es kam nur selten vor, dass sie umhersprangen und sich einer ausgelassenen Gruppe zugesellten. Sie fraßen, den geschorenen Schwanenhals gravitätisch niederbeugend, manierlich ihr Gras und wedelten, als ob auch sie schon richtige Schweife hätten, mit dem kurzen Schwanzbüschel. Gleich den ausgewachsenen Tieren legten sich manche von ihnen nieder, wälzten sich auf dem Rücken oder rieben sich aneinander. Die lustigste Gruppe bestand aus den zwei- und dreijährigen, noch nicht trächtigen Stuten, die sich fast ausnahmslos beisammenhielten und getrennt von den andern als jungfräulich muntere Schar über die Wiese zogen. Aus ihrer Mitte tönten Getrappel, Aufstampfen, Gewieher und Schnaufen herüber. Sie drängten sich zusammen, legten einander den Kopf auf die Schultern, beschnupperten sich, sprangen umher und galoppierten auch mal mit steil erhobenem Schweif stolz und kokett an ihren Gefährtinnen vorüber und ihnen voraus. Am schönsten und unternehmungslustigsten von diesen jungen Tieren war eine übermütige braune Stute. Was sie anstellte, taten auch die andern; wohin sie sich wandte, folgte ihr auch die ganze Schar der übrigen Prachttiere. An jenem Morgen war dieser Wildfang in ganz besonders ausgelassener Stimmung. Sie war, wie es mitunter auch bei Menschen vorkommt, von einem unbezähmbaren Übermut gepackt. Nachdem sie schon bei der Tränke den alten Wallach zum Narren gehalten hatte, lief sie im Wasser weiter den Fluss entlang, tat dann so, als hätte sie sich über etwas erschreckt, schnaufte und rannte in gestrecktem Galopp ins Feld hinein, so dass Waska ihr und den übrigen Tieren, die sich ihr anschlossen, nachsprengen musste. Nachdem sie ein Weilchen gefressen hatte, wälzte sie sich auf dem Rücken und begann die alten Stuten dadurch zu reizen, dass sie ihnen vor der Nase herumtrippelte; dann drängte sie ein junges Fohlen von seiner Mutter ab und jagte ihm nach, als wollte sie es beißen. Die erschrockene Mutter hörte auf zu fressen, und das Fohlen wieherte jämmerlich, aber die übermütige Stute tat ihm gar nichts, sondern wollte ihm nur einen Schreck einjagen und ihren Gefährtinnen, die ihre Streiche mit wohlgefälliger Anteilnahme verfolgten, ein Schauspiel bieten. Anschließend kam sie auf den Einfall, einen kleinen Grauschimmel zu betören, mit dem ein Bäuerlein weit jenseits des Flusses ein Roggenfeld pflügte. Sie blieb stehen, hob stolz den Kopf, neigte ihn ein wenig zur Seite und stieß ein langgedehntes, lieblich und zärtlich klingendes Gewieher aus. Übermut, Erregung und eine gewisse Wehmut lagen in diesem Wiehern. Aus ihm sprach das Begehren nach Liebe, ihrer Verheißung und die Sehnsucht nach ihr.

Ein Wachtelkönig hüpfte unruhig im dichten Schilf und rief begehrlich nach seiner Gefährtin; ein Kuckuck und eine Wachtel stimmten ihre Liebeslieder an, und allenthalben sandten die Blumen einander durch den Wind ihren duftenden Blütenstaub.

Auch ich bin jung, schön und stark, klang es aus dem Wiehern der übermütigen Stute heraus. Aber es war mir noch nie vergönnt, die Wonne der Liebe auszukosten, und kein, kein einziger Liebesgefährte hat mich bis jetzt auch nur zu sehen bekommen.

Und das vielsagende, von Wehmut und Jugend erfüllte Wiehern ergoss sich über die Niederung und die Felder und schallte aus weiter Ferne zu dem kleinen Grauschimmel hinüber. Er spitzte die Ohren und blieb stehen. Der Bauer versetzte ihm mit seinem in einem Bastschuh steckenden Fuß einen Tritt; doch der kleine Grauschimmel war von dem silberhellen Klang des fernen Gewiehers wie verzaubert, rührte sich nicht und wieherte nun ebenfalls. Der erzürnte Bauer zerrte an den Zügeln und stieß den kleinen Grauschimmel mit dem Fuß so heftig in den Bauch, dass er sein Wiehern abbrechen musste und weiterging. Aber er war nun von Wonne und Wehmut erfüllt, und der Nachhall seines abgebrochenen leidenschaftlichen Gewiehers sowie der zornigen Stimme des Bauern klang aus dem fernen Roggenfeld noch lange zu der Herde herüber.

Wenn allein der Klang ihrer Stimme den kleinen Grauschimmel derartig aus der Fassung bringen konnte, dass er darüber seine Pflicht vergaß, wie wäre ihm dann erst zumute gewesen, wenn er die übermütige Stute in ihrer ganzen Schönheit erblickt hätte, wie sie mit gespitzten Ohren dastand, durch die geblähten Nüstern die Luft einzog und, von innerer Unruhe ergriffen und mit ihrem ganzen jungen, schönen Körper zitternd, zu ihm hinüberrief.

Doch die übermütige Stute gab sich nicht lange solchen Eindrücken hin. Sobald die Stimme des Grauschimmels verklungen war, stieß sie ein kurzes, spöttisches Gewieher aus, ließ den Kopf wieder sinken, stampfte mit den Füßen auf und begab sich zu dem scheckigen Wallach, um ihn zu necken und in seiner Ruhe zu stören. Der scheckige Wallach war stets der Leidtragende und die Zielscheibe für die Streiche dieser glücklichen Jugend. Von den Jungtieren hatte er sogar mehr zu erdulden als von den Menschen. Weder diesen noch jenen tat er etwas zuleide. Die Menschen duldeten ihn, weil sie ihn brauchten; doch wofür quälten ihn die jungen Pferde?

4

Er war alt, jene waren jung; er war abgezehrt, jene waren wohlgenährt; er war griesgrämig, jene waren fröhlich. Demnach schien es ausgemacht zu sein, dass er ein völlig fremdes, ganz andersartiges Geschöpf war, mit dem die übrigen Pferde nichts gemein hatten und das sie nicht zu bemitleiden brauchten. Mitleid haben Pferde einzig mit sich selbst und allenfalls mit solchen Artgenossen, in deren Haut sie sich leicht hineinversetzen können. Aber den scheckigen Wallach traf doch schließlich keine Schuld daran, dass er alt und ausgemergelt war und abstoßend aussah, sollte man meinen. Doch nach der Sinnesart von Pferden war er schuldig, und im Recht sind immer nur die Starken, Jungen und Glücklichen – diejenigen, die noch das ganze Leben vor sich haben und bei denen vor überschüssiger Kraft jeder Muskel zuckt und sich der Schweif steil in die Höhe erhebt. Es mag sein, dass der scheckige Wallach dies auch selbst einsah und sich in beschaulichen Augenblicken schuld daran fühlte, dass er sein Leben bereits ausgelebt hatte und jetzt für dieses Leben bezahlen musste; aber er war immerhin ein Pferd und konnte sich oftmals nicht eines Gefühls der Kränkung, der Wehmut und der Empörung erwehren, wenn er all diese jungen Tiere betrachtete, die ihn für einen Zustand bestraften, der ihnen am Ende ihres Lebens auch bevorstand. Eine Ursache für die Unbarmherzigkeit der Pferde war übrigens auch das aristokratische Gefühl, von dem sie durchdrungen waren. Der Stammbaum eines jeden von ihnen reichte väterlicher- oder mütterlicherseits bis zu dem berühmten Smetanka zurück, während der scheckige Wallach unbekannter Herkunft war; er war ein

Fremdling, den man vor drei Jahren für achtzig Papier-rubel auf dem Jahrmarkt erstanden hatte.

Die braune Stute kam, als wollte sie sich nur etwas Be-wegung machen, unmittelbar bis an die Nüstern des scheckigen Wallachs heran und stieß ihn an. Da er derlei schon gewöhnt war, öffnete er gar nicht erst die Augen, sondern spitzte nur die Ohren und fletschte die Zähne. Die Stute drehte sich mit dem Hinterteil zu ihm um und tat so, als wollte sie nach ihm ausschlagen. Er machte die Augen auf und begab sich nach einer anderen Stelle der Wiese. Zu schlafen hatte er jetzt keine Lust mehr, und so begann er zu fressen. Doch wiederum näherte sich ihm die Schelmin, begleitet von ihren Gefährtinnen. Eine zweijährige weißnasige und im Übrigen sehr alberne Stute, die immer und in allem die Braune nachahmte, kam zu-sammen mit ihr heran und begann, wie es Nachahmer ge-wöhnlich tun, die Anstifterin des Ränkespiels gegen den Wallach noch zu überbieten. Die braune Stute kam in der Regel wie in Gedanken versunken an den Wallach heran und ging, ohne ihn zu beachten, dicht an seiner Nase vorüber, so dass er nie wusste, ob er böse werden sollte oder nicht, was wirklich ungemein komisch war. Sie ver-fuhr auch diesmal so, aber die weißnasige Stute, die ihr folgte und in besonders ausgelassene Stimmung geraten war, ließ es sich nicht nehmen, den Wallach mit der ganzen Brust anzurempeln. Dieser fletschte abermals die Zähne, stieß ein kurzes Wiehern aus und jagte mit einer Flinkheit, die man ihm gar nicht zugetraut hätte, hinter ihr her und biss sie in die Lende. Die Weißnasige schlug mit beiden Hinterbeinen aus und versetzte dem Alten ei-nen empfindlichen Schlag gegen die hageren, fleischlosen Rippen. Der Alte ächzte vor Schmerz und wollte erneut

23

auf die Stute losstürzen; doch dann besann er sich eines andern und zog sich mit einem tiefen Seufzer zurück. Der freche Ausfall, den sich der scheckige Wallach gegen die weißnasige Stute erlaubt hatte, wurde offenbar von sämtlichen Jungtieren der Herde als persönliche Beleidigung aufgefasst, denn den ganzen restlichen Tag über hinderten sie ihn am Fressen und ließen ihn keinen Augenblick in Ruhe, so dass der Pferdehirt sie mehrmals beschwichtigen musste und gar nicht begreifen konnte, was in sie gefahren war. Der Wallach war so gekränkt, dass er von selbst auf Nester zuging, als der Alte Anstalten traf, die Herde nach Hause zu treiben, und erst als er ihn gesattelt und ihn bestiegen hatte, fühlte er sich glücklicher und geborgener.

Weiß Gott, worüber der alte Wallach nachdachte, als er mit dem alten Nester auf dem Rücken davontrabte. Sei es, dass er mit Verbitterung an die Aufdringlichkeit und Grausamkeit der Jugend dachte, sei es, dass er mit dem verächtlichen, stillen Stolz, der dem Greisenalter eigen ist, seinen Peinigern verzieh – er gab jedenfalls seine Gedanken auf dem ganzen Wege bis nach Hause durch nichts zu erkennen.

Als Nester an jenem Abend mit der Herde an den Häusern der Gesindeleute vorbeikam, erblickte er vor seiner Wohnung einen Wagen mit einem am Torpfosten angebundenen Pferd: Seine Gevattern waren zu Besuch gekommen. Beim Hineintreiben der Herde auf den Hof hatte er es nun so eilig, dass er den Wallach hineinließ, ohne ihm den Sattel abzunehmen; er rief Waska zu, dass er ihn absatteln solle, schloss das Tor und begab sich zu seinen Gevattern. Ob es nun an der Beleidigung lag, die der weißnasigen Stute, einer Urenkelin Smetankas, von diesem auf dem Pferdemarkt gekauften »grindigen Klepper« zugefügt worden war, der weder Vater noch Mutter kannte und durch seinen Ausfall die aristokratischen Gefühle der ganzen Herde verletzt hatte, oder daran, dass der Wallach ohne Reiter mit seinem hohen Sattel für die übrigen Pferde einen groteskphantastischen Anblick darbot – kurzum, auf dem Gestütshof ereignete sich in jener Nacht etwas Außergewöhnliches. Sämtliche Pferde, jung und alt, jagten mit gefletschten Zähnen hinter dem Wallach her und hetzten ihn auf dem Hof herum, wobei Hufschläge gegen seine eingefallenen Flanken und sein schweres Ächzen zu hören waren. Der Wallach konnte diese Hetze schließlich nicht mehr ertragen, war nicht mehr imstande, sich den Schlägen zu entziehen. Er blieb in der Mitte des Hofes stehen, und in seinen Gebärden drückte sich das erbärmliche Bild greisenhafter Schwäche, ohnmächtiger Wut und schließlich Verzweiflung aus. Doch dann legte er die Ohren an den Kopf und tat unversehens etwas, wodurch alle Pferde im Nu zur Ruhe kamen. Wjasopuricha, die älteste Stute, trat an den Wallach heran, beschnupperte ihn und stieß einen Seufzer aus. Auch der Wallach seufzte …

5

In der Mitte des vom Mond hell erleuchteten Hofes erhob sich die große hagere Gestalt des Wallachs mit dem hohen Sattel und dem zapfenförmig emporragenden Sattelbug. Die übrigen Pferde standen regungslos und in tiefem Schweigen um ihn herum, als bekämen sie etwas ganz Neues und Außergewöhnliches von ihm zu hören. Es war auch wirklich etwas Neues und Überraschendes, was sie von ihm erfuhren.

Sie erfuhren von ihm Folgendes.

Die erste Nacht

»Ja, ich bin ein Sohn Ljubesnys I. und Babas. Meinem Stammbaum zufolge lautet mein Name Mushik I. So heiße ich wohl dem Stammbaum nach, aber wegen meiner weit ausgreifenden, langschrittigen Gangart, wie sie in ganz Russland noch bei keinem zweiten Pferd vorgekommen ist, haben mir die Menschen den Rufnamen Leinwandmesser zugelegt. Meiner Abstammung nach gibt es in der ganzen Welt kein Pferd von reinerem Geblüt als mich. Ich würde euch das nie gesagt haben. Wozu? Ihr hättet nie zu wissen bekommen, wer ich bin. Ebenso wenig wie es Wjasopuricha gewusst hat, die mit mir zusammen in Chrenowo gewesen ist und mich jetzt erst wiedererkannt hat. Ihr würdet mir auch jetzt nicht Glauben schenken, wenn ich nicht Wjasopuricha als Zeugin hätte. Ich würde auch das alles nie gesagt haben, denn das Mitleid anderer Pferde brauche ich nicht. Aber ihr habt es herausgefordert. Ja, ich bin jener Leinwandmesser, den so viele Pferdeliebhaber suchen und nicht finden können, jener Leinwandmesser, den der Graf selbst gekannt und aus seinem Gestüt verstoßen hat, weil ich sein Lieblingspferd Lebed besiegt habe …

Als ich geboren wurde, wusste ich nicht, was das Wort scheckig bedeutet; ich dachte nur, dass ich ein Pferd bin. Die erste Bemerkung über die Farbe meines Fells, weiß ich noch, hat mich und meine Mutter ganz betroffen gemacht. Ich wurde, glaube ich, nachts geboren, und am Morgen darauf stand ich schon, von meiner Mutter sau-

ber abgeleckt, auf den Beinen. Wie ich mich noch erinnern kann, verlangte es mich immerzu nach irgendetwas,
und alles kam mir ungemein verwunderlich und zugleich
ungemein einfach vor. Die Boxen lagen bei uns an einem
langen, warmen Korridor und hatten Gittertüren, durch
die man alles sehen konnte. Meine Mutter wollte mich
zum Saugen bewegen, aber so unerfahren, wie ich noch
war, stieß ich mit der Nase bald an ihre Vorderbeine, bald
an den Trog. Plötzlich drehte meine Mutter den Kopf
nach der Gittertür um, hob ihr Bein über mich hinweg
und zog sich zur Seite zurück. Durch die Gittertür blickte
der Stallknecht, der an jenem Tage Dienst hatte, in unsere Box.

›Sieh da, Baba hat ein Fohlen geworfen‹, sagte er und
schob den Riegel zurück; er kam über das frisch ausgebreitete Stroh auf mich zu und umfasste mich mit den
Armen. ›Schau mal her, Taras, wie scheckig es ist‹, rief er.
›Ganz wie eine Elster.‹

Ich riss mich von ihm los und fiel, in den Knien ein-
knickend, zu Boden.

›Sieh mal an, dieser kleine Teufel!‹, sagte er.

Meine Mutter wurde unruhig, unternahm aber nichts,
mich zu schützen, sondern stieß nur einen tiefen, schweren Seufzer aus und verzog sich ein wenig zur Seite. Die
übrigen Stallknechte kamen hinzu und betrachteten
mich. Einer von ihnen lief zum Stallmeister, ihm Meldung
zu machen. Sie lachten alle, als sie sich mein scheckiges
Fell ansahen, und gaben mir verschiedene komische Namen. Was diese Namen bedeuteten, wussten weder ich
noch meine Mutter. Bis dahin hatte es bei uns, in unserem
ganzen Geschlecht, noch niemals einen Schecken gegeben. Wir dachten nicht, dass ein scheckiges Fell etwas

Schlechtes sein könnte. Meine Statur aber und meine Kraft wurden schon damals von allen gelobt.

›Ei, was für ein Wildfang er ist‹, sagte der Stallknecht. ›Man kann ihn kaum bändigen.‹

Nach einer Weile fand sich der Stallmeister ein; mein Fell versetzte ihn in Staunen, und er schien sich sogar darüber zu ärgern.

›Nach wem kann er bloß geschlagen sein, dieses Scheusal?‹, sagte er. ›Der General wird ihn nicht im Gestüt dulden. Ach, Baba, da hast du mich schön reingelegt‹, wandte er sich an meine Mutter. ›Da hättest du schon lieber einen Weißnäsigen werfen sollen anstatt einen solchen Schecken.‹

Meine Mutter antwortete nichts und stieß, wie sie es in solchen Fällen immer tat, abermals einen Seufzer aus.

›Von welchem Satan kann er es bloß haben?‹, fuhr er fort. ›Richtig wie ein Bauerngaul sieht er aus. Im Gestüt kann er nicht bleiben, das wäre eine Schande. Aber sonst ist er ein stattliches, ein sehr stattliches Tier‹, fügte er hinzu, und das Gleiche sagten auch alle andern, wenn sie mich betrachteten. Nach einigen Tagen erschien auch der General selbst, um mich in Augenschein zu nehmen; da taten alle wiederum ganz entsetzt und beschimpften mich und meine Mutter wegen der Farbe meines Fells. ›Aber ein Prachtkerl ist er dennoch, ein wahrer Prachtkerl‹, wiederholte immer wieder ein jeder, der mich zu Gesicht bekam.

Bis zum Frühling hausten wir im Stall der Mutterstuten, wo jedes Füllen mit seiner Mutter getrennt von den andern untergebracht war, und erst als der Schnee auf den Dächern der Ställe in der Sonne zu schmelzen begann, wurden wir ab und zu auf den großen, mit frischem Stroh ausgelegten Hof hinausgelassen. Dort kam ich erstmalig mit allen meinen Verwandten zusammen, den nahen sowohl als auch den entfernteren. Ich sah, wie all die berühmten Stuten jener Zeit mit ihren kleinen Fohlen aus den verschiedenen Türen herauskamen. Die alte Golanka war darunter, ferner Muschka, eine Tochter Smetankas, Krasnucha, das Reitpferd Dobrochoticha – lauter Berühmtheiten jener Zeit, die dort allesamt mit ihren jüngsten Fohlen zusammenkamen, in der Sonne umherspazierten, sich im frischen Stroh wälzten und sich gegenseitig beschnupperten, wie es auch gewöhnliche Pferde tun. Den Anblick jenes Gestütshofes, angefüllt mit den prächtigsten Pferden jener Zeit, kann ich bis heute nicht vergessen. Ihr könnt es wohl kaum glauben und euch nicht vorstellen, dass auch ich einmal jung und ausgelassen gewesen bin, und doch war es so. Dort befand sich auch unsere Wjasopuricha, die damals noch ein einjähriges, ein liebes, munteres und flinkes Pferdchen mit kurz geschorener Mähne war; aber wenn sie jetzt auch wegen ihres Geblüts unter euch als etwas Außergewöhnliches angesehen wird, so muss ich, ohne ihren Ruhm irgendwie schmälern zu wollen, dennoch sagen, dass sie seinerzeit eins der schlechtesten Pferde der damaligen Zucht war. Das wird sie auch selbst bestätigen.

Meine Scheckigkeit, die bei den Menschen solchen Abscheu erregte, fand unter den Pferden allgemeines, außerordentliches Gefallen; sie umringten mich alle, bewunderten mich und wollten mit mir spielen. Ich vergaß allmählich schon, was die Menschen über meine Scheckigkeit gesagt hatten, und fühlte mich glücklich. Doch bald lernte ich in meinem Leben den ersten Kummer kennen, und der Grund dazu war meine Mutter. Als die Schneeschmelze begann, die Spatzen unter den Schutzdächern zwitscherten und in der Luft immer stärker der Frühling spürbar wurde, änderte meine Mutter ihr Verhalten zu mir. Ihre ganze Wesensart war anders geworden: Bald begann sie plötzlich ohne jeden Anlass auf dem Hof umherzulaufen und zu spielen, was gar nicht zu ihrem gesetzten Alter passte; bald versank sie in Gedanken und wieherte; bald schlug sie gegen ihre Geschwister, die andern Stuten, mit den Hinterbeinen aus und biss sie; bald beschnupperte sie mich und schnaufte unzufrieden, oder sie legte, wenn wir in die Sonne herauskamen, den Kopf auf die Schultern Kuptschichas, ihrer Kusine, wobei sie sich lange nachdenklich an ihrem Rücken rieb und mich zurückstieß, wenn ich saugen wollte. Einmal kam der Stallmeister zu uns, befahl, ihr ein Halfter anzulegen, und ließ sie aus der Box führen. Sie begann zu wiehern, ich antwortete und wollte ihr nachstürzen; aber sie drehte sich nicht einmal nach mir um. Der Stallknecht Taras ergriff mich und hielt mich mit beiden Armen fest, während die Tür hinter meiner Mutter geschlossen wurde. Ich schlug um mich und warf den Stallknecht ins Stroh; aber die Tür war verschlossen, und ich hörte nur noch das aus immer größerer Ferne herüberschallende Wiehern meiner Mutter. Aber aus ihrem Gewieher hörte ich nunmehr kein Rufen nach mir heraus, es klang ganz anders. Es wurde in der Ferne von einer machtvollen Stimme erwidert – der Stimme Dobrys I., wie ich später erfuhr, den zwei Stallknechte zu einer Begegnung mit meiner Mutter führten. Wie Taras die Box verlassen hat, weiß ich nicht mehr; es war mir zu schwer ums Herz. Ich fühlte, dass ich die Liebe meiner Mutter für immer verloren hatte. Und alles kommt davon, dass ich scheckig bin, dachte ich, als ich mir die Äußerungen der Menschen über mein Fell ins Gedächtnis rief, und wurde dabei von einem solchen Ingrimm ergriffen, dass ich mit dem Kopf und den Knien gegen die Wände der Box zu schlagen begann – und so lange schlug, bis ich in Schweiß gebadet war und vor Erschöpfung innehielt.

Nach einiger Zeit kehrte meine Mutter zu mir zurück. Ich hörte, wie sie in leichtem Trab, einer für sie ganz ungewöhnlichen Gangart, über den Korridor auf unsere Box zugelaufen kam. Man machte ihr die Tür auf, und ich erkannte sie kaum wieder: so verjüngt und verschönt hatte sie sich. Sie beschnupperte mich, schnaufte und wieherte mürrisch. An ihrem ganzen Gebaren merkte ich, dass sie mich nicht mehr liebte. Sie erzählte mir von der Schönheit Dobrys und von ihrer Liebe zu ihm. Ihre Zusammenkünfte mit ihm wiederholten sich, und das Verhältnis zwischen mir und meiner Mutter erkaltete mehr und mehr.

Bald darauf wurden wir auf die Weide hinausgelassen. Von nun an lernte ich neue Freuden kennen, die mir die verlorene Liebe meiner Mutter ersetzten. Ich hatte Freundinnen und Kameraden, wir lernten gemeinsam Gras fressen, ebenso zu wiehern wie die Großen und mit erhobenem Schweif um unsere Mütter herumzugaloppieren. Das war eine glückliche Zeit. Mir wurde alles verziehen, alle hatten mich lieb, fanden Wohlgefallen an mir und nahmen alles, was immer ich auch tat, mit Nachsicht auf. Doch das währte nicht lange. Denn bald ereignete sich etwas Entsetzliches mit mir ...«

Der Wallach stieß einen schweren, tiefen Seufzer aus und verließ den Kreis der Pferde. Im Osten hatte sich der Himmel schon lange rot gefärbt. Das Tor knarrte, und

Nester kam herein. Die Pferde zerstreuten sich. Der Hirt rückte auf dem Wallach den Sattel zurecht und trieb die Herde ins Freie.

6

Die zweite Nacht

Sobald die Pferde abends wieder nach Hause getrieben waren, scharten sie sich erneut um den Wallach.

»Im August wurden ich und meine Mutter voneinander getrennt«, nahm der Wallach seine Erzählung wieder auf, »aber besonders betrübt war ich deswegen nicht. Ich sah, dass meine Mutter damals bereits meinen jüngeren Bruder, den berühmten Ussan, unter dem Herzen trug und dass ich für sie nicht mehr dasselbe bedeutete wie früher. Eifersüchtig war ich nicht, empfand jedoch, dass mein Gefühl für sie kälter geworden war. Zudem wusste ich, dass ich nach der Trennung von der Mutter in den Gemeinschaftsstall für Füllen kommen sollte, in dem sie zu zweien und zu dreien standen und von wo die ganze junge Horde täglich gemeinsam ins Freie hinausgelassen wurde. Ich stand in einer Box mit Mily. Mily war ein Reitpferd, auf dem späterhin der Zar geritten ist und das auf Bildern und in Statuen dargestellt ist. Damals war er noch ein gewöhnliches junges Füllen mit zartem, glänzendem Fell, einem Schwanenhals und Beinen, die so gerade und dünn waren wie Saiten. Er war ein gutmütiges, freundliches Tier, war allezeit vergnügt und bereit zu spielen, sich mit andern Pferden zu belecken oder mit irgendeinem Pferd oder Menschen seine Scherze zu treiben. Es ergab sich ganz von selbst, dass wir während unseres Zusammenlebens Freundschaft schlossen, eine Freundschaft, die unsere ganze Jugend über fortgedauert hat. Er war heiter und leichtsinnig veranlagt. Schon damals fing er Liebschaften an, schäkerte mit den Stuten und machte sich über meine Unschuld lustig. Zu meinem Unglück begann ich, ihm aus Ehrgeiz nachzueifern, und geriet sehr bald in den Bann der Liebe. Dass ich mich ihr so frühzeitig hingab, führte dann zu der verhängnisvollsten Wende in meinem Schicksal. Das geschah folgendermaßen.

Wjasopuricha war ein Jahr älter als ich, und wir beide waren besonders gut befreundet. Gegen Ende des Herbstes bemerkte ich jedoch, dass sie mich zu meiden trachtete... Doch ich will jetzt nicht die ganze unselige Geschichte meiner ersten Liebe erzählen; Wjasopuricha wird sich selbst noch meiner wahnwitzigen Leidenschaft erinnern, die für mich mit der schwerwiegendsten Veränderung in meinem Leben endete. Die Stallknechte stürzten auf uns zu, trieben sie von mir fort und schlugen mich. Abends wurde ich in eine Einzelbox gesperrt. Ich wieherte die ganze Nacht hindurch, als hätte ich schon vorausgeahnt, was sich am folgenden Tag zutragen würde.

Morgens erschienen im Korridor vor meiner Box der General, der Stallmeister, die Stallknechte und die Pferdehirten, und es entstand ein furchtbares Gezeter. Der General schrie den Stallmeister an, und dieser rechtfertigte sich, indem er sagte, er habe nicht die Anweisung gegeben, mich hinauszulassen, das hätten die Stallknechte eigenmächtig getan. Der General erklärte, dass er sie allesamt verprügeln werde und dass man junge Hengste nicht halten könne. Der Stallmeister versprach, alles Nötige zu veranlassen. Hierauf beruhigten sie sich und gingen. Ich wurde aus alldem nicht klug, merkte jedoch, dass man irgendetwas mit mir vorhatte...

Am nächsten Tage hörte ich für immer zu wiehern auf und wurde zu dem, was ich jetzt bin. Die ganze Welt hatte sich in meinen Augen verwandelt. Ich hatte an nichts mehr Freude, vertiefte mich in mich selbst und begann zu grübeln. Anfangs war mir alles zuwider. Ich hörte sogar auf zu trinken, zu fressen und mich draußen zu tummeln; an ein Umhertollen dachte ich überhaupt nicht mehr. Manchmal hatte ich wohl eine Anwandlung, mit den Hinterbeinen auszuschlagen, loszugaloppieren und zu wiehern; doch dann erhob sich sogleich die schreckliche Frage: Warum? Wozu? Und meine letzte Kraft versiegte.

Als man mich eines Abends ins Freie führte, wurde gerade die Herde von der Weide nach Hause getrieben. Schon von weitem sah ich eine Staubwolke, in der sich undeutlich all die mir wohlbekannten Gestalten unserer Mutterstuten abzeichneten. Ich hörte ihr fröhliches Wiehern und Getrappel. Obwohl mir die Halfterleine, an der mich der Stallknecht zog, in den Nacken schnitt, blieb ich stehen und blickte so wehmütig auf die näher kommende Herde, wie man auf ein für immer verlorenes, nie wiederkehrendes Glück zurückblickt. Als sie sich näherten, erkannte ich jedes einzelne der mir so vertrauten majestätischen, schönen, gesunden und wohlgenährten Pferde. Das eine oder andere von ihnen blickte sich auch zu mir um. Den Schmerz, den der Stallknecht durch das Zerren am Halfter verursachte, spürte ich gar nicht. Ich vergaß mich und begann in Erinnerung an frühere Zeiten spontan zu wiehern und in Trab überzugehen. Aber mein Wiehern klang jämmerlich, komisch und albern. In der Herde machte sich niemand darüber lustig, doch bemerkte ich, dass sich viele Pferde aus Schicklichkeit von mir abwandten. Ich machte offenbar einen abstoßenden, bejammernswerten und vor allem peinlichen und lächerlichen Eindruck auf sie. Mein dünner, unscheinbarer Hals, der große Kopf – ich war inzwischen sehr abgemagert –, die langen stelzigen Beine und die dumme Art, in der ich aus alter Gewohnheit um den Stallknecht herumzuspringen begann – alles kam ihnen lächerlich vor. Niemand erwiderte mein Wiehern, alle wandten sich von mir ab. Da wurde mir auf einmal klar, wie weit ich ihnen allen für immer entrückt war, und ich weiß überhaupt nicht, wie ich damals mit dem Stallknecht nach Hause gekommen bin.

Wenn ich auch schon früher eine Neigung zu Ernsthaftigkeit und Tiefsinn offenbart hatte, so kam diese jetzt endgültig zum Durchbruch. Meine Scheckigkeit, die den Menschen einen so sonderbaren Abscheu einflößte, das seltsame Unglück, das mich so jählings betroffen hatte, und zu alledem meine besondere Stellung im Gestüt, die ich wohl fühlte, mir aber noch auf keine Weise erklären konnte – alles dies führte dazu, dass ich mich ganz in mich selbst zurückzog. Ich zergrübelte mir den Kopf über die Ungerechtigkeit der Menschen, die es mir zur Last legten, dass ich scheckig war, sann über die Unbeständigkeit der mütterlichen und der weiblichen Liebe allgemein und ihre Abhängigkeit von physischen Umständen nach und vertiefte mich vor allem in Gedanken über die Eigenschaften jener seltsamen Gattung von Geschöpfen, mit denen wir so eng verbunden sind und die wir Menschen nennen – über die Eigenschaften, durch die sie mich im Gestüt in jene besondere Lage versetzt hatten, die ich zwar fühlte, aber nicht begreifen konnte. Die Bedeutung dieser Lage und die Art der menschlichen Eigenschaften, auf denen sie beruhte, offenbarten sich mir bei folgender Gelegenheit.

Es war im Winter um die Weihnachtszeit. Ich hatte den ganzen Tag über kein Futter und keinen Trank bekommen. Wie ich nachträglich erfuhr, lag es daran, dass der Stallknecht betrunken war. An jenem Tage nun kam der Stallmeister zu mir, und als er sah, dass ich nichts zu fressen hatte, machte er seinem Ärger in einer wüsten Schimpferei über den abwesenden Stallknecht Luft und ging dann wieder hinaus. Am folgenden Tage kam der Stallknecht mit einem seiner Kameraden zu uns in die Box, um Heu hineinzuschütten, und ich bemerkte, dass er ungewöhnlich blass und bedrückt war; besonders die Haltung seines langen Rückens machte einen irgendwie auffälligen und mitleiderregenden Eindruck. Er warf das Heu wütend in die Krippe, und als ich dabei meinen Kopf über seine Schulter vorstrecken wollte, versetzte er mir einen so empfindlichen Faustschlag auf die Schnauze, dass ich zurücksprang. Auch stieß er mir dann noch mit dem Stiefel gegen den Bauch.

›Wenn dieses grindige Biest nicht wäre‹, sagte er, ›dann wäre alles gutgegangen.‹

›Was ist denn geschehen?‹, fragte der andere Stallknecht.

›Die gräflichen Pferde, um die kümmert er sich überhaupt nicht, aber zu seinem eigenen Fohlen, da guckt er zweimal am Tage herein.‹

›Hat man ihm denn den Schecken verkauft?‹, fragte der andere.

›Verkauft oder geschenkt, das weiß der Kuckuck. Die gräflichen Pferde, die könnten allesamt verhungern – das schert ihn wenig; aber wehe, wenn man sich untersteht, mal sein eigenes Fohlen ohne Futter zu lassen! Leg dich hin!‹, rief er, und dann schlug er auf mich los. ›Ist so was denn Christenart? Schlimmer als ein Stück Vieh hat er mich gepeitscht und dabei noch die Hiebe gezählt, dieser Barbar – er trägt wohl kein Kreuz auf der Brust. Vom General habe ich noch nie solche Schläge gekriegt, aber dieser hat mir den ganzen Rücken zerfetzt, er muss wohl keine Christenseele im Leibe haben.‹

Das, was sie vom Durchpeitschen und vom Christentum sagten, verstand ich gut, völlig unklar aber war mir damals, was die Worte vom *eigenen* Fohlen bedeuteten, aus denen ich ersah, dass mich die Menschen in irgendeine Verbindung zu dem Stallmeister brachten. Worin diese Verbindung bestehen sollte, konnte ich damals ganz und gar nicht begreifen. Erst viel später, als man mich von den übrigen Pferden trennte, wurde mir klar, was damit gemeint war. Zunächst jedoch war es mir ganz unverständlich, was es zu bedeuten hatte, dass man mich als das Eigentum eines Menschen bezeichnete. Die Wörter *mein Pferd,* auf mich, ein lebendes Pferd, bezogen, kamen mir ebenso absonderlich vor wie die Wörter: mein Land, meine Luft, mein Wasser.

Immerhin übten diese Wörter einen gewaltigen Einfluss auf mich aus. Ich dachte unablässig über sie nach, und erst viel später, nachdem ich zu den Menschen in die verschiedenartigsten Beziehungen getreten war, begriff ich schließlich, welche Bedeutung sie diesen seltsamen Wörtern beimessen. Sie bedeuten, dass sich die Menschen im Leben nicht von Taten, sondern von Worten leiten lassen. Es kommt ihnen weniger auf die Möglichkeit an, etwas zu tun oder nicht zu tun, als vielmehr auf die Möglichkeit, über verschiedene Dinge in Wörtern zu spre-

chen, die sie miteinander verabredet haben. Solche Wörter, die bei ihnen eine große Wichtigkeit erlangt haben,
sind zum Beispiel: mein, meine, meins; diese Wörter wenden sie auf alle möglichen Dinge, Geschöpfe und Gegenstände an, selbst auf Land, auf andere Menschen und auf
Pferde. Sie haben untereinander vereinbart, dass von einem bestimmten Gegenstand immer nur einer von ihnen
sagen darf, er sei *sein*. Und derjenige, der nach diesem
zwischen ihnen vereinbarten Spiel die meisten Gegenstände *sein* nennen kann, den betrachten sie als den glücklichsten. Warum sie das so eingerichtet haben, weiß ich
nicht; aber es ist so. Zuerst nahm ich an, dass damit irgendein bestimmter Vorteil verbunden sein müsse, und
habe mich lange bemüht, diesen herauszufinden; aber
meine Annahme erwies sich als unzutreffend.

Viele von den Menschen zum Beispiel, die mich ihr
Pferd genannt haben, sind gar nicht auf mir geritten, sondern es waren ganz andere, die auf mir geritten sind. Auch
gefüttert wurde ich nicht von ihnen, sondern von ganz
anderen. Und ebenso haben mir nicht diejenigen Gutes
erwiesen, die mich als ihr Pferd bezeichneten, nein, das taten Kutscher, Kurschmiede und überhaupt fremde Menschen. Späterhin, nachdem ich den Kreis meiner Beobachtungen erweitert hatte, bin ich zu der Erkenntnis
gekommen, dass der Begriff *mein* nicht nur in Bezug auf
uns Pferde, sondern ganz allgemein auf nichts anderem
beruht als auf einem niederen, tierischen Instinkt der
Menschen, den diese Eigentumssinn oder Recht auf Eigentum nennen. Mancher Mensch spricht von seinem
Haus, wohnt aber gar nicht darin, sondern hat es nur er-
bauen lassen und sorgt für seine Instandhaltung. Der
Kaufmann spricht von seinem Laden. ›Mein Manufak-

turwarenladen‹, sagt zum Beispiel einer, aber seine Kleider sind nicht aus dem besten Stoff, den er in seinem
Laden feilhält. Es gibt Menschen, die ein Stück Land als
ihr eigenes bezeichnen, ohne dass sie es jemals gesehen
und betreten haben. Es gibt Menschen, die andere Menschen als ihnen gehörig bezeichnen, obwohl sie diese nie
gesehen haben und mit ihnen nur so weit in Verbindung
stehen, als sie ihnen Böses antun. Manche Männer nennen irgendwelche weiblichen Geschöpfe ihre Frauen,
während diese Frauen mit andern Männern leben. Die
Menschen streben im Leben nicht danach, das zu tun, was
sie selbst als gut bezeichnen, sondern sind nur darauf
bedacht, möglichst viele Dinge *ihr eigen* zu nennen. Ich
bin zu der Überzeugung gekommen, dass hierin der
grundlegende Unterschied zwischen uns und den Menschen besteht. Von unseren sonstigen Vorzügen gegenüber den Menschen ganz abgesehen, können wir allein
deshalb dreist behaupten, dass wir auf einer höheren Ent-
wicklungsstufe der Lebewesen stehen als die Menschen.
Das Wirken der Menschen – zum mindesten derjenigen,
mit denen ich zu tun gehabt habe – besteht in Worten,
das unsrige hingegen in Taten. Und eben auf solche Weise
hatte der Stallmeister das Recht erhalten, mich *sein* Pferd
zu nennen und den Stallknecht zu züchtigen. Diese Ent-
deckung hat einen tiefen Eindruck auf mich gemacht und
zusammen mit den Gedanken und Erwägungen, die
meine Scheckigkeit bei den Menschen hervorrief, sowie
den Grübeleien, denen ich mich wegen der Untreue meiner Mutter hingab, schließlich dazu geführt, dass ich ein
so ernster und versonnener Wallach wurde, wie ich es
jetzt bin.

Ich war dreifach unglücklich: wegen meiner Scheckigkeit, weil ich ein Wallach war und weil sich die Menschen einbildeten, dass ich nicht, wie es für alles Lebende zutrifft, Gott und mir selbst gehörte, sondern Eigentum des Stallmeisters sei.

Dass sie sich diese Meinung von mir gebildet hatten, zeitigte vielerlei Folgen. Die erste bestand schon darin, dass ich in einer Einzelbox gehalten wurde, dass man mich besser fütterte, häufiger an der Leine laufen ließ und frühzeitiger vor einen Wagen spannte als die übrigen Pferde. Ich stand eben im dritten Lebensjahr, als ich zum ersten Mal angespannt wurde. Noch heute erinnere ich mich, wie der Stallmeister selbst, der sich ja einbildete, dass ich ihm gehörte, mit zahlreichen Stallknechten kam, um mich erstmalig anzuschirren, und wie alle dabei erwarteten, dass ich mich bockig anstellen und Widerstand leisten würde. Sie zerrissen mir die Lippe. Sie knebelten mich und umwanden mich mit Stricken, als sie mich zwischen die Deichselgabeln zwängten; sie brachten auf meinem Rücken ein breites Kreuz aus Riemen an und befestigten es an der Deichsel, damit ich nicht mit den Hinterbeinen ausschlagen könnte – und dabei wartete ich doch nur auf eine Gelegenheit, meine Lust und Liebe zur Arbeit zu beweisen.

Sie wunderten sich, dass ich wie ein altes Pferd lief. Ich wurde eingefahren und übte mich, im Trab zu laufen. Von Tag zu Tag machte ich größere Fortschritte, so dass nach Verlauf von drei Monaten der General selbst und viele andere meine Gangart lobten. Doch so seltsam es auch klingt: Einzig deshalb, weil sie sich einbildeten, dass ich nicht ihnen, sondern dem Stallmeister gehörte, bekam mein Lauf für sie eine ganz andere Bedeutung.

Die jungen Hengste, meine Brüder, wurden für Rennen eingefahren, ihre Schnelligkeit wurde gemessen, man kam zu ihnen heraus, sie zu betrachten, fuhr mit ihnen in goldverzierten Kutschen und legte ihnen kostbare Satteldecken auf. Ich wurde vor den gewöhnlichen Wagen des Stallmeisters gespannt, wenn er seiner Geschäfte wegen nach Tschesmenka und anderen Vorwerken fuhr. Alles dies kam daher, weil ich scheckig war, und vor allem, weil ich ihrer Meinung nach nicht ein gräfliches Pferd, sondern Eigentum des Stallmeisters war.

Morgen, so Gott will, werde ich euch erzählen, welches die wichtigste Folge war, die für mich daraus entstand, dass sich der Stallmeister ein Eigentumsrecht an mir anmaßte …«

Während dieses ganzen Tages hatten die Pferde Leinwandmesser voll Ehrerbietung behandelt. Nester jedoch ging mit ihm ebenso grob um wie sonst. Der kleine Grauschimmel des Bauern wieherte neuerdings, wenn er sich der Herde näherte, und die braune Stute kokettierte dann aufs Neue mit ihm.

7

Die dritte Nacht

Es war nach Neumond, und der Schein der schmalen Sichel fiel auf die Gestalt Leinwandmessers, der in der Mitte des Hofes stand. Um ihn herum drängten sich die andern Pferde.

»Die schwerwiegendste und unbegreiflichste Folge dessen, dass ich nicht dem Grafen, nicht Gott, sondern dem Stallmeister gehörte«, setzte der Schecke seine Erzählung fort, »bestand darin, dass gerade das, was bei uns sonst als größter Vorzug gilt – die Schnelligkeit des Laufs –, zur

Ursache meiner Vertreibung wurde. Als Lebed gerade einmal im Rondell eingefahren wurde, kam der Stallmeister mit mir aus Tschesmenka zurück und hielt vor der Rennbahn an. Lebed lief an uns vorüber. Er lief an sich gut, machte aber Faxen; ihm fehlte es an jener Technik, die ich mir erarbeitet hatte und die darin besteht, dass man im selben Augenblick, wo der eine Fuß den Boden berührt, auch schon blitzschnell mit dem andern ausholen muss, so dass nicht die geringste Anstrengung verschwendet, sondern alle Kraft vollauf zur Vorwärtsbewegung ausgenutzt wird. Lebed kam wieder vorbeigelaufen. Ich drängte zum Rondell hin. Der Stallmeister ließ mich gewähren: ›Soll sich mein Schecke mal mit ihm messen?‹, rief er, und als Lebed uns ein weiteres Mal passierte, ließ er mich laufen. Da Lebed schon in vollem Lauf war, blieb ich in der ersten Runde zurück; doch in der zweiten holte ich auf, kam seinem Rennwagen immer näher, holte ihn ein und lief an ihm vorüber. Man ließ uns noch einmal laufen: dasselbe Ergebnis. Ich übertraf ihn an Schnelligkeit. Und dadurch gerieten alle in Entsetzen. Man beschloss, mich schnellstens möglichst weit weg zu verkaufen, damit von mir nichts mehr zu sehen und zu hören sei. ›Denn wenn der Graf etwas davon erfährt, ist der Teufel los!‹, sagten alle. So wurde ich an einen Pferdehändler als Zugpferd verkauft. Bei dem Pferdehändler blieb ich nicht lange. Ein Husar, der zum Pferdekauf gekommen war, erstand mich. Diese ganze Behandlung empfand ich als so ungerecht und grausam, dass ich froh war, als man mich aus Chrenowo fortführte und für immer von allem trennte, was mir vertraut und teuer war. Das Leben unter den andern Pferden bedrückte mich zu sehr. Ihnen standen Ruhm und der Genuss von Liebe und Freiheit

bevor, mir dagegen Arbeit und Demütigungen, Demütigungen und Mühsal bis an das Ende meines Lebens! Und
wofür? Dafür, dass ich scheckig war und in irgend je-
mandes Eigentum übergehen musste ...«

An jenem Abend konnte Leinwandmesser seine Erzählung nicht weiter fortsetzen. Im Gestütshof trug sich
etwas zu, wodurch sämtliche Pferde in Unruhe versetzt
wurden. Kuptschicha, eine trächtige Stute, die anfangs
ebenfalls zugehört hatte, wandte sich plötzlich ab und
ging langsam auf das Schutzdach des Hofes zu, wo sie so
laut zu ächzen begann, dass es die Aufmerksamkeit aller
Pferde erregte. Dann legte sie sich hin, stand wieder auf
und legte sich abermals nieder. Die alten Mutterstuten
begriffen wohl, was mit ihr vorging, doch die jungen Tiere
gerieten in Aufregung, verließen den Wallach und umringten die Kranke. Gegen Morgen hatte ein Fohlen das
Licht der Welt erblickt und hielt sich schwankend auf seinen dünnen Beinen. Nester holte den Stallmeister, Kuptschicha und ihr Fohlen wurden in eine Box geführt und
die übrigen Pferde ohne sie auf die Weide getrieben.

8

Die vierte Nacht

Abends, nachdem das Tor wieder geschlossen und alles
still geworden war, setzte der Schecke seine Erzählung
wie folgt fort.

»Wie ich so von einer Hand in die andere überging,
hatte ich Gelegenheit, an den Menschen und Pferden eine
Fülle von Beobachtungen anzustellen. Am längsten hielt
ich mich an zwei Stellen auf: bei einem Fürsten – jenem

Husarenoffizier, der mich vom Pferdehändler gekauft hatte – und dann bei einer alten Frau, die unweit der Kirche des heiligen Nikolaus wohnte.

Bei dem Husarenoffizier habe ich die schönste Zeit meines Lebens verbracht.

Obwohl er die Ursache meines Untergangs war und obwohl er nichts und niemand liebte, liebte und liebe ich ihn gerade deswegen. Gerade das gefiel mir an ihm, dass er schön, glücklich und reich war und deshalb niemand liebte. Ihr versteht ja die hohen Gefühle, die uns Pferden eigen sind. Seine Kälte, seine Grausamkeit und meine Abhängigkeit von ihm verliehen der Liebe, die ich für ihn empfand, besondere Kraft. Töte mich, hetze mich zu Tode, dachte ich manchmal in unserer guten Zeit – ich werde darüber nur umso glücklicher sein.

Er hatte mich von dem Pferdehändler gekauft, an den mich der Stallmeister für achthundert Rubel losgeschlagen hatte. Gekauft hatte er mich deshalb, weil sonst niemand scheckige Pferde besaß. Da begann meine glücklichste Zeit. Er hatte eine Geliebte. Das wusste ich deshalb, weil ich ihn tagtäglich zu ihr hinbrachte und mit ihr und manchmal auch mit beiden zusammen spazieren fahren musste. Seine Geliebte war schön, er selbst war schön, und der Kutscher, den er hatte, war gleichfalls schön. Deswegen liebte ich sie auch alle. Ich fühlte mich wohl bei ihnen. Mein Leben spielte sich folgendermaßen ab. Morgens erschien der Stallknecht, mich zu säubern – nicht der Kutscher selbst, nein, der Stallknecht. Der Stallknecht war ein schmucker junger Bursche, den man vom Lande geholt hatte. Er ließ die Tür offen stehen, damit der Pferdedunst abzog, schaffte den Mist fort, nahm uns die Decken ab und begann unsere Körper mit einer Bürste und dem Striegel zu bearbeiten, wobei sich auf dem von den Hufeisen zerschrammten Fußboden ein weißer Belag von Hautschüppchen bildete. Manchmal schnappte ich aus Scherz nach seinem Ärmel und stampfte mit dem Fuß auf. Dann wurden wir eins nach dem andern an einen Trog mit kaltem Wasser geführt, und der gute Bursche betrachtete mit Wohlgefallen mein scheckiges, dank seiner Mühe so glattes Fell, meine pfeilgeraden Beine, die wuchtigen Hufe, die glänzende Kruppe und den breiten Rücken, der Platz genug für ein Nachtlager geboten hätte. Die hohen Krippen wurden mit Heu, die Eichentröge mit Hafer gefüllt. Dann erschien Feofan, der Erste Kutscher.

Herr und Kutscher ähnelten einander. Beide hatten vor nichts Furcht und liebten niemand außer sich selbst, und ebendeshalb wurden sie von allen geliebt. Feofans Kleidung bestand aus einem roten Hemd, einem Wams und Plüschhosen. Ich hatte es gern, wenn er an Feiertagen in seinem Wams, das Haar von Pomade glänzend, zu mir in den Stall kam und rief: ›Na, du Biest, döse nicht!‹, wobei er mir mit dem Stiel der Mistgabel – aber nie schmerzhaft, sondern nur zum Scherz – einen Stoß gegen die Flanke versetzte. Ich verstand den Scherz sofort, legte die Ohren an und knirschte mit den Zähnen.

Zum Doppelgespann hatten wir einen Rappen. Nachts wurde ich manchmal zusammen mit ihm angespannt. Dieser Zentaur verstand keinen Scherz, er war boshaft wie der Teufel. Im Stall stand ich neben ihm und wurde von ihm oftmals über die Barriere hinweg empfindlich gebissen. Feofan hatte vor ihm keine Angst. Er ging immer dreist auf ihn zu und schrie ihn an, und dann sah es aus, als würde der Rappe ihn gleich niederschlagen; doch nein, er schlug vorbei, und schon hatte Feofan ihm die Zügel angelegt. Einmal, als ich mit ihm angespannt war, sausten wir in rasendem Galopp den Kusnezki Most entlang. Weder dem Fürsten noch dem Kutscher wurde es dabei bange; beide lachten, schrien die Passanten an, zügelten uns und wendeten, ohne dass wir jemand überfahren hatten.

Im Dienst des Fürsten büßte ich meine besten Eigenschaften und mein halbes Leben ein. Ich wurde in erhitztem Zustand getränkt und lief meine Füße zuschanden. Aber dennoch war dies die schönste Zeit meines Lebens. Um zwölf Uhr kamen gewöhnlich die Stallknechte, schmierten mir die Hufe ein, benetzten meine Mähne und den Schopf und führten mich zum Anspannen.

Der Schlitten war aus Rohrgeflecht und mit Samt bezogen, am Geschirr befanden sich kleine silberne Schnallen, die Zügel waren aus Seide und eine Zeitlang sogar mit Filetspitzen besetzt. Wenn all die Schnüre und Riemen angelegt und zugeschnallt waren, konnte man nicht unterscheiden, wo das Geschirr aufhörte und der Körper des Pferdes anfing. Im Stall wurde zunächst nur locker angeschirrt. Dann kam Feofan hinzu, in den Hüften breiter als in den Schultern, mit einem roten Gurt um den Leib, sah sich die Bespannung an, stieg auf, zog seinen Kaftan zurecht, setzte einen Fuß auf den Tritt, sagte immer irgendein Scherzwort, hängte sich die Peitsche an den Gurt (was er nur der Ordnung halber tat, denn er schlug mich fast nie damit) und rief: ›Los!‹ Und wenn ich mich dann, bei jedem Schritt gravitätisch die Beine hebend, auf das Tor zubewegte, blieb die Köchin, die gerade herauskam, Spülwasser auszugießen, auf der Schwelle stehen, und die Bauern, die Holz auf den Hof gebracht hatten, rissen die Augen auf. Wir fuhren durch das Tor, fuhren bis an das Haus heran und hielten vor dem Portal. Lakaien kamen aus dem Haus, Kutscher anderer Gespanne gesellten sich hinzu, und dann gingen die Gespräche los. Alle warteten. Manchmal standen wir wohl drei Stunden vor dem Portal, fuhren nur von Zeit zu Zeit ein Stück auf und ab, kehrten wieder um und hielten aufs Neue vor dem Haus.

Endlich entstand Bewegung an der Tür; der grauhaarige, dickbäuchige Tichon kam im Frack herausgelaufen und rief: ›Vorfahren!‹ Damals gab es noch nicht den dummen Brauch, ›vorwärts!‹ zu rufen, als ob ich nicht wüsste, dass man nicht rückwärts fährt, sondern vorwärts. Feofan schnalzte mit der Zunge, und wir fuhren vor. Hastig und mit gleichgültiger Miene, als imponiere ihm weder der Schlitten noch das Pferd noch Feofan, der den Rücken krümmte und die Arme so weit vorstreckte, wie man sie wohl nicht lange halten kann, erschien dann der Fürst mit einem Tschako auf dem Kopf und in einem langen Mantel, dessen grauer Biberkragen sein schönes Gesicht mit den rosigen Wangen und den von schwarzen Brauen beschatteten Augen verdeckte, obwohl er doch gar keinen Grund hatte, es zu verbergen. Während er, mit dem Säbel, den Sporen und den Messingbeschlägen an den Absätzen seiner Stiefel klirrend, über den Teppich schritt, schien er es sehr eilig zu haben und beachtete weder mich noch Feofan – nichts von dem, was alle außer ihm mit Bewunderung betrachteten. Feofan schnalzte nochmals mit der Zunge, ich legte mich in die Zügel, und gemessen, im Schritt, fuhren wir vor und hielten vor dem Fürsten an; ich schielte zu ihm hinüber und schüttelte meinen rassigen Kopf mit dem feinhaarigen Schopf. Wenn der Fürst guter Laune war, scherzte er wohl mal mit Feofan; Feofan antwortete dann, seinen schönen Kopf ein wenig umwendend, machte, ohne die Arme zu senken, eine kaum bemerkbare Bewegung mit den Zügeln, und eins-zwei, eins-zwei, immer weiter ausholend, jeden Muskel anspannend und vor mir den Schnee und Schmutz zur Seite schleudernd, setzte ich mich in Trab. Auch den jetzigen dummen Brauch, dass der Kutscher ›oh!‹ ruft, als ob ihm etwas weh täte, gab es damals noch nicht, nein, man rief für jeden verständlich: ›Achtung, aufgepasst!‹ Wenn Feofan diesen Ruf ausstieß, dann traten die Leute zur Seite, blieben stehen und reckten den Hals, um sich am Anblick des schönen Wallachs, des schönen Kutschers und des schönen Herrn zu weiden.

Es machte mir Freude, andere Traber zu überholen. Manchmal, wenn Feofan und ich vor uns in der Ferne ein Gespann erblickten, das unsere Anstrengung wert war, dann jagten wir wie ein Sturmwind hinter ihm her, rückten ihm immer näher und näher, schon schleuderte ich den Straßenschmutz gegen die Lehne des fremden Schlittens, schnaufte über den Kopf seines Insassen hinweg, lief am Kutschersitz, am Krummholz des Trabers vorüber und sah im nächsten Augenblick nichts mehr von ihm, sondern hörte nur noch sein hinter mir aus immer größerer Ferne kommendes Getrappel. Der Fürst aber, Feofan und ich, wir schwiegen alle drei und gaben uns den Anschein, einfach so für uns hin zu fahren und die Schlitten mit schlechten Pferden, denen wir unterwegs begegneten, überhaupt nicht zu bemerken. Es machte mir Freude, einen guten Traber zu überholen, doch freute ich mich auch, wenn ich einem begegnete: ein kurzer Moment, ein Laut, ein Blick – und schon waren wir aneinander vorübergehuscht und flogen jeder für sich in entgegengesetzter Richtung weiter …«

Das Tor knarrte, und die Stimmen von Nester und Waska wurden laut.

Die fünfte Nacht

Das Wetter war umgeschlagen. Der Himmel war trübe, am Morgen hatte kein Tau gelegen, aber es war warm, und die Mücken wurden immer lästiger. Sobald die Herde abends nach Hause getrieben war, umringten die Pferde aufs Neue den Schecken, der seine Geschichte nun zu Ende erzählte.

»Die glückliche Zeit meines Lebens war bald vorüber. Sie währte nur zwei Jahre. Gegen Ende des zweiten Winters trug sich etwas für mich höchst Erfreuliches zu, dem jedoch das größte Unheil folgte. In der Butterwoche fuhr ich eines Tages mit dem Fürsten zu einem Rennen. Laufen sollten Atlasny und Bytschok. Was der Fürst in der Kabine vereinbart hatte, weiß ich nicht, erinnere mich aber noch, wie er herauskam und Feofan anwies, mit mir ins Rondell zu fahren. Ich wurde an den Startplatz geführt und dort zusammen mit Atlasny aufgestellt. Atlasny lief mit einem Jockei, ich dagegen so, wie ich war, vor unserem gewöhnlichen Schlitten. In der Kurve stürmte ich an ihm vorüber; freudiges Gelächter und tosende Beifallsrufe begrüßten mich.

Als ich zurückgeführt wurde, folgte mir eine große Menschenmenge. Etwa fünf Mann boten dem Fürsten Tausende. Er lachte nur, und seine weißen Zähne blitzten.

›Nein‹, sagte er, ›dies ist kein Pferd, sondern ein Freund, der mir für Berge von Gold nicht feil ist. Auf Wiedersehen, meine Herren! ‘

Und damit schlug er die Decke des Schlittens zurück und stieg ein.

›In die Stoshinka!‹ Dort wohnte seine Geliebte. Wir sausten los. Es war mein letzter glücklicher Tag.

Wir fuhren bei ihr vor. Der Fürst nannte sie immer die *Seine*. Aber sie hatte sich in einen andern verliebt und war mit ihm auf und davon gefahren. Der Fürst erfuhr dies in ihrer Wohnung. Es war fünf Uhr; er ließ mich gar nicht erst ausspannen, sondern wir jagten sofort hinter ihr her. Und was noch nie vorgekommen war: Man schlug mit der Peitsche auf mich ein und trieb mich zum Galopp an. Ich konnte mich nicht gleich umstellen und machte zuerst einen Fehltritt; ich schämte mich und wollte es wiedergutmachen, als ich plötzlich hörte, wie der Fürst mit zornbebender Stimme rief: ›Schneller!‹ Die Peitsche sauste auf meinen Rücken nieder, und ich galoppierte so drauflos, dass ich mit den Hufen dauernd gegen den eisenbeschlagenen Vorderteil des Schlittens stieß. Nach fünfundzwanzig Werst holten wir die Entflohene ein. Ich hatte es geschafft, zitterte aber die ganze Nacht über und konnte nichts fressen. Morgens brachte man mir Wasser. Ich trank es aus und hörte für immer auf, das Pferd zu sein, das ich gewesen war. Ich war krank, ich wurde gemartert und zum Krüppel gemacht – wurde kuriert, wie es die Menschen nennen. Meine Hufe fielen ab, es bildeten sich Geschwüre, die Beine krümmten sich, die Brust fiel ein, und mein ganzer Körper erschlaffte und wurde gebrechlich. Da verkaufte man mich an einen Pferdehändler. Dieser fütterte mich mit Mohrrüben und mit

irgendwelchem Zeug und machte aus mir ein mir völlig
unähnliches Wesen, mit dem man jedoch jemand
täuschen konnte, der kein Pferdekenner war. Ich hatte
keine Kraft mehr, keinen Schwung. Darüber hinaus
marterte mich der Pferdehändler, indem er jedes Mal,
wenn sich Käufer einfanden, in meine Box kam, wo er
mich mit der Peitsche schlug und aufzustacheln suchte,
so dass ich ganz rasend wurde. Dann wischte er die von
den Peitschenhieben hinterlassenen Striemen weg und
führte mich hinaus. Bei diesem Händler kaufte mich die
schon erwähnte Alte. Sie fuhr dauernd in die Kirche des
heiligen Nikolaus und prügelte den Kutscher. Oft kam er
weinend zu mir in den Stall. Hierbei machte ich die
Erfahrung, dass Tränen einen angenehmen salzigen Geschmack haben. Nach einiger Zeit starb die Alte. Ihr Verwalter nahm mich aufs Gut und verkaufte mich an einen
Krämer, bei dem ich mir mit Weizen den Magen verdarb
und noch ärger erkrankte. Man verkaufte mich an einen
Bauern. Bei dem pflügte ich den Acker, fraß nichts und
rieb mir am Pflugeisen die Füße wund. Ich war wieder
krank. Ein Zigeuner tauschte mich gegen ein anderes
Pferd ein. Er quälte mich entsetzlich und verkaufte mich
schließlich an den Verwalter dieses Guts. Und so bin ich
denn hier …«

Alle Pferde verharrten in Schweigen. Ein feiner
Sprühregen begann niederzugehen.

Als die Herde am Abend des folgenden Tages nach Hause zurückkehrte, begegnete ihr der Gutsherr mit einem Gast. Während sich die Pferde dem Hause näherten, musterte Shuldyba verstohlen die beiden Männer; in dem einen – dem, der einen Strohhut aufhatte – erkannte sie den jungen Gutsherrn, der andere war ein großer, dicker, aufgedunsener Offizier. Die alte Stute warf den Männern einen Seitenblick zu und ging, einen Bogen beschreibend, an ihnen vorüber. Die jungen Pferde hingegen wurden unruhig und gerieten noch mehr in Aufregung, als sich der Gutsherr und sein Gast absichtlich unter die Herde mischten und, sich miteinander unterhaltend, auf das eine und andere Pferd hinwiesen.

»Diesen Apfelschimmel hier habe ich von Wojejkow erstanden«, sagte der Gutsherr.

»Jene junge schwarze Stute mit den weißen Knöcheln ist auch ein Prachttier; von wem stammt sie?«, fragte der Gast.

Sie sahen sich auf diese Weise viele der Pferde an, indem sie ihnen den Weg vertraten und sie zum Stehen brachten. Auch die braune Stute erregte ihre Aufmerksamkeit.

»Die ist noch vom Stamm der Chrenowoer Reitpferde, von denen ich etliche zur Zucht zurückbehalten habe«, erklärte der Gutsherr.

Es war nicht möglich, die in Bewegung befindlichen Pferde alle einzeln zu mustern. Der Gutsherr rief nach Nester; der Alte stieß die Absätze in die Flanken des Schecken und kam eiligst angetrabt. Obwohl der Schecke kranke Füße hatte und das eine Bein nachzog, kam er so bereitwillig gelaufen, dass man ihm ansah, er würde auch dann keinesfalls murren, wenn er den Befehl bekäme, in diesem Zustand unter Aufgebot seiner letzten Kraft bis ans Ende der Welt zu laufen. Er war auch bereit, zum Galopp überzugehen, und versuchte sogar, mit dem rechten Vorderbein dazu anzusetzen.

»Ein prächtigeres Pferd als diese Stute hier, das kann ich dreist sagen, gibt es in ganz Russland nicht.« Dabei zeigte der Gutsherr auf eine der Stuten. Der Gast pflichtete ihm bei. Der Gutsherr mischte sich immer wieder unter die Herde, lief aufgeregt umher, wies auf jedes Pferd hin und verbreitete sich über dessen Geschichte und Abstammung. Der Gast, den es sichtlich langweilte, dem Gutsherrn zuzuhören, ersann alle möglichen Zwischenfragen, um ein Interesse seinerseits vorzutäuschen.

»Soso«, sagte er zerstreut.

»Sieh mal her«, fuhr der Gutsherr fort, ohne dem Gast zu antworten. »Sieh dir nur diese Beine an. Sie hat mich allerhand Geld gekostet, doch dafür habe ich nun auch schon einen Dreijährigen von ihr laufen.«

»Läuft er gut?«, fragte der Gast.

So gingen sie fast sämtliche Pferde durch, bis schließlich nichts mehr zu zeigen war. Eine Weile schwiegen beide.

»Nun, wollen wir gehen?«

»Ja, gehen wir!« Und sie wandten sich dem Tor zu. Der Gast, der sich freute, dass die Vorführung der Pferde beendet war und dass es nun nach Hause gehen sollte, wo es etwas zu essen, zu trinken und zu rauchen geben würde, lebte sichtlich auf. Als man an Nester vorbeikam, der auf seinem Schecken noch Anweisungen erwartete, klopfte der Gast mit seiner großen, feisten Hand dem Schecken den Rücken.

»Der sieht ja aus wie angemalt!«, sagte er. »Weißt du noch, ich erzählte dir doch mal, dass ich auch einen solchen Schecken hatte.«

Der Gutsherr, den nicht interessierte, was von fremden Pferden gesagt wurde, hörte gar nicht hin und wandte sich wieder zu der Herde um. Da ertönte plötzlich unmittelbar neben ihm ein klägliches, greisenhaft schwaches Wiehern. Dieses Wiehern kam von dem Schecken, der es jedoch nicht beendete, sondern – als sei er durch irgendetwas in Verwirrung geraten – plötzlich abbrach. Weder der Gast noch der Gutsherr schenkten seinem Wiehern Beachtung und begaben sich ins Haus. Leinwandmesser hatte in dem verlebten, aufgedunsenen Mann seinen geliebten ehemaligen Herrn, den einstmals steinreichen und blendend schönen Husarenoffizier Serpuchowskoi, erkannt!

10

Draußen ging noch immer ein feiner Sprühregen nieder. Auf dem Gestütshof war es trübe, doch im Herrschaftshaus sah es ganz anders aus. Dort war in dem prächtigen Salon zum Abend ein üppiger Teetisch gedeckt, an dem der Hausherr, die Hausfrau und der von auswärts gekommene Gast saßen.

Die Hausfrau, die sich in anderen Umständen befand, was an ihrem gewölbten Leib, ihrer geraden Haltung sowie ihrer Fülle und namentlich an dem verinnerlichten, sanften und bedeutsamen Ausdruck ihrer großen Augen deutlich zu erkennen war, hatte ihren Platz vor dem Samowar.

Der Hausherr hielt gerade eine Kiste ganz besonderer,

angeblich zehn Jahre alter Zigarren in der Hand, von denen, wie er sagte, sonst niemand welche besäße und mit
denen er sich offenbar vor seinem Gast brüsten wollte.
Der Hausherr war ein schöner Mann von etwa fünfundzwanzig Jahren – frisch, gepflegt und sorgfältig frisiert.
Zu Hause trug er einen neuen, saloppen, in London an-
gefertigten Anzug aus dickem Stoff. An seiner Uhrkette
hingen große kostbare Berlocken. Die Manschetten-
knöpfe waren groß und aus massivem Gold mit einge-
legten Türkisen. Den Bart trug er à la Napoleon III., und
die pomadisierten, an Mauseschwänzchen erinnernden
Enden des Schnurrbarts waren so kunstvoll hochgezwir-
belt, wie man es sonst nur in Paris fertigbringt. Die Hausfrau trug ein großgeblümtes, buntes Kleid aus Seiden-
musselin. In ihr blondes, sehr volles und schönes,
allerdings nicht ausnahmslos eigenes Haar waren große
goldene, besonders originelle Nadeln gesteckt. Ihre
Hände und Arme waren mit zahlreichen, durchweg kost-
baren Armbändern und Ringen geschmückt. Der Samowar war aus Silber, das Teeservice aus feinem Porzellan.
Ein Lakai, der in seinem Frack, der weißen Weste und
Halsbinde sehr prunkvoll wirkte, stand in Erwartung von
Befehlen wie eine Statue an der Tür. Die hellen Möbel
hatten geschweifte Beine und Lehnen; die dunklen Tapeten wurden durch ein großgeblümtes Muster belebt.
Neben dem Tisch hörte man das silberne Halsband eines
außerordentlich schlanken Windhundes klirren, dessen
ungewöhnlich schwierigen englischen Namen der Hausherr und die Hausfrau, die beide des Englischen nicht
kundig waren, nicht richtig aussprechen konnten. In einer Ecke stand zwischen Blumen ein mit Intarsien ver-
ziertes Klavier. Alles hier war neu, luxuriös und von aus-

erlesener Seltenheit. Alles war sehr schön, doch allem haftete der Stempel von Überfluss, übertriebenem Pomp und dem Fehlen jeglicher geistiger Interessen an.

Der Hausherr, ein leidenschaftlicher Anhänger des Rennsports, war einer von jenen kraftstrotzenden, heißblütigen und nie aussterbenden Männern, die in Zobelpelzen ausfahren, Schauspielerinnen prächtige Blumensträuße zuwerfen, in den luxuriösesten Restaurants die teuersten Weine der neuesten Marke trinken, nach ihnen benannte Preise stiften und sich die kostspieligste Mätresse halten.

Der von auswärts gekommene Gast, Nikita Serpuchowskoi, war ein hochgewachsener, beleibter Mann Anfang der Vierziger mit bereits kahlem Kopf, aber üppigem Schnurr- und Backenbart. Früher einmal musste er sehr gut ausgesehen haben. Jetzt indessen war er sichtlich heruntergekommen, sowohl physisch und moralisch als auch in finanzieller Hinsicht.

Er steckte so tief in Schulden, dass er sich gezwungen sah, einen Posten anzunehmen, um nicht eingelocht zu werden. Jetzt befand er sich auf der Reise in die Gouvernementshauptstadt, wo er die Leitung des staatlichen Gestüts übernehmen sollte. Diesen Posten hatten ihm seine einflussreichen Verwandten verschafft. Er trug einen Uniformrock und blaue Hosen. Beides zeichnete sich durch eine Eleganz aus, wie sie sich sonst nur sehr reiche Leute leisten können; dasselbe traf für seine Wäsche und seine Uhr englischen Fabrikats zu. Seine Stiefel hatten etwas komisch aussehende fingerdicke Sohlen.

Nikita Serpuchowskoi hatte im Laufe seines Lebens ein Vermögen von zwei Millionen durchgebracht und darüber hinaus noch hundertzwanzigtausend Rubel Schulden gemacht. Ein solcher Lebensstil wirkt immer noch eine ganze Weile weiter, verschafft einem Kredit und die Möglichkeit, das bisherige luxuriöse Leben fast unverändert noch etwa zehn Jahre fortzusetzen. Doch mittlerweile gingen die zehn Jahre zur Neige, der Kredit war erschöpft, und das Leben begann für Nikita trübselig zu werden. Er gewöhnte sich bereits daran, zur Flasche zu greifen, um sich einen Rausch anzutrinken, was früher nie vorgekommen war, obwohl er sein ganzes Leben hindurch endlos getrunken hatte. Am meisten jedoch äußerte sich sein Niedergang in dem unruhigen Blick seiner Augen (sie hatten einen unsteten Ausdruck angenommen) sowie in der Unsicherheit seiner Sprechweise und seiner Bewegungen. Diese Unruhe wirkte an ihm umso befremdender, als sie sich seiner offenbar erst seit kurzem bemächtigt hatte, und man sah, dass er sein Leben lang gewohnt gewesen war, niemanden und nichts zu fürchten, und erst neuerdings, in allerletzter Zeit, durch schweres Leid zu dieser Unsicherheit gebracht worden war, die so gar nicht seiner Natur entsprach. Der Herr und die Frau des Hauses, die dies erkannten, tauschten verständnisvolle Blicke aus und kamen stillschweigend überein, eine eingehende Erörterung hierüber bis zum Zubettgehen zu verschieben; sie ertrugen den armen Nikita mit Geduld und behandelten ihn sogar besonders freundlich. Angesichts des Glücks, in dem der junge Gutsherr schwelgte, empfand Nikita seine eigene Lage umso schmerzlicher und wurde bei dem Gedanken an sein unwiederbringlich verlorenes einstiges Leben von nagendem Neid erfüllt.

»Wird Ihnen der Zigarrenrauch nichts ausmachen, Marie?«, wandte er sich an die Dame des Hauses in jenem

besonders nuancierten, zwar höflichen und freundschaftlichen, aber doch nicht völlig ehrerbietigen, nur in der Praxis zu erwerbenden Ton, in dem welterfahrene Männer mit
den Geliebten ihrer Freunde zum Unterschied von deren
legitimen Frauen zu sprechen pflegen. Nicht etwa, dass er
die Absicht gehabt hätte, sie zu kränken; im Gegenteil, ihm
lag weit eher daran, sie und ihren Gebieter günstig für sich
zu stimmen, wenn er sich dies auch um keinen Preis ein-
gestanden hätte. Aber es war ihm schon in Fleisch und Blut
übergegangen, mit solchen Frauen in diesem Ton zu sprechen. Auch wusste er, dass sie selbst befremdet, ja sogar
verletzt gewesen wäre, wenn er sie wie eine wahre Dame
behandelt hätte. Zudem kam es darauf an, sich eine gewisse
Steigerung in der Ehrerbietigkeit des Tons für den Umgang
mit legitimen Frauen Gleichgestellter vorzubehalten. Er
behandelte Damen dieser Art stets zuvorkommend – nicht
deshalb etwa, weil er die sogenannten Grundsätze geteilt
hätte, die in manchen Zeitschriften propagiert wurden und
von der Achtung der Persönlichkeit jedes Menschen, der
Nichtigkeit der Ehe und dergleichen mehr handelten – diesen Unsinn las er überhaupt nicht –, sondern einfach deshalb, weil sich alle anständigen Menschen so benahmen;
und ein anständiger Mensch war er ja schließlich, wenn er
auch heruntergekommen war.

Er griff nach einer Zigarre. Doch da nahm der Hausherr
ungeschickterweise gleich eine ganze Handvoll Zigarren
aus der Kiste und hielt sie seinem Gast hin.

»Du wirst sehen, wie gut sie sind. Nimm nur!«

Nikita wehrte mit der Hand ab, und in seinen Augen
spiegelte sich ein Anflug von verletztem Stolz und Scham.
»Nein, danke.« Er zog sein Etui hervor. »Probiere mal
eine von meinen.«

Die Dame des Hauses war feinfühlig. Sie bemerkte die Verstimmung des Gastes und beeilte sich, ihn in ein Gespräch zu verwickeln.

»Ich mag Zigarrenduft sehr gern. Wenn nicht ohnehin alle um mich herum rauchten, würde ich selbst rauchen«, sagte sie mit ihrem reizenden, gütigen Lächeln, worauf er mit einem etwas zaghaften Lächeln antwortete. Er hatte nämlich zwei Zahnlücken.

»Nein, nimm diese. Ich habe aber auch leichtere«, fuhr der ungeschlachte Hausherr fort. »*Fritz, bringen Sie noch eine Kasten – dort zwei*«*, wandte er sich radebrechend an den Diener, einen Deutschen.

Der Diener brachte eine weitere Kiste.

»Welche rauchst du lieber? Starke? Diese hier sind sehr gut. Nimm sie nur alle.« Er drängte dem Gast weiter seine Zigarren auf. Er war offenbar froh, jemand zu haben, vor dem er sich mit seinen Kostbarkeiten brüsten konnte, und merkte nicht, wie er den andern kränkte. Serpuchowskoi zündete sich eine Zigarre an und beeilte sich, auf das unterbrochene Gespräch zurückzukommen.

»Wie viel hast du für den Atlasny gezahlt?«, fragte er.

»Er ist mich teuer zu stehen gekommen, an die fünftausend, doch dafür bin ich jetzt auch fein heraus. Das ist ein Nachwuchs, kann ich dir sagen!«

»Traber?«, fragte Serpuchowskoi.

»Ja, ausgezeichnete. Ein Sohn von ihm hat eben erst drei Preise gewonnen – in Tula, in Moskau und in Petersburg, wo er zusammen mit Wojejkows Worony gelaufen ist. Der blöde Jockei hat ihn viermal aus dem Schritt gebracht, sonst wäre er als Erster durchs Ziel gegangen.«

---

* Alle mit einem Sternchen versehenen Kursivstellen sind auch im russischen Original deutsch.

»Sie sind etwas feucht. Es ist viel holländischer Tabak dabei, scheint mir«, bemerkte Serpuchowskoi.

»Und nun gar die Stuten! Ich werde sie dir morgen vorführen. Für die Dobrynja habe ich dreitausend und für die Laskowaja zweitausend gezahlt.«

Und der Hausherr begann wieder, seine Reichtümer aufzuzählen.

Die Dame des Hauses sah, dass dies Serpuchowskoi bedrückte und dass er seinem Gastgeber nur widerwillig zuhörte.

»Trinken Sie noch eine Tasse?«, wandte sie sich an den Hausherrn.

»Nein, danke«, antwortete er und setzte seinen Vortrag fort. Sie stand auf und wollte gehen; aber der Hausherr hielt sie zurück, umarmte und küsste sie.

Serpuchowskoi zwang sich beim Anblick der beiden aus Höflichkeit ein Lächeln ab. Doch als der Hausherr aufgestanden war und, seine Geliebte hinausgeleitend, mit ihr Arm in Arm bis an die Portiere ging, veränderte sich jählings der Gesichtsausdruck Nikitas; er stieß einen schweren Seufzer aus, und in seinem aufgedunsenen Gesicht spiegelte sich Verzweiflung. Ja, sogar Hass war ihm anzumerken.

II

Der Hausherr kam zurück und nahm lächelnd Nikita gegenüber Platz. Eine Weile schwiegen beide.

»Ja, du sprachst davon, dass du von Wojejkow Pferde gekauft hast«, begann Serpuchowskoi, um überhaupt etwas zu sagen.

»Ganz recht, den Atlasny, wie schon gesagt. Ich trug

mich auch mit der Absicht, von Dubowizki einige Stuten zu kaufen, aber er hat nur noch Schund zurückbehalten.«

»Er ist auf den Hund gekommen«, bemerkte Serpuchowskoi, brach indessen gleich ab und blickte sich um. Ihm war eingefallen, dass er selbst diesem auf den Hund gekommenen Dubowizki zwanzigtausend Rubel schuldete, und er sagte sich, wenn schon von jemandem behauptet werde, er sei auf den Hund gekommen, dann ganz gewiss von ihm selber. Er sagte nichts mehr.

Es trat wieder ein längeres Schweigen ein. Der Hausherr ließ sich durch den Kopf gehen, womit er sich wohl noch vor seinem Gast brüsten könnte. Serpuchowskoi überlegte, wie er beweisen könnte, dass er sich nicht als auf den Hund gekommen betrachtete. Doch beiden fiel es schwer, einen Gedanken zu fassen, obwohl sie bemüht waren, sich durch ihre Zigarren anzuregen. Wird es denn nichts zu trinken geben?, dachte Serpuchowskoi. Wir müssen unbedingt etwas trinken, sonst kommt man vor Langeweile um, dachte der Hausherr.

»Hast du vor, dich lange hier auf dem Gut aufzuhalten?«, fragte Serpuchowskoi.

»Noch etwa einen Monat. Doch wollen wir jetzt nicht etwas zu Abend essen? Fritz, ist alles bereit?«

Sie gingen ins Speisezimmer. Auf dem Tisch unter der Lampe standen Kerzen und die auserlesensten Dinge: verschiedene Siphons, Flaschen mit kleinen Figuren auf den Pfropfen, Karaffen mit edlem Wein, delikate Schlemmerbissen und alle möglichen Spirituosen. Sie tranken ein Gläschen und nahmen einen Imbiss zu sich, tranken ein zweites Gläschen, nahmen nochmals einen Imbiss, und allmählich kam ein Gespräch in Gang. Serpuchowskois

Gesicht rötete sich, und er begann ohne Hemmungen zu sprechen.

Sie unterhielten sich über Frauen, über die Mätressen von Bekannten: wer sich eine Zigeunerin, wer eine Tänzerin oder eine Französin hielt.

»Der Mathieu hast du also den Laufpass gegeben?«, fragte der Hausherr. Er sprach von der Mätresse Serpuchowskois, die ihn ruiniert hatte.

»Nicht ich ihr, sondern sie mir. Ach, mein Lieber, wenn ich so bedenke, mit welchen Unsummen ich in meinem Leben um mich geworfen habe! Jetzt bin ich schon froh, mit ein paar tausend Rubeln rechnen zu können, bin wirklich froh, alldem zu entfliehen. In Moskau halte ich es nicht mehr aus. Ach, was ist da viel zu reden.«

Den Hausherrn langweilte es, Serpuchowskoi zuzuhören. Er hatte den Wunsch, von sich zu sprechen, zu prahlen. Aber auch Serpuchowskoi wollte von sich selbst erzählen, von seiner glänzenden Vergangenheit. Der Hausherr goss ihm Wein ein und wartete nur darauf, ihm, sobald er geendet hätte, wieder von sich zu erzählen und ihm auseinanderzusetzen, dass er sein Gestüt jetzt auf eine noch nie und nirgends dagewesene Höhe gebracht habe. Auch wollte er ihn davon überzeugen, dass Marie ihn nicht nur des Geldes wegen, sondern wirklich von ganzem Herzen liebe.

»Ich wollte dir sagen, dass in meinem Gestüt…«, begann er, wurde aber von Serpuchowskoi unterbrochen.

»Früher einmal liebte und verstand ich es, das Leben zu genießen, kann ich dir versichern. Du sprachst da von Rennen: Wie schnell ist denn nun dein bestes Pferd?«

Der Hausherr griff freudig die Gelegenheit auf, von seinem Gestüt zu erzählen, wurde jedoch von Serpu-

chowskoi wiederum schon nach den ersten Worten unterbrochen.

»Ja, ja«, sagte er, »aber bei euch Gestütsbesitzern spielt
doch nur der Ehrgeiz eine Rolle, nicht das Vergnügen und
die Freude am Leben. Bei mir war das ganz anders. Ich
erwähnte vorhin, dass ich ein Kutschpferd besessen habe,
einen Schecken, der genauso gesprenkelt war wie jener,
den dein Pferdehirt ritt. Ja, das war ein Pferd! Du hast es
nicht gekannt – es war im Jahre zweiundvierzig. Ich war
eben erst nach Moskau gekommen, fuhr zu einem Pferdehändler und wurde bei ihm auf einen scheckigen Wallach aufmerksam. Er war gut gebaut. Ich fand an ihm Gefallen. Was soll er kosten? Tausend Rubel. Er gefiel mir,
und ich kaufte ihn für meine Equipage. Ein solches Pferd
hatte ich noch nie besessen, und auch du wirst so eins
weder jetzt noch irgendwann einmal aufzuweisen haben.
Ein besseres Pferd ist mir, sowohl was die Schnelligkeit
als auch was die Kraft und Schönheit betrifft, nie begeg-
net. Du warst damals noch ein kleiner Junge, du hast es
nicht gekannt, wirst aber, nehme ich an, von ihm gehört
haben. Ganz Moskau kannte es.«

»Ja, ich habe davon gehört«, bestätigte der Hausherr
zurückhaltend. »Doch ich wollte dir gerade von meinen…«

»Also auch du hast von ihm gehört. Ich kaufte den
Gaul, ohne mich um seine Abstammung zu kümmern,
ohne ein Attest zu verlangen. Erst nachträglich habe ich
seinen Stammbaum erfahren und mit Hilfe Wojejkows
alles aufgespürt. Er war ein Sohn Ljubesnys I. und hieß
Leinwandmesser. Er legte beim Laufen so aus, wie man
Leinwand misst. Im Chrenowoer Gestüt hatte man an
seinem scheckigen Fell Anstoß genommen und ihn an

den Stallmeister abgetreten, der ihn kastrieren ließ und dann an einen Pferdehändler verkaufte. Solche Pferde gibt es heutzutage nicht mehr, guter Freund! Ach, war das eine Zeit! Ach, du Jugendzeit!«, stimmte er eine Melodie aus einem Zigeunerlied an. Der Alkohol begann bereits zu wirken. »Ja, es war eine schöne Zeit. Ich war fünfundzwanzig Jahre alt, hatte meine achtzigtausend Silberrubel jährlich, hatte noch kein einziges graues Haar auf dem Kopf und noch sämtliche Zähne – wie eine Perlenschnur anzusehn. Was ich auch unternahm, mit allem hatte ich Erfolg. Und jetzt ist alles aus…«

»Nun, eine solche Schnelligkeit wie heute kannte man damals noch nicht«, fiel der Hausherr sofort ein, als Serpuchowskoi einen Augenblick innehielt. »Ich kann dir sagen, dass meine Pferde bei einem Rennen als Erste pausenlos…«

»Deine Pferde! Damals gab es schnellere.«

»Wie? Schnellere?«

»Ja, schnellere. Ich erinnere mich noch, als wäre es gestern gewesen, wie ich in Moskau eines Tages zu einem Rennen fuhr. Von meinen Pferden liefen keine. Für Traber hatte ich nichts übrig, ich besaß lauter Vollblutpferde: General, Cholet, Mohammed. Vor dem Wagen hatte ich den Schecken. Mein Kutscher war ein netter Bursche, ich mochte ihn sehr gern. Der ist inzwischen auch dem Trunk erlegen. Ich kam also hin. ›Serpuchowskoi, wann wirst du dir endlich Traber anschaffen?‹, wurde ich gefragt. ›Eure Bauerngäule können mir gestohlen bleiben, die überholt mein Kutschpferd, dieser Schecke hier, allesamt.‹ – ›Na, das bezweifeln wir sehr!‹ – ›Wetten? Um tausend Rubel!‹ Die andern schlugen ein, und die Pferde liefen los. Mit fünf Sekunden Vorsprung kam er an, und ich hatte tausend Rubel gewonnen. Ja, das war anders als heute. Mit drei Vollblutpferden vor dem Wagen habe ich hundert Werst in drei Stunden zurückgelegt. Ganz Moskau weiß davon.«

Serpuchowskoi war so redselig geworden und setzte seine Aufschneidereien so pausenlos fort, dass der Hausherr überhaupt nicht mehr zu Worte kam, ihm mit verdrießlicher Miene gegenübersaß und nur aus Langeweile ab und zu Wein in sein und des Gastes Glas nachfüllte.

Der Morgen dämmerte bereits, und sie saßen immer noch beisammen. Der Hausherr verging vor Langeweile. Er stand auf.

»Na, dann müssen wir wohl«, sagte Serpuchowskoi, stand ebenfalls auf und taumelte schwer atmend in das ihm zugewiesene Zimmer.

»Nein, er ist unerträglich«, sagte der Hausherr, als er bei seiner Geliebten lag. »Trinkt sich einen Rausch an und schwatzt unaufhörlich dummes Zeug.«

»Und mir macht er obendrein den Hof.«

»Ich fürchte nur, er wird mich anpumpen wollen.«

Serpuchowskoi lag derweil unausgezogen auf seinem Bett und schnappte nach Luft.

Ich glaube, ich habe ihm allerhand vorgeflunkert, dachte er. Nun, wennschon! Sein Wein ist gut, aber er selbst ist ein großer Schweinehund! So was Krämerhaftes hat er an sich. Und auch ich bin ein großer Schweinehund, bezichtigte er sich in Gedanken und brach in Gelächter aus. Früher habe ich mir Mätressen gehalten, jetzt hält man mich aus. Ja, die Frau von diesem Winkler hält mich aus, ich nehme Geld von ihr. Das geschieht ihm ganz recht, geschieht ihm ganz recht! Doch ich muss mich ja noch ausziehen, aber die Stiefel werde ich nicht runterkriegen…

»Heda! Heda!«, rief er nach dem zu seiner Bedienung bestimmten Diener; doch der war längst schlafen gegangen.

Er richtete sich auf, zog den Rock und die Weste aus, streifte mit Ach und Krach auch die Hosen ab und strengte sich dann lange vergeblich an, die Stiefel auszuziehen, woran ihn sein wabbeliger Bauch hinderte. Den einen hatte er schließlich herunterbekommen, doch mit dem zweiten quälte er sich so lange vergeblich ab, bis ihm der Atem ausging und er vor Erschöpfung nicht weiterkonnte. Und so, mit einem Fuß noch im Stiefelschaft, sank er aufs Bett zurück, begann sofort zu schnarchen und erfüllte das ganze Zimmer mit dem Geruch von Tabak, Wein und widerwärtigem Verfall.

12

Als Leinwandmesser in jener Nacht noch über das eine und andere nachdenken wollte, wurde er von Waska aus seinen Gedanken gerissen. Dieser warf ihm eine Decke über den Rücken, sprengte mit ihm los und ließ ihn vor der Tür einer Schenke bis zum Morgen neben einem Bauerngaul warten. Beide beleckten einander. Morgens kam er zur Herde zurück und musste sich dauernd kratzen.

Was ist das bloß für ein schmerzhaftes Jucken?, überlegte er.

Es vergingen fünf Tage. Da wurde der Rossarzt geholt. Der erklärte erfreut:

»Räude. Verkaufen Sie ihn an Zigeuner!«

»Warum diese Umstände? Am besten, man macht ihm gleich den Garaus, damit er noch heute von hier wegkommt.«

Es war ein klarer, windstiller Morgen. Die Herde begab sich auf die Weide. Leinwandmesser blieb zurück. Bald darauf erschien ein sonderbar aussehender hagerer, finsterer und schmutziger Mann, dessen Rock Spritzer von irgendeiner dunklen Flüssigkeit aufwies. Es war der Abdecker. Er nahm Leinwandmesser, ohne ihn anzusehen, am Zügel und führte ihn hinaus. Leinwandmesser folgte ihm ruhig, ohne sich umzusehen, wie immer mit schleppenden Schritten, wobei sich seine Hinterbeine im Stroh verhaspelten. Nachdem sie durch das Tor gegangen waren, strebte er schnell dem Brunnen zu; aber der Abdecker zerrte ihn zurück und sagte: »Das brauchst du nicht mehr.«

Der Abdecker und Waska, der ihnen gefolgt war, kamen mit ihm zu einer hinter dem Ziegelschuppen liegenden kleinen Schlucht und blieben dort stehen, als ob es mit diesem ganz gewöhnlichen Platz eine besondere Bewandtnis hätte. Der Abdecker übergab Waska die Zügel, zog seinen Rock aus, krempelte die Hemdsärmel auf, langte aus dem Stiefelschaft ein Messer und einen Schleifstein hervor und begann, das Messer daran zu schärfen. Der Wallach reckte sich mit dem Hals nach den Zügeln, um aus Langeweile an ihnen zu kauen; da sie aber zu weit weg waren, stieß er einen Seufzer aus und schloss die Augen. Seine Unterlippe sank herab und legte die gelben Zahnstummel bloß, und er schlummerte unter dem Klang des Messerschleifens ein. Nur sein krankes angeschwollenes Bein, das er ein wenig vorgestellt hatte, zuckte noch von Zeit zu Zeit. Plötzlich spürte er, dass ihn jemand an der unteren Kinnlade packte und seinen Kopf emporhob. Er schlug die Augen auf und nahm vor sich zwei Hunde wahr. Der eine von ihnen hatte die Nase schnuppernd in Richtung auf den Abdecker ausgestreckt, während der andere dasaß, den Wallach anblickte und gerade von ihm etwas zu erwarten schien. Der Wallach betrachtete die Hunde und begann, den Kiefer an der Hand zu reiben, die ihn festhielt.

Sie wollen mich wohl kurieren, dachte er. Nun, sollen sie!

Nun spürte er auch wirklich, dass an seiner Kehle etwas vorgenommen wurde. Er empfand einen Schmerz, zuckte zusammen und wankte, konnte sich jedoch aufrecht halten und beschloss abzuwarten, was weiter geschehen würde. Als Nächstes spürte er, daß sich irgendeine Flüssigkeit in breitem Strom über seinen Hals und seine Brust ergoß. Er holte tief Atem und fühlte sich auf einmal erleichtert. Ihm war, als sei die ganze Schwere seines Lebens von ihm genommen. Er schloss die Augen und ließ den Kopf sinken – niemand stützte ihn. Dann senkte sich der Hals, seine Beine begannen zu zittern, und der ganze Körper schwankte. Er war weniger erschrocken als verwundert. Das war ihm alles so neu. Er konnte nichts begreifen, bäumte sich auf und wollte sich vorwärts stürzen. Doch sobald er die Beine vom Boden gelöst hatte, strauchelte er, verlor das Gleichgewicht und sank, als er sich weiterbewegen wollte, nach vornüber und dann auf die linke Seite zu Boden. Der Abdecker wartete, bis sich die letzten Zuckungen gelegt hatten, trieb die sich nähernden Hunde zurück und drehte den Wallach, ihn an den Beinen fassend, auf den Rücken um. Dann ließ er Waska die Beine halten und begann, das Fell abzuziehen.

»War auch mal ein gutes Pferd«, bemerkte Waska.

»Wenn er besser bei Leibe gewesen wäre, dann wäre es ein feines Fell«, sagte der Abdecker.

Als die Herde abends den Abhang herunterkam, sahen

die links am Rand gehenden Pferde in der Schlucht eine
rote Masse liegen, an der sich Hunde zu schaffen machten und über der Raben und Geier kreisten. Einer der
Hunde stemmte sich mit den Pfoten gegen den Kadaver
und riss aus ihm, den Kopf hin und her bewegend, unter
Geknirsch ein Stück heraus, in das er sich festgebissen
hatte. Die braune Stute blieb stehen, streckte den Kopf
und den Hals vor und zog lange die Luft ein. Sie war nur
mit Gewalt von der Stelle zu bringen.

Beim Morgengrauen war auf dem Grunde der von Gestrüpp überwucherten Schlucht des alten Waldes das freudig erregte Geheul junger Wölfe zu hören. Es waren im
ganzen fünf: vier fast gleich große und ein noch ganz kleiner, dessen Kopf größer war als der Rumpf. Eine ausge-
mergelte, sich haarende Wölfin kam, den aufgeblähten
Bauch mit den tief herabhängenden Zitzen über die Erde
schleifend, aus dem Gebüsch und setzte sich gegenüber
den jungen Wölfen hin. Die jungen Wölfe stellten sich
im Halbkreis vor ihr auf. Sie ging auf den kleinsten zu,
ließ sich auf die Knie nieder, beugte den Kopf bis zur Erde
hinunter, sperrte den Rachen auf, dass die spitzen Zähne
sichtbar wurden, und würgte unter krampfartigen Bewegungen ein großes Stück Pferdefleisch heraus. Die vier
schon etwas älteren Wölflein drängten sich an sie heran,
aber sie wehrte sie drohend ab und ließ das ganze Stück
dem kleinsten zukommen. Der bemächtigte sich des Flei-
sches, legte sich zornig knurrend darauf und begann zu
fressen. In der gleichen Weise würgte die alte Wölfin auch
jedem ihrer übrigen Jungen ein Stück Pferdefleisch heraus
und legte sich dann vor sie hin, um auszuruhen.

Nach Verlauf einer Woche lagen hinter dem Ziegelschuppen nur noch der große Schädel und zwei dicke Kno-

chen; alles Übrige war fortgeschleppt worden. Ein Bauer, der Knochen sammelte, nahm im Sommer auch diese beiden Knochen sowie den Schädel mit und machte sie zu Geld.

Der entseelte Körper Serpuchowskois, der sich auch zu Lebzeiten nur als lebender Leichnam auf der Erde bewegt und gegessen und getrunken hatte, wurde erst geraume Zeit später in die Erde gesenkt. Weder seine Haut noch das Fleisch noch die Knochen waren zu irgendetwas nutze. Und ebenso wie sein über die Erde wandelnder Leichnam für alle schon seit zwanzig Jahren eine bedrückende Last gewesen war, bedeutete auch seine Bestattung für die Menschen nur zusätzliche Mühsal. Schon seit langem hatte niemand mehr ein Interesse an ihm, schon seit langem war er allen nur noch zur Last gefallen; nichtsdestoweniger hielten es die selbst schon abgestorbenen Menschen, die seine Beisetzung besorgten, für geboten, den aufgedunsenen, sich bereits zersetzenden Körper mit einer schönen Uniform und schönen Stiefeln auszustatten, ihn in einen prächtigen, an den vier Ecken mit schönen Quasten verzierten Sarg zu betten, diesen prächtigen Sarg in einen anderen, einen Zinksarg, zu stellen und nach Moskau zu überführen, um dort die Gebeine früher Verstorbener ausgraben zu lassen und unbedingt gerade an dieser Stelle den schon in Verwesung übergehenden, von Würmern wimmelnden Körper mit seiner prächtigen Uniform und den blank geputzten Stiefeln in die Erde zu senken und das Ganze zuzuschütten.

1885

DER TOD DES IWAN ILJITSCH

In einem der Säle des Justizpalastes fand heute der Prozess der Melwinskis statt, und in einer Verhandlungspause, in der sich die Mitglieder des Richterkollegiums und der Staatsanwalt in das Zimmer Iwan Jegorowitsch Schebeks zurückgezogen hatten, kam das Gespräch auf den berühmten Fall Krassow. Fjodor Wassiljewitsch versuchte, sich immer mehr ereifernd, die Unzuständigkeit des Gerichts nachzuweisen, während Iwan Jegorowitsch auf seiner gegenteiligen Ansicht beharrte und Pjotr Iwanowitsch, der sich an der Auseinandersetzung von Anfang an nicht beteiligt hatte, die eben von einem Gerichtsdiener hereingebrachte Zeitung durchsah.

»Meine Herren!«, wandte sich Pjotr Iwanowitsch plötzlich an die andern. »Iwan Iljitsch ist gestorben.«

»Ist das möglich?«

»Hier, lesen Sie selbst!«, sagte er und hielt Fjodor Wassiljewitsch die frische, noch nach Druckerschwärze riechende Zeitung hin.

Die schwarzumrandete Anzeige lautete: »Praskowja Fjodorowna Golowina gibt allen Verwandten und Bekannten in tiefem Schmerz bekannt, dass ihr innig geliebter Mann, Iwan Iljitsch Golowin, Mitglied des Obersten Gerichtshofes, gestern, am 4. Februar 1882, verschieden, ist. Die Beisetzung erfolgt Freitag um 1 Uhr mittags.«

Iwan Iljitsch war ein Kollege der anwesenden Herren und hatte sich allseitiger Beliebtheit erfreut. Er war schon seit mehreren Wochen bettlägerig gewesen, und es hatte geheißen, seine Krankheit sei unheilbar. Seinen Posten hatte man für ihn bislang noch frei gehalten, doch in Kollegenkreisen vermutete man schon, dass im Falle seines Ablebens möglicherweise Alexejew zu seinem Nachfolger ernannt und dessen bisherige Stelle entweder Winnikow oder Stabel übertragen würde. Als die im Zimmer Schebeks anwesenden Herren nun vom Tode Iwan Iljitschs erfuhren, war ihr erster Gedanke, welche Folgen dieser Tod in Bezug auf Umbesetzungen und Beförderungen für sie selbst oder ihre Bekannten nach sich ziehen könnte.

Jetzt werde ich bestimmt den Posten von Stabel oder Winnikow bekommen, dachte Fjodor Wassiljewitsch. Mir ist das schon lange versprochen worden, und diese Beförderung bedeutet für mich, ganz abgesehen von den höheren Diäten, eine Gehaltszulage von achthundert Rubel.

Ich muss mich jetzt um die Versetzung meines Schwagers aus Kaluga nach hier bemühen, dachte Pjotr Iwanowitsch. Meine Frau wird sich sehr freuen. Sie wird dann nicht mehr sagen können, ich tue nie etwas für ihre Angehörigen.

»Ich habe mir schon gedacht, dass er nicht wieder auf die Beine kommen wird«, sagte Pjotr Iwanowitsch. »Ein trauriger Fall.«

»Was hat ihm eigentlich gefehlt?«

»Die Ärzte konnten es nicht feststellen. Das heißt,

Diagnosen haben sie wohl gestellt, aber jeder eine andere. Bei meinem letzten Besuch hatte ich den Eindruck, dass sich sein Zustand gebessert habe.«

»Ich bin leider seit den Feiertagen nicht mehr bei ihm gewesen. Ich hatte es mir aber vorgenommen.«

»War er eigentlich vermögend?«

»Seine Frau besitzt, glaube ich, etwas Vermögen. Aber das kann nur ganz unbedeutend sein.«

»Man muss ihr nun wohl einen Beileidsbesuch machen. Sie wohnen ja furchtbar weit.«

»Das heißt, für Sie ist es weit. Von Ihrer Wohnung ist es überallhin weit.«

»Er kann mir noch immer nicht verzeihen, dass ich jenseits des Flusses wohne«, sagte Pjotr Iwanowitsch lächelnd, wobei er mit dem Kopf auf Schebek wies. Und nachdem man noch eine Weile über die großen Entfernungen in der Stadt gesprochen hatte, begaben sich die Herren in den Sitzungssaal zurück.

Abgesehen von den Erwägungen, die nun alle anstellten wegen der möglicherweise zu erwartenden Umbesetzungen und dienstlichen Veränderungen anlässlich dieses Todesfalles, rief die Nachricht vom Ableben eines nahen Bekannten, wie immer, bei jedem, der davon erfuhr, ein Gefühl der Freude darüber hervor, dass ein anderer gestorben war und nicht er selbst.

Ja, das ist eben Schicksal: Ihn hat's getroffen, ich aber lebe weiter, dachte oder fühlte ein jeder. Und die näheren Bekannten Iwan Iljitschs, sozusagen seine Freunde, dachten dabei unwillkürlich auch noch daran, dass sie nun der Anstandspflicht nachkommen müssten, den höchst langweiligen Beisetzungsfeierlichkeiten beizuwohnen und der Witwe des Verstorbenen einen Beileidsbesuch abzustatten.

Dem Trauerhause am nächsten standen Pjotr Iwanowitsch und Fjodor Wassiljewitsch.

Pjotr Iwanowitsch hatte mit Iwan Iljitsch zusammen das Institut für Rechtswissenschaften besucht und fühlte sich ihm besonders verbunden.

Nachdem er seiner Frau beim Mittagessen vom Hinscheiden Iwan Iljitschs berichtet und ihr seine Erwägungen über die jetzt vielleicht mögliche Versetzung des Schwagers in den hiesigen Bezirk mitgeteilt hatte, legte er sich diesmal nicht zu einem Mittagsschläfchen nieder, sondern zog gleich seinen Frack an und fuhr ins Trauerhaus.

Vor dem Hause Iwan Iljitschs hielten eine Privatequipage und zwei Droschken. In der Vorhalle im Erdgeschoß stand, neben dem Kleiderständer an die Wand gelehnt, der mit Glanzstoff bezogene und mit Quasten und einer mit Putzpulver blank geriebenen Goldborte geschmückte Sargdeckel. Zwei Damen in Trauerkleidung legten gerade ihre Pelzmäntel ab. Mit der einen von ihnen, einer Schwester Iwan Iljitschs, war Pjotr Iwanowitsch bereits bekannt; wer die andere war, wusste er nicht. Schwarz, ein Kollege von Pjotr Iwanowitsch, schickte sich eben an, aus dem Obergeschoss herunterzukommen, blieb jedoch, als er ihn erblickte, an der obersten Treppenstufe stehen und zwinkerte ihm zu, als wollte er sagen: Das hat Iwan Iljitsch dumm angestellt, Leuten wie uns hätte so etwas nicht passieren können.

In dem Gesicht von Schwarz, das ein englischer Backenbart umrahmte, in seiner hageren, mit einem Frack bekleideten Gestalt und in seiner ganzen, stets eleganten Erscheinung drückte sich betonte Feierlichkeit aus – eine Feierlichkeit, die so gar nicht mit seinem flatterhaften

Wesen in Einklang stand, die aber hier – so schien es Pjotr Iwanowitsch – einen ganz besonderen Eindruck machte.

Pjotr Iwanowitsch ließ den Damen den Vortritt und ging hinter ihnen her langsam die Treppe hinauf. Schwarz blieb oben stehen, und Pjotr Iwanowitsch erriet auch, weshalb: Er wollte offenbar verabreden, wo man sich heute zum Kartenspiel traf. Im Obergeschoss angekommen, begaben sich die Damen zu der Witwe, während Schwarz seinem Gesicht durch ein Zusammenpressen der vollen Lippen einen ernsten Ausdruck gab und Pjotr Iwanowitsch mit einer vielsagenden Bewegung der Brauen auf das rechts liegende Zimmer verwies, in dem der Tote aufgebahrt war.

Als Pjotr Iwanowitsch das Zimmer betrat, war er, wie man es in solchen Fällen immer ist, im Zweifel darüber, wie er sich nun verhalten sollte. Er wusste immerhin, dass es vor einer Bahre nie fehl am Platze sein konnte, sich zu bekreuzigen, war sich aber nicht im Klaren, ob er sich dabei auch noch verneigen musste, und wählte daher einen Mittelweg, indem er sich beim Eintritt ins Zimmer bekreuzigte und ein wenig den Kopf senkte. Soweit die Bewegungen mit den Händen und dem Kopf ihm dies gestatteten, schaute er sich zugleich im Zimmer um. Zwei ganz junge Leute, anscheinend Neffen des Verstorbenen, von denen der eine Gymnasiast war, hatten sich eben mehrmals bekreuzigt und verließen das Zimmer. Neben dem Sarg stand regungslos ein altes Mütterchen, und eine Dame mit seltsam hochgezogenen Brauen flüsterte ihr etwas zu. Ein Diakon in langem schwarzem Rock, temperamentvoll und von robuster Gestalt, las mit lauter Stimme und entschiedenem, keinen Widerspruch duldendem Ton etwas vor. Der Büfettdiener Gerassim kam

mit leisen Schritten an Pjotr Iwanowitsch vorbei und be-
streute den Fußboden mit irgendeinem Pulver. Als Pjotr
Iwanowitsch das sah, verspürte er auch sofort den leichten Geruch der in Verwesung übergehenden Leiche. Den
Büfettdiener Gerassim hatte Pjotr Iwanowitsch schon bei
seinem letzten Besuch in Iwan Iljitschs Zimmer ange-
troffen; er versah damals die Pflichten eines Kranken-
wärters, und Iwan Iljitsch hatte ihn besonders gern gehabt. Pjotr Iwanowitsch bekreuzigte sich immer wieder
und verband damit jedes Mal eine leichte Verneigung, halb
in Richtung auf den Sarg und den Diakon, halb in Richtung auf die Heiligenbilder, die in einer Ecke des Zimmers auf einem Tisch standen. Als es ihm dann schien,
dass er sich lange genug bekreuzigt hatte, hielt er damit
inne und begann, den Toten zu betrachten.

Der Tote lag mit der allen Toten eigenen besonderen
Schwere im Sarg, so dass seine erstarrten Glieder in der
weichen Unterlage versanken; von dem Kissen, auf das
der für immer herabgeknickte Kopf gebettet war, zeichnete sich scharf die wächserne gelbe Stirn mit den kahlen
Stellen an den eingefallenen Schläfen ab, und die hervor-
stehende Nase erweckte den Anschein, als drückte sie die
Oberlippe des Toten nieder. Iwan Iljitsch hatte sich seit
Pjotr Iwanowitschs letztem Besuch sehr verändert und
war noch mehr abgemagert, doch sein Gesicht sah, wie
bei allen Toten, schöner und vor allem bedeutender aus als
zu seinen Lebzeiten. In seinen Gesichtszügen schien sich
auszudrücken, dass alles, was getan werden musste, vollbracht, und zwar auf richtige Weise vollbracht war.
Außerdem sprach aus seinen Gesichtszügen noch ein
Vorwurf oder eine Ermahnung für die Lebenden. Pjotr
Iwanowitsch hielt diese Ermahnung für unangebracht

oder bezog sie zum mindesten nicht auf sich selbst. Ihn überkam ein unangenehmes Gefühl, und daher bekreuzigte er sich schnell noch ein weiteres Mal, wandte sich dann, wie es ihm nachträglich erschien, mit allzu großer, gegen den Anstand verstoßender Hast von der Bahre ab und ging auf die Tür zu. Schwarz erwartete ihn im Durchgangszimmer; er stand da mit weit auseinandergespreizten Beinen und drehte hinter seinem Rücken mit beiden Händen den Zylinder spielerisch hin und her. Allein schon ein Blick auf das selbstgefällige, saubere und elegante Äußere von Schwarz wirkte auf Pjotr Iwanowitsch erfrischend. Ihm wurde klar, dass Schwarz über jegliche Sentimentalität erhaben war und sich keinen niederdrückenden Gefühlen hingab. Sein ganzes Aussehen schien zu besagen: Der Inzident dieser Totenmesse für Iwan Iljitsch kann keinesfalls als stichhaltiger Grund zur Änderung der Tagesordnung angesehen werden – das heißt, nichts kann uns daran hindern, heute Abend ein neues Päckchen Karten aufzureißen und, während vom Diener vier frische Kerzen aufgestellt werden, mit dem Spiel zu beginnen, wie es überhaupt abwegig ist, anzunehmen, dass dieser Zwischenfall uns davon abhalten könnte, auch den heutigen Tag auf angenehme Weise zu verbringen. Etwas Ähnliches flüsterte er denn auch dem an ihm vorübergehenden Pjotr Iwanowitsch zu und schlug vor, zu einer Partie Karten bei Fjodor Wassiljewitsch zusammenzukommen. Doch schien es Pjotr Iwanowitsch vom Schicksal nicht bestimmt zu sein, an diesem Abend Karten zu spielen. Praskowja Fjodorowna, eine kleine korpulente Dame, deren Figur sich trotz aller gegenteiligen Bemühungen von den Schultern abwärts immer mehr verbreiterte, kam, ganz in Schwarz geklei-

det und den Kopf von einem Schleier verhüllt, die Brauen
ebenso seltsam hochgezogen wie jene Dame, die Pjotr
Iwanowitsch vorhin am Sarge aufgefallen war, zusammen
mit mehreren anderen Damen aus ihren Gemächern, ging
mit ihnen bis an die Tür des Zimmers, in dem der Tote
aufgebahrt war, und sagte:

»Treten Sie ein, die Messe beginnt gleich.«

Schwarz, der stehengeblieben war, machte eine unver-
bindliche Verbeugung, aus der nicht hervorging, ob er
dieser Aufforderung zu folgen gedachte oder nicht.
Praskowja Fjodorowna bemerkte jetzt Pjotr Iwanowitsch, kam seufzend auf ihn zu, ergriff seine Hand und
sagte:

»Ich weiß, Sie sind ein wahrer Freund Iwan Iljitschs gewesen«, worauf sie ihn bewegt ansah und von ihm offensichtlich eine ihren Worten entsprechende Handlung
erwartete.

Pjotr Iwanowitsch wusste, dass er ihr, ebenso wie er
sich vorhin an der Bahre hatte bekreuzigen müssen, jetzt
die Hand drücken, einen Seufzer ausstoßen und sagen
musste: Das können Sie mir glauben! Das machte er denn
auch. Und nachdem er es getan, fühlte er, dass sich das gewünschte Ergebnis eingestellt hatte: Er war gerührt, und
sie war gerührt.

»Kommen Sie, solange es dort noch nicht angefangen
hat, ich muss was mit Ihnen besprechen«, sagte Praskowja
Fjodorowna. »Geben Sie mir den Arm.«

Pjotr Iwanowitsch reichte ihr den Arm, und sie begaben sich zu den auf der anderen Seite der Wohnung liegenden Zimmern, wobei Schwarz, als sie an ihm vorbei-
gingen, Pjotr Iwanowitsch bekümmert zublinzelte. Da
haben wir nun unsern Whist! Sie dürfen es uns nicht ver-

übeln, wenn wir jetzt einen andern Partner nehmen. Und sollten Sie sich hier doch noch frei machen können, dann spielen wir eben zu fünft!, besagte sein verschmitzter Blick.

Pjotr Iwanowitsch stieß einen noch tieferen, noch wehmütigeren Seufzer aus, und Praskowja Fjodorowna drückte ihm dankbar die Hand. Nachdem sie den mit rosa Kretonne ausgeschlagenen Salon betreten hatten, in dem eine stets trüb brennende Lampe stand, nahmen sie am Tisch Platz – sie auf dem Sofa und Pjotr Iwanowitsch auf einem niedrigen gepolsterten Hocker, dessen Sprungfedern nicht mehr in Ordnung waren und sich dem Druck seines Gewichts widersetzten. Praskowja Fjodorowna hatte eigentlich beabsichtigt, ihn vorher auf die Schadhaftigkeit des Hockers hinzuweisen und ihn zu nötigen, sich auf einen andern Stuhl zu setzen, doch dann schien ihr das nicht ihrer Lage angemessen zu sein, und sie gab ihre Absicht auf. Als sich Pjotr Iwanowitsch nun auf den Hocker setzte, fiel ihm ein, wie sich Iwan Iljitsch bei der Ausstattung dieses Salons mit ihm über den rosa, mit einem grünen Blättermuster durchwirkten Kretonne beraten hatte. Als sich Praskowja Fjodorowna auf das Sofa setzen wollte und um den Tisch herumging – der ganze Salon war mit Möbeln und allen möglichen Sächelchen überladen –, blieb sie mit den Spitzen ihrer Mamille an den Schnitzereien des Tisches hängen. Pjotr Iwanowitsch erhob sich ein wenig, um die Spitzen loszulösen, wobei die von seiner Last befreiten Sprungfedern des Hockers sich wieder zu regen begannen und ihm Püffe erteilten. Da sich aber die Witwe schon selbst bemühte, die Spitzen loszulösen, setzte sich Pjotr Iwanowitsch wieder hin und drückte die widerspenstigen Sprungfedern nieder. Die

Witwe hatte indessen nicht alle Spitzen freibekommen, und Pjotr Iwanowitsch musste sich nochmals erheben, wobei die Sprungfedern wiederum rebellisch wurden, ja sogar knirschten. Nachdem das alles erledigt war, zog Praskowja Fjodorowna ein sauberes Batisttüchlein hervor und begann zu weinen. Auf Pjotr Iwanowitsch hatte jedoch der Zwischenfall mit den Spitzen und sein Kampf mit dem Hocker abkühlend gewirkt, so dass er jetzt mit finsterer Miene dasaß. Diese peinliche Situation wurde durch Sokolow, den Küchenmeister Iwan Iljitschs, unterbrochen, der mitteilte, dass der Platz auf dem Friedhof, den Praskowja Fjodorowna ins Auge gefasst hatte, zweihundert Rubel kosten würde. Praskowja Fjodorowna hörte auf zu weinen, warf Pjotr Iwanowitsch einen leidenden Blick zu und sagte auf Französisch, ihr sei so schwer ums Herz. Pjotr Iwanowitsch nickte bedeutungsvoll, zum Zeichen dafür, dass dies seiner festen Überzeugung nach auch gar nicht anders sein könne.

»Rauchen Sie bitte«, sagte Praskowja Fjodorowna großmütig und schmerzerfüllt zugleich, wobei ihr die Stimme zu versagen drohte, dann wandte sie sich wieder Sokolow zu, um mit ihm wegen des Preises für die Grabstätte zu sprechen. Während Pjotr Iwanowitsch eine Zigarette rauchte, hörte er, wie sie sich haarklein nach den Preisen für die verschiedenen Plätze erkundigte, bevor sie ihre Entscheidung traf, welcher Platz genommen werden sollte. Anschließend gab sie noch Anweisungen wegen der Kirchensänger, und Sokolow entfernte sich wieder.

»Ich mache alles selbst«, sagte sie zu Pjotr Iwanowitsch und rückte die auf dem Tisch liegenden Alben auf die andere Seite hinüber; und als sie sah, dass die Asche seiner Zigarette jeden Augenblick auf den Tisch fallen konnte, beeilte sie sich, ihm einen Aschenbecher zuzuschieben, und fuhr fort: »Ich finde, es wäre Heuchelei, wenn ich erklären würde, ich sei vor Kummer außerstande, mich mit praktischen Dingen zu befassen. Im Gegenteil, wenn mich etwas zwar nicht trösten, aber immerhin ein wenig ablenken kann, dann sind es die Pflichten, die ich letzten Endes doch um seinetwillen erfülle.« Sie holte aufs Neue ihr Taschentuch hervor und schien wieder weinen zu wollen, nahm sich jedoch plötzlich zusammen, schüttelte, sich gleichsam überwindend, den Kopf und sagte ganz ruhig: »Ja, ich habe etwas mit Ihnen zu besprechen.«

Pjotr Iwanowitsch verneigte sich leicht und war dabei darauf bedacht, die Sprungfedern des Hockers niederzuhalten, die sofort wieder in Bewegung gekommen waren.

»In den letzten Tagen hat er furchtbar gelitten.«

»So große Schmerzen hat er gehabt?«, fragte Pjotr Iwanowitsch.

»Ach, ganz fürchterliche Schmerzen! Die letzten, nicht nur Minuten, nein, Stunden hat er in einem fort geschrien. Drei Tage und drei Nächte lang hat er, ohne auch nur einmal Atem zu holen, ununterbrochen geschrien. Es war unerträglich. Ich begreife jetzt gar nicht, wie ich das ertragen konnte. Drei Zimmer weiter war es noch zu hören. Ach, was ich ausgestanden habe!«

»Und war er die ganze Zeit bei Bewusstsein?«, fragte Pjotr Iwanowitsch.

»Ja«, flüsterte sie, »bis zum letzten Augenblick. Eine Viertelstunde vor seinem Hinscheiden nahm er von uns Abschied und bat dann noch, Wolodja hinauszuführen.«

Der Gedanke an die Qualen eines Menschen, den er so gut gekannt hatte, zuerst als fröhlichen Knaben und Schulkameraden und im späteren Leben als Kollegen, er-

füllte Pjotr Iwanowitsch trotz des peinlichen Bewusst-
seins, dass er und diese Frau ihren Schmerz nur heuchel-
ten, ganz plötzlich mit Entsetzen. Er sah wieder diese
Stirn, sah wieder die Nase, die auf die Oberlippe drückte,
und ihm wurde bange für sich selbst.

Drei Tage und Nächte voller fürchterlicher Qualen und
dann der Tod! Das kann ja von heute auf morgen, kann
jeden Augenblick auch mir beschieden sein, dachte er und
wurde für einen Moment von Grauen gepackt. Doch
gleich darauf kam ihm, er wusste selbst nicht wie, der in
solchen Fällen übliche Gedanke zu Hilfe, dass dies nur
Iwan Iljitsch vom Schicksal bestimmt gewesen sei und
dass mit ihm selbst keineswegs das Gleiche zu geschehen
brauche oder auch nur zu befürchten sei; durch solche
Grübeleien, dachte er, versetzt man sich nur in düstere
Stimmung, und das darf man, wie deutlich aus dem Gesicht von Schwarz zu ersehen gewesen war, nicht tun.
Nachdem Pjotr Iwanowitsch diese Erwägungen angestellt hatte, wurde er wieder ruhig und erkundigte sich
nun so interessiert nach den Einzelheiten, unter denen
Iwan Iljitsch gestorben war, als handelte es sich bei dem
Tod um ein Ereignis, das nur Iwan Iljitsch, aber keinesfalls ihm selbst zustoßen konnte.

Nachdem eine Weile über die Einzelheiten der in der
Tat fürchterlichen körperlichen Qualen gesprochen worden war, die Iwan Iljitsch ausgestanden hatte und die
Pjotr Iwanowitsch vornehmlich danach ermessen konnte,
was die Witwe ihm davon erzählte, wie sich Iwan Iljitschs
Qualen auf ihre Nerven ausgewirkt hatten, hielt diese es
offenbar für angebracht, zur Sache überzugehen.

»Ach, Pjotr Iwanowitsch, wie schwer, wie entsetzlich
schwer ist das alles«, sagte sie und fing wieder an zu weinen.

Pjotr Iwanowitsch seufzte und wartete ab, bis sie sich die Nase geputzt haben würde. Nachdem sie das getan hatte, sagte er: »Glauben Sie mir . . .« Da fasste sie sich wieder und rückte endlich damit heraus, was offensichtlich ihr Hauptanliegen an ihn war – nämlich die Frage, auf welche Weise sie anläßlich des Todes ihres Mannes möglichst viel Geld aus der Staatskasse erhalten könnte. Sie gab sich den Anschein, als wollte sie Pjotr Iwanowitsch nur wegen der ihr zustehenden Pension um Rat fragen; doch er erkannte bald, dass sie nicht nur hierüber bereits bis in alle Einzelheiten unterrichtet war, sondern darüber hinaus auch noch mehr wusste als er selbst: Ihr waren aufs genaueste alle Beträge bekannt, die sich infolge dieses Todes aus der Staatskasse erlangen ließen, aber sie wollte hören, ob es nicht eine Möglichkeit gebe, noch mehr Geld herauszupressen. Pjotr Iwanowitsch gab sich Mühe, eine solche Möglichkeit zu ersinnen, doch nachdem er eine Weile nachgedacht und anstandshalber eine tadelnde Bemerkung über die Knauserigkeit der Regierung gemacht hatte, erklärte er, dass kaum Aussicht bestehe, noch mehr Geld herauszuholen. Praskowja Fjodorowna stieß hierauf einen Seufzer aus und suchte jetzt offensichtlich nur noch nach einem Vorwand, sich von ihrem Besucher zu befreien. Pjotr Iwanowitsch, der das merkte, löschte seine Zigarette, stand auf, drückte ihr die Hand und ging hinaus, um sich ins Vorzimmer zu begeben.

Als er durch das Speisezimmer kam, in dem jene Uhr hing, die Iwan Iljitsch in einem Antiquitätenladen erstanden und an der er so viel Freude gehabt hatte, traf er dort den Priester und mehrere Bekannte an, die sich zur Teilnahme an der Totenmesse eingefunden hatten. Hier entdeckte er auch die ihm gut bekannte Tochter des Hau-

ses, eine sehr hübsche junge Dame. Sie war ganz in
Schwarz gekleidet, wobei ihre ohnehin ungewöhnlich
schlanke Taille noch schlanker wirkte als sonst. Ihr Gesicht hatte einen finsteren, verbissenen, ja fast zornigen
Ausdruck. Sie nickte Pjotr Iwanowitsch mit so düsterer
Miene zu, als hätte er sich irgendetwas zuschulden kommen lassen. Hinter der Tochter stand mit ebenso verbis-
sener Miene ein Pjotr Iwanowitsch auch schon bekann-
ter, für sehr wohlhabend geltender junger Mann, der den
Posten eines Untersuchungsrichters bekleidete und, wie
es hieß, mit ihr verlobt sein sollte. Pjotr Iwanowitsch
wollte schon mit einer stummen Verbeugung an ihnen
vorüber ins Totenzimmer gehen, als hinter dem Trep-
pengeländer der halbwüchsige Sohn Iwan Iljitschs auftauchte, ein Gymnasiast, der seinem Vater geradezu
erschreckend ähnlich sah. Es war buchstäblich der ju-
gendliche Iwan Iljitsch, wie ihn Pjotr Iwanowitsch aus
der Zeit in Erinnerung hatte, als sie gemeinsam das Institut für Rechtswissenschaften besuchten. Seine Augen
waren verweint und hatten jenen Ausdruck, der für drei-
zehn- bis vierzehnjährige, nicht mehr unschuldige Jungen charakteristisch ist. Als er Pjotr Iwanowitsch erblickte, verzog er das Gesicht zu einer störrischen,
verschämten Miene. Pjotr Iwanowitsch nickte ihm zu
und begab sich nun in das Totenzimmer. Jetzt begann
auch schon die Messe – mit brennenden Kerzen, Weih-
rauchdunst, Seufzern, Tränen und lautem Schluchzen.
Pjotr Iwanowitsch stand mit gerunzelter Stirn da und
starrte auf den Fußboden. Er blickte kein einziges Mal
auf den Toten, widerstand bis zum Ende der auf die Nerven gehenden Wirkung der Zeremonien und verließ als
einer der Ersten das Zimmer. In der Vorhalle war nie-

mand. Gerassim, der Büfettdiener, kam aus dem Zimmer des Toten gestürzt, durchwühlte mit seinen breiten Händen sämtliche Pelze, bis er den von Pjotr Iwanowitsch herausgefunden hatte, und reichte ihn ihm hin.

»Nun, alter Freund, tut es dir leid um deinen Herrn?«, fragte Pjotr Iwanowitsch, um überhaupt etwas zu sagen.

»Alles ist Gottes Wille. Mal werden wir alle dort sein«, antwortete Gerassim und entblößte dabei die lückenlose Reihe seiner kräftigen weißen Zähne, dann riss er wie ein mit Arbeit überhäufter Mensch die Tür auf, rief Pjotr Iwanowitschs Droschke herbei, half ihm beim Einsteigen und lief darauf eilig ins Haus zurück, als sei ihm etwas eingefallen, womit er sich noch betätigen könnte.

Nach dem Weihrauch-, Karbol- und Leichengeruch, der im Hause geherrscht hatte, empfand es Pjotr Iwanowitsch besonders angenehm, wieder frische Luft einzuatmen.

»Wohin befehlen Sie?«, fragte der Kutscher.

Nun, es ist noch nicht spät, vielleicht komme ich noch rechtzeitig zu Fjodor Wassiljewitsch, dachte Pjotr Iwanowitsch und nannte dem Kutscher die Adresse.

Er traf die Spieler auch wirklich noch beim Robber an, so dass er sich ohne weiteres als fünfter Mann einreihen konnte.

2

Das Leben Iwan Iljitschs war höchst einfach und durchaus nicht ungewöhnlich, aber dennoch ungemein tragisch verlaufen.

Iwan Iljitsch starb im Alter von fünfundvierzig Jahren, als er den Posten eines Mitglieds des Obersten Gerichtshofs bekleidete. Er war der Sohn eines Beamten, der in Petersburg in verschiedenen Ministerien und Departements jene Karriere gemacht hatte, bei der die Leute eine Stellung erreichen, aus der sie infolge ihrer langen Dienstzeit und ihres Ranges nicht mehr abgeschoben werden können, obwohl sich ihre Unfähigkeit, einen halbwegs wichtigen Posten zu bekleiden, hinlänglich erwiesen hat; diese Leute erhalten dann fiktive, eigens für sie erfundene Posten, aber durchaus reale Gehälter in Höhe von sechs- bis zehntausend Rubel, die ihnen bis ans Ende ihrer Tage gezahlt werden.

Ein solcher Mann war auch der Geheime Staatsrat Ilja Jefimowitsch Golowin, ein unnützes Mitglied verschiedener unnützer Institutionen.

Er hatte drei Söhne, von denen Iwan Iljitsch der zweitälteste war. Der älteste Sohn hatte die gleiche Karriere gemacht wie der Vater, nur in einem anderen Ministerium, und näherte sich bereits jenem Dienstalter, bei dem die Gehaltszulagen unabhängig von den Leistungen automatisch weiterlaufen. Der dritte Sohn war ein Pechvogel. Nachdem er in verschiedenen Stellungen versagt hatte, stand er jetzt bei der Eisenbahnverwaltung in Diensten. Sowohl sein Vater als auch seine Brüder und namentlich deren Frauen vermieden es nach Möglichkeit, mit ihm zusammenzutreffen, und erinnerten sich seiner Existenz nur, wenn es sich als unumgänglich notwendig erwies. Die Tochter war mit einem Baron Graf verheiratet, einem ebensolchen Petersburger Beamten, wie es sein Schwiegervater war. Iwan Iljitsch galt als »le phenix de la famille«. Er war keine so kühle Natur, nicht so penibel wie sein älterer Bruder und nicht so verwegen wie der jüngere, sondern hielt zwischen beiden die Mitte – er war ein

intelligenter, lebhafter, gut zu leidender Mensch von
anständiger Gesinnung. Seine Erziehung hatte er zusammen mit dem jüngeren Bruder am Institut für Rechtswissenschaften genossen. Der Bruder war nicht vor-
wärtsgekommen und musste aus der fünften Klasse
abgehen, während Iwan Iljitsch den ganzen Lehrgang absolvierte und die Abschlussprüfung gut bestand. Schon
am Institut hatte er sich als der Mensch gezeigt, der er
sein ganzes weiteres Leben hindurch geblieben war: ein
begabter, gutmütig-fröhlicher und geselliger Mensch, der
aufs peinlichste alles erfüllte, was er für seine Pflicht hielt;
und als seine Pflicht betrachtete er alles, was höherste-
hende Persönlichkeiten dafür ansahen. Er war nie, weder
als Knabe noch später als erwachsener Mann, ein Krie-
cher gewesen; doch ähnlich einer Fliege, die zum Licht
drängt, hatte er sich schon seit seiner frühesten Jugend
zu den höherstehenden Gesellschaftskreisen hingezogen
gefühlt, sich deren Umgangsformen sowie Lebensauffassung zu eigen gemacht und danach getrachtet, mit
ihnen freundschaftliche Beziehungen anzuknüpfen. Alle
in der Kindheit und Jugend begangenen Torheiten waren
vorübergegangen, ohne in ihm wesentliche Spuren zu
hinterlassen; er hatte sich ab und zu von Sinnlichkeit hin-
reißen lassen, hatte seiner Eitelkeit gefrönt und zuletzt –
in den obersten Klassen des Instituts – auch liberalen Nei-
gungen gehuldigt, aber das alles nur in jenen gewissen
Grenzen, die er instinktiv als richtig erkannte.

Zur Zeit seiner Ausbildung am Institut hatte er manches getan, was ihm damals verwerflich erschienen war
und ihn mit Abscheu vor sich selbst erfüllt hatte; doch
später, als er sah, dass das Gleiche auch von hochgestellten Persönlichkeiten getan und von ihnen nicht für ver-

werflich angesehen wurde, da hielt er solche Handlungen zwar nicht für ausgesprochen gut, aber er vergaß sie gänzlich und war nicht im Geringsten verdrossen, wenn er sich ihrer einmal erinnerte.

Als Iwan Iljitsch nach Absolvierung der zehnten Klasse seine Ausbildung am Institut abgeschlossen und vom Vater Geld für seine Equipierung erhalten hatte, bestellte er im Atelier von Scharmer einige Anzüge, befestigte an seiner Uhrkette ein Anhängsel mit der Inschrift »respice finem«, verabschiedete sich von dem Prinzen und dem Erzieher, dinierte mit seinen Kameraden bei Donon, und ausgestattet mit einem modernen neuen Koffer, allerfeinster Wäsche und Garderobe, elegantem Rasierzeug und den verschiedensten Toilettenutensilien, was alles in den ersten Geschäften der Stadt bestellt oder gekauft worden war, reiste er in die Provinz, um dort beim Gouverneur den ihm von seinem Vater verschafften Posten eines Beamten für besondere Angelegenheiten anzutreten.

In der Provinz gestaltete Iwan Iljitsch sein Leben gleich von Anfang an ebenso leicht und angenehm, wie er es am Institut für Rechtswissenschaften gehabt hatte. Er tat seinen Dienst, machte Karriere und fand immer Zeit, sich an netten und harmlosen Vergnügungen zu beteiligen. Wenn er hin und wieder von Amts wegen in die verschiedenen Verwaltungsbezirke reiste, benahm er sich sowohl Vorgesetzten wie Untergebenen gegenüber stets würdig und führte aufs genaueste und mit unantastbarer, ihn zu Recht mit Stolz erfüllender Redlichkeit alle ihm erteilten Aufträge aus, die übrigens vorwiegend mit der Raskolniki-Bewegung in Verbindung standen.

Bei der Ausübung dienstlicher Pflichten verhielt er sich

ungeachtet seines jugendlichen Alters und seiner Neigung zu leichten Belustigungen äußerst zurückhaltend, offiziell, ja sogar streng; doch im Privatleben war er stets ein frohgelaunter, geistreicher und immer toleranter Gesellschafter mit formvollendeten Manieren – ein »bon enfant«, wie ihn sein Chef und dessen Frau nannten, in deren Hause er aus und ein ging.

In der Provinz unterhielt er ein Verhältnis zu einer Dame der Gesellschaft, die sich dem schneidigen jungen Juristen aufgedrängt hatte, und war außerdem mit einer Modistin eng befreundet; hin und wieder kam er auch zu Zechgelagen mit durchreisenden Flügeladjutanten, worauf man nach dem Abendessen in eine bestimmte entlegene Straße fuhr, und es gab auch eine gewisse Liebedienerei vor dem Chef und sogar vor dessen Frau. Doch all das vollzog sich in so dezenten, anständigen Formen, dass man es unmöglich mit hässlichen Worten benennen, sondern nur das französische Sprichwort zitieren konnte: »Il faut que jeunesse se passe.« All das geschah mit sauberen Händen, in sauberen Hemden, bei französischer Konversation und vor allem innerhalb der obersten Gesellschaftsschicht, das heißt also, mit Billigung hochstehender Persönlichkeiten.

Nachdem Iwan Iljitsch so fünf Jahre lang in der Gouvernementsverwaltung gearbeitet hatte, trat eine Änderung im Dienst ein. Es wurden neue Gerichtsinstitutionen eingeführt, und hierzu waren neue Menschen nötig.

Ein solcher neuer Mensch wurde auch Iwan Iljitsch. Ihm wurde der Posten eines Untersuchungsrichters angeboten, und er nahm ihn auch an, obwohl sich der neue Wirkungskreis in einem andern Gouvernement befand und er seine bisherigen Beziehungen aufgeben und sich um neue erst wieder bemühen musste. Seine Freunde gaben ihm das Geleit, es wurde eine Gruppenaufnahme gemacht, man überreichte ihm zum Andenken ein silbernes Zigarettenetui, und er trat die Reise zu dem neuen Ort seiner Tätigkeit an.

In seiner Stellung als Untersuchungsrichter blieb Iwan Iljitsch ebenso comme il faut, blieb er derselbe anständige Mensch, der er bisher gewesen war, ein Mensch, der dienstliche Pflichten und Privatleben voneinander zu trennen verstand und sich bei allen die gleiche Achtung verschaffte, deren er sich auch als Beamter für besondere Angelegenheiten erfreut hatte, zudem erschien ihm die Tätigkeit als Untersuchungsrichter bedeutend interessanter und reizvoller. In seiner früheren Stellung war es angenehm gewesen, in einem legeren, von Scharmer gefertigten Uniformjackett mit elastischen Schritten an den zitternd auf ihren Empfang harrenden Bittstellern vorüberzugehen und, begleitet von den neidischen Blicken der Kanzleibeamten, ohne weiteres in das Arbeitszimmer des Chefs zu verschwinden und mit ihm bei einem Glase Tee eine Zigarette zu rauchen; doch hatte es nur eine beschränkte Anzahl von Menschen gegeben, die unmittelbar von seiner Willkür abhingen. Zu diesen Menschen gehörten lediglich die Kreisrichter sowie die Mitglieder der Raskolniki-Bewegung. Wenn er auf seinen Dienstreisen mit ihnen zu tun hatte, behandelte er diese von ihm abhängigen Leute gern besonders höflich, ja fast kameradschaftlich und empfand eine Genugtuung, sie fühlen zu lassen, dass er, in dessen Macht es stand, sie zu vernichten, dennoch freundschaftlich, ohne Anmaßung mit ihnen umging. Aber mit solchen Leuten war er in seiner früheren Stellung nur wenig zusammengekommen. Jetzt hingegen, als Untersuchungsrichter, wusste er, dass sich alle, ohne Unterschied, und seien es auch noch so vornehme und selbstzufriedene Leute, in seiner Hand befanden und dass er nur ein paar Worte auf ein Amtsformular zu schreiben brauchte – und auch der vornehmste und selbstzufriedenste Herr würde ihm als Angeklagter oder Zeuge vorgeführt werden und müsste, vor ihm stehend, die an ihn gerichteten Fragen beantworten, wenn er ihn nicht großmütig zum Sitzen aufforderte. Iwan Iljitsch missbrauchte seine Machtbefugnisse nie, er war im Gegenteil darauf bedacht, sie in der Praxis möglichst milde zu handhaben; aber das Bewusstsein, im Besitz dieser Macht zu sein und die Möglichkeit zu haben, sie zu mildern, bildete für ihn das Hauptinteresse und den größten Reiz seiner jetzigen Stellung. Bei der Ausübung seines Dienstes und namentlich bei den Verhören machte es sich Iwan Iljitsch von vornherein zur Regel, alles auszuschalten, was nicht unmittelbar zur Sache gehörte, und die Protokolle so abzufassen, dass in ihnen selbst in den kompliziertesten Fällen ausschließlich der reine Sachverhalt ohne jede persönliche Stellungnahme seinerseits geschildert und vor allem aufs peinlichste die vorgeschriebene äußere Form gewahrt wurde. Es handelte sich hierbei um eine neue Methode, und Iwan Iljitsch war einer der Ersten, der die im Jahre 1864 angeordnete Gerichtsreform praktisch durchführte.

Nachdem Iwan Iljitsch als Untersuchungsrichter an den neuen Ort übergesiedelt war, knüpfte er neue Bekanntschaften und Verbindungen an, schuf sich eine neue gesellschaftliche Stellung und änderte in mancher Hinsicht seine bisherigen Gepflogenheiten. Er wahrte zwischen sich und den Beamten der Gouvernementsverwaltung eine gewisse Distanz, wählte seinen Umgang nur innerhalb des Kreises der höheren Justizbeamten und der reichen Adligen aus, die in der Stadt ansässig waren, und trug eine leichte Unzufriedenheit mit der Regierung zur Schau, die er mit der Bekundung einer gemäßigten liberalen Gesinnung kultivierten Bürgertums verband. Außerdem hörte er in seiner neuen Stellung damit auf, sich das Kinn zu rasieren, und ließ seinen bisherigen Knebelbart unbeschadet seiner auch weiterhin stets eleganten Kleidung nach Belieben wachsen.

Auch an seinem neuen Wohnort gestaltete sich das Leben für Iwan Iljitsch allmählich sehr angenehm. Der gegen den Gouverneur frondierende Kreis, der aus Angehörigen der besten Gesellschaftsschicht bestand, hielt einmütig zusammen. Iwan Iljitsch bezog jetzt ein höheres Gehalt, und eine nicht geringe Bereicherung der Annehmlichkeiten des Lebens war für ihn das Whistspiel, an dem er neuerdings Gefallen gefunden hatte; dank seines guten Auffassungsvermögens und einer ungemein scharfen Kombinationsgabe wurde er bald ein perfekter Spieler und ging aus den meisten Partien als Gewinner hervor.

Nach zweijähriger Tätigkeit als Untersuchungsrichter lernte Iwan Iljitsch seine künftige Frau kennen. Praskowja Fjodorowna Michel war eine überaus liebreizende, elegante und kluge junge Dame, die den Kreisen angehörte, in denen Iwan Iljitsch verkehrte. Neben anderen Vergnügungen und Arten der Erholung nach der Arbeit als Untersuchungsrichter knüpfte Iwan Iljitsch nun auch noch einen kleinen Flirt mit Praskowja Fjodorowna an.

Früher, als er den Posten eines Beamten für besondere

Angelegenheiten bekleidete, hatte Iwan Iljitsch gern und einfach um des Vergnügens willen getanzt, während er nun, als Untersuchungsrichter, nur noch ausnahmsweise tanzte. Wenn er jetzt tanzte, tat er es nur, um zu zeigen, dass er, obwohl er jetzt eine ganz andere Stellung innehatte und in die fünfte Rangstufe aufgerückt war, auch auf diesem Gebiet seinen Mann stehen konnte. So hatte er auf Bällen, meist gegen Ende des Abends, auch mit Praskowja Fjodorowna ein paarmal getanzt und vornehmlich während dieser Tänze ihr Herz erobert. Sie verliebte sich in ihn. Iwan Iljitsch trug sich keineswegs mit bestimmten Heiratsplänen, doch als er sah, dass sich das junge Mädchen in ihn verliebt hatte, beschäftigte er sich immer mehr mit dieser Frage. Ja, in der Tat, dachte er, warum sollte man nicht heiraten?

Praskowja Fjodorowna entstammte einem alten Adelsgeschlecht und war keine üble Erscheinung; sie besaß auch ein kleines Vermögen. Iwan Iljitsch hätte auf eine glänzendere Partie rechnen können, doch auch diese war recht gut. Er hatte sein Gehalt, und sie, so hoffte er, würde über Einkünfte in gleicher Höhe verfügen. Die Verwandtschaft war untadelig, und sie selbst war ein liebes, hübsches und durch und durch anständiges junges Mädchen. Zu sagen, Iwan Iljitsch habe sich zur Heirat entschlossen, weil er Praskowja Fjodorowna liebgewonnen und in ihr eine Übereinstimmung mit seiner eigenen Lebensauffassung gefunden hätte, wäre ebenso unzutreffend gewesen wie die Ansicht, er habe sich dazu entschlossen, weil diese Heirat in seinen Kreisen gutgeheißen wurde. Iwan Iljitsch ließ sich bei seinem Entschluss von beiden Erwägungen leiten: Er tat etwas Angenehmes für sich, indem er eine so reizende Frau nahm,

und zugleich auch das, was in der obersten Gesellschaftsschicht für richtig gehalten wurde.

Und so heiratete Iwan Iljitsch.

Die Hochzeitsfeier sowie die erste Zeit des Ehelebens
mit den bei Jungvermählten üblichen Zärtlichkeiten und
der Freude an neuen Möbeln, neuem Geschirr und neuer
Wäsche verliefen bis zu Praskowja Fjodorownas Schwangerschaft sehr schön, so dass Iwan Iljitsch schon glaubte,
der Charakter seines leichten, angenehmen, fröhlichen
und stets anständigen und von der Gesellschaft gebillig-
ten Lebens, den er für einen Wesenszug des Lebens überhaupt hielt, werde durch die Ehe nicht nur keine Einbuße,
sondern noch eine Verstärkung erfahren. Doch dann,
schon in den ersten Monaten der Schwangerschaft seiner
Frau, trat etwas Neues, Unangenehmes und Anstößiges
ein, worauf er gar nicht gefasst gewesen war und dem man
sich nicht entziehen konnte.

Seine Frau begann ohne jeden Anlass, wie Iwan Iljitsch
schien – de gaîté de cœur, dachte er im Stillen –, den angenehmen und anständigen Lebensablauf zu stören; ohne
den geringsten Grund dafür zu haben, wurde sie eifersüchtig, verlangte von ihm, dass er sie umhegen und um-
sorgen sollte, fand an allem etwas auszusetzen und
machte ihm unangenehme, ausfällige Szenen.

Anfangs hoffte Iwan Iljitsch noch, er könne sich aus
dieser unerfreulichen Situation befreien, indem er seine
frühere unbekümmerte und anständige Lebensweise, die
ihm in seiner Junggesellenzeit über alles Unangenehme
hinweggeholfen hatte, fortsetzte; er versuchte, die Launenhaftigkeit seiner Frau zu ignorieren, war bemüht, sich
das Leben wieder leicht und angenehm zu gestalten, lud
Freunde zum Kartenspiel ein oder fuhr selbst in den Klub

oder zu Kollegen. Doch nun wurde seine Frau dermaßen ausfallend gegen ihn, dass er ganz bestürzt war; sie beschimpfte ihn und überhäufte ihn jedes Mal, wenn er sich ihren Forderungen nicht fügte, mit den wüstesten Vorwürfen, womit sie offenbar nicht aufzuhören gedachte, bevor er sich ihr nicht ganz unterordnete, das heißt zu Hause bliebe und ebenso Trübsal bliese wie sie. Er erkannte, dass eine Ehe – zum mindesten die mit seiner Frau – nicht immer dazu beitragen würde, das Leben angenehm und den allgemeinen Anstandsregeln entsprechend zu gestalten, sondern im Gegenteil dabei oftmals störend wirkt und dass es daher notwendig war, sich gegen solche Störungen zu schützen. Und Iwan Iljitsch sann darüber nach, wie er das bewerkstelligen könnte. Das Einzige, was Praskowja Fjodorowna respektierte, war seine dienstliche Tätigkeit, und so nutzte Iwan Iljitsch sein Amt und die sich daraus ergebenden Pflichten zum Kampf gegen seine Frau aus, und er schloss sich in seine eigene, unabhängige Welt ein.

Mit der Geburt des Kindes, den vergeblichen Stillversuchen Praskowja Fjodorownas und den damit verbundenen Misshelligkeiten, mit den teils wirklichen, teils eingebildeten Krankheiten des Kindes und der Mutter, bei denen von Iwan Iljitsch Anteilnahme verlangt wurde, von denen er aber nichts verstand, wurde für ihn das Bedürfnis, sich außerhalb der Familie eine eigene Welt zu schaffen, noch dringender.

Je reizbarer und anspruchsvoller seine Frau wurde, umso mehr verlegte Iwan Iljitsch den Schwerpunkt seines Lebens auf seine dienstliche Tätigkeit. Er fand in ihr immer größere Befriedigung und wurde ehrgeiziger, als er es früher gewesen war.

Sehr bald, nicht später als ein Jahr nach seiner Heirat, war Iwan Iljitsch der festen Überzeugung, dass das Eheleben zwar einige Annehmlichkeiten mit sich bringe, im Wesentlichen jedoch eine sehr komplizierte und belastende Angelegenheit sei, zu der man sich, in gleicher Weise wie zum Dienst, ein ganz bestimmtes Verhältnis ausarbeiten müsse.

Und ein solches Verhältnis zum ehelichen Leben arbeitete sich Iwan Iljitsch nun auch aus. Er verlangte vom Familienleben nur noch jene Bequemlichkeiten, die es ihm ohne weiteres geben konnte: einen gedeckten Tisch, Häuslichkeit, ein Bett und vor allem die äußere Wahrung der von der öffentlichen Meinung vorgezeichneten Anstandsformen. Darüber hinaus suchte er zu Hause lediglich eine geruhsame Behaglichkeit, und wenn er die fand, war er sehr dankbar; stieß er hingegen auf Abwehr und Launenhaftigkeit, zog er sich sofort in seine abgesonderte Welt des Dienstes zurück und fühlte sich dort wohl.

Iwan Iljitsch wurde höheren Orts als tüchtiger Beamter geschätzt und nach drei Jahren zum Staatsanwalt ernannt. Seine neuen Obliegenheiten und deren Wichtigkeit, das Bewusstsein, jedermann vor Gericht stellen und ins Gefängnis bringen zu können, sein öffentliches Auftreten und der Erfolg, den er mit seinen Reden erzielte – all das trug dazu bei, ihm den Dienst noch reizvoller zu machen.

Es wurden weitere Kinder geboren. Praskowja Fjodorowna war immer mürrischer und streitsüchtiger geworden, aber dank der Einstellung, die sich Iwan Iljitsch inzwischen zum häuslichen Leben zu eigen gemacht hatte, prallten ihre Ausfälle an ihm so gut wie spurlos ab.

Nach siebenjährigem Dienst in ein und derselben Stadt

wurde Iwan Iljitsch zum Oberstaatsanwalt befördert und in ein anderes Gouvernement versetzt. Iwan Iljitsch siedelte also mit seiner Familie um, viel Geld war nicht vorhanden, und seiner Frau missfiel der neue Wohnort. Er bezog jetzt zwar ein höheres Gehalt als bisher, doch dafür war hier der Lebensunterhalt kostspieliger. Außerdem starben zwei Kinder, wodurch das Familienleben für Iwan Iljitsch noch unleidlicher wurde.

Für alle Misshelligkeiten, die sich am neuen Wohnort ereigneten, schob Praskowja Fjodorowna ihrem Mann die Schuld zu. Bei allen Gesprächen zwischen Mann und Frau, und namentlich bei solchen, die mit der Erziehung der Kinder zusammenhingen, wurde die Erinnerung an frühere unliebsame Auseinandersetzungen geweckt, und jeden Augenblick drohte der Streit aufs Neue zu entbrennen. Unterbrochen wurde die ständig gespannte Stimmung nur, wenn bei den Eheleuten ab und zu wieder einmal die Verliebtheit aufflammte, doch das währte nie lange. Das waren sozusagen kleine Inseln, an denen sie zeitweilig landeten, aber bald fuhren sie wieder auf das Meer verborgener Feindschaft hinaus, die in einer zunehmenden gegenseitigen Entfremdung ihren Niederschlag fand. Eine solche Entfremdung hätte Iwan Iljitsch schmerzlich berührt, wenn er der Meinung gewesen wäre, sie sei unnötigerweise entstanden; doch inzwischen hatte er die Überzeugung gewonnen, dass dieser Zustand ganz normal und zwangsläufig eingetreten sei, und hatte sein weiteres Verhalten in der Familie bereits darauf eingestellt. Er verfolgte das Ziel, sich mehr und mehr von diesen Unannehmlichkeiten zu befreien und ihnen einen nicht kompromittierenden, nicht gegen den Anstand verstoßenden Charakter zu geben. Dies erreichte er dadurch, dass er immer weniger Zeit innerhalb der Familie zubrachte, und wenn es sich nicht vermeiden ließ, versuchte er, seine Position durch die Anwesenheit dritter Personen zu untermauern. Doch das Wichtigste für Iwan Iljitsch war sein Dienst; auf ihn konzentrierte er sein ganzes Lebensinteresse. Und dieses Interesse verschlang ihn. Das Bewusstsein seiner Macht, die Möglichkeit, jeden beliebigen Menschen nach seinem Gutdünken ins Verderben zu stürzen, die Wichtigkeit, mit der seine Stellung schon rein äußerlich umkleidet war – er wurde, wenn er den Gerichtssaal betrat, ehrfurchtsvoll von den untergeordneten Beamten begrüßt –, seine Erfolge bei Vorgesetzten und Untergebenen und vor allem die Meisterschaft, mit der er, wie er selbst fühlte, seines Amtes waltete – alles das bereitete ihm Freude und füllte neben dem gemütlichen Beisammensein, dem gemeinsamen Mittagessen und Kartenspiel mit Kollegen sein ganzes Leben aus. Im Großen und Ganzen spielte sich Iwan Iljitschs Leben demnach so ab, wie er es für nötig hielt: angenehm und anständig.

Auf diese Weise verlebte er auch die nächsten sieben Jahre. Seine älteste Tochter stand jetzt bereits im siebzehnten Lebensjahr; inzwischen war nochmals ein Kind gestorben, und als Stammhalter blieb ihm nur ein jüngerer Sohn, der das Gymnasium besuchte und dessentwegen Iwan Iljitsch schon oft Streit mit seiner Frau gehabt hatte. Er wollte den Sohn am Institut für Rechtswissenschaften ausbilden lassen, aber Praskowja Fjodorowna hatte ihn ihm zum Trotz aufs Gymnasium gegeben. Die Tochter wurde zu Hause unterrichtet und gedieh gut, auch der Junge war kein schlechter Schüler.

3

Unter solchen Lebensbedingungen waren seit Iwan Iljitschs Verheiratung mittlerweile siebzehn Jahre verflossen. Er war nun schon lange Zeit Oberstaatsanwalt und hatte die ihm angebotenen Versetzungen mehrmals ausgeschlagen, um auf eine ihm begehrenswerter erscheinende Stellung zu warten, als ein Umstand eintrat, der für ihn eine große Enttäuschung bedeutete und seine ganze Lebensruhe störte. Er hatte auf den Posten des Gerichtspräsidenten in einer Universitätsstadt gehofft, und nun war Hoppe, der sich auf irgendeine Weise vorgedrängt hatte, mit diesem Posten betraut worden. Iwan Iljitsch war entrüstet, machte Hoppe Vorwürfe und verzankte sich mit ihm und mit seinen unmittelbaren Vorgesetzten; die Folge war, dass man sich ihm gegenüber kühl verhielt und ihn auch bei der nächsten Beförderung überging.

Das alles spielte sich im Jahre 1880 ab. Es war überhaupt das schwerste Jahr in Iwan Iljitschs Leben. In diesem Jahr stellte sich erstens heraus, dass sein Gehalt nicht zur Bestreitung der Lebenskosten ausreiche, und zweitens, dass ihn alle vergessen hatten und in der empörenden, unerhörten Ungerechtigkeit, die ihm seines Erachtens widerfahren war, gar nichts Ungewöhnliches sahen. Selbst sein Vater hielt es nicht für seine Pflicht, ihm zu helfen. Er fühlte sich von allen im Stich gelassen, weil sie seine mit einem Gehalt von dreitausendfünfhundert Rubel dotierte Stellung für durchaus normal, ja sogar für einen Glücksfall ansahen. Er allein wusste, dass seine Stellung in Anbetracht der ihm widerfahrenen ungerechten Behandlung, der ewigen Sticheleien seiner Frau und der

Schulden, die er machen musste, weil er über seine Verhältnisse lebte – er allein wusste, dass seine Lage keineswegs normal war.

Um die Unkosten des Lebensunterhalts etwas herabzudrücken, nahm er im Sommer dieses Jahres Urlaub und fuhr mit seiner Frau aufs Land zu ihrem Bruder, bei dem er mit ihr die Sommermonate zu verbringen gedachte.

Auf dem Lande, ohne Beschäftigung, fühlte sich Iwan Iljitsch zum ersten Male nicht nur gelangweilt, sondern auch sehr bedrückt; er kam zu der Erkenntnis, dass ein solches Leben unerträglich sei und dass er irgendwelche energischen Schritte unternehmen müsse.

Nach einer schlaflos verbrachten Nacht, in der Iwan Iljitsch die ganze Zeit auf der Terrasse auf und ab gegangen war, beschloss er, nach Petersburg zu fahren und sich – zur Strafe für jene Leute, die ihn nicht nach Gebühr zu schätzen wussten – um seine Versetzung in ein anderes Ministerium zu bemühen.

Am nächsten Tage trat er, trotz aller Versuche seiner Frau und des Schwagers, ihn zurückzuhalten, die Reise nach Petersburg an. Er unternahm sie einzig zu dem Zweck, sich einen Posten mit mindestens fünftausend Rubel Gehalt zu verschaffen. Welches Ministerium, welche Art von Beschäftigung und welches Aufgabengebiet es sein würden, war ihm jetzt gleichgültig. Es kam ihm lediglich auf eine Stellung an – sei es im Verwaltungsdienst, im Bankfach, bei der Eisenbahndirektion, in den unter dem Protektorat der Zarin Marija stehenden Institutionen, ja selbst beim Zoll –, durch die er seine Einkünfte auf fünftausend Rubel erhöhen konnte und aus dem Ministerium wegkäme, in dem man seine Tätigkeit so wenig zu würdigen verstand.

Nun, dieser Reise Iwan Iljitschs war ein erstaunlicher, alle Erwartungen übertreffender Erfolg beschieden. In Kursk bestieg F. S. Iljin, mit dem Iwan Iljitsch gut bekannt war, den Zug, setzte sich zu ihm in das Abteil erster Klasse und teilte ihm mit, beim Gouverneur in Kursk sei soeben ein Telegramm eingegangen, dem zufolge im Ministerium in den nächsten Tagen eine wichtige Veränderung erfolgen würde: Pjotr Iwanowitsch solle durch Iwan Semjonowitsch abgelöst werden.

Die erwartete Veränderung hatte, abgesehen von der Bedeutung, die sie für das ganze Land haben musste, für Iwan Iljitsch noch insofern eine besondere Bedeutung, als damit ein neuer Mann, Pjotr Petrowitsch, und höchstwahrscheinlich auch dessen Freund Sachar Iwanowitsch zu Spitzenstellungen kommen würden, was für Iwan Iljitsch überaus günstig war. Zu Sachar Iwanowitsch, der sein Studienkamerad gewesen war, unterhielt er freundschaftliche Beziehungen.

In Moskau bestätigte sich die Richtigkeit der Nachricht. Nach seiner Ankunft in Petersburg suchte Iwan Iljitsch daher sofort Sachar Iwanowitsch auf und erhielt von ihm die Zusicherung, dass man ihn mit einem höheren Posten im Justizministerium, demselben Ministerium also, dem er bislang unterstanden hatte, betrauen werde.

Eine Woche später telegraphierte Iwan Iljitsch an seine Frau: »Sachar an Stelle Millers beim ersten Rapport bekomme neuen Posten.«

Infolge der Umbesetzungen an den höchsten Stellen kam Iwan Iljitsch ganz unerwartet zu einem Posten, der ihn um zwei Rangstufen höherstellte als seine Altersgenossen und ihm fünftausend Rubel Gehalt einbrachte und außerdem dreitausend Rubel für Umzugskosten. Aller

Ärger über seine früheren Feinde und über das ganze Ministerium war vergessen, Iwan Iljitsch fühlte sich überaus glücklich.

Aufs Land kehrte er so frohgelaunt und zufrieden zurück, wie er es schon lange nicht mehr gewesen war. Praskowja Fjodorowna geriet ebenfalls in fröhliche Stimmung, so dass es zwischen den Eheleuten zu einem Waffenstillstand kam. Iwan Iljitsch erzählte, wie ehrenvoll er in Petersburg behandelt worden sei, alle ihm bisher feindlich gesinnten Beamten hatten wie begossene Pudel dagestanden und vor ihm gekatzbuckelt, wie man ihn um seine neue Stellung beneidete und vor allem, welch allseitiger Beliebtheit er sich in Petersburg erfreue.

Praskowja Fjodorowna hörte sich das alles an, gab sich den Anschein, alles zu glauben, was er erzählte, und widersprach ihm nicht, weil ihre Gedanken schon ganz mit den Plänen beschäftigt waren, wie sie das Leben in ihrem neuen Wohnort nach der Übersiedlung einrichten würde. Iwan Iljitsch sah mit Freuden, dass ihre Pläne mit seinen übereinstimmten, dass sie einander wieder nähergekommen waren und dass sein zeitweilig in Unordnung geratenes Leben aufs Neue den wahren, ihm gemäßen Charakter unbekümmerter Fröhlichkeit und Wohlanständigkeit anzunehmen versprach.

Iwan Iljitsch war nur für kurze Zeit zurückgekehrt. Am 10. September musste er seinen neuen Posten antreten, und außerdem erforderte es eine gewisse Zeit, sich an dem neuen Wohnort einzurichten. Der ganze Haushalt musste aus der Provinz herübergeschafft werden, viele Neuanschaffungen waren nötig, und mit den Handwerkern musste verhandelt werden, um – kurz gesagt – alles so herzurichten, wie es in seinem Kopf schon feststand und zugleich fast genau auch den Wünschen Praskowja Fjodorownas entsprach.

Nun, nachdem alles eine so glückliche Wendung genommen hatte, da seine und seiner Frau Wünsche miteinander in Einklang standen und sie überdies wenig zusammen waren, hatte sich zwischen ihnen ein so einträchtiges Verhältnis herausgebildet, wie es seit den ersten Jahren ihrer Ehe nicht mehr bestanden hatte. Ursprünglich hatte Iwan Iljitsch die Absicht gehabt, seine Familie gleich mitzunehmen, aber auf die dringenden Bitten seiner Schwester und des Schwagers, die plötzlich ihre herzlichen, verwandtschaftlichen Gefühle für ihn und seine Familie herauskehrten, gab er nach und reiste zunächst allein ab.

Die heitere Stimmung, in die Iwan Iljitsch durch die Freude an seinen Erfolgen und durch das Einvernehmen mit seiner Frau versetzt worden war, wobei das eine durch das andere noch verstärkt wurde, hielt auch nach seiner Abreise die ganze Zeit über unvermindert an. Es fand sich eine wundervolle Wohnung, die genau den Wünschen der Eheleute entsprach. Die großen, hohen, in altem Stil erbauten Empfangsräume, ein bequemes, imposantes Arbeitszimmer für ihn selbst, ein Boudoir für seine Frau, ein nettes Zimmer für die Tochter, ein besonderes Unterrichtszimmer für den Sohn – all das schien eigens für sie erdacht zu sein. Der Ausstattung der Wohnung widmete sich Iwan Iljitsch persönlich; er wählte selbst die Tapeten, suchte selbst die Möbelstoffe aus, mit denen er einigen alten Sesseln, die er zu dem vorhandenen Mobiliar hinzugekauft hatte, ein besonders stilvolles Aussehen verlieh; die Arbeit schritt gut voran, und alles näherte sich immer mehr der Vorstellung, die er von Anfang an gehabt hatte. Schon als die Einrichtung der Wohnung bis zur Hälfte fertig war, übertraf sie alle seine Erwartungen. Jetzt konnte er bereits deutlich erkennen, wie gediegen, wie vornehm und nicht abgeschmackt alles nach der endgültigen Fertigstellung wirken würde. Abends, vor dem Einschlafen, stellte er sich vor, welchen Eindruck der Saal hervorrufen würde, wenn er erst vollständig eingerichtet wäre. Wenn er sich im Salon umschaute, der noch nicht ganz fertig war, sah er im Geiste bereits, wie der Kamin mit einem Schirm davor, die Etagere, die zwanglos gruppierten kleinen Sessel sowie all die Wandteller, Nippsachen und Bronzefiguren wirken würden, sobald sie alle ihren Platz gefunden hätten. Er freute sich bei dem Gedanken, welche erstaunten Gesichter Pascha und Lisanka machen würden, die in Bezug auf Wohnkultur ebenfalls einen guten Geschmack besaßen und sicherlich nicht darauf gefasst waren, eine solche Pracht vorzufinden. Besonders einige altertümliche Gegenstände, die er irgendwo aufgestöbert und billig erstanden hatte, gaben dem Ganzen ein vornehmes Gepräge. In den Briefen an seine Angehörigen stellte er mit Absicht alles viel weniger schön dar, als es in Wirklichkeit war, damit sie dann bei ihrer Ankunft umso angenehmer überrascht sein sollten. All das fesselte ihn so sehr, dass er selbst an seinem neuen Amt nicht die Freude fand, die er erwartet hatte, obwohl er doch seine Arbeit liebte. Bei den Sitzungen kam es mitunter vor, dass er zerstreut war, weil er gerade darüber nachdachte, welche Stangen für die Fenstervorhänge genommen werden sollten, ob gerade oder gewölbte. Er war mit solchem Eifer bei der Sache, dass er oftmals selbst Hand anlegte, indem er die Möbel umgruppierte und eigenhändig die Drapie-

rung der Fenstervorhänge änderte. Als er eines Tages auf
eine Trittleiter gestiegen war und dem Tapezierer, der ihn
nicht richtig verstanden hatte, zeigen wollte, wie er die
Vorhänge drapieren sollte, verfehlte er einen Tritt und
stürzte, konnte sich jedoch – stark und gewandt, wie er
war – im Fallen noch festhalten und stieß lediglich mit einer Seite gegen den Fenstergriff. Die getroffene Stelle
schmerzte, doch das legte sich bald. Iwan Iljitsch fühlte
sich während dieser ganzen Zeit besonders wohl und gut
gelaunt. »Mir ist, als sei ich um fünfzehn Jahre jünger«,
schrieb er in seinen Briefen. Er hatte damit gerechnet, im
Laufe des Septembers mit allem fertig zu werden, aber
dann zogen sich die Arbeiten doch noch bis Mitte Ok-
tober hin. Doch dafür war auch alles wunderschön geworden, was nicht nur er selbst fand, sondern ihm auch
von allen versichert wurde, die die Einrichtung zu sehen
bekamen.

Im Grunde genommen aber war seine Wohnung genauso ausgestattet, wie es die Wohnungen aller nicht sehr
bemittelten Leute sind, die danach trachten, den Eindruck von Reichtum zu erwecken, und dadurch nur erreichen, dass alle diese Wohnungen einander ähneln; in
einer wie der andern sieht man die gleichen Stoffe, die
gleichen Möbel aus Ebenholz, die gleichen Blumen, Teppiche, matte und glänzende Bronzefiguren – alles das, womit manche Menschen ihre Wohnungen ausstatten, damit sie den Wohnungen von Leuten eines gewissen
Standes gleichen. Auch die Einrichtung Iwan Iljitschs
hatte diesen schablonenhaften Charakter, und nichts in
ihr erregte besondere Aufmerksamkeit; nur ihm selbst
erschien alles als etwas ganz Besonderes. Als er mit den
Seinen, die er vom Bahnhof abgeholt hatte, an der hell er-

leuchteten, vollständig eingerichteten Wohnung anlangte und der Diener mit weißem Schlips ihnen die Tür zu dem mit Blumen geschmückten Vorzimmer öffnete und Iwan Iljitsch mit ihnen in den Salon und ins Herrenzimmer ging, wo alle vor Staunen den Mund aufrissen, war er grenzenlos glücklich; er führte sie überall herum und strahlte bei ihren Ausrufen des Entzückens über das ganze Gesicht. Und als sich Praskowja Fjodorowna dann abends beim Tee unter anderem nach seinem Unfall beim Anbringen der Fenstervorhänge erkundigte, lachte er und führte anschaulich vor, wie er von der Leiter gestürzt war und den Tapezierer in Schrecken versetzt hatte.

»Nicht umsonst bin ich Turner. Ein anderer hätte sich den Hals gebrochen, während ich mich nur leicht gestoßen habe – hier, an dieser Stelle. Wenn ich sie berühre, schmerzt sie noch etwas, aber auch das lässt schon nach; nur ein blauer Fleck ist noch zu sehen.«

Sie machten es sich nun in der neuen Wohnung bequem, und abgesehen davon, dass man – wie es gewöhnlich der Fall ist, wenn man sich erst richtig eingelebt hat – gern ein Zimmer mehr gehabt hätte und dass auch das von Iwan Iljitsch in seiner neuen Stellung bezogene Gehalt nicht ganz ausreichte – es fehlte nicht viel, nur etwa fünfhundert Rubel –, war alles sehr schön. Besonders schön war es in der Zeit, als noch nicht alles eingerichtet war und es noch manches zu tun gab: Das eine und andere musste noch gekauft oder bestellt werden, man musste einige Möbel umstellen, verschiedene Gegenstände sollten einen anderen Platz erhalten. Und wenn sich dabei auch zuweilen Meinungsverschiedenheiten zwischen den Eheleuten ergaben, so waren doch beide zufrieden und so stark beschäftigt, dass es zu keinen ernsten Streitigkeiten kam. Mit der Zeit, als an der Einrichtung nichts mehr zu ändern und zu vervollständigen war, wurde das Leben eintönig, am vollen Glück fehlte etwas; doch nun wurden Bekanntschaften geschlossen, es bürgerten sich bestimmte Gewohnheiten ein, und der Tageslauf war ausgefüllt.

Iwan Iljitsch, der den Vormittag im Gericht zubrachte und erst zum Mittagessen nach Hause zurückkehrte, war in der ersten Zeit immer gut aufgelegt, obwohl seine Stimmung gerade in Verbindung mit der Wohnungseinrichtung mitunter etwas beeinträchtigt wurde. Jeder Fleck auf dem Tischtuch oder auf den Möbelbezügen, jede an den Fenstervorhängen abgerissene Schnur bereitete ihm Verdruss. Er hatte so viel Mühe auf die ganze Ausstattung verwandt, dass ihn jeder kleine Zwischenfall dieser Art schmerzlich berührte. Doch im Allgemeinen wickelte sich das Leben Iwan Iljitschs so ab, wie es seiner Auffassung nach sein musste: unbeschwert, angenehm und korrekt. Er stand um neun Uhr auf, trank seinen Kaffee, las die Zeitung, zog sein Uniformjackett an und fuhr ins Gericht. Dort kam er sofort in das Getriebe, in das er jetzt eingespannt war und dem er sich bereits angepasst hatte – mit der Abfertigung von Bittstellern, Nachfragen in der Kanzlei, der Kanzleiarbeit selbst, öffentlichen und verwaltungstechnischen Sitzungen. Bei all diesen Dingen musste man verstehen, jegliche instinktiven, rein menschlichen Gefühle auszuschalten, durch die eine ordnungsgemäße Abwicklung der dienstlichen Angelegenheiten immer gestört wird. Man durfte zu den Menschen keine anderen Beziehungen unterhalten als dienstliche, das heißt, dem Verkehr mit ihnen musste ein dienstlicher Anlass zugrunde liegen, und der Verkehr selbst musste sich in dienstlichen Formen abspielen. Zum Beispiel: Es kommt ein Mann zu Iwan Iljitsch und bittet um eine Auskunft. In seiner bloßen Eigenschaft als Mensch kann Iwan Iljitsch zu diesem Besucher keinerlei Beziehungen haben; besteht hingegen zwischen dem Betreffenden und ihm als Amtsperson irgendeine Beziehung, eine solche, die sich auf einem Amtsbogen ausdrücken lässt, dann tut Iwan Iljitsch in den Grenzen seiner dienstlichen Möglichkeiten auch wirklich alles, was er irgend kann, um die Wünsche des Betreffenden zu erfüllen, und befleißigt sich dabei einer ausgesuchten Höflichkeit. Doch sobald die dienstliche Beziehung beendet ist, hört damit auch jede andere auf. Diese Fähigkeit, dienstliche Angelegenheiten und rein menschliche Gefühle auseinanderzuhalten, beherrschte Iwan Iljitsch ausgezeichnet und hatte sie dank seiner Begabung dafür und einer langen Praxis zu einem so hohen Grade entwickelt, dass er es sich, wie ein Virtuose, mitunter sogar erlaubte, gleichsam als Scherz, das rein Menschliche mit dem Dienstlichen zu vermischen. Er konnte sich das erlauben, weil er in sich die Kraft fühlte, jederzeit, sobald er es für notwendig hielt, wieder das Dienstliche hervorzukehren und die menschlichen Gefühle zu unterdrücken. Alles das erledigte Iwan Iljitsch leicht, reibungslos, korrekt, ja geradezu virtuos. In den Pausen rauchte er, trank Tee und unterhielt sich ein wenig über Politik und allgemeine Tagesfragen, ein wenig über Kartenspiele und am meisten über zu erwartende oder schon erfolgte Ernennungen. Ermüdet, doch mit dem Gefühl eines Virtuosen, der in einem Orchesterkonzert glänzend seinen Part als erster Geiger gespielt hat, kehrte er schließlich nach Hause zurück. Seine Frau und die Tochter waren dann irgendwohin ausgefahren oder hatten Besuch; der Sohn, der das Gymnasium besuchte, war unter Beistand von Nachhilfelehrern mit seinen Schulaufgaben beschäftigt und lernte gewissenhaft alles, was auf einem Gymnasium gelehrt wird. Alles war schön und gut. Nach dem Essen las Iwan Iljitsch, sofern keine Gäste da waren, zuweilen ein Buch, von dem gerade viel gesprochen wurde, und gegen Abend setzte er sich wieder an die Arbeit, das heißt, er sah Akten durch, schlug wegen der einen oder andern Frage in Gesetzbüchern nach, verglich die Aussagen und stellte fest, welche Gesetzesparagraphen in Betracht kamen. Diese Arbeit bereitete ihm weder Freude noch Verdruss. Verdrießlich wäre es gewesen, wenn er dadurch ein Whistspiel versäumt hätte; wenn es aber doch keine Gelegenheit zum Whistspiel gab, war das immerhin besser, als den Abend allein ohne Beschäftigung oder nur in Gesellschaft seiner Frau zu verbringen. Eine ausgesprochene Freude hingegen bereiteten Iwan Iljitsch die kleinen Diners, zu denen er wichtige Persönlichkeiten des öffentlichen Lebens mit ihren Frauen einlud, wobei die Unterhaltung mit ihnen ganz der Art entsprach, in der sich solche Leute gewöhnlich die Zeit vertreiben, wie auch sein Salon allen anderen Salons glich.

Einmal gaben sie sogar eine Abendgesellschaft mit Tanz. Die Sache machte Iwan Iljitsch große Freude, und alles wäre sehr schön gewesen, wenn es nicht zum Schluss einen argen Streit mit seiner Frau wegen der Torten und des Konfekts gegeben hätte. Praskowja Fjodorowna hatte wegen der Bewirtung ihren eigenen Plan, aber Iwan Iljitsch hatte darauf bestanden, alles von einem teuren Konditor zu beziehen, und hatte eine Menge Torten bestellt; und da nun von den Torten viel übrig geblieben war, die Rechnung des Konditors aber fünfundvierzig Rubel ausmachte, war es zu dem Streit gekommen. Die Auseinandersetzung verlief in sehr heftigen, drastischen Formen, bei denen Praskowja Fjodorowna ihren Mann einen »jämmerlichen Tropf« nannte. Iwan Iljitsch griff sich hierauf an den Kopf und erwähnte in seiner Erregung etwas von Scheidung. Doch der Abend selbst verlief äußerst vergnügt. Es waren lauter Leute der obersten Gesellschaftsschicht versammelt, und Iwan Iljitsch tanzte mit der Fürstin Trufonowa, deren Schwester durch die Gründung des Vereins »Nimm alles Leid von mir« allgemein bekannt war. Dienstliche Freuden waren für Iwan Iljitsch Freuden seiner Eigenliebe, und gesellschaftliche Freuden waren Freuden seines Ehrgeizes, doch eine wahre Freude bedeutete für ihn einzig das Whistspiel. Er gestand sich selbst, dass nach allem, was er Betrübliches erlebt hatte, die einzige wahre Freude, die wie eine brennende Kerze alles andere überstrahlte, für ihn darin bestand, sich mit guten, beherrschten Spielern zu einer Partie Whist zusammenzufinden – aber unbedingt zu viert, denn bei einem Spiel zu fünft war es immer ärgerlich, wenn man ausscheiden und sich dabei noch den Anschein geben musste, es sehr gern zu tun –, dann mit Ernst und Scharfsinn zu spielen – besonders wenn man gute Karten bekommen hatte – und hierauf zu Abend zu essen und ein Glas Wein zu trinken. Und nach dem Kartenspiel, namentlich wenn er einen kleinen Gewinn buchen konnte – einen großen einzustecken, wäre peinlich gewesen –, ging Iwan Iljitsch jedes Mal in besonders guter Stimmung zu Bett.

Auf diese Weise wickelte sich ihr Leben ab. Sie verkehrten in den besten Gesellschaftskreisen und wurden

sowohl von hochgestellten Persönlichkeiten als auch von
jungen Leuten besucht.

In der Beurteilung ihres Bekanntenkreises waren sich
Mann, Frau und Tochter durchaus einig; wie auf Grund
einer stillschweigenden Übereinkunft waren alle drei gleichermaßen bestrebt, sich jene Freunde und kompromittierenden Verwandten vom Halse zu halten, die sich ihnen mit Schmeicheleien aufdrängten und Zutritt zu ihrem
mit japanischen Wandtellern geschmückten Salon zu erlangen suchten. Bald blieben diese unerwünschten Gäste
aus, und der Verkehr der Golowins setzte sich nur noch
aus Angehörigen der besten Gesellschaft zusammen. Die
jungen Leute machten Lisa den Hof, und da der Untersuchungsrichter Petristschew, der Sohn Dmitri Iwanowitsch Petristschews und alleinige Erbe seiner Besitztü-
mer, sich ernstlich für Lisa zu interessieren schien,
erwogen Iwan Iljitsch und seine Frau schon, für sie eine
Troikafahrt oder eine Liebhaberaufführung zu arrangie-
ren. So nahm ihr Leben einen steten, glatten Verlauf, und
alles war wunderschön.

4

Alle waren gesund. Iwan Iljitsch erklärte zwar hin und
wieder, einen seltsamen Geschmack im Munde zu haben
und ein gewisses Unbehagen an der linken Magenseite zu
verspüren, aber von einer Krankheit konnte man deswegen nicht sprechen.

Allein das Unbehagen verstärkte sich und ging allmählich, wenn auch nicht ausgesprochen in Schmerz, so
doch in ein ständiges Druckgefühl an der einen Seite über,
durch das Iwan Iljitsch in eine gereizte Stimmung ver-

setzt wurde. Seine Reizbarkeit verschärfte sich zusehends und begann schon die leichte, angenehme und anständige Lebensweise zu beeinträchtigen, die sich in der Familie Golowin herausgebildet hatte. Die Eheleute gerieten immer häufiger in Streit, das leichte, angenehme Leben war dahin, und sie mussten sich sehr zusammennehmen, um auch nur den äußeren Anstand zu wahren. Heftige Auseinandersetzungen waren abermals an der Tagesordnung, und übrig blieben nur jene kleinen Inseln – und auch davon nur wenige –, auf die sich die Eheleute zurückziehen konnten, ohne dass ein Streit zwischen ihnen ausbrach.

Jetzt war Praskowja Fjodorowna nicht im Unrecht, wenn sie erklärte, ihr Mann habe einen unleidlichen Charakter. Mit dem ihr eigenen Hang zum Übertreiben behauptete sie, sein Charakter sei schon immer so schrecklich gewesen und es habe ihrer ganzen Gutmütigkeit bedurft, es zwanzig Jahre lang zu ertragen. Richtig war, dass die Streitigkeiten jetzt immer von ihm ausgingen. Er begann mit seinen Nörgeleien vorwiegend unmittelbar vor dem Mittagessen oder nachdem er gerade ein paar Löffel Suppe zu sich genommen hatte. Bald erregte er sich darüber, dass ein Stück des Geschirrs beschädigt war, bald fand er am Essen etwas auszusetzen, bald ärgerte er sich über den Sohn, weil er den Ellbogen auf den Tisch gestützt hatte, bald missfiel ihm die Frisur der Tochter. Und an allem schob er seiner Frau die Schuld zu. Anfangs widersprach ihm Praskowja Fjodorowna und sagte ihm ebenfalls unangenehme Dinge; doch nachdem er zweimal kurz nach Beginn des Essens einen regelrechten Tobsuchtsanfall bekommen hatte, begriff sie, dass es sich bei ihm um einen krankhaften Zustand handelte, der durch das Essen hervorgerufen wurde, und beherrschte sich; sie widersprach nicht mehr, sondern war nur noch bemüht, die Mahlzeiten möglichst schnell zu beenden. Ihre Friedfertigkeit rechnete sich Praskowja Fjodorowna als großes Verdienst an. Wenn sie bedachte, wie unausstehlich der Charakter ihres Mannes war und dass er sie damit fürs ganze Leben unglücklich gemacht hatte, wurde sie von Mitleid mit sich selbst erfüllt. Und je mehr sie sich bemitleidete, umso stärker wurde sie von Hass gegen ihn gepackt. In ihr regte sich schon der Wunsch, er möge sterben, doch das konnte sie nicht wünschen, weil damit zugleich auch das Gehalt fortfiele. Dieser Umstand brachte sie noch mehr gegen ihn auf. Sie hielt ihr Geschick gerade deshalb für besonders tragisch, weil ihr selbst sein Tod keine Erlösung bringen würde; dieser Gedanke machte sie gereizt, sie suchte es zu verbergen, doch wurde durch diese versteckte Gereiztheit die Reizbarkeit ihres Mannes nur noch gesteigert.

Als es wieder einmal zu einem Zusammenstoß gekommen war, bei dem ihr Iwan Iljitsch besonders ungerechte Vorwürfe gemacht hatte, und nachdem er bei der Aussprache auch offen zugab, dass er gereizt gewesen sei, was er auf sein schlechtes Befinden zurückführte, sagte sie zu ihm, wenn er sich krank fühle, müsse er etwas dagegen unternehmen, und bestand darauf, dass er einen berühmten Arzt konsultiere.

Iwan Iljitsch fuhr zu dem berühmten Arzt. Dort fand er alles so vor, wie er es erwartet hatte; es war alles so, wie es immer zu sein pflegt: das lange Warten, das wichtige Gehabe des Arztes, das ihm nicht fremd war, weil es genau dem Gehabe entsprach, das er sich selbst zu Gerichtssitzungen zulegte, das Beklopfen und Abhorchen, die Fragen, die im Voraus festgelegte und offenbar ganz unnötige Antworten erfordern, der tiefgründige Blick, mit dem alle Ärzte ihre Patienten ansehen und der besagen soll, man brauche sich nur ihnen anzuvertrauen, sie würden die Sache schon beheben, ihnen sei mit unzweifelhafter Sicherheit bekannt, welche Mittel sie einem verordnen und wie sie ihre Patienten behandeln müssten – nämlich alle nach Schema F, um welche Krankheit es sich auch handeln möge. Alles war genauso wie auf dem Gericht. Genauso streng und prüfend, wie er selbst die vor Gericht stehenden Angeklagten anzusehen pflegte, sah der berühmte Arzt auch ihn an.

Der Arzt sagte, dies und das deute darauf hin, dass bei ihm dies und das vorliege; sollte es sich jedoch bei den und den Untersuchungen nicht bestätigen, könne man annehmen, dass es sich bei ihm um dies und das handele, und wenn man dies und das annehme, dann... und so fort. Für Iwan Iljitsch war einzig die Frage wichtig, ob sein Zustand gefährlich war oder nicht. Aber über diese ungehörige Frage ging der Arzt stillschweigend hinweg. Nach Auffassung des Arztes war diese Frage müßig und stand nicht zur Erörterung; für ihn galt es nur, die verschiedenen Möglichkeiten gegeneinander abzuwägen, ob es sich bei den Beschwerden um eine Wanderniere, einen chronischen Katarrh oder den Blinddarm handle. Es ging nicht um Iwan Iljitschs Leben, sondern um einen Streit zwischen Wanderniere und Blinddarm. Diesen Streit entschied der Arzt im Beisein Iwan Iljitschs auf souveräne Weise zugunsten des Blinddarms, mit dem Vorbehalt freilich, dass die Urinuntersuchung neue Verdachtsmomente ergeben könne und dass dann eine nochmalige Überprüfung des Falles notwendig sein werde. Alles das stimmte Punkt für Punkt mit der Manier überein, in der er selbst schon tausendmal Angeklagten gegenüber aufgetreten war. Ebenso souverän fasste der Arzt seine Schlussfolgerungen zusammen und blickte über seine Brille hinweg Iwan Iljitsch triumphierend, ja sogar vergnügt wie einen überführten Angeklagten an. Aus dem Resümee des Arztes zog Iwan Iljitsch den Schluss, dass es schlecht um ihn bestellt sein müsse, dass dies jedoch dem Arzt und wahrscheinlich auch allen andern völlig gleichgültig sei. Diese Erkenntnis war für Iwan Iljitsch äußerst schmerzlich und rief in ihm tiefes Mitleid mit sich selbst und große Erbitterung über den Arzt hervor, der sich einer solchen schwerwiegenden Frage gegenüber dermaßen gleichgültig verhielt.

Doch er unterdrückte seinen Unmut, stand auf, legte das Geld auf den Tisch, stieß einen Seufzer aus und sagte: »Wir Kranken stellen Ihnen wahrscheinlich oft überflüssige Fragen. Aber ich möchte doch wissen, ob es bei mir etwas Gefährliches ist.«

Der Arzt sah ihn streng durch seine Brillengläser an, als wollte er sagen: Angeklagter, wenn Sie sich nicht in den Grenzen der Ihnen vorgelegten Fragen halten, werde ich genötigt sein, Ihre Entfernung aus dem Sitzungssaal anzuordnen!

»Ich habe Ihnen ja schon gesagt, was sich im Augenblick sagen lässt und wie Sie sich verhalten sollen«, antwortete der Arzt. »Alles Weitere wird sich aus der Analyse des Urins ergeben.« Und der Arzt verbeugte sich.

Iwan Iljitsch ging langsam hinaus, setzte sich missmutig in den Schlitten und fuhr nach Hause. Während der ganzen Fahrt rief er sich immer wieder ins Gedächtnis, was der Arzt gesagt hatte, und war bemüht, alle diese verworrenen, unklaren medizinischen Ausdrücke in die normale Sprache zu übertragen und aus ihnen eine Antwort auf die Frage herauszulesen, ob es schlecht, sehr schlecht um ihn bestellt sei oder ob noch eine Hoffnung auf Besserung bestehe. Und der Sinn all dessen, was der Arzt gesagt hatte, schien ihm darauf hinauszulaufen, dass sein Zustand sehr ernst sei. Alles machte auf ihn jetzt einen trübseligen Eindruck: die Droschkenkutscher, die Häuser, die Straßenpassanten, die Läden. Der Schmerz, dieser dumpfe, ätzende Schmerz, den er an der einen Seite verspürte, hörte dabei keinen Moment auf und schien ihm in Verbindung mit den unklaren Redensarten des Arztes eine neue, ernstere Bedeutung anzunehmen. Und er achtete jetzt mit größerer Sorge auf diesen Schmerz.

Zu Hause angelangt, erzählte er seiner Frau von seinem Besuch bei dem Arzt. Sie hörte zu, doch mitten im Gespräch kam die Tochter ins Zimmer; sie hatte bereits ein Hütchen auf und wollte mit der Mutter irgendwohin fahren. Sie setzte sich, um diesen langweiligen Bericht mit anzuhören, hielt es jedoch nicht lange aus, und auch die Mutter stand auf, bevor er geendet hatte.

»Nun, ich bin sehr froh«, sagte Praskowja Fjodorowna. »Jetzt musst du aber auch pünktlich die verordnete Medizin einnehmen. Gib mir das Rezept, ich werde Gerassim in die Apotheke schicken«, fügte sie hinzu und ging hinaus, um sich für die Ausfahrt zurechtzumachen.

Iwan Iljitsch stockte der Atem, solange sie noch im Zimmer war, und er atmete erst tief auf, als sie sich entfernt hatte.

Nun, dachte er, vielleicht ist es wirklich noch nichts Ernstes.

Er nahm jetzt regelmäßig seine Medizin ein und befolgte alle Anordnungen des Arztes, die auf Grund des

Ergebnisses der Urinuntersuchung geändert wurden. Doch nun stellte sich heraus, dass bezüglich dieser geänderten Vorschriften irgendein Missverständnis vorliegen musste, denn nach ihrer Befolgung traten nicht die vom Arzt vorausgesagten Folgen ein. An den Arzt war nicht heranzukommen, und so war es möglich, dass seinen Anordnungen zuwidergehandelt wurde. Entweder hatte der Arzt etwas vergessen oder ihn getäuscht und ihm absichtlich einen Befund verschwiegen.

Wie dem auch sei, Iwan Iljitsch führte weiterhin die Anordnungen des Arztes aus und fand dadurch in der ersten Zeit eine gewisse Beruhigung.

Seit seinem Besuch beim Arzt bestand Iwan Iljitschs wichtigste Beschäftigung darin, aufs genaueste die Anordnungen des Arztes bezüglich der Hygiene und des Einnehmens der Medikamente auszuführen sowie Obacht auf seinen Schmerz und die Funktion seines ganzen Organismus zu geben. Zugleich interessierte er sich jetzt ganz besonders für die Krankheiten und den Gesundheitszustand anderer Leute. Wenn in seiner Gegenwart von kranken, gestorbenen oder wiederhergestellten Personen gesprochen wurde, hörte Iwan Iljitsch – bemüht, seine Erregung zu verbergen – aufmerksam zu, erkundigte sich nach Einzelheiten und verglich die betreffenden Symptome mit denen seiner eigenen Beschwerden.

Die Schmerzen hielten bei ihm unvermindert an, aber er zwang sich zu der Annahme, dass sich sein Zustand gebessert habe. Diese Selbsttäuschung gelang ihm auch, solange nichts vorkam, worüber er sich aufregte. Doch sobald er unliebsame Auseinandersetzungen mit seiner Frau, Misserfolge im Dienst oder Pech beim Whistspiel hatte, spürte er sofort die ganze Stärke seiner Beschwerden. Zunächst hatte er noch versucht, sich mit solchen Misshelligkeiten abzufinden, hatte gehofft, einen Fehler im Dienst durch neue Erfolge wettzumachen, ein andermal beim Kartenspiel wieder mehr Glück zu haben; doch nun warf ihn jeder Misserfolg um und versetzte ihn in Verzweiflung. Gerade hat sich eine Besserung bemerkbar gemacht, dachte er, hat die Medizin zu wirken begonnen, und da muss nun dieses verdammte Missgeschick, diese Unannehmlichkeit kommen! Er war wütend über sein Missgeschick und über die Leute, die ihm Unannehmlichkeiten bereiteten und ihn damit umbrachten, und er war außerstande, seine Wut zu unterdrücken.

Man sollte meinen, er hätte sich darüber im Klaren sein müssen, dass eine solche ständige Gereiztheit seinen Zustand verschlimmerte und dass er daher hätte bemüht sein müssen, über belanglose unangenehme Zwischenfälle hinwegzusehen; doch er verhielt sich genau umgekehrt: Er sagte, er brauche Ruhe, achtete peinlich auf alles, was seine Ruhe stören konnte, und geriet aus den geringfügigsten Anlässen in Erregung. Außerdem verschlechterte sich sein Zustand noch dadurch, dass er medizinische Bücher las und dauernd Ärzte zu Rate zog. Es ging stetig bergab, doch wenn er seinen Zustand von einem Tage zum andern verglich, konnte er sich darüber hinwegtäuschen: Es war kein großer Unterschied zu merken. Konsultierte er hingegen Ärzte und hörte sich deren Meinungen an, dann hatte er den Eindruck, es gehe mit ihm bergab, und zwar sehr schnell.

In diesem Monat suchte er noch eine andere Kapazität auf. Diese Kapazität sagte fast genau das Gleiche, was der andere berühmte Arzt gesagt hatte, stellte aber auf andere Weise die Fragen, und durch die Konsultation dieser

Kapazität wurde die Ratlosigkeit und Angst Iwan Iljitschs nur noch verstärkt. Der Freund eines seiner Kollegen, der im Ruf stand, ein besonders tüchtiger Arzt zu sein, stellte eine ganz andere Diagnose, und wenn er Iwan Iljitsch auch seine völlige Wiederherstellung verhieß, so brachte er ihn doch durch seine Fragen und Mutmaßungen noch mehr in Verwirrung. Ein Homöopath kam noch zu einem anderen Befund und verordnete ein Medikament, das Iwan Iljitsch nun schon seit einer Woche heimlich einnahm. Als er aber nach Ablauf einer Woche keine Erleichterung verspürte, verlor er das Zutrauen zu diesem wie auch zu allen bislang schon geschluckten Medikamenten und ließ vollends den Kopf hängen. Einmal erzählte eine mit der Familie bekannte Dame von einem Kranken, der Genesung durch ein wundertätiges Heiligenbild gefunden haben sollte. Iwan Iljitsch hörte aufmerksam zu und ertappte sich dabei, dass er eine solche Möglichkeit wirklich ernsthaft in Betracht zog. Doch dann erschrak er über sich selbst. Bin ich denn schon so schwachsinnig geworden, an solchen Blödsinn zu glauben?, dachte er. Aber man darf nicht wankelmütig werden, sondern muss sich einem bestimmten Arzt anvertrauen und konsequent alles befolgen, was er verordnet. Das will ich auch tun und nicht mehr von einem zum andern laufen. Ich werde nicht mehr grübeln und bis zum Sommer streng alle Vorschriften des Arztes ausführen. Dann wird man weitersehen. Dieses Hin- und Her-Schwanken muss aufhören!

Das war leicht gesagt, erwies sich indessen als unmöglich. Der Schmerz an der einen Seite quälte ihn beharrlich, schien sich zu verstärken und wurde zum Dauerzustand; der eigentümliche Geschmack im Munde wurde penetranter, und sein Atem nahm, wie es ihm schien, einen widerwärtigen Geruch an; sein Appetit ließ zusehends nach, er kam immer mehr herunter. Jetzt gab es für Iwan Iljitsch keine Selbsttäuschung mehr: In seinem Innern vollzog sich etwas Schreckliches, etwas Neues und so Bedeutsames, wie er es noch nie erlebt hatte. Und nur er selbst wusste davon, während die Leute in seiner Umgebung es nicht merkten oder nicht merken wollten und der Meinung waren, alles gehe in der Welt seinen üblichen Gang. Das war für Iwan Iljitsch besonders schmerzlich. Er sah, dass seine Angehörigen, namentlich die Frau und die Tochter, die gerade jetzt, auf der Höhe der Saison, fast täglich zu Bällen und anderen Vergnügungen eingeladen waren, seinen Zustand nicht erkannten und sich nur ärgerten, weil er – als sei es bei ihm bloß Launenhaftigkeit – immer so mürrisch und anspruchsvoll war, und obgleich sie das zu verbergen suchten, entging es ihm doch nicht, dass sie ihn als Störenfried betrachteten. Im Übrigen hatte sich seine Frau hinsichtlich seiner Krankheit eine bestimmte Einstellung zu eigen gemacht, die sie hartnäckig beibehielt, was immer er auch tun und sagen mochte. Diese Einstellung zeigte sich zum Beispiel, wenn sie mit Bekannten über seinen Zustand sprach.

»Wissen Sie«, sagte sie dann, »Iwan Iljitsch bringt es nicht fertig, sich genau an die Anordnungen des Arztes zu halten, wie es sonst alle vernünftigen Leute tun. Heute nimmt er vielleicht seine Tropfen ein, beachtet die Diätvorschriften und geht zur normalen Zeit zu Bett; aber morgen, wenn ich mal nicht darauf geachtet habe, vergisst er plötzlich, die Medizin einzunehmen, isst Stör, was er nicht darf, und sitzt bis ein Uhr nachts beim Kartenspiel.«

»Nun, wann ist denn das schon mal vorgekommen?«, fragte dann wohl Iwan Iljitsch gereizt. »Das eine Mal bei Pjotr Iwanowitsch.«

»Und gestern bei Schebek.«

»Ich hätte ja sowieso vor Schmerzen nicht schlafen können.«

»Um eine Ausrede bist du nie verlegen, aber so wirst du nie gesund werden und quälst uns nur.«

Wenn Praskowja Fjodorowna mit anderen oder mit ihm selbst über seine Krankheit sprach, klang es immer so, als habe er sie selbst verschuldet und als sei seine ganze Krankheit nur eine weitere Unannehmlichkeit, mit der er ihr das Leben erschwere. Er wusste, dass sie das alles unüberlegt und nicht mit Vorbedacht sagte, doch dadurch wurde die Kränkung nicht vermindert.

Auch im Gericht bemerkte oder glaubte er neuerdings ein verändertes, ihn unangenehm berührendes Verhalten seiner Kollegen ihm gegenüber zu bemerken. Bald schien es ihm, man sehe ihn daraufhin an, ob er bald gezwungen sein würde, seinen Platz zu räumen, bald fühlte er sich verletzt, wenn die Kollegen einmal in gutmütigem Ton die Sorge um seinen Gesundheitszustand bespöttelten – als ob jenes Furchtbare, unvorstellbar Schreckliche, das sich in seinem Innern gebildet hatte, das ohne Unterlass an ihm saugte und ihn unaufhaltsam irgendwohin zog, der amüsanteste Anlass zu Witzeleien sei! Insbesondere Schwarz, der ihn durch seine Eleganz und sein ganzes lebensprühendes Wesen daran erinnerte, wie er selbst einmal vor zehn Jahren gewesen war, fiel ihm ständig auf die Nerven.

Eines Abends kamen Freunde zu ihm, und man setzte sich zu einer Partie Whist zusammen. Die neuen, noch steifen Karten wurden auseinandergebogen, verteilt, und jeder sortierte die seinen: Iwan Iljitsch hatte sieben Karos. Sein Partner sagte: »Ohne Trumpf!« und spielte zweimal nacheinander Karo aus. Was konnte man noch mehr wünschen? Iwan Iljitsch, sollte man meinen, hätte in bester Stimmung sein müssen: Ein Schlemm war jetzt so gut wie sicher. Doch unversehens verspürte er wieder diesen saugenden Schmerz, diesen greulichen Geschmack im Munde, und es kam ihm widersinnig vor, dass er sich dabei noch über einen Schlemm freuen konnte.

Iwan Iljitsch sah zu, wie Michail Michailowitsch, sein Partner, mit seiner kräftigen Hand auf den Tisch schlug und dann aus höflicher Nachsicht davon absah, die Stiche selbst einzuheimsen, sondern sie ihm zuschob, um ihm das Vergnügen zu lassen, die Karten ohne Anstrengung, ohne die Hand bis zur Mitte des Tisches ausstrecken zu müssen, an sich zu nehmen. Meint er denn, ich sei schon so schwach, dass ich nicht mehr den Arm ausstrecken kann?, dachte Iwan Iljitsch, vergaß dabei die Trümpfe, spielte eine falsche Karte aus – und der Schlemm war verloren. Das Erschreckendste dabei aber war, dass ihn dieses Pech im Gegensatz zu Michail Michailowitsch, den es begreiflicherweise sehr verdross, völlig gleichgültig ließ. Und es erfüllte ihn mit Entsetzen, an den Grund seiner Gleichgültigkeit zu denken.

Die anderen Herren sahen, wie er litt, und schlugen vor, das Spiel abzubrechen, wenn er ermüdet sei; er solle eine Weile ausruhen. Ausruhen? Nein, er sei nicht im Geringsten müde, versicherte er und spielte den Robber bis zu Ende mit. Alle waren in düstere Stimmung geraten und schweigsam geworden. Iwan Iljitsch fühlte, dass er sie in diese trübselige Stimmung versetzt hatte, war jedoch außerstande, sie zu zerstreuen. Dann wurde zu Abend gegessen, die Gäste brachen auf, und Iwan Iljitsch blieb allein zurück mit der bitteren Erkenntnis, dass sein Leben vergiftet war, dass er das Leben anderer vergiftete und dass sich die Wirkung dieses Giftes nicht abschwächte, sondern mehr und mehr seinen ganzen Körper durchdrang.

In diesem Bewusstsein, gepaart mit körperlichen Schmerzen und der Verzweiflung über seinen Zustand, ging Iwan Iljitsch zu Bett und konnte oft bis zum Morgengrauen vor Schmerzen nicht einschlafen. Und am Morgen musste er wieder aufstehen, sich ankleiden, aufs Gericht fahren, reden und schreiben oder, wenn er zu Hause blieb, auch dort wieder vierundzwanzig Stunden unter den gleichen Qualen zubringen. Und so, schon am Rande des Abgrunds, war er sich allein überlassen, ohne einen Menschen zu haben, der ihn verstand und ihm beigestanden hätte.

5

So verging ein Monat und ein zweiter. In der Zeit vor Neujahr kam sein Schwager in die Stadt und stieg bei ihnen ab. Bei seiner Ankunft befand sich Iwan Iljitsch auf dem Gericht, und Praskowja Fjodorowna war ausgefahren, um Einkäufe zu machen. Als Iwan Iljitsch nach Hause zurückkehrte und in sein Arbeitszimmer ging, traf er dort den Schwager an, einen vor Gesundheit strotzenden Mann, der gerade dabei war, selbst seinen Koffer auszupacken. Beim Eintritt Iwan Iljitschs richtete er den Kopf auf und sah ihn einen Moment sprachlos an. Dieser Blick offenbarte Iwan Iljitsch alles. Der Schwager konnte offensichtlich nur mit Mühe einen Ausruf des Entsetzens unterdrücken, doch seine Miene besagte genug.

»Habe ich mich sehr verändert?«

»Ja … etwas verändert hast du dich schon.«

Und so viel sich Iwan Iljitsch danach auch bemühte, im Gespräch mit dem Schwager wieder die Rede auf sein Aussehen zu bringen – der Schwager wich jeder klaren Antwort aus. Nach einer Weile kam Praskowja Fjodorowna nach Hause, und der Schwager begab sich zu ihr. Iwan Iljitsch verschloss die Tür und betrachtete sich im Spiegel, zuerst von vorn, dann im Profil. Er nahm ein Bild zur Hand, auf dem er zusammen mit seiner Frau dargestellt war, und verglich es mit dem, was er im Spiegel sah. Der Unterschied war ungeheuer. Dann krempelte er die Ärmel bis zu den Ellbogen auf, betrachtete seine Arme, streifte die Ärmel wieder zurück, setzte sich auf die Chaiselongue, und sein Gesicht wurde finsterer als die Nacht.

»Nein, nein, es hat keinen Zweck!«, murmelte er vor sich hin und sprang auf, ging an seinen Schreibtisch und nahm sich ein Aktenstück vor, um es durchzulesen, war aber nicht fähig, seine Gedanken zu konzentrieren. Nun schloss er die Tür wieder auf und ging in den Saal. Die Tür zum Salon war geschlossen. Er trat leise an die Tür heran und horchte.

»Ach, du übertreibst«, hörte er Praskowja Fjodorowna sagen.

»Nein, ich übertreibe nicht. Siehst du denn nicht, wie er aussieht: Er ist ein todgeweihter Mensch. Man braucht ihm nur in die Augen zu blicken – sie sind ganz trübe. Was hat er denn?«

»Niemand weiß es. Nikolajew« – das war der zuletzt konsultierte Arzt – »hat irgendetwas festgestellt, aber ich entsinne mich nicht mehr daran. Lestschetizki« – das war der berühmte Arzt – »erklärte dagegen ...«

Iwan Iljitsch trat von der Tür zurück, begab sich in sein Zimmer, legte sich auf die Chaiselongue und versank in Gedanken. Die Niere, eine wandernde Niere!, ging es ihm wieder durch den Kopf. Er rief sich alles ins Gedächtnis, was ihm von den Ärzten darüber gesagt worden war, wie sich die Niere losgelöst hatte und in Bewegung gekommen war. Und er machte krampfhafte Anstrengungen, sich vorzustellen, wie man diese Niere abfangen, zum Stillstand bringen und wieder an ihrem Platz befestigen könnte; es schien doch nur so wenig dazu nötig zu sein. Ja, ich will noch einmal zu Pjotr Iwanowitsch fahren! (Pjotr Iwanowitsch war jener Kollege, der in freundschaftlichen Beziehungen zu dem zweiten Arzt stand.) Er klingelte, befahl, das Pferd anzuspannen, und machte sich für die Fahrt fertig.

»Wohin willst du, Jean?«, fragte ihn seine Frau in besonders kläglichem, ungewohnt gutmütigem Ton.

Dieser unterstrichen gutmütige Ton reizte ihn. Er sah sie finster an.

»Ich muss zu Pjotr Iwanowitsch.«

Er fuhr also zu jenem Kollegen, der mit dem Arzt befreundet war, und in dessen Begleitung weiter zum Arzt. Sie trafen den Arzt zu Hause an, und Iwan Iljitsch hatte mit ihm eine lange Unterredung.

Nachdem sich Iwan Iljitsch sowohl von der Anatomie wie von der Physiologie her über alle Einzelheiten jener Vorgänge unterrichtet hatte, die sich nach Ansicht des Arztes in seinem Innern abspielten, wurde ihm alles klar.

Es handelte sich um einen Schaden, einen geringfügigen Schaden am Blinddarm, der sich auch wieder beseitigen ließ. Man musste die Energie des einen Organs verstärken und die Funktion eines anderen abschwächen, dann würde eine Aufsaugung erfolgen, und der ganze Schaden wäre behoben. Als Iwan Iljitsch nach Hause kam, wartete man mit dem Mittagessen schon auf ihn. Bei Tisch unterhielt er sich angeregt, konnte sich aber lange nicht dazu aufraffen, in sein Zimmer zu gehen, um zu arbeiten. Nachdem er endlich doch in sein Arbeitszimmer gegangen war, setzte er sich dort sofort an den Schreibtisch. Er studierte Akten, vertiefte sich in die Arbeit, doch im Unterbewusstsein blieb ihm dabei immer gegenwärtig, dass er sich hinterher noch mit einer wichtigen, ihn persönlich betreffenden Angelegenheit befassen musste. Als er alle Akten durchstudiert hatte, erinnerte er sich, dass es sich bei jener wichtigen Angelegenheit darum handelte, Überlegungen über den Zustand seines Blinddarms anzustellen. Aber er verschob dieses Vorhaben erneut und begab sich in den Salon zum Tee. Es waren Gäste erschienen, man unterhielt sich, es wurde Klavier gespielt und gesungen; auch jener Untersuchungsrichter, der von Iwan Iljitsch und seiner Frau erwünschte Freier um ihre Tochter, war zugegen. Iwan Iljitsch war an diesem Abend, wie es Praskowja Fjodorowna erschien, in fröhlicherer Stimmung als sonst, doch vergaß er keinen Augenblick, dass ihm noch die Überlegungen über seinen Blinddarm bevorstanden. Um elf Uhr verabschiedete er sich und zog sich zurück. Seit seiner Erkrankung schlief er allein in einem kleinen Nebenraum seines Arbeitszimmers. Er trat ein, zog sich aus und nahm einen Roman von Zola zur Hand, las aber nicht, sondern war mit anderen Gedanken beschäftigt. In seiner Phantasie malte er sich aus, wie die ersehnte Genesung seines Blinddarms vor sich ging. Da

wurde irgendetwas eingesogen, etwas anderes ausge-
schieden und auf diese Weise die normale Funktion des
Blinddarms wiederhergestellt. Ja, das geht alles seinen
Gang, dachte er, man muss der Natur nur nachhelfen! Er
erinnerte sich seiner Medizin, richtete sich auf, nahm sie
ein, legte sich auf den Rücken und gab acht, wie wohltuend die Medizin wirkte und den Schmerz stillte. Ich muss
sie nur regelmäßig einnehmen und mich vor schädlichen
Einflüssen hüten, dachte er. Schon jetzt fühle ich mich
etwas, ja sogar erheblich besser … Er betastete die Stelle,
von der immer der Schmerz ausging. Bei der Berührung
tat sie jetzt nicht weh. Nein, sie schmerzt nicht mehr,
dachte er, es ist wirklich schon eine wesentliche Besserung eingetreten … Er löschte die Kerze und drehte sich
auf die Seite. Ja, der Blinddarm kommt wieder in Ordnung, saugt sich voll. Doch jählings verspürte er wieder
den alten dumpfen, quälenden Schmerz, dieses beharrli-
che, stille und drohende Nagen in seinem Körper. Und
auch im Mund hatte er abermals jenen widerwärtigen Geschmack. Sein Herz krampfte sich zusammen, ihm wurde
schwarz vor Augen. »Oh, mein Gott, mein Gott!«, stammelte er. »Immer wieder ist es dasselbe und hört niemals
auf.« Und auf einmal stellte sich ihm sein Leiden von einer ganz anderen Seite dar. Der Blinddarm! Eine Niere!
Nein, weder um den Blinddarm noch um eine Niere geht
es hier, sondern um das Leben und… den Tod! Ja, das Leben, das in mir war, schwindet immer mehr dahin, und
ich kann es nicht aufhalten. Wozu soll ich mich selbst täuschen? Sehen außer mir nicht alle schon längst, dass ich
dahinsieche und dass es sich nur darum handelt, wie viel
Wochen, wie viel Tage es noch dauern wird oder ob das
Ende schon unmittelbar bevorsteht? Bis jetzt war Licht

um mich, bald wird es Finsternis sein. Bis jetzt bin ich hier gewesen, nun werde ich dorthin gezogen. Wohin? … Er schauerte zusammen, sein Atem setzte aus. Nur das Hämmern seines Herzens hörte er.

Wenn ich nicht mehr bin, was wird dann sein? Nichts wird sein. Ja, wo werde ich denn sein, wenn ich nicht mehr bin? Muss ich wirklich sterben? Nein, ich will nicht!… Er richtete sich auf, wollte die Kerze anzünden, scharrte mit zitternden Händen auf dem Nachttisch herum, die dabei umgestoßene Kerze fiel samt dem Leuchter auf den Fußboden, und er sank in die Kissen zurück. Wozu mühe ich mich noch ab? Es lässt sich ja doch nichts ändern, dachte er und starrte in die Finsternis. Der Tod kommt. Ja, der Tod. Aber von denen dort weiß es niemand und will es niemand wissen, niemand hat Mitleid mit mir. Sie musizieren, dachte er, als er aus den anderen Zimmern Gesang und Klavierakkorde herüberschallen hörte. Ihnen ist alles gleichgültig, und doch werden auch sie einmal sterben. Diese Narren! Mir ist es früher, ihnen später beschieden, aber dem Tod entgeht niemand. Aber sie sind vergnügt. Hornvieh!… Seine Wut nahm ihm den Atem. Von Schmerzen gequält, wurde ihm unerträglich schwer ums Herz. Es ist doch nicht möglich, dachte er, dass alle stets ohne Unterschied zu solcher Furcht verurteilt waren …

Er richtete sich wieder auf. Irgendetwas stimmt da nicht, sagte er sich. Ich muss mich beruhigen, muss alles noch einmal von Anfang an überdenken… Und er rief sich den ganzen Verlauf seiner Krankheit ins Gedächtnis: Ja, so fing es an. Ich stieß mich an der Seite, nahm es aber nicht weiter tragisch und blieb unverändert guter Laune. Ich spürte zunächst nur einen leichten Schmerz, dann wurde er stärker; ich ging zu den Ärzten, aber mein Befinden verschlechterte sich weiter; ich wurde trübselig, wandte mich wieder an die Ärzte. Und dabei näherte ich mich immer mehr dem Abgrund. Meine Kräfte schwanden. Immer weiter und weiter ging es bergab. Und jetzt bin ich zusammengebrochen, das Licht in meinen Augen ist erloschen. Der Tod ist gekommen, und ich denke dabei an den Blinddarm. Ich sinne darüber nach, wie man den Blinddarm heilen kann, und stehe dabei vor dem Tode. Ist es wirklich der Tod?… Er wurde wieder von Grauen gepackt, geriet in Atemnot, beugte sich vor, um nach den Streichhölzern zu suchen, und stieß dabei mit dem Ellbogen gegen das Nachtschränkchen. Es störte ihn; er hatte sich an ihm weh getan, ärgerte sich, drückte in seiner Erregung noch heftiger gegen das Nachtschränkchen und warf es um. Verzweifelt, mühsam nach Atem ringend, sank er auf den Rücken zurück und war darauf gefasst, jeden Augenblick zu sterben.

Die Gäste brachen gerade auf, und Praskowja Fjodorowna hatte sie ins Vorzimmer begleitet. Als sie das Gepolter hörte, kam sie zu ihm ins Zimmer.

»Was hast du?«

»Nichts weiter. Durch eine ungeschickte Bewegung habe ich das Nachtschränkchen umgestoßen.«

Praskowja Fjodorowna ging hinaus und kam mit einer Kerze zurück. Ihr Mann lag im Bett, atmete so schwer und hastig wie jemand, der eine lange Strecke gelaufen ist, und sah sie mit starren Augen an.

»Was ist dir, Jean?«

»Gar-nichts. Das Nacht-schränk-chen ist umgefallen.« Wozu ihr viel erzählen?, dachte er. Sie würde ja auch nichts verstehen.

Sie verstand auch wirklich nichts. Nachdem sie das Nachtschränkchen wieder hingestellt und die Kerze angezündet hatte, ging sie eilig hinaus: sie musste noch die Gäste verabschieden.

Als sie zurückkam, lag er noch immer auf dem Rücken und starrte nach oben.

»Was ist mit dir? Geht es dir schlechter?«

»Ja.«

Sie schüttelte den Kopf und setzte sich zu ihm. »Weißt du, Jean, ich meine, wir sollten Lestschetizki kommen lassen.«

Den berühmten Arzt um einen Hausbesuch bitten, das bedeutete, selbst vor großen Kosten nicht zurückzuscheuen. Er lächelte giftig und sagte, es sei nicht nötig. Nachdem sie noch eine Weile bei ihm gesessen hatte, trat sie an ihn heran und küsste ihn auf die Stirn.

Er hasste sie aus tiefster Seele bei diesem Kuss und musste seine ganze Selbstbeherrschung aufbieten, um sie nicht zurückzustoßen.

»Gute Nacht! Gebe Gott, dass du schlafen kannst.«

»Ja, ja.«

6

Iwan Iljitsch ahnte, dass es mit ihm zu Ende ging, und befand sich in einem Zustand ununterbrochener Verzweiflung.

Im Grunde seiner Seele wusste er, dass er sterben musste, hatte sich aber noch nicht an diese Tatsache gewöhnt und konnte sich auf keine Weise damit abfinden.

Jenes Beispiel eines Syllogismus, das er in der Logik von Kiesewetter gelernt hatte und das da lautete, Cajus sei ein Mensch, die Menschen seien sterblich, und demnach sei auch Cajus sterblich – dieser Syllogismus war Iwan Iljitsch sein ganzes Leben lang nur in Bezug auf Cajus als richtig erschienen, keineswegs hingegen in Bezug auf sich selbst. Cajus war der Mensch ganz allgemein, und für ihn traf jene Folgerung durchaus zu. Er, Iwan Iljitsch, aber war nicht Cajus, war nicht ein x-beliebiger Mensch, sondern hatte von Geburt an seine besondere, ihn von allen andern Menschen unterscheidende Eigenart gehabt: Er war Wanja mit seiner Mama und dem Papa, mit Mitja und Wolodja, mit seinem Spielzeug, dem Kutscher, der Kinderfrau und später mit Katenka, mit allen Freuden und Kümmernissen, mit der ganzen Begeisterungsfähigkeit der Kindheit, der Knabenjahre und Jugend. Hatte Cajus etwa den Geruch des gestreiften Lederballs gekannt, der ihm als kleinem Jungen so lieb gewesen war? Hatte Cajus etwa der Mutter ebenso die Hand geküsst und beim Rascheln ihres seidenen Kleides das Gleiche empfunden wie er in seiner Kindheit? Ist es etwa Cajus gewesen, der am Institut für Rechtswissenschaften den Aufruhr wegen der Pasteten angestiftet hatte? Ist etwa Cajus jemals so verliebt gewesen wie er? Ist etwa Cajus imstande, eine Sitzung zu leiten?

Ja, Cajus ist wirklich sterblich, und es ist ganz in der Ordnung, wenn er stirbt; aber bei mir, Iwan Iljitsch, dem einstigen Wanja, mit allen meinen Gefühlen und Gedanken, liegen die Dinge ganz anders. Es kann nicht sein, dass mir der Tod bestimmt ist. Das wäre ja entsetzlich.

Solche Gedanken gingen ihm durch den Kopf.

Wenn auch ich sterben müsste wie Cajus, dann wüsste ich das, eine innere Stimme würde es mir sagen; doch nichts davon trifft zu. Weder ich noch irgendeiner meiner Freunde hat die Sache so aufgefasst, dass für uns das Gleiche gelten sollte wie für Cajus. Und nun dieser Zustand!, dachte er voller Entsetzen. Es ist doch undenkbar, dass ich sterben muss. Es ist undenkbar und ist dennoch so. Wie geht das zu? Wie soll man das verstehen?

Er konnte keine Erklärung finden und bemühte sich, den Gedanken an den Tod als ein haltloses, krankhaftes Hirngespinst zu verscheuchen und ihn durch andere, vernünftige Gedanken zu verdrängen. Allein dieser Gedanke, und nicht nur der Gedanke, nein, auch die Wirklichkeit stellte sich immer wieder ein und marterte ihn.

Um diesen Gedanken loszuwerden, versuchte er, sich mit verschiedenen anderen Gedanken zu beschäftigen, und hoffte, dadurch einen Halt zu gewinnen. Er bemühte sich, frühere Gedankengänge wachzurufen, die ihm ehedem den Gedanken an den Tod verdeckt hatten. Doch unbegreiflicherweise war alles das, was in ihm früher das Bewusstsein des nahenden Todes verhüllt und ausgelöscht hatte, jetzt nicht mehr imstande, die gleiche Wirkung zu vollbringen. Dazu hatte sich Iwan Iljitsch in letzter Zeit allzu oft mit den Versuchen beschäftigt, die früheren Gefühlsregungen wieder zu erwecken, die den Gedanken an den Tod unterdrückt hatten. Mitunter sagte er sich: Ich will mich mit meinen dienstlichen Pflichten befassen, die ja immer den Inhalt meines Lebens ausgemacht haben. Und alle Sorgen abschüttelnd, begab er sich aufs Gericht, knüpfte ein Gespräch mit diesem und jenem Kollegen an, setzte sich auf seinen Platz, überschaute seiner alten Gewohnheit nach zerstreut, mit versonnenen Blicken, die Menschenmenge, beugte sich, die abgemagerten Hände auf die Armlehne des Eichensessels gestützt, wie gewöhnlich zu seinem Kollegen hinüber, schob ihm ein Aktenstück zu und wechselte mit ihm leise ein paar Worte, blickte dann plötzlich auf, setzte sich aufrecht hin und eröffnete mit der üblichen Redeformel die Sitzung. Doch plötzlich, während der Sitzung und ohne sich im Geringsten um den Stand der Verhandlungen zu kümmern, meldete sich der bekannte Schmerz an der Seite und saugte und nagte in seinem Innern. Iwan Iljitsch erschrak, bemühte sich, den Schmerz nicht zu beachten, aber der ließ nicht nach und setzte beharrlich sein Werk fort. Und dann erschien *er*, stellte sich unmittelbar vor ihm auf und sah ihn an; Iwan Iljitsch erstarrte, der Glanz in seinen Augen erlosch, und er fragte sich wieder: Ist *er* wirklich das Einzige, was unerschütterlich feststeht? Und seine Kollegen und Untergebenen nahmen mit Erstaunen und Bestürzung wahr, dass er, dieser feinsinnige, redegewandte Richter, häufig mitten im Satz stockte, dass ihm Fehler unterliefen. Er versuchte, sich zusammenzunehmen, war bemüht, sich wieder zu fassen, und leitete die Sitzung schlecht und recht bis zu Ende. Und nach Hause kehrte er dann zurück mit der bitteren Erkenntnis, dass seine dienstliche Tätigkeit ihm nicht mehr wie früher das verbergen konnte, was er sich nicht eingestehen wollte, und dass es ihm unmöglich war, sich durch die Ausübung seiner Amtspflichten von *ihm* zu befreien. Das Schrecklichste jedoch war, dass *er* nicht deshalb alle seine Gedanken auf sich lenkte, damit er dies oder jenes tun sollte, sondern nur, um ihn zu zwingen, *ihn* anzusehen, *ihm* unmittelbar ins Auge zu blicken und sich unsagbar zu quälen.

In dem Bemühen, sich aus diesem Zustand zu befreien, suchte und fand Iwan Iljitsch andere Schutzhüllen, die ihm für einige Zeit auch Erleichterung verschafften, die aber sehr bald, wenn auch nicht gerade zerstört, so doch durchsichtig wurden. Und hinter den Hüllen erschien dann wieder *er,* und es gab nichts, was *ihn* verdecken konnte.

Wenn Iwan Iljitsch in dieser letzten Zeit den Salon betrat – jenen von ihm persönlich ausgestatteten Salon, in dem er von der Leiter gestürzt war –, empfand er es jedes Mal als bitteren Hohn, dass er um dieser Ausstattung willen sein Leben geopfert hatte, denn seine Krankheit war ja, wie er wusste, eine Folge der damals bei dem Sturz erlittenen Verletzung. Als er wieder einmal in den Salon kam, entdeckte er auf dem polierten Tisch eine Schramme, die von einem scharfen Gegenstand verursacht sein musste. Er ging der Sache nach und stellte fest, die Schramme rührte von einem der Alben her, dessen Bronzebeschlag an einer Ecke umgebogen war. Als er nun das kostbare, von ihm mit Liebe zusammengestellte Album in die Hand nahm und darin blätterte, ärgerte er sich über die Unachtsamkeit seiner Tochter und ihrer Freunde: Hier war ein Blatt eingerissen, dort waren Bilder verkehrt eingesteckt. Er brachte das alles wieder sorgfältig in Ordnung und bog auch den Bronzebeschlag zurecht.

Anschließend kam ihm der Gedanke, das Tischchen mit den Alben in eine andere Ecke, vor den Blumenständer, zu stellen. Er rief nach dem Diener, doch da kamen schon seine Frau und die Tochter hinzu; sie machten Einwände gegen die Umstellung, er beharrte auf seinem Willen und ereiferte sich. Aber das hatte das Gute, dass er dabei nicht an *ihn* dachte, dass *er* sich nicht zeigte.

Doch als er sich dann anschickte, den Tisch selbst hinüberzuschaffen, und seine Frau sagte: »Lass das doch die Leute machen, du wirst dir noch einen Schaden zufügen!« – da tauchte hinter dem Schirm plötzlich wieder *er* auf. *Er* erschien nur für einen Augenblick, und Iwan Iljitsch hoffte noch, *er* werde gleich wieder verschwinden, achtete dabei aber ungewollt darauf, ob er an der Seite Schmerzen verspürte: Ja, da saß immer noch dasselbe Übel und nagte unvermindert an seinem Körper. Jetzt konnte er sich durch nichts mehr ablenken und sah deutlich, wie *er* zwischen den Blumen hindurch zu ihm herüberblickte. Wozu dann das alles?

Sollte es wirklich so sein, dass ich an diesem Fenstervorhang wie bei einer Attacke im Krieg mein Leben verloren habe?, fragte sich Iwan Iljitsch. Ist so etwas denn möglich? Wie schrecklich, wie albern ist das! Das kann doch nicht sein! Es kann nicht sein und ist doch so.

Iwan Iljitsch ging in sein Zimmer, legte sich nieder und war dort allein mit *ihm*. Er stand ihm Auge in Auge gegenüber und ließ sich nicht vertreiben. Iwan Iljitsch konnte nur *ihn* ansehen, und er erstarrte dabei vor Grauen.

7

Wie es im dritten Monat von Iwan Iljitschs Erkrankung so weit gekommen war, lässt sich schwer sagen, denn es hatte sich unmerklich, Schritt für Schritt vollzogen, doch war es jedenfalls Tatsache, dass alle, seine Frau, die Tochter und der Sohn, das Personal, die Bekannten, die Ärzte und vor allem er selbst sich darüber im Klaren waren, dass das ganze Interesse, das andere an ihm nahmen, nur noch darin bestand, ob er seinen Platz endlich räumen, die

Lebenden von dem in seiner Gegenwart empfundenen Zwang und sich selbst von seinem Leiden befreien werde.

Er schlief immer weniger; er bekam Opium und Morphiuminjektionen. Doch alles das brachte ihm nur vorübergehend Erleichterung. Das dumpfe, zehrende Gefühl, das er im Dämmerzustand empfand, wirkte sich nur zu Anfang, solange es noch etwas Neues war, schmerzlindernd aus, wurde dann aber ebenso qualvoll, wenn nicht noch ärger als die ungelinderten Schmerzen.

Für ihn wurden auf Anordnung der Ärzte besondere Gerichte zubereitet; aber diese Gerichte schmeckten fade und wurden ihm mehr und mehr zuwider.

Auch für die Verrichtung seiner Notdurft waren besondere Vorkehrungen getroffen worden, und der ganze Vorgang bedeutete für Iwan Iljitsch jedes Mal eine Qual. Das Peinliche dabei, die Unsauberkeit, den Geruch, die Tatsache, dass ihm dabei immer ein anderer Mensch behilflich sein musste – all das empfand er als quälend.

Aber dennoch brachte gerade diese unangenehme Angelegenheit auch etwas Tröstliches, und zwar durch den Büfettdiener Gerassim, der jedes Mal zum Heraustragen des Geschirrs erschien.

Gerassim war ein sauberer, frischer, bei der städtischen Kost kräftig gewordener Bauernbursche von offenem, stets fröhlichem Wesen. Anfangs wurde Iwan Iljitsch jedes Mal verlegen, wenn er diesen immer reinlich, auf volkstümlich russische Art gekleideten Burschen eine so widerwärtige Aufgabe verrichten sah.

Einmal, als er sich vom Nachtstuhl erhoben hatte und zu schwach war, die Beinkleider hochzuziehen, ließ er sich in einen Polstersessel fallen und betrachtete voller

Entsetzen seine entblößten kraftlosen Lenden, an denen sich deutlich jeder Muskel abzeichnete.

In derben Stiefeln und um sich herum den von ihnen ausgehenden Teergeruch sowie den Duft frischer Winterluft verbreitend, kam mit leichten, festen Schritten Gerassim ins Zimmer; in sauberem Kattunkittel und ebenso sauberer grobleinener Schürze, die Ärmel über seinen kräftigen jungen Armen aufgekrempelt, ging er direkt auf den Nachtstuhl zu, ohne Iwan Iljitsch anzusehen und offensichtlich bemüht, die sich in seinem Gesicht widerspiegelnde Lebensfreude zurückzuhalten, um den Kranken nicht wehmütig zu stimmen.

»Gerassim!«, rief ihn Iwan Iljitsch mit matter Stimme an.

Gerassim, der offenbar fürchtete, er habe etwas nicht richtig gemacht, zuckte zusammen und wandte sein jugendfrisches, treuherziges Gesicht, auf dem sich der erste Anflug eines Bartes zeigte, mit einer raschen Bewegung dem Kranken zu.

»Was belieben?«

»Ich denke, dir ist das unangenehm. Du musst schon entschuldigen. Ich kann es nicht allein.«

»Aber nein, Gott bewahre!«, sagte Gerassim, seine kräftigen weißen Zähne entblößend, und sah Iwan Iljitsch mit seinen leuchtenden Augen an. »Warum soll ich das für Sie nicht tun? Sie sind doch krank.«

Dann erledigte er mit gewandten, festen Griffen sein gewohntes Werk und ging mit leichten Schritten aus dem Zimmer. Nach fünf Minuten kam er mit ebenso leichten Schritten zurück.

Iwan Iljitsch saß noch in unveränderter Stellung im Sessel.

»Gerassim«, sagte er, nachdem dieser das gesäuberte, reingewaschene Geschirr wieder auf seinen Platz gestellt hatte, »komm doch mal her.« Gerassim kam zu ihm. »Hilf mir bitte aufzustehen. Mir fällt es schwer ohne Hilfe. Und Dmitri habe ich fortgeschickt.«

Gerassim trat zu ihm heran, und ebenso geschickt, wie er sich immer bewegte, umfasste er ihn mit seinen starken Armen, hob ihn vorsichtig auf und zog ihm, während er ihn mit der einen Hand stützte, mit der anderen die Beinkleider hoch. Dann wollte er ihn in den Sessel zurücksetzen, doch Iwan Iljitsch bat, ihn zum Sofa zu führen.

Anscheinend ohne jede Anstrengung und ohne ihn irgendwie zu drücken, führte ihn Gerassim zum Sofa und ließ ihn dort nieder.

»Ich danke dir. Wie geschickt und ordentlich du das alles machst…«

Gerassim lächelte wieder und wollte nun gehen. Iwan Iljitsch fühlte sich jedoch in seiner Gegenwart so wohl, dass er ihn noch nicht fortlassen wollte.

»Noch eins: Rücke mir bitte jenen Stuhl heran – nein, den dort –, damit ich die Beine darauflegen kann. Es tut mir gut, wenn die Beine erhöht liegen.«

Gerassim brachte den Stuhl, stellte ihn sachte, ohne irgendwo anzustoßen, vor das Sofa und hob Iwan Iljitschs Beine auf. Während Gerassim ihm die Beine hochhob, meinte Iwan Iljitsch eine Erleichterung zu verspüren.

»Ja, ich fühle mich besser, wenn die Beine angehoben sind«, sagte er. »Lege mir nun noch dieses Kissen unter.«

Gerassim tat es. Er hob nochmals Iwan Iljitschs Beine hoch, um das Kissen darunterzulegen. Und solange Gerassim die Beine in der Schwebe hielt, glaubte Iwan

Iljitsch abermals eine Linderung seiner Schmerzen wahrzunehmen, die aber gleich wieder heftiger wurden, sobald Gerassim die Beine niedergelegt hatte.

»Gerassim, hast du jetzt etwas Zeit?«, fragte Iwan Iljitsch.

»Zu Befehl!«, antwortete Gerassim, der es im städtischen Haushalt gelernt hatte, mit Herrschaften umzugehen.

»Vielleicht hast du noch was zu tun?«

»Was hab ich schon viel zu tun? Ich bin schon mit allem fertig, nur noch das Holz für morgen muss ich zerkleinern.«

»Kannst du mir dann wohl die Beine eine Weile hochhalten? Sieh mal – so.«

»Warum denn nicht, das geht zu machen!« Gerassim hob Iwan Iljitschs Beine hoch, und diesem schien es, als spüre er in dieser Stellung überhaupt keinen Schmerz mehr.

»Und wie ist es mit dem Holz?«

»Belieben Sie sich nicht zu beunruhigen. Das schaffe ich schon noch.«

Iwan Iljitsch nötigte Gerassim, sich neben ihn zu setzen, und unterhielt sich mit ihm, während dieser seine Beine hochhielt. Und so merkwürdig es war: Er hatte das Gefühl, als ginge es ihm besser, solange ihm Gerassim die Beine hielt.

Fortan ließ Iwan Iljitsch Gerassim öfter zu sich kommen, legte ihm seine Beine auf die Schultern und hatte es gern, sich mit ihm dabei zu unterhalten. Gerassim entledigte sich seiner Aufgabe stets bereitwillig, gewandt und mit solcher Fürsorge, dass Iwan Iljitsch ganz gerührt war. Wenn Iwan Iljitsch sonst gesunde, kräftige und lebensfrohe Menschen sah, gab ihm das jedes Mal einen Stich ins Herz; einzig die Kraft und Lebensfreude Gerassims wirkte auf ihn nicht aufreizend, sondern im Gegenteil beruhigend.

Die allergrößte Qual für Iwan Iljitsch war die Lüge, diese offenbar von allen für berechtigt angesehene Lüge, dass er, wenn er auch krank sei, so doch keineswegs vor dem Tode stehe, dass er nur der Ruhe bedürfe und die Anordnungen der Ärzte befolgen müsse, um wieder völlig zu genesen. Und dabei wusste er doch, dass nichts, was immer man auch mit ihm anstellen würde, zu etwas anderem führen konnte als zu noch qualvolleren Leiden und zum Tode. Er litt unter dieser Heuchelei, es empörte ihn, dass niemand zugeben wollte, was alle wussten und auch er selbst wusste, sondern dass alle darauf bedacht waren, ihn heuchlerisch über seine furchtbare Lage hinwegzutäuschen, ja ihn sogar zwingen wollten, selbst an dieser Heuchelei teilzunehmen. Dieses Lügengewebe, mit dem man ihn angesichts seines nahenden Todes umgarnte, mit dem der schauerlich erhabene Akt des Todes auf das Niveau all jener Visiten herabgewürdigt wurde, bei denen man sich über Fenstervorhänge und über zum Mittagessen genossenen Stör unterhält – dieses Lügengewebe war für Iwan Iljitsch eine furchtbare Marter. Schon oft, wenn die Leute ihn mit ihren Heucheleien quälten, war er nahe daran gewesen, ihnen zuzurufen: Lasst doch endlich diese Heuchelei! Ihr wisst ja, und ich weiß es, dass ich im Sterben liege, da hört doch wenigstens mit euren Lügen auf! Aber er hatte kein einziges Mal den Mut dazu aufgebracht. Er sah, dass der furchtbare, grauenvolle Akt seines Hinsterbens von allen Menschen seiner Umgebung wie eine zufällige Unannehmlichkeit, wenn nicht gar wie etwas Unschickliches behandelt wurde – etwa so, wie man sich einem Menschen gegenüber verhält, der einen Salon betritt und einen unangenehmen Geruch verbreitet –, getreu denselben Anstandsregeln, die für ihn sein ganzes Leben lang oberstes Gesetz gewesen waren; er sah, dass niemand mit ihm Mitleid hatte, weil niemand seinen wahren Zustand erkennen wollte. Einzig Gerassim hatte seinen Zustand erkannt und bezeigte ihm Mitleid. Und deshalb war Gerassim auch der Einzige, in dessen Gesellschaft sich Iwan Iljitsch wohl fühlte. Er empfand es so wohltuend, wenn Gerassim, nachdem er ihm mitunter ganze Nächte hindurch die Beine gehalten hatte, sich immer noch weigerte, schlafen zu gehen, und sagte: »Belieben Sie sich nicht zu beunruhigen, Iwan Iljitsch, ich werde mich schon noch ausschlafen«, und manchmal, unvermittelt zum »Du« übergehend, hinzufügte: »Ja, wenn du nicht krank wärst, aber so – warum sollte ich da nicht zu Diensten sein?« Einzig Gerassim log nicht, und aus seinem ganzen Verhalten war zu sehen, dass er erkannt hatte, wie es um Iwan Iljitsch stand, und es nicht für nötig hielt, dies zu verhehlen, sondern einfach mit seinem dahinsiechenden, entkräfteten Herrn Mitleid empfand. Einmal, als Iwan Iljitsch ihm zuredete, schlafen zu gehen, sagte er es auch ganz offen: »Wir alle werden mal sterben. Warum sollte ich mich da nicht etwas für Sie bemühen?«, womit er zu verstehen gab, dass er all die Mühe gern auf sich nahm, weil sie eben einem Sterbenden galt und er die Hoffnung hegte, es würde sich jemand auch für ihn in seiner letzten Stunde so abmühen.

Außer dieser Lüge oder im Zusammenhang mit ihr war es für Iwan Iljitsch am schmerzlichsten, dass ihm niemand so offenkundig herzliches Mitgefühl bezeigte, wie er es gewünscht hätte. Es gab Augenblicke, nachdem er stundenlang Schmerzen ausgestanden hatte, in denen er – obwohl er sich das nicht eingestehen wollte – den sehnlichen Wunsch hatte, gleich einem kranken Kind bemitleidet zu werden. Es verlangte ihn danach, dass man ihn streicheln, küssen und Tränen um ihn vergießen sollte, wie man kranke Kinder liebkost und tröstet. Er wusste, es war bei einem hohen Beamten, einem Mann, dessen Bart schon zu ergrauen begann, nicht angängig, aber dennoch sehnte er sich danach. Das Verhältnis zwischen ihm und Gerassim hatte etwas davon an sich, und deshalb empfand er den Umgang mit Gerassim als so wohltuend. Iwan Iljitsch hatte das Verlangen, sich auszuweinen, gehätschelt und bemitleidet zu werden, aber dann erschien Schebek, Mitglied des Obersten Gerichtshofs und ein Kollege von ihm, und statt zu weinen, setzte Iwan Iljitsch eine ernste, tiefsinnige Miene auf, erläuterte seine Meinung bezüglich einer vom Appellationsgericht gefällten Entscheidung und verfocht beharrlich seine Ansicht. Dieses Lügengewebe, das ihn umgarnte, trug am allermeisten dazu bei, ihm die letzten Tage seines Lebens zu vergiften.

8

Es war Morgen. Iwan Iljitsch merkte es lediglich daran, dass sich Gerassim entfernte und der Diener Pjotr erschien, die Kerzen löschte, an einem der Fenster den Vorhang zurückzog und leise mit dem Aufräumen des Zimmers begann. Ob es Morgen oder Abend, Freitag oder Sonntag war, dadurch änderte sich nichts, es blieb alles das Gleiche: der qualvoll zehrende, keinen Moment nachlassende Schmerz; das Bewusstsein des unaufhaltsam dem Ende entgegengehenden, aber immer noch nicht ganz erloschenen Lebens; das Herannahen des grauenvollen, verhassten Todes, der das einzige Wirkliche war, und immer die gleiche Heuchelei seiner Umgebung. Was konnte es ihm da schon bedeuten, welcher Wochentag, welche Tageszeit es war?

»Belieben Sie, dass ich Ihnen jetzt den Tee bringe?«, fragte der Diener.

Er muss auf Ordnung sehen, und dazu gehört, dass die Herrschaft morgens Tee trinkt, dachte Iwan Iljitsch und antwortete mit einem kurzen »Nein«.

»Wünschen Sie, dass ich Sie zur Chaiselongue führe?«

Er muss das Zimmer aufräumen, und ich störe ihn dabei, von mir kommt Unordnung, Unsauberkeit, dachte Iwan Iljitsch und antwortete: »Nein, lass nur.«

Der Diener machte sich weiter im Zimmer zu schaffen. Iwan Iljitsch streckte die Hand aus. Pjotr trat dienstbereit heran.

»Soll ich Ihnen etwas reichen?«

»Ja, die Uhr.«

Pjotr nahm die Uhr, die nebenan auf dem Nachttischchen lag, und reichte sie ihm hin.

»Halb neun … Sind die andern noch nicht auf?«

»Nein, noch nicht. Wassili Iwanowitsch« – das war der Sohn – »ist ins Gymnasium gegangen, und Praskowja Fjodorowna hat befohlen, sie zu wecken, wenn Sie nach ihr fragen. Soll man sie wecken?«

»Nein, es ist nicht nötig…« Ob ich es doch mal versuche, etwas Tee zu trinken?, überlegte er. »Übrigens… den Tee kannst du mir jetzt bringen.«

Aber als Pjotr nun auf die Tür zuging, schauerte Iwan Iljitsch zusammen bei dem Gedanken, allein zu bleiben. Womit könnte ich ihn wohl zurückhalten? dachte er. Ja, die Medizin … »Pjotr, gib mir doch mal einen Löffel von der Medizin da!« Sie kann ja nicht schaden, dachte er, und vielleicht hilft sie doch noch. Er nahm den Löffel und schluckte die Medizin hinunter… Nein, sie wird nicht helfen. Alles ist Unsinn und Betrug, dachte er, als er im Munde gleich wieder jenen widerlich süßen, entmutigenden Geschmack verspürte. Nein, zu all diesen Medikamenten habe ich kein Zutrauen mehr. Aber der Schmerz, woher kommt bloß der Schmerz – wenn er wenigstens für ein paar Augenblicke nachließe … Und er stöhnte laut auf. Pjotr trat wieder zu ihm. »Nein, geh jetzt. Bringe den Tee.«

Pjotr ging hinaus. Allein geblieben, stöhnte Iwan Iljitsch weniger wegen der Schmerzen, sosehr sie ihn auch quälten, als vielmehr deshalb, weil ihm unsagbar schwer ums Herz war … Immer und immer wieder das Gleiche, all diese endlosen Tage und Nächte. Wenn es bloß schneller dazu kommen wollte. Wozu? Zum Tod, zur Finsternis! Nein, ach nein! Alles ist immer noch besser als der Tod!

Als Pjotr zurückkam und auf einem Tablett den Tee brachte, sah ihn Iwan Iljitsch lange ratlos an, ohne zu begreifen, wer er war und was er wollte. Unter den Blicken Iwan Iljitschs wurde Pjotr verlegen. Und erst, als Iwan Iljitsch Pjotrs Verlegenheit sah, kam er zur Besinnung.

»Ach ja . . . der Tee«, sagte er. »Stell ihn dorthin. Und hilf mir dann erst noch beim Waschen und ein frisches Hemd anzuziehen.«

Und Iwan Iljitsch begann mit seiner Toilette. Während

er sich Gesicht und Hände wusch und die Zähne putzte, musste er mehrmals Atempausen einlegen, und als er dann sein Haar kämmte und dabei in den Spiegel blickte, erschrak er über sein Aussehen; besonders betroffen war er davon, wie flach sich die Haare an seine kreideweiße Stirn schmiegten.

Als sich Pjotr anschickte, ihm beim Wechseln des Hemdes zu helfen, wusste er, dass ihn der Anblick seines entblößten Körpers noch mehr erschüttern würde, und er sah geflissentlich zur Seite. Doch nun war alles geschafft. Er zog seinen Morgenrock an, bedeckte die Beine mit einem Plaid und setzte sich in den Sessel, um Tee zu trinken. Einige Augenblicke lang fühlte er sich erfrischt, doch kaum hatte er ein paar Schlucke zu sich genommen, spürte er aufs Neue den widerwärtigen Geschmack im Mund und den grässlichen Schmerz an der Seite. Er zwang sich, das Glas Tee auszutrinken, streckte dann die Beine aus, legte sich hin und entließ Pjotr.

Alles fing wieder von vorne an. Eben war ein Fünkchen Hoffnung aufgeleuchtet, und schon wurde es wieder von einem Meer der Verzweiflung gelöscht. Und abermals wurde er von Schmerzen, von Schwermut befallen – es war immer und immer wieder das Gleiche. Sich allein überlassen, hätte er gern jemand zu sich gerufen, doch wusste er im Voraus, dass er sich im Beisein anderer noch schlechter fühlen würde. Vielleicht sollte ich noch einmal Morphium bekommen, um mich wenigstens zeitweilig zu betäuben?, dachte er. Ich will dem Arzt sagen, dass er mir irgendwie Erleichterung verschaffen muss, denn diese Schmerzen sind unerträglich, einfach unerträglich.

So verstrich eine Stunde und eine zweite. Doch nun ertönte an der Eingangstür die Klingel. Ob das der Arzt ist?

Es war wirklich der Arzt; frisch, wohlgenährt und gutgelaunt, trat er mit einem Gesichtsausdruck ein, der zu besagen schien: Da habt ihr euch wieder mal unnötig einen
Schreck einjagen lassen, aber ich werde das alles im Nu in
Ordnung bringen. Der Arzt wusste, dass dieser Gesichtsausdruck hier nicht angebracht war; aber er hatte
ihn eben ein für alle Mal angenommen und konnte ihn
nicht mehr ablegen – ähnlich einem Menschen, der morgens einen Frack angezogen hat und eine Visite nach der
andern macht.

Er rieb sich vergnügt, mit aufmunternder Miene die
Hände.

»Meine Hände sind klamm geworden. Es ist tüchtiger
Frost. Ich will mich erst einmal etwas erwärmen«, sagte
er in einem Ton, als brauchte man nur ein wenig zu warten, bis er sich erwärmt hätte, dann würde er schon für
alles Rat schaffen.

»Nun, wie ist das Befinden? …«

Iwan Iljitsch fühlte, dass der Arzt eigentlich hinzufügen wollte: »Wie stehen die Geschäfte?«, aber wohl einsah, dass dies nicht anging, und stattdessen sagte: »Wie
haben Sie die Nacht verbracht?«

Als Iwan Iljitsch hierauf den Arzt anschaute, stand in
seinem Gesicht deutlich die Frage geschrieben: Wirst du
dir denn nie ein Gewissen daraus machen, so zu heucheln?

Allein der Arzt schien diese Frage nicht verstehen zu
wollen, und Iwan Iljitsch sagte: »Die Nacht war wieder
fürchterlich. Ich hatte unerträgliche Schmerzen. Wenn sie
wenigstens für einen Augenblick nachgelassen hätten!«

»Ja, den Kranken scheint immer alles unerträglich zu
sein. So, jetzt habe ich mich wohl genügend erwärmt, so

dass selbst die fürsorgliche Praskowja Fjodorowna nicht behaupten kann, ich strömte Kälte aus. Also denn – guten Tag!«, sagte der Arzt und drückte Iwan Iljitsch die Hand.

Er gab jetzt seinen scherzhaften Ton auf und begann, mit ernstem Gesicht den Kranken zu untersuchen, fühlte ihm den Puls, prüfte die Temperatur und machte sich daran, seinen Körper zu beklopfen und abzuhorchen.

Für Iwan Iljitsch stand es außer Frage, dass dies alles leeres, unnützes Getue war, aber als der Arzt nun auch noch vor ihm niederkniete, sich über ihn ausstreckte, sein Ohr bald weiter oben, bald weiter unten auf die Brust legte und über ihm mit ungeheuer wichtiger Miene verschiedene gymnastische Verrenkungen ausführte, da ließ er sich dennoch zu der Annahme verleiten, es könnte vielleicht etwas Gutes dabei herauskommen – wie er sich früher mitunter auch von den Reden der Rechtsanwälte hatte beeinflussen lassen, obwohl ihm zur Genüge bekannt war, dass sie alle logen und warum sie logen.

Während der Arzt noch auf der Chaiselongue kniete und noch immer irgendwo herumklopfte, ertönte an der Tür das Rauschen des seidenen Kleides von Praskowja Fjodorowna, und man hörte, wie sie Pjotr Vorwürfe machte, weil er ihr nicht die Ankunft des Arztes gemeldet hatte.

Sie trat ein, küsste ihren Mann und versuchte sofort glaubhaft zu machen, dass sie schon lange aufgestanden und nur infolge eines Missverständnisses beim Eintreffen des Arztes nicht zugegen gewesen sei.

Iwan Iljitsch sah sie an, musterte sie von Kopf bis Fuß, und der Anblick ihrer zarten, molligen, gepflegten Hände, des vollen Halses, ihrer glänzenden Haare und des Ausdrucks ihrer lebensprühenden Augen erfüllte ihn mit Ingrimm. Er hasste sie ohnehin aus voller Seele, und der bei ihrer Berührung in ihm neu aufgewallte Hass gegen sie bereitete ihm seelischen Schmerz.

Praskowja Fjodorownas Einstellung zu ihrem Mann und dessen Krankheit war immer noch dieselbe. Wie ein Arzt sich eine bestimmte Einstellung zu seinen Patienten zu eigen macht, von der er nicht mehr abkommen kann, so hatte auch sie sich in den Kopf gesetzt, dass er nicht das tue, was nötig war, dass er selbst schuld sei, wenn keine Besserung eintrete, und sie ihm nur aus Fürsorge für ihn deswegen Vorwürfe mache – und sie konnte von dieser Vorstellung nicht mehr loskommen.

»Ihm ist ja nicht zu helfen! Er nimmt die Medizin nie zur vorgeschriebenen Zeit ein, und vor allem liegt er dauernd in einer Stellung, die ihm sicherlich schädlich ist – mit den Füßen nach oben.«

Und sie erzählte, wie er Gerassim veranlasse, ihm die Beine hochzuhalten.

Der Arzt lächelte nachsichtig, und seine Miene besagte: Nun, lassen wir ihm doch seine Grillen! Die Kranken kommen zuweilen auf die albernsten Einfälle, das ist verzeihlich.

Als die Untersuchung beendet war, warf der Arzt einen Blick auf die Uhr, und Praskowja Fjodorowna eröffnete ihrem Mann, sie habe für heute den berühmten Arzt ins Haus gebeten; er werde ihn gemeinsam mit Michail Danilowitsch – so hieß der gewöhnliche Arzt – gründlich untersuchen und mit diesem eine Konsultation abhalten.

»Mache nun bitte keine Einwände mehr. Ich tue dies um meiner selbst willen«, sagte sie ironisch, gab jedoch durch ihren Ton zu verstehen, dass sie alles nur Mögliche für ihn tue und er sich daher nicht sträuben dürfe. Iwan Iljitsch sagte nichts und machte ein finsteres Gesicht. Das ihn umgebende Lügengewebe war schon so verworren, dass er sich darin nicht mehr zurechtfinden konnte.

Alles, was Praskowja Fjodorowna für ihren Mann unternahm, tat sie in ihrem eigenen Interesse; aber wenn sie zu ihm sagte, sie tue es nur für sich selbst, stellte sie das als eine so außergewöhnliche Selbstlosigkeit dar, daß sie ihm nicht glaubwürdig erscheinen konnte.

Um halb zwölf kam dann auch wirklich der berühmte Arzt. Wiederum wurde Iwan Iljitschs Körper beklopft und abgetastet, wiederum tauschten die Ärzte in seinem Beisein oder im Nebenzimmer vielsagende Bemerkungen über die Niere und den Blinddarm aus, und die reale Frage nach Leben und Tod – die einzige, die für ihn noch von Wichtigkeit war – wurde abermals von der Frage nach dem Zustand der Niere und des Blinddarms verdrängt, die nicht so funktionierten, wie sie sollten, und über die sich Michail Danilowitsch und die Kapazität jetzt hermachen wollten, um sie in Ordnung zu bringen.

Der berühmte Arzt verabschiedete sich mit ernstem, doch nicht ganz entmutigendem Gesichtsausdruck. Und auf die zaghafte Frage Iwan Iljitschs, der seine vor Angst und Hoffnung glühenden Augen auf ihn richtete, ob er noch Aussicht habe zu genesen, antwortete er, man könne für nichts garantieren, aber immerhin bestehe die Möglichkeit. Der von banger Hoffnung erfüllte Blick, mit dem Iwan Iljitsch dem Arzt nachschaute, war so ergreifend, dass Praskowja Fjodorowna sogar Tränen in die Augen traten, als sie aus dem Zimmer ging, um dem berühmten Arzt sein Honorar auszuhändigen.

Die gehobene Stimmung, in die Iwan Iljitsch durch die

ermutigende Bemerkung des Arztes versetzt worden war, währte nicht lange. Wieder ödeten ihn ein und dieselben Zimmerwände und Tapeten, Fenstervorhänge, Bilder und Medizinfläschchen an, wieder krümmte er sich vor Schmerzen. Und Iwan Iljitsch begann zu stöhnen; man machte ihm eine Injektion, und er verlor allmählich das Bewusstsein.

Als er wieder zu sich kam, dämmerte es bereits; ihm wurde das Mittagessen gebracht. Er aß widerstrebend die Bouillon; und abermals war alles das Gleiche, abermals stand ihm die anbrechende Nacht bevor.

Nach dem Mittagessen, um sieben Uhr, kam Praskowja Fjodorowna zu ihm ins Zimmer – in großer Abendtoilette, den üppigen Busen fest eingeschnürt, und mit Puderspuren auf dem Gesicht. Schon morgens hatte sie ihn daran erinnert, dass für den Abend ein Theaterbesuch vorgesehen war. Sarah Bernhardt war zu einem Gastspiel in die Stadt gekommen, und auf sein eigenes Drängen hin hatte man eine Loge bekommen. Inzwischen hatte er es jedoch vergessen, und ihre festliche Aufmachung reizte ihn. Doch er unterdrückte seinen Ärger, als ihm nun einfiel, dass er selbst darauf bestanden hatte, man sollte eine Loge nehmen und die Vorstellung besuchen, weil diese für die Kinder ein ästhetischer Genuss und zugleich von erzieherischer Bedeutung sein würde.

Praskowja Fjodorowna trat mit selbstgefälliger, doch ein wenig schuldbewusster Miene ein. Sie setzte sich, fragte nach seinem Befinden – was sie freilich, wie er deutlich merkte, nur tat, um Interesse zu zeigen, und nicht in der Erwartung, etwas Neues zu erfahren, denn sie wusste sehr gut, dass es nichts Neues gab – und brachte dann vor, was sie eigentlich sagen wollte: dass sie um keinen

Preis ins Theater fahren würde, wenn man nicht schon die Loge genommen hätte und wenn nicht auch Hélène sowie die Tochter und Petristschew – jener Untersuchungsrichter, mit dem die Tochter verlobt war – mitkommen sollten, die man doch nicht allein fahren lassen könne. Sie würde sonst viel lieber den Abend mit ihm verbringen. Aber nun solle er in ihrer Abwesenheit wenigstens nicht versäumen, genau die Anordnungen des Arztes zu befolgen.

»Ja, Fjodor Petrowitsch« – das war der Bräutigam – »wollte dich auch gern begrüßen. Ist es dir recht? Mit Lisa?«

»Sollen sie kommen.«

Seine Tochter, für den Theaterbesuch schon fertig angekleidet, kam mit halb entblößtem Oberkörper ins Zimmer; während ihm sein Körper so fürchterliche Qualen bereitete, stellte sie den ihren zur Schau. Kräftig, vor Gesundheit und Jugendfrische blühend und offenbar sehr verliebt, war ihr alles zuwider, was mit Krankheit, Leiden und Tod zusammenhing und ihr Glück stören konnte.

Ihr folgte Fjodor Petrowitsch: im Frack, mit riesiger weißer Hemdbrust, den langen, sehnigen Hals in den engen weißen Kragen eingezwängt, seine kräftigen Schenkel von den straff anliegenden schwarzen Hosen umspannt und das Haar à la Capoul onduliert. Er hatte über die eine Hand schon den Handschuh gestreift und seinen Chapeau claque unter den Arm geklemmt.

Als Letzter und von niemandem beachtet, kam auch der Sohn, der arme Junge, ins Zimmer geschlichen, in neuer Gymnasiastenuniform und Handschuhen. Er hatte tiefe blaue Ränder unter den Augen, über deren Bedeutung sich Iwan Iljitsch im Klaren war.

Sein Sohn tat ihm immer leid. Es war ergreifend, wie bestürzt und mitleidig er den Vater jetzt ansah. Außer Gerassim, so schien es Iwan Iljitsch, war Wassja der Einzige, der seinen Zustand erkannte und Mitleid mit ihm empfand.

Alle setzten sich, und Iwan Iljitsch wurde wieder nach seinem Befinden befragt. Dann trat ein bedrückendes Schweigen ein. Nach einer Weile fragte Lisa die Mutter wegen des Opernglases, und es folgte ein Wortgeplänkel zwischen Mutter und Tochter darüber, wer das Glas zuletzt gehabt und wohin er es gelegt habe. Es entstand eine Missstimmung.

Fjodor Petrowitsch erkundigte sich bei Iwan Iljitsch, ob er schon einmal die Sarah Bernhardt gesehen habe. Iwan Iljitsch verstand nicht gleich, wonach er gefragt wurde, und sagte dann: »Nein. Haben Sie sie schon gesehen?«

»Ja, in der ›Adrienne Lecouvreur‹.«

Praskowja Fjodorowna bemerkte, dass die Schauspielerin in der und der Rolle besonders hervorragend sei. Die Tochter widersprach. Es folgte ein Gespräch über die Noblesse und Natürlichkeit ihres Spiels – eines jener Gespräche, mit denen man in Gesellschaften gewöhnlich die Zeit ausfüllt.

Mitten im Gespräch sah Fjodor Petrowitsch zu Iwan Iljitsch und verstummte. Auch die andern verstummten, als sie Iwan Iljitsch nun ansahen. Er starrte mit blitzenden Augen vor sich hin und war offensichtlich empört über ihr Verhalten. Das musste irgendwie wieder in Ordnung gebracht werden, doch das war nicht so einfach. Auf irgendeine Weise musste das peinliche Schweigen gebrochen werden. Niemand konnte sich dazu entschließen, und alle fürchteten, das vom Anstand gebotene Lügengewebe könnte jählings zerreißen und alle würden sich der Wirklichkeit gegenübergestellt sehen. Lisa fasste als Erste Mut und unterbrach das Schweigen. Sie wollte vertuschen, was alle empfanden, stellte es jedoch sehr ungeschickt an.

»Übrigens, wenn wir rechtzeitig hinkommen wollen, ist es höchste Zeit, dass wir aufbrechen«, sagte sie mit einem Blick auf die ihr einst vom Vater geschenkte Uhr, und mit einem vielsagenden, kaum merklichen Lächeln, dessen Bedeutung allein ihnen beiden verständlich war, zu ihrem Verlobten hinschauend, raffte sie ihr rauschendes Kleid zusammen und stand auf.

Alle anderen standen ebenfalls auf, verabschiedeten sich und fuhren los.

Nachdem sie gegangen waren, glaubte Iwan Iljitsch eine Erleichterung zu verspüren; er fühlte sich von dem Lügengewebe befreit, das zusammen mit ihnen verschwunden war, doch die Schmerzen waren immer die gleichen, und wenn sie auch mal für einen Augenblick schwächer wurden, traten sie doch gleich wieder mit verstärkter Heftigkeit ein, und es ging mit ihm immer weiter bergab.

Wiederum verstrich Minute um Minute, Stunde um Stunde; nichts änderte sich, das Ende ließ immer noch auf sich warten, näherte sich aber unaufhaltsam und machte die Erwartung des Todes immer qualvoller.

»Ja, schicke Gerassim zu mir«, antwortete Iwan Iljitsch auf Pjotrs Frage, ob er etwas wünsche.

Es war schon Nacht, als seine Frau nach Hause zurückkehrte. Sie kam auf Zehenspitzen zu ihm ins Zimmer,
aber er hörte sie dennoch. Er öffnete die Augen, schloss
sie jedoch schnell wieder. Praskowja Fjodorowna wollte
Gerassim fortschicken und selber bei ihm bleiben. Iwan
Iljitsch schlug die Augen auf und sagte: »Nein, lass ihn
hier. Geh nur wieder.«

»Leidest du sehr?«

»Es ist immer dasselbe.«

»Nimm doch Opium.«

Er willigte ein und schluckte die Tropfen hinunter.
Praskowja Fjodorowna entfernte sich hierauf.

Etwa drei Stunden brachte er nun in qualvoller Be-
täubung zu. Er hatte das Gefühl, als würde ihn jemand
in einen engen, langen, schwarzen Sack stecken, ihn immer tiefer hineinstoßen, aber doch nicht ganz hineinzwängen können. Dieser fürchterliche Vorgang war für
ihn eine Tortur. Einerseits fürchtete er, in dem Sack zu
versinken, und wehrte sich; andererseits hatte er den
Wunsch, den Grund zu erreichen, und half selbst nach.
Dann verlor er plötzlich den Halt, sank hinunter – und
wachte auf. Gerassim saß immer noch am Fußende des
Bettes, hielt geduldig die abgemagerten, mit Strümp-
fen bekleideten Beine, die er ihm auf die Schultern gelegt hatte, und blickte verschlafen vor sich hin; hinter
dem Schirm brannte immer noch die Kerze, und unvermindert quälten ihn wieder die grässlichen Schmerzen.

»Geh schlafen, Gerassim, du bist müde«, flüsterte Iwan
Iljitsch.

»Das macht nichts, ich kann noch bleiben.«

»Nein, geh jetzt.«

Iwan Iljitsch nahm seine Beine von den Schultern, legte sich seitlich auf den Arm und wurde von Mitleid mit sich selbst erfasst. Er wartete nur ab, bis Gerassim ins Nebenzimmer gegangen war und die Tür hinter sich geschlossen hatte, dann hielt er seine Verzweiflung nicht länger zurück und weinte so bitterlich wie ein kleines Kind. Er weinte über seinen hilflosen Zustand, über seine furchtbare Einsamkeit, über die Grausamkeit der Menschen und die Grausamkeit Gottes, der ihn im Stich gelassen hatte.

»Warum tust du mir das alles an? Wofür hast du mich so weit gebracht? Wofür, wofür nur quälst du mich so fürchterlich?«

Eine Antwort erwartete er nicht, und er weinte, weil es hierauf keine Antwort gab und auch nicht geben konnte. Die Schmerzen verstärkten sich wieder, aber er blieb regungslos liegen und rief niemand herbei. Du kannst mich geißeln, geißele mich noch mehr!, wandte er sich in Gedanken an Gott. Aber wofür? Womit habe ich mich vor dir versündigt, womit?

Dann wurde er still, hörte nicht nur mit dem Weinen auf, sondern hielt auch den Atem an und war ganz Aufmerksamkeit; es war, als lausche er auf eine innere, nicht in Lauten erklingende Stimme, auf die in ihm aufwallenden Gedankengänge.

»Was willst du?« Diese Frage war der erste klare, in Worten ausgedrückte Satz, den er vernahm. »Was ich will?«, wiederholte er mehrmals. »Ich will nicht Qualen erleiden, will leben.«

Und wiederum versank er in so gespannte Aufmerksamkeit, dass ihn dabei selbst seine Schmerzen nicht zu stören vermochten.

»Du willst leben? Wie leben?«, fragte die Stimme in seinem Innern.

»Ja, so leben, wie ich früher gelebt habe: glücklich und angenehm.«

»Worin hat denn das Glück und das Angenehme deines früheren Lebens bestanden?«, fragte die innere Stimme.

Und er versuchte, sich die glücklichsten Augenblicke seines früheren Lebens ins Gedächtnis zu rufen. Doch seltsam: Alle diese glücklichsten Augenblicke seines früheren Lebens erschienen ihm jetzt in einem ganz andern Licht als ehedem. Alle, ausgenommen die ersten Erinnerungen an seine Kindheit. Damals, in der Kindheit, hatte es wirklich wahre Freuden gegeben, die das Leben angenehm gestalten könnten, wenn sie sich zurückrufen ließen. Doch jenen Menschen, der diese Freuden empfunden hatte, gab es jetzt nicht mehr: Es war gleichsam die Erinnerung an einen andern.

Sobald er an die Zeit zurückdachte, in deren Verlauf er zu dem Menschen geworden war, den er jetzt darstellte, verblassten alle einstigen Freuden und nahmen einen nichtigen und vielfach widerwärtigen Charakter an.

Und je weiter sich seine Gedanken von der Kindheit entfernten und je näher sie an die Gegenwart herankamen, umso nichtiger und fragwürdiger erschien ihm alles, was ihm früher Freude bereitet hatte. Das galt schon für das Leben am Institut für Rechtswissenschaften. Zunächst hatte es dort zwar noch manches wirklich Gute gegeben: Es hatte Fröhlichkeit geherrscht, man hatte Freundschaften geschlossen, war von Hoffnungen erfüllt gewesen. Doch schon in den höheren Klassen waren diese glücklichen Momente seltener geworden. Später, während seiner ersten Stellung beim Gouverneur, hatte er noch einmal glückliche Augenblicke erlebt – jene, die mit seinen ersten Liebschaften verknüpft waren. Dann vermischte sich alles in seiner Erinnerung, und es blieb nur weniger Gutes übrig. Je länger er nachsann und je mehr sich seine Gedanken der unmittelbaren Vergangenheit zuwandten, umso seltener konnte er sich an etwas Erfreuliches erinnern.

Da war seine übereilte Heirat und die mit ihr verbundene Enttäuschung, der Geruch aus dem Munde seiner Frau, die Sinnlichkeit, die Heuchelei. Und dazu der starre Dienst, die ständigen Geldsorgen – so war es Jahr um Jahr, zehn, zwanzig Jahre hindurch gegangen und immer unverändert geblieben.

Je weiter das Leben fortschritt, umso mehr war es erstarrt.

Ja, dachte er, ich ging stetig bergab, bildete mir jedoch ein, bergauf zu steigen. Genauso war es. In der öffentlichen Meinung stieg ich höher und höher, und in gleichem Schritt entschwand mein Leben. Und jetzt bin ich am Ende angelangt, jetzt muss ich sterben!

Wie lässt sich das erklären? Wodurch? Das kann doch nicht möglich sein! Ist es denn möglich, dass mein Leben so sinnlos und schlecht gewesen wäre? Und selbst wenn es wirklich so sinnlos und schlecht gewesen sein sollte, warum muss ich dann unter solchen Qualen sterben? Etwas stimmt da nicht.

Oder habe ich nicht so gelebt, wie es nötig gewesen wäre? – ging es ihm plötzlich durch den Kopf. Aber was lässt sich gegen mein Leben einwenden, da ich doch in allem gewissenhaft meine Pflicht erfüllt habe?, dachte er und wies diese einzige Lösung des Rätsels über Leben und Tod sofort als eine gar nicht in Frage kommende Möglichkeit von sich.

Und was wünsche ich mir jetzt? Zu leben? Wie zu leben? So zu leben, wie ich es während meiner Amtstätigkeit getan habe, wenn der Gerichtsbeamte bei meinem Eintritt in den Sitzungssaal verkündete: »Das Gericht kommt!« – »Das Gericht kommt, das Gericht kommt«, wiederholte er mehrmals für sich. »Und nun ist das Gericht da! Aber ich bin doch unschuldig!«, schrie er voller Erbitterung. »Wofür werde ich bestraft?« Dann hörte er auf zu weinen, drehte sich mit dem Gesicht zur Wand und dachte immer wieder über ein und dasselbe nach: warum und wofür er so furchtbar leiden musste.

Doch so viel er auch nachsann, er konnte hierauf keine Antwort finden. Und wenn sich in ihm der schon öfter aufgetauchte Gedanke regte, dass dies alles deshalb geschah, weil er nicht so gelebt hatte, wie es hätte sein müssen, rief er sich sofort die ganze Untadelhaftigkeit seiner Lebensweise ins Gedächtnis und verscheuchte diesen sonderbaren Gedanken.

10

So vergingen nochmals zwei Wochen. Iwan Iljitsch verließ nicht mehr die Chaiselongue. Er wollte nicht im Bett liegen und hatte sich als Lager die Chaiselongue gewählt. Und während er, das Gesicht meist der Wand zugekehrt, so dalag, krümmte er sich einsam unter den nie nachlassenden Schmerzen und grübelte einsam über immer dieselbe nicht zu entwirrende Frage nach: Wie steht es um mich? Ist es wirklich wahr, dass ich sterben muss? Und die Stimme in seinem Innern antwortete: Ja, es ist wahr. – Warum habe ich mich so zu quälen? Dann antwortete jene Stimme: Das ist nun mal so und lässt sich nicht ändern. Das war das Einzige, was ihn noch interessierte; es schloss alles andere aus.

Schon seit dem Beginn seiner Krankheit, nachdem er zum ersten Mal einen Arzt konsultiert hatte, war Iwan Iljitschs Leben von zwei einander entgegengesetzten und miteinander abwechselnden Stimmungen beherrscht. Bald war er in Erwartung des unfassbaren, schrecklichen Todes von Verzweiflung erfüllt; bald war es die Hoffnung und das gespannte Interesse, mit dem er die Funktionen seiner Körperorgane beobachtete; bald richtete er sein Augenmerk einzig auf den Blinddarm oder die Niere, die zeitweilig die ordnungsgemäße Ausübung ihrer Pflichten verweigerten; bald sah er nur den unfassbaren, schrecklichen Tod vor sich, dem man sich auf keine Weise entziehen konnte.

Von diesen beiden Stimmungen wurde er seit seiner Erkrankung abwechselnd beherrscht. Doch je weiter die Krankheit fortschritt, umso fragwürdiger und haltloser wurden seine Erwägungen über die Niere und umso mehr verstärkte sich das Bewusstsein des unaufhaltsam nahenden Todes.

Er brauchte nur seinen jetzigen Zustand mit dem vor drei Monaten zu vergleichen, brauchte nur daran zu denken, wie es mit ihm Schritt für Schritt bergab gegangen war – und alle seine Hoffnungen mussten zusammenbrechen.

In jener letzten Zeit, wenn er, das Gesicht der Rücklehne der Chaiselongue zugewandt, einsam in seinem

Zimmer lag, einsam inmitten einer dichtbevölkerten
Stadt, inmitten seiner vielen Bekannten und seiner Familie, in einer Einsamkeit, wie es sie nirgends, weder auf dem
Grunde des Meeres noch in der Tiefe der Erde vollkom-
mener geben konnte – in der letzten Periode dieser fürchterlichen Einsamkeit lebte Iwan Iljitsch nur noch in Erinnerungen an vergangene Zeiten. Eines nach dem andern
erstanden vor seinem geistigen Auge die Bilder der Vergangenheit. Seine Erinnerungen begannen immer mit der
jüngsten Vergangenheit, erstreckten sich nach und nach
bis auf die am weitesten zurückliegende Zeit, auf die
Kindheit, und verweilten dort. Wenn Iwan Iljitsch an das
gekochte Pflaumenkompott dachte, das ihn an dem betreffenden Tage gebracht worden war, erinnerte er sich
der rohen, leicht zusammengeschrumpften französischen
Dörrpflaumen, die er in der Kindheit gegessen hatte; er
vergegenwärtigte sich ihren eigentümlichen Geschmack
und wie ihm das Wasser im Munde zusammengelaufen
war, nachdem er sie bis auf den Kern durchgebissen hatte,
und in Verbindung mit dieser Erinnerung an den Geschmack der Pflaumen wurde in ihm eine ganze Reihe anderer Erinnerungen an jene Zeit lebendig: an die Kinderfrau, den Bruder, das Spielzeug. Nein, ich darf nicht daran
denken, es ist zu schmerzlich, sagte er sich dann und
wandte seine Gedanken wieder der Gegenwart zu. Nun
betrachtete er einen Knopf an der Rücklehne der Chaiselongue und die Krähenfüße, die sich um ihn herum im
Saffianleder gebildet hatten. Saffianleder ist teuer und
nicht dauerhaft, es hatte deswegen Auseinandersetzungen gegeben. Ja, da war schon einmal etwas aus Saffianleder gewesen und schon einmal eine Auseinandersetzung, als wir das Portefeuille unseres Vaters zerrissen

hatten und von ihm bestraft wurden, worauf uns die Mutter zum Trost Zuckergebäck brachte! Und abermals war er mit seinen Erinnerungen bei der Kindheit angelangt, abermals wurde ihm schwer ums Herz, und er bemühte sich, diese Gedanken zu verscheuchen und an etwas anderes zu denken.

Und abermals kamen zugleich mit diesen Erinnerungen in seiner Seele andere Gedanken auf – wie sich seine Krankheit allmählich verschlimmert, sein Zustand sich verschlechtert hatte. Auch hierbei ergab sich dasselbe Bild: Je weiter die Zeit zurücklag, umso mehr war sie von Leben erfüllt gewesen. Es hatte mehr Gutes im Leben gegeben, und das Leben selbst hatte mehr Inhalt gehabt. Das eine verschmolz mit dem andern. Wie meine Qualen immer unerträglicher wurden, so ist auch das ganze Leben immer schlechter geworden, dachte Iwan Iljitsch. Einen Lichtpunkt hat es in weit zurückliegender Zeit, am Anfang des Lebens, gegeben, doch in der Folge hat sich das Leben immer stärker und immer schneller verdüstert. In umgekehrter Proportion zum Quadrat der Entfernung vom Tode, sagte er sich. Und diese Vorstellung von einem Stein, der aus großer Höhe mit zunehmender Geschwindigkeit nach unten saust, setzte sich in seiner Seele fest. Das Leben mit all seinen immer unerträglicher werdenden Qualen flog schneller und schneller dem Ende, dem fürchterlichsten Untergang entgegen. Ich fliege ... Er zuckte zusammen, bewegte sich, wollte sich wehren. Doch er wusste bereits, dass ein Widerstand nicht möglich war, und richtete seine Augen, die des Schauens müde waren, sich aber dennoch nicht dem Anblick dessen verschließen konnten, was vor ihm stand, erneut auf die Rücklehne der Chaiselongue und erwartete – erwartete den furchtbaren Sturz, den Aufprall auf die Erde, die grauenvolle Zerschmetterung. Wehren kann ich mich nicht, dachte er, aber wenn ich wenigstens begreifen könnte, wofür ich das erleiden muss. Aber auch das ist nicht möglich. Zu erklären wäre es nur, wenn man sagen könnte, ich hätte nicht so gelebt, wie es nötig war. Doch das kann mir wirklich niemand vorwerfen, sagte er sich eingedenk der ganzen Rechtschaffenheit und Korrektheit, des ganzen Anstands seiner Lebensführung. »Nein, das kann ich keinesfalls zugeben«, murmelte er vor sich hin und verzog die Lippen zu einem Lächeln, als ob jemand dieses Lächeln sehen und dadurch getäuscht werden könnte … »Es gibt keine Erklärung! Nur die Qualen und der Tod sind mir gewiss. Aber wofür?«

II

Unter solchen Umständen verstrichen weitere zwei Wochen. Im Verlauf dieser Wochen ereignete sich das, was Iwan Iljitsch und seine Frau schon lange gewünscht hatten: Petristschew hielt in aller Form um die Hand ihrer Tochter an. Das geschah an einem Abend. Als Praskowja Fjodorowna am nächsten Morgen zu ihrem Mann kam, dessen Zustand sich in der vorausgegangenen Nacht gerade wieder verschlechtert hatte, überlegte sie, wie sie ihn von dem Antrag Fjodor Petrowitschs in Kenntnis setzen sollte. Bei ihrem Eintritt lag Iwan Iljitsch wie gewöhnlich auf der Chaiselongue, doch in anderer Stellung als sonst. Er lag auf dem Rücken, stöhnte und starrte regungslos vor sich hin.

Praskowja Fjodorowna begann von den Medikamenten

zu sprechen. Er wandte den Kopf zu ihr um – und sie brach den angefangenen Satz ab: Eine solche unverkennbar gerade ihr geltende Wut sprach aus dem Blick, mit dem er sie ansah.

»Um Christi willen, lass mich in Ruhe sterben«, sagte er.

Sie war schon im Begriff, sich zurückzuziehen, als nun auch die Tochter erschien und an den Vater herantrat, um ihn zu begrüßen. Er maß die Tochter mit einem ebenso wütenden Blick wie vorhin seine Frau, und auf ihre Fragen nach seinem Befinden antwortete er schroff, er werde sie alle bald von seiner Gegenwart befreien. Mutter und Tochter sagten nichts mehr, blieben noch eine Weile sitzen und entfernten sich dann.

»Was haben wir denn verbrochen? Papa tut ja so, als seien wir an seiner Krankheit schuld. Er tut mir leid, aber es ist doch keine Art, seine schlechte Stimmung an uns auszulassen!«

Zur üblichen Zeit fand sich der Arzt ein. Iwan Iljitsch beantwortete seine Fragen mit einem kurzen »Ja« oder »Nein«, sah ihn unverwandt wütend an und sagte schließlich: »Sie wissen ja, dass es nichts gibt, womit Sie mir helfen können – lassen Sie mich doch in Ruhe.«

»Ich kann Ihnen Erleichterung für Ihre Schmerzen verschaffen«, erwiderte der Arzt.

»Auch das können Sie nicht; lassen Sie mich.«

Der Arzt ging und begab sich in den Salon, wo er Praskowja Fjodorowna erklärte, dass es um ihren Mann sehr schlecht stehe und dass es nur noch ein Mittel gebe, das Opium, ihm seine Qualen zu lindern, die furchtbar sein müssten.

Der Arzt sprach von Iwan Iljitschs körperlichen Qualen und hatte recht, wenn er sie als furchtbar bezeichnete; doch noch fürchterlicher als die körperlichen waren seine seelischen Qualen, unter denen er jetzt am allermeisten litt.

Seine seelischen Qualen rührten daher, dass ihm in der letzten Nacht, während er auf das gutmütige, hartknochige Gesicht des schlaftrunkenen Gerassim geblickt hatte, plötzlich der Gedanke durch den Kopf geschossen war, dass sein Leben, sein ganzes bewusstes Leben, vielleicht doch nicht so untadelhaft gewesen sein könnte, wie er immer geglaubt hatte.

Ihm war der Gedanke gekommen, die von ihm so lange für völlig unmöglich gehaltene Annahme, er habe sein ganzes Leben lang nicht so gelebt, wie es nötig gewesen wäre, könnte am Ende vielleicht doch zutreffen. Ihm war der Gedanke gekommen, dass jene leisen Anwandlungen, gegen das anzukämpfen, was von höchststehenden Persönlichkeiten als richtig erachtet wurde – dass jene Anwandlungen, die ihn nur hin und wieder befallen hatten und von ihm sofort unterdrückt worden waren, vielleicht doch berechtigt gewesen waren und alles andere falsch war. Seine dienstliche Tätigkeit und seine ganze Lebensführung, die Familie, die vielen gesellschaftlichen und dienstlichen Interessen – sollte das alles verkehrt gewesen sein? Er versuchte, alles das vor sich selbst zu rechtfertigen. Doch dann wurde er sich plötzlich der ganzen Nichtigkeit dessen bewusst, was er zu rechtfertigen versuchte. Es gab dafür keine Rechtfertigung.

Wenn dem so ist, dachte er hierauf, und ich mit der Erkenntnis aus dem Leben scheiden muss, dass ich alles vergeudet habe, was mir gegeben war, und dass es sich nicht wiedergutmachen lässt – was ergibt sich dann daraus? Er legte sich auf den Rücken und begann sein ganzes Leben von einem neuen Gesichtspunkt aus zu überdenken. Als er morgens den Diener kommen sah, als dann nacheinander seine Frau, die Tochter und der Arzt erschienen, fand er in jeder ihrer Bewegungen, in jedem ihrer Worte die furchtbare Wahrheit dessen bestätigt, was sich ihm in der Nacht offenbart hatte. In ihnen sah er sich selbst, sah er alles, was den Inhalt seines Lebens ausgemacht hatte, und ihm wurde klar, das alles war verkehrt und eine schreckliche, ungeheure Täuschung gewesen, die ihm den Blick für die Frage von Leben und Tod getrübt hatte. Diese Erkenntnis steigerte, verzehnfachte seine körperlichen Qualen. Er stöhnte, warf sich hin und her und zerrte an seiner Kleidung. Ihm schien es, als enge sie ihn ein und erschwere ihm das Atmen, und in seinem Ärger darüber wurde ihm seine ganze Umgebung verhasst.

Man verabreichte ihm eine große Dosis Morphium, nach der er in Halbschlummer versank. Doch schon um die Mittagszeit kam er wieder zu sich, trieb alle von sich fort und warf sich abermals von einer Seite auf die andere.

Seine Frau trat an ihn heran und sagte: »Jean, Liebster, tue es um meinetwillen.« – Um ihretwillen? – »Schaden kann es nie, aber es hat schon vielen Erleichterung verschafft. Es ist ja nichts Außergewöhnliches. Auch Gesunde haben oft ...«

Er riss die Augen weit auf.

»Was soll ich? Das Abendmahl nehmen? Warum das? Es ist nicht nötig! Übrigens, vielleicht. ..«

Seiner Frau rannen Tränen über die Wangen.

»Ja, bist du bereit, Liebster? Ich werde den Priester unserer Kirche herbitten lassen, er ist ein so lieber Mensch.«

»Nun gut, ausgezeichnet.« Er willigte ein.

Als der Priester erschien und ihm die Beichte abnahm, wurde er weicher gestimmt; seine Zweifel bedrückten ihn weniger, und als Folge davon glaubte er auch ein Nachlassen seiner Schmerzen zu verspüren und fasste wieder Mut. Er dachte wieder an den Blinddarm und an die Möglichkeit, ihn in Ordnung zu bringen. Beim Ablegen der Beichte hatte er Tränen in den Augen.

Nachdem man ihn im Anschluss an das Abendmahl wieder gebettet hatte, fühlte er sich in den ersten Augenblicken erleichtert und schöpfte erneut Hoffnung auf Genesung. Er überlegte, ob er in die ihm vorgeschlagene Operation einwilligen solle. »Ich will leben, will am Leben bleiben!«, murmelte er vor sich hin. Seine Frau kam, um ihn zum Empfang des Abendmahls zu beglückwünschen; sie sagte die üblichen Worte und fragte: »Nicht wahr, du fühlst dich jetzt doch besser?«

»Ja«, antwortete er, ohne sie anzusehen.

Ihre Kleidung, ihre Figur, der Ausdruck ihres Gesichts, der Klang ihrer Stimme – alles sagte ihm dasselbe: Du hast verkehrt gelebt! Alles das, was bis jetzt dein Leben ausgefüllt hat, ist Lug und Trug gewesen und hat dir den wahren Sinn von Leben und Tod verdeckt. Der Gedanke entfachte aufs Neue seinen Hass; zugleich damit begannen auch wieder seine unerträglichen Schmerzen, und diese wiederum brachten ihm den unabwendbaren nahen Untergang zum Bewusstsein. In seinem Zustand war etwas Neues hinzugekommen: Es war ihm, als bohre und stoße etwas in seinem Körper und als drücke ihm jemand die Kehle zu.

Der Ausdruck seines Gesichts, als er zu seiner Frau »ja« sagte, war erschreckend. Nachdem er dieses »Ja« ausgesprochen und ihr gerade ins Gesicht geblickt hatte, drehte er sich trotz seiner Schwäche ungewöhnlich schnell um, vergrub das Gesicht in die Kissen und schrie:

»Geht hinaus, geht hinaus! Lasst mich allein!«

12

Von dieser Minute an begann sein drei Tage lang ununterbrochen andauerndes Schreien, das noch im übernächsten Zimmer zu hören war und so fürchterlich klang, dass es jeden erschauern ließ. In jenem Augenblick, als er seiner Frau geantwortet hatte, war ihm klargeworden, dass er verloren war, dass es keine Rückkehr gab, dass ihm das Ende, das endgültige Ende unmittelbar bevorstand, dass seine Zweifel ungelöst waren und er sie ungelöst mit ins Grab nehmen werde.

»Uh! U-u-u! Uh!«, schrie er in verschiedenen Intonationen. Zuallererst hatte er geschrien: »Weg du!«, und so klangen seine Schreie auch weiter auf den U-Laut aus.

Während dieser ganzen drei Tage, in denen ihm jeder Zeitbegriff fehlte, hatte er wieder das Gefühl, von einer unsichtbaren, unüberwindlichen Kraft in einen schwarzen Sack hineingezwängt zu werden. Er schlug um sich, wie es ein zum Tode Verurteilter in den Armen des Henkers tut, wusste aber zugleich, dass es keine Rettung für ihn gab; mit jeder Minute erkannte er deutlicher, dass er sich, ungeachtet seines krampfhaften Widerstands, immer mehr dem Augenblick näherte, vor dem ihm so graute. Er fühlte, dass seine Qualen davon herrührten, dass er in diesen dunklen Schlund gesteckt werden sollte, und dass sie noch verstärkt wurden, weil man ihn nicht ganz hineinzwängen konnte. Verhindert wurde es nämlich durch seine Überzeugung, sein Leben sei untadelhaft gewesen. Diese Rechtfertigung seines Lebens umklammerte ihn, hielt ihn zurück und bereitete ihm damit die allerschlimmsten Qualen.

Plötzlich war ihm, als stoße ihn jemand gegen die Brust und in die Seite, seine Atembeklemmungen verstärkten sich, er versank in den Schlund und sah dort auf dem Grunde des Schlundes etwas aufleuchten. Es erging ihm ähnlich, wie es einem zuweilen bei einer Bahnfahrt ergeht, wenn man vorwärts zu fahren glaubt, in Wirklichkeit jedoch rückwärts fährt und auf einmal die tatsächliche Richtung erkennt.

Ja, es ist alles verkehrt gewesen, dachte er. Aber das ist nicht so schlimm, man kann, bestimmt kann man das Richtige noch nachholen. Aber was ist »das Richtige«?, fragte er sich und wurde plötzlich still.

Das geschah am Ende des dritten Tages, eine Stunde vor seinem Tode. Zur selben Zeit war sein Sohn, der Gymnasiast, leise ins Zimmer gekommen und an das Bett herangetreten. Der Sterbende schrie immer noch verzweifelt, schlug um sich und traf mit der einen Hand den Kopf des Gymnasiasten. Der Gymnasiast ergriff die Hand, presste sie an die Lippen und brach in Tränen aus.

Das war der Augenblick, als Iwan Iljitsch in den Schlund gefallen war, auf dessen Grund er das Licht erblickt hatte und ihm die Erleuchtung gekommen war, dass er verkehrt gelebt habe, was sich jedoch, wie er glaubte, noch wiedergutmachen lasse; und als er sich hierauf fragte, was denn »das Richtige« sei, und in Erwartung einer Antwort den Atem anhielt, spürte er plötzlich, dass ihm jemand die Hand küsste. Er öffnete die Augen und nahm seinen Sohn wahr. Der Junge tat ihm leid. Seine

Frau kam hinzu. Er wandte sich zu ihr um. Den Mund halb geöffnet und die Wangen nass von Tränen, sah sie ihn voller Verzweiflung an. Auch sie tat ihm leid.

Ja, ich quäle alle, dachte er. Sie haben Mitleid mit mir, aber sie werden es besser haben, wenn ich erst gestorben bin ... Er wollte ihnen das sagen, fand jedoch nicht mehr die Kraft dazu. Nun, wozu soll ich noch viel Worte machen, ich muss eben wirklich sterben, dachte er. Er deutete mit dem Kopf auf den Sohn und sagte, mühsam die Worte hervorbringend, zu seiner Frau:

»Führ ihn ... hinaus, er tut ... mir leid ... und du auch ...« Er wollte noch hinzufügen: Verzeiht mir, versprach sich jedoch und sagte irgendein ähnlich klingendes, anderes Wort, und zu entkräftet, um sich noch korrigieren zu können, machte er nur eine resignierte Handbewegung: Der, dem es gilt, dachte er, wird es schon richtig verstehen.

Und plötzlich nahm er wahr, dass sich für all die unentwirrbaren Fragen, die ihn so lange gequält hatten, unversehens und zugleich von zwei, von zehn, von allen Seiten die Lösung zeigte.

Ja, sie sind zu bedauern, sagte er sich in Gedanken an seine Angehörigen. Ich muss dafür sorgen, dass sie nicht mehr zu leiden haben, muss sie und mich selbst von allen diesen Qualen befreien. Wie schön wird das sein und wie einfach ... Und meine Schmerzen?, fragte er sich. Was wird aus ihnen werden? Sind sie überhaupt noch da?

Er betastete seinen Leib.

Ja, da stecken sie noch. Nun, mögen sie bleiben ... Und der Tod? Wie ist es mit dem?

Er entsann sich seiner bisherigen ständigen Angst vor dem Tode und empfand jetzt nichts mehr davon. Was bedeutet der Tod? Das Gespenst des Todes war verschwunden, weil es keinen Tod mehr für ihn gab.

An die Stelle des Todes war Licht getreten.

»Also so ist es!«, sagte er plötzlich laut vor sich hin. »Welche Freude!«

Für ihn vollzog sich das alles in einem einzigen Augenblick, und die Bedeutung dieses Augenblicks änderte sich nicht mehr. Für die Anwesenden hingegen dauerte seine Agonie noch zwei Stunden. In seiner Brust hörte man ein Röcheln und schnarrende Laute, und hin und wieder zuckte sein abgezehrter Körper. Dann ließ das Röcheln und Schnarren allmählich nach.

»Es ist zu Ende!«, sagte jemand, der sich über ihn gebeugt hatte.

Er hörte diese Worte und wiederholte sie in seiner Seele. Der Tod ist vorüber, sagte er sich, es gibt ihn nicht mehr.

Er schöpfte tief Atem, hielt mitten dabei inne, streckte sich aus und verschied.

1886

HERR UND KNECHT

I

Es war in einem Winter in den siebziger Jahren, einen Tag
nach St. Nikolaus. Im Kirchsprengel wurde der Feiertag festlich begangen, so dass Wassili Andrejitsch Brechunow, Herbergswirt und Kaufmann zweiter Gilde,
unabkömmlich war: Er musste in der Kirche anwesend
sein – er versah das Amt des Kirchenvorstehers –, und zu
Hause mussten Verwandte und Bekannte empfangen und
bewirtet werden. Doch nun, nachdem die letzten Gäste
aufgebrochen waren, beabsichtigte Wassili Andrejitsch,
unverzüglich zu einem benachbarten Gutsbesitzer zu
fahren, um ein Stück Wald zu kaufen, dessentwegen er
schon seit langem mit ihm verhandelte. Wassili Andrejitsch wollte keine Zeit versäumen, damit ihm nicht Kauf-
leute aus der Stadt bei diesem vorteilhaften Kauf zuvor-
kämen. Der junge Gutsbesitzer forderte für den Wald
wahrscheinlich nur deshalb zehntausend Rubel, weil er,
Wassili Andrejitsch, bereits siebentausend geboten hatte.
Siebentausend Rubel stellten indessen nur ein Drittel des
wirklichen Wertes des Waldes dar. Vielleicht hätte Wassili
Andrejitsch vom geforderten Preis noch etwas abhandeln
können, da der Wald in seinem Bezirk lag und zwischen
ihm und den übrigen ländlichen Kaufleuten des Kreises
schon seit langem eine Übereinkunft bestand, der zufolge

kein Kaufmann im Bezirk eines andern die Preise in die Höhe treiben sollte; doch war ihm jetzt zu Ohren gekommen, dass sich auch Holzhändler aus der Gouvernementshauptstadt um den Wald von Gorjatschkino bemühen wollten, und er hatte sich daraufhin entschlossen, sofort hinzufahren und den Kauf mit dem Gutsbesitzer endgültig abzuschließen. Unmittelbar nachdem der Festtagstrubel vorüber war, nahm er daher siebenhundert Rubel eigenes Geld aus der Kassette, fügte noch zweitausenddreihundert von den in seiner Verwahrung befindlichen Kirchengeldern hinzu, um rund dreitausend Rubel beisammenzuhaben, steckte das Geld dann, nachdem er es nochmals sorgfältig gezählt hatte, in seine Brieftasche und machte sich reisefertig.

Der Knecht Nikita, der als Einziger von Wassili Andrejitschs Gesinde an diesem Tag nüchtern war, lief in den Stall, um anzuspannen. Nikita war früher hin und wieder dem Trunk verfallen, aber nach den letzten Fastnachtsfeiern, bei denen er seine Joppe und die Lederstiefel verjubelt hatte, hatte er sich geschworen, mit dem Trinken aufzuhören, und trank nun schon seit bald zwei Monaten nicht mehr. Auch diesmal, als während der ersten beiden Feiertage allenthalben viel gezecht wurde, hatte er der Versuchung beharrlich widerstanden.

Nikita war ein fünfzig Jahre alter Bauer aus einem Nachbardorf; er stand im Ruf, nicht gut wirtschaften zu können, und hatte den größten Teil seines Lebens nicht zu Hause, sondern im Dienst anderer Leute zugebracht. Man schätzte ihn allgemein wegen seines Fleißes, seiner Geschicklichkeit sowie seiner Ausdauer bei der Arbeit und insbesondere wegen seines gutmütigen, freundlichen Charakters; doch war er nirgends sesshaft geworden, weil er sich zweimal im Jahr und mitunter auch noch öfter sinnlos betrank und dann nicht nur alles verjubelte, was er am Leibe hatte, sondern auch randalierte und Händel anzettelte. Auch Wassili Andrejitsch hatte ihn schon mehrmals an die Luft gesetzt, aber immer aufs Neue eingestellt, da er große Stücke auf seine Redlichkeit und seine Liebe zu den Tieren hielt und weil er vor allem an ihm eine billige Arbeitskraft hatte. Wassili Andrejitsch zahlte Nikita anstatt achtzig Rubel, wie es einem solchen Arbeiter zugestanden hätte, nur vierzig, die er ihm, ohne eine Abrechnung vorzunehmen, in kleinen Raten aushändigte – und auch das zumeist nicht in bar, sondern in Waren zu hohen Preisen aus seinem Laden.

Nikitas Frau, Marfa, ehemals eine hübsche, lustige Person, wirtschaftete zu Hause mit einem halbwüchsigen Sohn und zwei Töchtern. Sie legte keinen Wert auf Nikitas Anwesenheit im Hause, weil sie erstens schon seit zwanzig Jahren mit einem Böttcher, einem Bauern aus einem entfernten Dorf, zusammenlebte, der bei ihnen wohnte, und zweitens, weil sie ihren Mann zwar scharf an der Kandare hielt, wenn er nüchtern war, ihn jedoch in trunkenem Zustand wie das Feuer fürchtete. Eines Tages hatte sich Nikita zu Hause einen Rausch angetrunken und – wahrscheinlich, um sich an seiner Frau für die ihm so lange aufgezwungene Unterwürfigkeit zu rächen – ihre Truhe aufgebrochen, ihren kostbarsten Putz herausgenommen und mit dem Beil auf dem Holzblock alle ihre Kleider und schmucken Sarafane in kleine Stücke zerhackt. Alles, was Nikita verdiente, wurde seiner Frau ausgehändigt, wogegen er auch keinen Einspruch erhob. So war Marfa auch eben erst, zwei Tage vor dem Feiertag, zu Wassili Andrejitsch gekommen und hatte sich von ihm weißes Mehl, Tee, Zucker und ein Achtel Branntwein im Gesamtwert von etwa drei Rubel sowie fünf Rubel in bar geben lassen, wofür sie sich bei ihm wie für eine besondere Wohltätigkeit bedankte, obwohl Wassili Andrejitsch, selbst bei Berechnung des niedrigsten Lohnes, hätte zwanzig Rubel zahlen müssen.

»Haben wir mit dir vielleicht Verträge gemacht?«, pflegte Wassili Andrejitsch zu Nikita zu sagen. »Brauchst du was, so lass es dir geben und arbeite es ab. Bei mir ist es nicht wie bei andern Leuten, die auf später vertrösten, mit Abrechnungen kommen und Strafen abziehen. Bei uns geht alles nach Treu und Glauben. Du arbeitest für mich, und ich sorge dafür, dass du nicht zu kurz kommst.«

Wenn Wassili Andrejitsch das sagte, war er ehrlich überzeugt, Nikita ständig Wohltaten zu erweisen; er konnte so überzeugend reden und wurde durch alle von ihm materiell abhängigen Leute, angefangen mit Nikita, so in dieser Meinung bestärkt, dass er wirklich glaubte, niemanden zu übervorteilen, sondern allen nur Gutes anzutun.

»Ja, das verstehe ich, Wassili Andrejitsch, und auch ich arbeite und mühe mich ja für Euch ab wie für einen leiblichen Vater. Das verstehe ich sehr gut«, antwortete dann Nikita, der zwar genau wusste, dass er von Wassili Andrejitsch übers Ohr gehauen wurde, doch zugleich fühlte, dass es aussichtslos war, bei ihm auf eine genaue Abrechnung zu dringen, und dass er, solange sich ihm keine andere Stelle bot, ausharren und mit dem zufrieden sein musste, was er bekam.

Als Nikita jetzt von seinem Herrn den Befehl zum Anspannen erhielt, ging er, gutgelaunt und diensteifrig wie immer, mit seinen nach innen gekehrten Füßen flink und elastisch ausschreitend, in die Scheune, nahm das an einem Nagel hängende, mit einer Quaste verzierte, schwere Lederzaumzeug und begab sich, mit den Ringen des Mundstücks klimpernd, zum Stall, wo als Einziges das von Wassili Andrejitsch zum Anspannen bestimmte Pferd stand.

»Na, hast wohl schon Langeweile gehabt, du Dummerchen?«, antwortete Nikita auf das leise Gewieher, mit dem ihn der in einem Einzelverschlag stehende Muchorty, ein gutgebauter mittelgroßer Hengst mit leicht abfallenden Weichen und dunkelbraunem, an Kopf und Beinen gelbgesprenkeltem Fell, begrüßte. »Nun, nun! Warte doch, lass uns zuerst zur Tränke gehn.« Nikita redete mit dem Pferd wie mit einem Geschöpf, das alles versteht. Nachdem er dem wohlgenährten und sorgfältig gepflegten Hengst vom Rücken, wo sich in der Mitte eine leichte Rille abzeichnete, mit einem Zipfel seiner Pelzjacke den Staub abgewischt hatte, zog er ihm das Zaumzeug über den schönen jungen Kopf, befreite ihm Ohren und Schopf und führte ihn zur Tränke.

Als Muchorty vorsichtig aus dem mit Mist überhäuften Verschlag herausgetreten war, begann er zu tänzeln und tat so, als wolle er mit dem Hinterbein nach dem auf dem Weg zum Brunnen im Trab neben ihm herlaufenden Nikita ausschlagen.

»Spiel nur, spiel nur, du Schelm!«, rief ihm Nikita zu, er wusste schon, wie vorsichtig Muchorty mit dem Hinterbein ausstieß, immer nur so weit, dass er seinen speckigen Halbpelz berührte. Diese Laune des Hengstes mochte er besonders gern.

Nachdem sich Muchorty an dem kalten Wasser satt getrunken hatte, holte er tief Luft, bewegte die kräftigen nassen Lippen, von deren Haaren klare Wassertropfen in den Trog rannen, blieb eine Weile wie in Gedanken versunken regungslos stehen und schnaubte dann plötzlich laut.

»Willst du nicht mehr, dann lass es bleiben, mir soll's recht sein; aber bitte komm mir nicht hinterher«, setzte Nikita dem Hengst in ganz ernsthaftem Ton ausführlich sein Betragen auseinander und lief dann, das nach allen Seiten übermütig ausschlagende junge Pferd am Zügel hinter sich herziehend, zum Stall zurück.

Von den andern Knechten war keiner zugegen; nur ein fremder Bauer, der Mann der Köchin, der zum Fest zu seiner Frau gekommen war, hielt sich im Hof auf.

»Geh zum Herrn, mein Guter«, rief ihm Nikita zu, »und frage, welcher Schlitten angespannt werden soll, ob der große breite oder der kleine!«

Der Mann der Köchin ging in das mit Eisenplatten gedeckte, auf einem hohen Fundament stehende Haus und kehrte bald mit dem Bescheid zurück, dass der Herr den kleinen Schlitten anzuspannen befehle. Nikita, der dem Pferd inzwischen schon das Kummet und das mit kleinen Nägeln beschlagene Sattelzeug angelegt hatte, trat nun, in der einen Hand das gestrichene leichte Krummholz haltend und mit der andern das Pferd führend, an zwei unter dem Schutzdach stehende Schlitten heran.

»Soll's der kleine sein, dann nehmen wir eben den kleinen«, sagte er, worauf er das kluge Pferd, das die ganze Zeit so tat, als wollte es ihn beißen, zwischen die Deichselstangen lenkte und mit Hilfe des Mannes der Köchin anspannte.

Als alles so weit fertig war, dass nur noch die Zügel angebracht werden mussten, bat Nikita den Mann der Köchin, aus der Scheune Stroh und aus dem Speicher Sackleinen zu holen.

»So, das ist schön. Nun, nun, sperr dich nicht so!«, sagte Nikita, während er das frisch gedroschene Haferstroh, das ihm der Mann der Köchin gebracht hatte, im Schlitten glattdrückte. »Und jetzt legen wir die Matte drüber und breiten dann das Sackleinen aus. Ja, so ist's gut, so wird er bequem sitzen«, sagte Nikita, der alles, was er tat, mit Erklärungen begleitete und nun das über das Stroh gelegte Sackleinen am Rande von allen Seiten unter den Sitz stopfte.

»Nun, hab Dank, mein Guter!«, wandte er sich zum Schluss an den Mann der Köchin. »Zu zweien geht alles leichter.« Nachdem er dann noch die an ihrem Ende durch einen Ring zusammengehaltenen Lederzügel geordnet hatte, setzte er sich seitlich auf den Bock und fuhr mit dem schon ungeduldig gewordenen braven Pferd über den hartgefrorenen Mist des Hofes auf das Tor zu.

»Onkel Nikita, Onkelchen, he, Onkelchen!«, ertönte da hinter ihm die helle Stimme eines siebenjährigen Jungen, der in kurzem schwarzem Pelzmäntelchen, neuen weißen Filzstiefeln und warmer Mütze aus dem Haus gelaufen kam. »Nimm mich mit!«, bat er und knöpfte im Laufen sein Mäntelchen zu.

»Nun, nun, dann komm schon, mein Täubchen«, sagte Nikita und hielt den Schlitten an, ließ das schmächtige, blasse, jetzt aber vor Freude strahlende Herrensöhnchen einsteigen und fuhr auf die Straße hinaus.

Die Uhr ging auf drei. Es war kalt – wohl an die zehn Grad Frost –, trübe und windig. Eine Hälfte des Himmels war von einer niedrigen dunklen Wolke verhangen.

Der Hof lag geschützt, aber auf der Straße machte sich der Wind bemerkbar: Er fegte den Schnee vom Dach der Nachbarscheune, und an der Ecke, vor dem Badehäuschen, wirbelte eine Schneewolke auf. Nikita war gerade durchs Tor gefahren und zum Hauseingang eingebogen, als auch schon Wassili Andrejitsch erschien. Eine Zigarette im Mund und angetan mit einem tuchbezogenen, unterhalb der Taille eng gegürteten Schafpelz, trat er auf die unter seinen mit Leder eingefassten Filzstiefeln knarrende Vortreppe heraus und blieb dort wartend stehen. Nachdem er mit einem Seitenblick auf das sich nähernde Pferd einen letzten Zug von seiner Zigarette getan hatte, warf er den Stummel weg, trat ihn aus und bog, zuvor den Rauch durch den Schnurrbart blasend, auf beiden Seiten seiner glattrasierten rosigen Wangen die Ecken des Pelzkragens nach innen, um das Fell nicht mit seinem Atem feucht zu machen.

»Sieh mal an, dieser Schlingel, er sitzt schon da!«, sagte er, als er im Schlitten sein Söhnchen bemerkte. Angeregt von dem Wein, den er mit seinen Gästen getrunken hatte, war Wassili Andrejitsch mit allem, was er besaß und tat, noch zufriedener als sonst. Der Anblick des Sohnes, den er in Gedanken immer seinen Kronprinzen nannte, bereitete ihm jetzt großes Vergnügen; er kniff die Augen zusammen und lächelte, seine kräftigen Zähne entblößend, über das ganze Gesicht, als er zu ihm hinblickte.

Blass und hager, die Schultern und den Kopf mit einem wollenen Tuch umhüllt, so dass nur die Augen zu sehen waren, stand hinter Wassili Andrejitsch im Flur seine schwangere Frau, um ihm das Geleit zu geben.

»Wirklich, du solltest Nikita mitnehmen«, sagte sie und trat zaghaft durch die Tür.

Wassili Andrejitsch antwortete nichts auf ihre Worte, die ihm offensichtlich unangenehm waren, sondern zog nur finster die Brauen zusammen und spie aus.

»Du hast doch viel Geld bei dir«, fuhr seine Frau in demselben wehleidigen Ton fort. »Auch kann ein Unwetter aufkommen, wirklich, bei Gott.«

»Ja, kenne ich denn den Weg nicht, dass ich unbedingt einen Begleiter haben muss?«, sagte Wassili Andrejitsch und verzog dabei unnatürlich die Lippen, was er gewöhnlich tat, wenn er mit Verkäufern oder Kunden verhandelte und dabei jede Silbe besonders deutlich aussprach.

»Nein, wirklich, nimm ihn mit, ich bitte dich im Namen Gottes!«, beharrte seine Frau und hüllte sich noch fester in das Tuch.

»Du bist wahrhaftig wie eine Klette … Was soll ich mit ihm?«

»Ich bin bereit, Wassili Andrejitsch«, mischte sich Nikita fröhlich ein. »Nur muss dann dafür gesorgt werden, dass die Pferde ihr Futter bekommen, wenn ich nicht da bin«, fügte er, sich zur Hausfrau umwendend, hinzu.

»Ich werde dafür sorgen, Nikituschka, ich werde Semjon beauftragen«, sagte die Hausfrau.

»Nun, was ist, Wassili Andrejitsch, soll ich mitkommen?«, fragte Nikita erwartungsvoll.

»Na, da muss ich meiner Alten wohl den Gefallen tun. Aber wenn du mitkommst, dann geh erst mal und zieh dir einen wärmeren Staatsrock an«, erwiderte Wassili Andrejitsch, nun wieder lächelnd, und wies, ein Auge zukneifend, mit dem Kopf auf Nikitas schon arg mitgenommenen, unter den Achseln und auf dem Rücken zerrissenen, am Saum zerfransten und von oben bis unten verschmutzten und verfilzten Halbpelz.

»He, mein Guter, komm doch, halt mal das Pferd!«, rief Nikita über den Hof dem Mann der Köchin zu.

»Ich, ich kann es halten!«, sagte mit dünner Stimme der Junge und zog auch schon die rotgefrorenen kleinen Hände aus den Taschen, um nach dem kalten Lederzügel zu greifen.

»Aber sieh zu, dass du nicht zu lange brauchst, um dich in Staat zu werfen, mach schnell!«, rief Wassili Andrejitsch mit einem spöttischen Lächeln Nikita nach.

»Ich bin im Nu fertig, Väterchen Wassili Andrejitsch!«, rief Nikita zurück, während er mit seinen nach innen gestellten Füßen in den geflickten, abgetragenen Filzstiefeln hurtig über den Hof auf das Gesindehaus zulief.

»Schnell, Arinuschka, gib mir meinen Mantel vom Ofen – ich muss mit dem Herrn mitfahren!«, rief er, als er in die Stube gestürzt kam, und nahm seinen Gürtel von der Wand.

Die Köchin, die nach dem Essen geschlafen hatte und gerade dabei war, für ihren Mann den Samowar aufzusetzen, empfing Nikita gutgelaunt, und angesteckt von seiner Hast, entfaltete sie dieselbe Rührigkeit wie er, holte flink den alten, zerschlissenen Tuchmantel vom Ofen, der dort zum Trocknen aufgehängt war, schüttelte den Staub ab und strich ihn glatt.

»Na, jetzt wirst du mehr Platz haben, um mit deinem Mann zu feiern«, bemerkte Nikita, der aus gutmütiger Höflichkeit immer etwas sagte, wenn er mit jemandem unter vier Augen war.

Als er sich nun den schmalen, zerschlissenen Gürtel umband, zog er den sowieso hageren Leib ein und strengte sich an, den Gürtel über der Pelzjacke so eng wie irgend möglich zusammenzubekommen.

»Ja, so ist's gut«, sagte er, sich jetzt nicht mehr an die Köchin, sondern direkt an den Gürtel wendend, und steckte dessen Enden unter den Knoten. »So wirst du dich nicht lösen.« Dann hob und senkte er die Schultern, um Bewegungsfreiheit für die Arme zu haben, zog über die Pelzjacke den Mantel, spannte wieder den Rücken, damit die Arme nicht eingeengt waren, schob unter den Achseln die Ärmel hoch und nahm die Fausthandschuhe vom Wandbrett herunter. »So, fertig!«

»Du solltest anderes Schuhzeug anziehn, Stepanytsch«, sagte die Köchin. »Deine Stiefel sind ganz zerschlissen.«

Nikita blieb stehen und machte ein Gesicht, als sei ihm etwas eingefallen.

»Ja, müsste wohl… Na, es wird auch so gehn, es ist nicht weit!«

Und er lief auf den Hof hinaus.

»Wirst du nicht frieren, Nikituschka?«, fragte die Hausfrau, als er am Schlitten anlangte.

»Woher denn frieren, mir ist ganz warm«, antwortete Nikita. Dann ordnete er am vorderen Ende des Schlittens das Stroh, mit dem er sich die Füße zudecken wollte, und steckte die für das gefügige Pferd unnötige Peitsche darunter.

Wassili Andrejitsch, der bereits im Schlitten saß und mit dem von zwei Pelzen aufgebauschten Rücken fast den ganzen gewölbten hinteren Teil des Schlittens ausfüllte, griff sofort nach dem Zügel und trieb das Pferd an. Nikita schwang sich von links auf den schon fahrenden Schlitten, setzte sich schräg auf den Bock und ließ ein Bein über den Schlittenrand hängen.

Der brave Hengst zog den mit den Kufen leicht knirschenden Schlitten in flottem Lauf über die innerhalb der Ortschaft glattgefahrene und hartgefrorene Straße.

»Was machst du denn da? Gib mal die Peitsche her, Nikita!«, rief Wassili Andrejitsch, sichtlich gerührt über seinen »Kronprinzen«, der sich an der Rückseite des Schlittens festgeklammert hatte. »Ich werde dir gleich! Lauf zu Mama zurück, du Strolch!«

Der Junge sprang ab. Muchorty beschleunigte seinen Zeltergang und ging mit einem leisen Ruck in Trab über.

Die Ortschaft Kresty, in der Wassili Andrejitschs Besitztum lag, bestand aus sechs Häusern. Sobald sie die am Rande des Dorfes liegende Schmiede passiert hatten, merkten sie sofort, dass der Wind bei weitem stärker war, als sie angenommen hatten. Der Weg war kaum noch zu sehen. Die Kufenspuren wurden im Nu von Schnee verweht, und der Weg ließ sich nur noch dadurch erkennen, dass er höher lag als das übrige Gelände. Über dem weiten Feld wirbelte Schnee auf, und man konnte nicht die Linie sehen, wo sich Himmel und Erde vereinigten. Auch der Wald von Teljatino, der sonst immer gut sichtbar war, zeichnete sich durch den Schneevorhang nur hin und wieder wie ein verschwommener dunkler Streifen ab. Der von links kommende Wind wehte die Mähne an Muchortys straffem Hals und den nur mit einem einfachen Knoten nach oben gebundenen Schweif beharrlich zur Seite. Gegen das Gesicht von Nikita, der auf der Windseite saß, wurde der breite Mantelkragen gedrückt.

»Er kann nicht richtig ausholen, der Schnee stört«, sagte Wassili Andrejitsch, der stolz auf sein rassiges Pferd war. »Als ich mal mit ihm nach Paschutino gefahren bin, da hat er mich in einer halben Stunde hingebracht.«

»Was?«, fragte Nikita, dessen Ohren vom Kragen verdeckt waren.

»Nach Paschutino, sage ich, sind wir nur eine halbe Stunde gefahren!«, schrie Wassili Andrejitsch ihm zu.

»Da gibt's nichts – ein forscher Gaul!«, sagte Nikita.

Eine Weile schwiegen beide. Aber Wassili Andrejitsch hatte das Bedürfnis zu sprechen.

»Na, hast du deiner besseren Hälfte eingeschärft, den Böttcher nicht mit Schnaps zu traktieren?«, begann er mit unverändert lauter Stimme und war dabei so fest überzeugt, dass es für Nikita schmeichelhaft sein musste, sich mit einem derart bedeutenden und klugen Menschen gleich ihm zu unterhalten, und so zufrieden mit seinem Scherz, dass ihm gar nicht der Gedanke kam, Nikita könnte dieses Gespräch unangenehm sein.

Und da Nikita die sich im Wind verflüchtigenden Worte des Herrn nicht verstanden hatte, wiederholte Wassili Andrejitsch laut und deutlich den Scherz mit dem Böttcher.

»Sollen sie treiben, was sie wollen, Wassili Andrejitsch, ich denk nicht drüber nach. Mir geht's nur drum, dass die Frau nicht meinen Jungen benachteiligt, und sonst – Gott mit ihr!«

»Ja, gewiss«, stimmte Wassili Andrejitsch zu. »Na, und wie ist's mit dem Pferd, wirst du zum Frühjahr eins kaufen?«, ging er zu einem andern Thema über.

»Da werde ich wohl nicht drum rumkommen«, antwortete Nikita, seinen Mantelkragen zurückschlagend, und beugte sich zu seinem Herrn herüber. Das war ein Thema, das Nikita interessierte, und er wollte sich kein Wort entgehen lassen.

»Mein Junge ist herangewachsen«, fuhr er fort, »er muss jetzt selbst pflügen. Bis jetzt haben wir immer jemand gedungen.«

»Na, dann nimm doch den Beskostretschny, du sollst ihn billig haben!«, schrie Wassili Andrejitsch, der sich in guter Stimmung befand und daher sofort zu seiner Lieblingsbeschäftigung überging, die all sein Sinnen und Trachten ausfüllte – das Abschließen eines vorteilhaften Geschäfts.

»Oder wenn Sie mir vielleicht so ungefähr fünfzehn Rubel geben würden, dann könnte ich auch auf dem Rossmarkt eins kaufen«, sagte Nikita. Er wusste, der Gaul, den Wassili Andrejitsch ihm andrehen wollte, war allerhöchstens sieben Rubel wert, Wassili Andrejitsch würde ihm aber einen Preis von fünfundzwanzig Rubeln berechnen, und dann bekäme er ein halbes Jahr lang kein Geld von ihm zu sehen.

»Es ist ein gutes Pferd«, fuhr Wassili Andrejitsch fort. »Ich bin auf deinen Vorteil bedacht wie auf meinen eigenen. Nach bestem Gewissen. Brechunow wird niemanden übervorteilen. Lieber nehme ich einen Verlust auf mich, ich mach es nicht wie andere Leute«, schrie er so erregt, wie er immer mit den Verkäufern und Kunden sprach. »Auf Ehre, es ist ein ausgezeichnetes Pferd!«

»Das ist es wohl«, sagte Nikita mit einem Seufzer, und da er merkte, dass er nicht weiter zuzuhören brauchte, zog er die Hand vom Kragen zurück, der ihm sofort wieder Gesicht und Ohren verdeckte.

Eine halbe Stunde fuhren sie schweigend. Von der Seite, an der sein Pelz zerrissen war, wurde Nikita vom Wind tüchtig durchgeblasen; aber er krümmte sich zusammen und atmete gegen den Kragen, der ihm den Mund verdeckte, wodurch er die Kälte weniger spürte.

»Was meinst du, sollen wir über Karamyschewo oder geradeaus fahren?«, fragte Wassili Andrejitsch.

Der Weg über Karamyschewo war vielbefahren und zu beiden Seiten durch stabile Absteckpflöcke gut gekennzeichnet, aber er war weiter. Geradeaus hatte man es näher, doch dieser Weg wurde wenig benutzt und war gar nicht oder nur mit verkümmertem und von Schnee überwehtem Buschwerk abgesteckt.

Nikita überlegte einen Augenblick.

»Über Karamyschewo ist es wohl weiter, aber der Weg ist besser eingefahren«, antwortete er dann.

»Ja, aber geradeaus brauchen wir auch nur in dem kleinen Tal aufzupassen, dass wir nicht vom Weg abirren, denn nachher durch den Wald hat man glatte Fahrt«, sagte Wassili Andrejitsch, der lieber den kürzeren Weg nehmen wollte.

»Sie können bestimmen«, sagte Nikita und ließ wieder den Kragen los.

Wassili Andrejitsch fuhr also geradeaus und bog dann, nachdem er etwa eine halbe Werst zurückgelegt hatte, neben einer im Winde hin und her schwankenden hohen Eichenstange, an der sich noch vereinzelte dürre Blätter hielten, nach links ab.

Hinter der Biegung kam der Wind fast unmittelbar von vorn. Es begann zu schneien. Wassili Andrejitsch kutschierte, blies die Wangen auf und stieß den Atem durch den Schnurrbart aus. Nikita war eingeschlummert.

So fuhren sie ungefähr zehn Minuten, ohne miteinander zu sprechen. Plötzlich sagte Wassili Andrejitsch etwas.

»Was ist?«, fragte Nikita und schlug die Augen auf.

Wassili Andrejitsch antwortete nicht, sondern beugte sich nur über den Schlittenrand und sah sich nach allen Seiten um. Das Pferd, dessen Fell sich vom Schweiß am Hals und an den Schulterblättern gekräuselt hatte, ging im Schritt.

»Was ist denn?«, fragte Nikita noch einmal.

»Was ist, was ist!«, äffte ihn Wassili Andrejitsch gereizt nach. »Keine Pflöcke sind zu sehen! Wir müssen vom Weg abgeirrt sein!«

»Dann halte doch, ich werd mich umsehn«, sagte Nikita, schwang sich mit einem Satz vom Bock, nahm die Peitsche aus dem Stroh und ging links, wo er gesessen hatte, ins Feld hinein.

Der Schnee lag in diesem Jahr nicht sehr hoch, so dass man überall durchkommen konnte, aber dennoch brach Nikita stellenweise bis an die Knie in die Schneedecke ein und bekam nasse Füße. Er ging kreuz und quer über das Feld, tastete mit den Stiefeln und dem Peitschenstiel den Boden ab, konnte den Weg jedoch nicht finden.

»Na, wie ist's?«, fragte Wassili Andrejitsch, als Nikita wieder zum Schlitten zurückkehrte.

»Auf dieser Seite ist er nicht. Ich muss mal auf der andern sehen.«

»Da vorne zeichnet sich was Schwarzes ab, geh mal hin und sieh dort nach«, sagte Wassili Andrejitsch.

Nikita ging zu der von Wassili Andrejitsch bezeichneten Stelle, an der man etwas Schwarzes sah: Es war Erde, die von den entblößten, mit Wintersaat bestellten Feldern herübergeweht worden war und auf dem Schnee eine schwarze Schicht bildete. Nachdem Nikita dann auch noch auf der rechten Seite vergebens nach dem Weg gesucht hatte, kam er zurück, klopfte sich den Schnee ab, schüttelte ihn aus den Stiefeln und setzte sich wieder in den Schlitten.

»Wir müssen uns rechts halten«, sagte er mit Bestimmtheit. »Vorher blies mir der Wind gegen die linke Seite, und jetzt kriege ich ihn direkt ins Gesicht. Fahr nach rechts!«, sagte er nochmals in entschiedenem Ton.

Wassili Andrejitsch befolgte Nikitas Anweisung und bog nach rechts ab. In dieser Richtung fuhren sie eine längere Strecke, aber ein Weg war immer noch nicht zu sehen. Der Wind hielt mit unverminderter Heftigkeit an, und es fiel weiterhin feiner Schnee.

»Na, da sind wir aber, scheint es, tüchtig vom Weg abgekommen, Wassili Andrejitsch«, sagte Nikita plötzlich mit einer gewissen Genugtuung. »Sehen Sie das da?«, fragte er und zeigte auf schwarzes Kartoffelkraut, das unter dem Schnee vorschimmerte.

Wassili Andrejitsch hielt das schon in Schweiß gebadete und schwer atmende Pferd an. »Na und?«, fragte er.

»Das heißt, dass wir auf dem Sacharowschen Acker sind. Wir haben uns ganz schön verfahren.«

»Du spinnst!«, rief Wassili Andrejitsch.

»Nein, ich spinne nicht, Wassili Andrejitsch, es stimmt, was ich sage«, erwiderte Nikita. »Auch am Holpern des Schlittens merkt man, dass wir über einen Kartoffelacker fahren; und dort liegen ja auch Haufen von zusammengeharktem Kraut. Das ist ein Acker von der Sacharowschen Brennerei.«

»Wie ist es nur möglich, dass wir so weit abgeirrt sind!«, sagte Wassili Andrejitsch. »Was machen wir nun?«

»Wir müssen geradeaus fahren, weiter nichts«, erklärte Nikita. »Irgendwo kommen wir schon heraus – wenn nicht in Sacharowka, dann auf dem herrschaftlichen Gutshof.«

Wassili Andrejitsch tat, wie Nikita ihn geheißen, und lenkte das Pferd geradeaus. So fuhren sie ziemlich lange. Bald überquerten sie vom Wind kahl gefegte Winterfruchtfelder, und der Schlitten fuhr mit Gepolter über hartgefrorene Erdklumpen; bald kamen sie über Stoppelfelder von Winter- oder Sommergetreide, wo im Wind hin und her schwankende Wermutszweige und Strohhalme aus dem Schnee ragten; und dann wieder fuhren sie über ebene, überall gleichmäßig mit hohem weißem Schnee bedeckte Felder, auf denen nichts zu sehen war.

Der unaufhörlich fallende Schnee wurde immer wieder von Windstößen aufgewirbelt. Das Pferd, sichtlich erschöpft und vom Schweiß von oben bis unten mit Raureif bedeckt, ging im Schritt. Plötzlich brach es in die Schneedecke ein und geriet in eine von Wasser ausgehöhlte Vertiefung oder in einen Graben. Wassili Andrejitsch wollte es anhalten, doch Nikita rief ihm zu: »Warum anhalten? Sind wir reingeraten in die Patsche, müssen wir auch wieder raus... He, mein Lieber, he, mein Guter, he!«, rief er dem Hengst aufmunternd zu und versank, als er dabei aus dem Schlitten sprang, selbst mit den Füßen in der Vertiefung.

Das Pferd zog mit einem starken Ruck an und arbeitete sich auf einen hartgefrorenen Erdhaufen herauf. Man hatte hier offenbar einen Graben ausgeworfen.

»Wo sind wir denn?«, fragte Wassili Andrejitsch.

»Das werden wir noch rauskriegen«, antwortete Nikita. »Fahrt nur weiter, irgendwohin kommen wir schon.«

»Das dort muss doch der Wald von Gorjatschkino sein?«, meinte Wassili Andrejitsch und zeigte auf eine schwarze Linie, die sich in der Ferne vor ihnen über dem Schnee abzeichnete.

»Fahren wir erst mal näher ran, dann werden wir sehn, was das für ein Wald ist«, entgegnete Nikita.

Nikita hatte bemerkt, dass aus der Richtung der sich schwarz abzeichnenden Linie die länglichen verdorrten Blätter von Weiden durch die Luft geflogen kamen, und schloss daraus, dass dort nicht ein Wald, sondern eine menschliche Siedlung war, was er jedoch noch nicht sagen wollte. Und wirklich, sie waren hinterm Graben noch keine zehn Sashen gefahren, als vor ihnen die unverkennbaren Umrisse von Bäumen auftauchten und ein neuer monotoner Laut ertönte. Nikita hatte es richtig erraten: Das war kein Wald, sondern eine Reihe hoher Weiden, an denen sich noch vereinzelte dürre Blätter hielten. Die Weiden hatte man offenbar entlang einem sich an einer Tenne hinziehenden Graben angepflanzt. Als sie sich den monoton rauschenden Weiden weiter genähert hatten, bäumte sich das Pferd plötzlich auf, zog den Schlitten mit einem Ruck auf eine Erhöhung, machte eine Wendung nach links und versank jetzt nicht mehr bis an die Knie in Schnee. Sie waren auf eine Landstraße gekommen.

»Da haben wir nun einen Weg«, sagte Nikita, »nur weiß man nicht, wohin er führt.«

Das Pferd lief indessen, ohne abzuirren, die eingeschneite Straße entlang, und als sie etwa vierzig Sashen zurückgelegt hatten, erblickten sie vor sich die dunklen Umrisse eines Flechtzaunes und dahinter eine Getreidedarre, von deren Dach unaufhörlich der hoch aufgeschichtete Schnee herabgewirbelt wurde. Nachdem sie an der Darre vorüber waren, hinter der der Weg eine Biegung machte, hatten sie den Wind im Rücken und stießen auf eine Schneewehe. Doch weiter vorn sah man eine sich zwischen zwei Häusern hinziehende Gasse, woraus zu schließen war, dass sich die Schneewehe mitten auf der Straße gebildet hatte und überquert werden musste. Sie fuhren also über die Schneewehe hinweg und kamen auch wirklich auf die Dorfstraße. Gleich im ersten Hof wurde die dort auf einer Leine hängende steif gefrorene Wäsche – ein rotes und ein weißes Hemd, eine Hose, Fußlappen und ein Frauenrock – vom Winde wütend hin und her gezerrt. Das weiße Hemd mit seinen herabhängenden Ärmeln wurde vom Wind besonders stark gepeitscht.

»Das muss aber eine faule, wenn nicht im Sterben liegende Frauensperson sein, die nicht mal zum Feiertag ihre Wäsche abgenommen hat«, sagte Nikita beim Anblick der hin und her baumelnden Wäschestücke.

3

Am Anfang der Straße stürmte es noch, hier lag hoher, vom Wind angewehter Schnee, aber weiter zur Mitte des Dorfes zu war es still, warm und behaglich. Vor einem Hoftor bellte ein Hund, und an einem andern Gehöft kam eine Frau, die Jacke über den Kopf gezogen, über die Straße gelaufen und blieb in der Haustür stehen, um die Vorüberfahrenden zu mustern. Von der Mitte des Dorfes schallte der Gesang von Bauernmädchen herüber.

Im Dorf war von dem Wind, dem Schneegestöber und der Kälte weniger zu merken.

»Das ist ja Grischkino!«, sagte Wassili Andrejitsch.

»Ja, das ist es«, bestätigte Nikita.

Und tatsächlich, es war Grischkino. Daraus ergab sich, dass sie nach links abgeirrt waren und einen Umweg von acht Werst gemacht, sich aber dennoch ihrem Ziel genähert hatten. Von Grischkino bis Gorjatschkino waren es dann nur noch fünf Werst.

Im Dorf begegnete ihnen ein hochgewachsener Mann, der mitten auf der Straße ging.

»Wer kommt da gefahren?«, rief der Mann, packte das Pferd am Zügel, tastete sich, sobald er Wassili Andrejitsch erkannte, an der Deichselstange bis zum Schlitten heran und schwang sich auf den Bock.

Es war der Wassili Andrejitsch bekannte Bauer Issai, der im Ruf stand, der verwegenste Pferdedieb des ganzen Kreises zu sein.

»Ah! Wassili Andrejitsch! Wohin des Weges?«, rief Issai und hauchte dabei Nikita seinen nach Schnaps riechenden Atem ins Gesicht.

»Wir wollten nach Gorjatschkino.«

»Na, da habt ihr aber einen schönen Umweg gemacht! Ihr musstet über Malachowo fahren.«

»Das mussten wir wohl, sind aber abgeirrt«, sagte Wassili Andrejitsch und hielt das Pferd an.

»Nicht übel, der Gaul«, bemerkte Issai, während er das Pferd musterte und ihm den gelockerten Knoten am buschigen Schweif mit geübtem Griff bis zur Rübe hinaufschob. »Werdet ihr hier übernachten?«

»Nein, guter Freund, wir müssen unbedingt weiter.«

»Die Geschäfte drängen wohl. Und wer ist denn das da? Ach, Nikita Stepanytsch!«

»Wer denn sonst?«, erwiderte Nikita. »Nur fürchte ich, mein Lieber, dass wir uns womöglich wieder verirren.«

»Wie kann man sich verirren! Du wendest, fährst die

Straße hinunter, und wenn du aus dem Dorf heraus bist, immer weiter geradeaus. Den Weg links lass liegen. Dann kommst du bald auf die große Landstraße und biegst nach rechts ab.«

»Was für ein Weg ist denn das, von der Landstraße?«, fragte Nikita. »Ein Sommer- oder ein Winterweg?«

»Ein Winterweg. Gleich nachdem du auf die Landstraße gekommen bist, wirst du niedriges Gebüsch sehn. Gegenüber dem Gebüsch steht ein hoher Eichenpflock, an dem sich noch dürres Laub hält. Dort musst du abbiegen.«

Wassili Andrejitsch wendete den Schlitten und fuhr die Dorfstraße zurück.

»Ihr solltet lieber hier übernachten!«, rief Issai ihnen noch nach.

Aber Wassili Andrejitsch beachtete seinen Zuruf nicht und trieb das Pferd an. Die fünf Werst ebenen Weges, von denen zwei durch Wald führten, glaubte er ohne Schwierigkeiten zurücklegen zu können, umso mehr, als der Wind nachzulassen schien und es auch nicht mehr schneite.

Als sie ans Ende der glattgefahrenen, stellenweise mit frischem Mist bedeckten Dorfstraße gekommen und an dem Hof vorbeigefahren waren, wo die Wäsche hing und das weiße Hemd sich jetzt nur noch mit einem der steif gefrorenen Ärmel an der Leine hielt, stießen sie abermals auf die im Wind schauerlich rauschenden Weiden und befanden sich wieder auf freiem Feld. Hier zeigte sich, dass das Schneetreiben keineswegs nachgelassen, sondern sich eher noch verstärkt hatte. Der ganze Weg war verweht, und nur an den Absteckpflöcken konnte man sehen, wo er sich hinzog. Aber auch die Absteckpflöcke waren nur schwer zu erkennen, weil sie jetzt gegen den Wind fahren mussten.

Wassili Andrejitsch kniff die Augen zusammen, senkte den Kopf und schaute nach den Absteckpflöcken aus, verließ sich jedoch hauptsächlich auf das Pferd und ließ ihm freien Lauf. Das Pferd folgte denn auch, ohne abzuirren, den vielfachen Windungen des Weges, den es unter den Hufen spürte, und trotz des stärker werdenden Schneefalls und Windes wurden immer wieder bald auf der einen, bald auf der andern Seite Absteckpflöcke sichtbar.

Als sie so etwa zehn Minuten gefahren waren, tauchte unmittelbar vor dem Pferd etwas Schwarzes auf, das sich im Schleier des schräg fallenden Schnees bewegte. Es war ein anderer, in gleicher Richtung fahrender Schlitten. Muchorty hatte ihn eingeholt und stieß mit den Hufen gegen die Rückwand des vor ihm fahrenden Schlittens.

»He, fahr vorbei, im Bogen herum!«, wurde aus dem fremden Schlitten gerufen.

Wassili Andrejitsch überholte den Schlitten. In ihm saßen drei Bauern und eine Frau. Sie kamen offenbar von einer Feier. Der eine Bauer schlug mit einer Weidenrute unaufhörlich auf die schneebedeckten Flanken des kleinen Gaules ein. Die beiden andern, die vorn im Schlitten saßen, fuchtelten mit den Händen und schrien etwas Unverständliches. Die Frau, bis über den Kopf eingemummt und ganz mit Schnee bedeckt, saß regungslos zusammengekauert auf dem hinteren Sitz.

»Von wo seid ihr?«, schrie Wassili Andrejitsch hinüber.

»Aus A . . . skoje!«, war von der Antwort nur zu verstehen.

»Von wo?«, rief Wassili Andrejitsch noch einmal.

»Aus Aaa...skoje!«, schrie einer der Bauern aus vollem Halse, doch war der Ortsname auch jetzt nicht zu verstehen.

»Los! Bleib nicht zurück!«, schrie der andere, der mit seiner Rute unentwegt auf den Gaul einschlug.

»Ihr kommt wohl von einer Feier?«

»Los, los! Mach schneller, Sjomka! Los!«

Die Schlitten stießen mit den Seitenflügeln zusammen und wären um ein Haar aneinander hängengeblieben, lösten sich aber wieder, und der Schlitten mit den Bauern blieb nun zurück.

Der zottige, dickbäuchige und ganz mit Schnee bedeckte kleine Gaul stapfte, unter dem flachen Krummholz schwer atmend, mit seinen kurzen Beinen mühsam durch den hohen Schnee und war offenbar unter Aufgebot seiner letzten Kraft vergebens bemüht, sich den Peitschenhieben zu entziehen, die unaufhörlich auf seinen Rücken niedersausten. Einige Sekunden hielt sich der Kopf des augenscheinlich noch jungen Tieres, an dem die Lippen wie bei einem Fisch in die Breite gezogen, die Nüstern gebläht und die Ohren vor Angst angelegt waren, neben den Schultern Nikitas, dann blieb er immer mehr zurück.

»Was der Schnaps alles anrichtet«, sagte Nikita. »Quälen den armen Gaul zu Tode. Wahre Asiaten!«

Eine kurze Weile hörte man noch das Schnaufen des erschöpften Pferdes und die Stimmen der betrunkenen Bauern, doch dann verstummte das Schnaufen, und auch die Stimmen der Bauern verhallten in der Ferne. Und wiederum war weit und breit nichts anderes zu hören als das Pfeifen des Windes und ab und zu ein leises Knirschen der Kufen, wenn der Schlitten über kahl gewehte Stellen fuhr.

Die Begegnung mit den Bauern hatte Wassili Andrejitsch aufgemuntert und ermutigt, so dass er gar nicht mehr nach den Absteckpflöcken ausschaute, sondern sich ganz dem Pferd anvertraute und ihm freien Lauf ließ.

Nikita, der nichts zu tun hatte, war wie immer, wenn er sich in einer solchen Lage befand, eingeschlummert und holte auf diese Weise den vielfach versäumten Schlaf nach. Plötzlich blieb das Pferd mit einem Ruck stehen, so daß Nikita mit der Nase gegen den Schlittenrand stieß und beinahe herausgefallen wäre.

»Wir fahren ja schon wieder verkehrt«, sagte Wassili Andrejitsch.

»Wieso?«

»Es sind keine Pflöcke mehr zu sehn. Wir müssen wieder vom Weg abgeirrt sein.«

»Sind wir vom Weg abgeirrt, werden wir ihn auch wiederfinden«, antwortete Nikita kurz, stieg aus und stapfte mit seinen nach innen gekehrten Füßen munter über den Schnee, um den Weg zu suchen.

Er ging lange herum, war zeitweilig gar nicht mehr zu sehen, tauchte wieder auf, verschwand aufs Neue und kehrte schließlich zum Schlitten zurück.

»Hier gibt es keinen Weg, vielleicht ist er weiter vorn«, sagte er und setzte sich in den Schlitten.

Es dämmerte schon merklich. Das Schneetreiben war nicht stärker geworden, hatte aber auch nicht nachgelassen.

»Wenn wir wenigstens noch was von den Bauern hören würden, die fuhren ja denselben Weg«, meinte Wassili Andrejitsch.

»Na, die müssen sehr weit zurückgeblieben sein, wenn sie uns noch nicht eingeholt haben. Aber vielleicht haben die sich auch verirrt«, sagte Nikita.

»In welche Richtung sollen wir nun fahren?«, fragte
Wassili Andrejitsch.

»Man muss das Pferd laufen lassen, wie es laufen wird«,
antwortete Nikita. »Es bringt uns schon auf den Weg. Gib
mir die Zügel!«

Wassili Andrejitsch übergab ihm die Zügel umso be-
reitwilliger, als seine Hände selbst in den warmen Handschuhen klamm zu werden begannen.

Nikita nahm die Zügel, hielt sie jedoch, bemüht, jede
Bewegung damit zu vermeiden, nur locker in der Hand
und beobachtete stolz das Verhalten seines Lieblings. Der
kluge Hengst spitzte bald das eine, bald das andere Ohr,
drehte es mal nach vorn, mal zur Seite und beschrieb allmählich einen Bogen.

»Jetzt nur nicht sprechen! Sieh mal an, was er macht«,
flüsterte Nikita. »Ja, geh nur, geh nur, du weißt Bescheid!
Ja, so, so ist's recht.«

Sie hatten den Wind jetzt im Rücken, so dass sie die
Kälte weniger spürten.

»Ja, der hat Verstand!«, fuhr Nikita in seiner Freude
über den Hengst fort. »Der kleine Kirgise ist kräftig, aber
dumm. Sieh mal hin, was der da mit den Ohren anstellt!
Der braucht keinen Telegraph, der wittert alles eine Werst
weit.«

Und wirklich, es war noch keine halbe Stunde verstrichen, als vor ihnen eine schwarze Linie – ein Wald oder
ein Dorf – auftauchte und rechter Hand wieder Absteckpflöcke sichtbar wurden. Sie waren offensichtlich
auf einen Weg gekommen.

»Das ist ja wieder Grischkino!«, rief Nikita plötzlich.

Tatsächlich, sie erblickten jetzt linker Hand wieder jene
Getreidedarre, von deren Dach der Schnee herabwehte,

und kamen wieder an dem Hof vorbei, auf dem an einer Wäscheleine die steif gefrorenen Hemden und Hosen hingen und ebenso wie vorhin vom Wind gepeitscht wurden.

Abermals fuhren sie die Dorfstraße entlang, abermals wurde es still, warm und behaglich, abermals sahen sie den von einer Fuhre herabgefallenen Mist, abermals hörten sie Stimmen und Gesang, und abermals begann ein Hund zu bellen. Mittlerweile war es so dunkel geworden, dass in manchen Häusern schon Licht brannte.

Von der Mitte der Straße lenkte Wassili Andrejitsch das Pferd zu einem großen doppelstöckigen Ziegelhaus und hielt vor der Außentreppe an.

Nikita ging an ein verschneites erleuchtetes Fenster heran, in dessen Schein die durch die Luft wirbelnden Schneeflocken glitzerten, und klopfte mit dem Peitschenstiel.

»Wer da?«, ertönte daraufhin von drinnen eine männliche Stimme.

»Aus Kresty, vom Brechunowschen Gehöft sind wir, guter Mann«, antwortete Nikita. »Komm doch mal einen Augenblick heraus!«

Der Mann drinnen trat vom Fenster zurück, und gleich darauf war zu hören, wie die Tür zum Flur knarrte und der Riegel an der Außentür zurückgeschoben wurde. Die halbgeöffnete Tür gegen den Wind festhaltend, blickte ein weißbärtiger alter Bauer heraus, der seine Pelzjoppe über das weiße Feiertagshemd geworfen hatte und hinter dem ein junger Bursche in rotem Kittel und Lederstiefeln stand.

»Bist du es, Andrejitsch?«, fragte der Alte.

»Ja, wir haben uns verirrt, guter Freund«, antwortete

Wassili Andrejitsch. »Wir wollten nach Gorjatschkino, sind aber falsch gefahren und vorhin schon mal zu euch hergeraten. Als wir dann umkehrten, sind wir wieder vom Weg abgekommen und aufs Neue hier gelandet.«

»Na, da seid ihr ja tüchtig herumgeirrt«, sagte der Alte. »Petruscha, geh, mach das Tor auf!«, wandte er sich an den jungen Burschen im roten Kittel.

»Wird gemacht!«, antwortete der junge Bursche fröhlich und lief in den Flur zurück.

»Wir wollen hier nicht übernachten, guter Freund«, sagte Wassili Andrejitsch.

»Wo wollt ihr jetzt noch hin, es ist schon spät. Bleibt doch zur Nacht hier.«

»Das würde ich gern tun, aber ich muss gleich weiter. Die Geschäfte drängen, Freund, es geht nicht.«

»Nun, dann wärme dich wenigstens auf, der Samowar ist gerade fertig«, schlug ihm der Alte vor.

»Ja, etwas aufwärmen, das könnten wir uns wohl«, meinte Wassili Andrejitsch. »Dunkler wird's nicht werden, und wenn der Mond aufgeht, hat man's sogar heller … Was meinst du, Nikita, sollen wir einkehren, uns aufwärmen?«

»Das können wir machen«, antwortete Nikita, der ganz durchgefroren war und sich sehnlichst wünschte, in der Wärme seine erstarrten Glieder aufzutauen.

Wassili Andrejitsch ging mit dem Alten ins Haus, und Nikita fuhr durch das von Petruschka geöffnete Tor und lenkte das Pferd auf dessen Anweisung unter das Schutzdach der Scheune. In der Scheune war Mist angehäuft, und das hohe Krummholz stieß gegen eine Querstange. Auf der Querstange hatten sich schon die Hühner und ein Hahn zur Nacht niedergelassen, sie brachen jetzt in ein unzufriedenes Gegacker aus und umklammerten mit ihren Pfoten ängstlich die Stange. Die aufgescheuchten Schafe stampften mit den Hufen über den gefrorenen Mist und drängten sich zur Seite. Ein kleiner Köter heulte erschrocken auf und kläffte nach Art junger Hunde aufgeregt den Fremdling an.

Nikita redete allen Tieren gut zu. Er entschuldigte sich bei den Hühnern und beruhigte sie mit der Versicherung, er werde sie nicht weiter stören; er warf den Schafen vor, dass sie sich ganz grundlos ängstigten, und versuchte, während er das Pferd anband, den unaufhörlich kläffenden kleinen Köter zu beschwichtigen.

»So, jetzt ist's gut«, sagte er, als er mit dem Pferd fertig war, schüttelte den Schnee von sich ab und wandte sich dem Hund zu. »Sieh mal an, was für Krakeel du machst!«, sagte er zu ihm. »Nun, hör schon auf, hör schon auf, du Dummer! Brauchst dich nicht aufzuregen, wir sind keine Diebe, sind Freunde…«

»Das ist schon so, wie es von den drei häuslichen Ratgebern heißt«, sagte der junge Bursche, während er mit seinen kräftigen Händen den noch draußen stehenden Schlitten unter das Schutzdach schob.

»Von was für Ratgebern?«, fragte Nikita.

»Im Buch von Pulson steht: Schleicht sich ein Dieb ans Haus heran, bellt der Hund, das heißt, pass auf; wenn der Hahn kräht, heißt das, man muss aufstehen; wenn die Katze sich putzt, heißt das, ein lieber Gast ist unterwegs, und du sollst dich vorbereiten, ihn zu bewirten«, erklärte der Bursche lächelnd.

Petruscha, der des Lesens und Schreibens kundig war, kannte fast den ganzen Pulson auswendig – das einzige Buch, das er besaß –, und er liebte es, namentlich wenn

er, wie eben heute, leicht berauscht war, aus dem Buch die
für die jeweilige Gelegenheit passend scheinenden Stellen
zu zitieren.

»Ja, das stimmt«, sagte Nikita.

»Du bist wohl tüchtig durchgefroren, Onkelchen?«,
fuhr Petruscha fort.

»Na ja, etwas durchgefroren ist man schon«, antwortete Nikita, und beide gingen über den Hof in den Flur
und von dort in die Stube.

4

Das Gehöft, in das Wassili Andrejitsch eingekehrt war,
gehörte zu den ansehnlichsten des Dorfes. Die Familie
bewirtschaftete fünf zugeteilte Parzellen und hatte noch
Land hinzugepachtet. Auf dem Hof gab es sechs Pferde,
drei Kühe, zwei Kälber und etwa zwanzig Schafe. Die
Familie zählte im Ganzen zweiundzwanzig Mitglieder:
vier verheiratete Söhne, sechs Enkel, von denen Petruscha
auch schon verheiratet war, drei Waisen und vier Schwiegertöchter mit ihren Kindern. Es war einer der wenigen
bis jetzt noch ungeteilten Bauernhöfe; doch auch hier
schwelte im Verborgenen bereits ein Funke der Zwie-
tracht, der wie gewöhnlich von den Frauensleuten ausging und über kurz oder lang zur Aufteilung des Besitzes
führen musste. Zwei Söhne arbeiteten in Moskau als Was-
serfahrer, einer war beim Militär. Im Hause befanden sich
im Augenblick der alte Bauer und seine Frau, der zweite,
die Wirtschaft leitende Sohn, der zu den Feiertagen aus
Moskau gekommene Sohn, alle Schwiegertöchter mit den
Kindern und außerdem als Gäste ein Nachbar und ein
Gevatter.

In der Stube hing über dem Tisch eine von oben abge-
schirmte Lampe und beleuchtete mit hellem Schein das
nebst einer Flasche Schnaps und einem Imbiss auf dem
Tisch stehende Teegeschirr, die Ziegelwände und die in der
vorderen rechten Ecke hängenden Ikonen und Bilder.
Wassili Andrejitsch, der den Reisepelz abgelegt hatte, saß
in einer schwarzen Pelzjoppe am oberen Ende des Tisches,
kaute an seinem hartgefrorenen Schnurrbart und ließ die
Blicke seiner vorstehenden Habichtsaugen über das Zimmer und alle Anwesenden schweifen. Außer Wassili Andrejitsch saßen am Tisch der weißbärtige, kahlköpfige alte
Hausherr im hausgewebten weißen Kittel, der kräftig ge-
baute, mit einem leichten Kattunhemd bekleidete Sohn,
der zu den Feiertagen aus Moskau gekommen war, dessen
breitschultriger, älterer Bruder, der zur Zeit die Wirtschaft
führte, und der hagere rotbärtige Nachbar.

Die Männer, die vorher Schnaps getrunken und einen
Imbiss zu sich genommen hatten, wollten jetzt zum Tee-
trinken übergehen; der neben dem Ofen auf dem Fußboden stehende Samowar summte schon. Auf den Schlafbö-
den und auf dem Ofen sah man Kinder hocken. Eine Frau
saß, über eine Kinderwiege gebeugt, auf einer Pritsche. Die
greise Hausfrau, deren Gesicht kreuz und quer von win-
zigen, sich bis über die Lippen erstreckenden Runzeln
durchzogen war, bemühte sich um Wassili Andrejitsch.

Als Nikita in die Stube kam, hatte sie gerade ein klobi-
ges Gläschen mit Schnaps gefüllt und brachte es Wassili
Andrejitsch.

»Verschmäh es nicht, ein Gläschen zu Ehren des Fest-
tages zu trinken, Wassili Andrejitsch«, sagte sie. »Greif
zu, mein Guter!«

Der Anblick und Geruch des Schnapses verwirrten

Nikita sehr, besonders jetzt, wo er durchgefroren und erschöpft war. Er schüttelte mit finsterer Miene den Schnee von Mütze und Mantel ab, stellte sich, als sähe er niemanden von den Anwesenden, vor die Heiligenbilder, bekreuzigte sich dreimal und verneigte sich vor ihnen, wandte sich dann um und verneigte sich nun auch der Reihe nach vor dem greisen Hausherrn, vor allen am Tisch sitzenden Personen sowie vor den am Ofen stehenden Frauen und sagte dabei jedes Mal: »Gesegnetes Fest!« Dann zog er den Mantel aus, vermied es aber, auf den Tisch zu blicken.

»Na, du bist ja tüchtig vereist, Onkel«, meinte der älteste Sohn, als er den dicken Reif sah, mit dem Nikitas Gesicht, der Bart und die Brauen überzogen waren.

Nachdem Nikita den Mantel ausgezogen und noch den restlichen Schnee abgeschüttelt hatte, hängte er ihn an den Ofen und trat an den Tisch. Man bot auch ihm Schnaps an. Nikita kämpfte eine Minute lang schwer mit sich: Er war schon nahe daran, nach dem Glas zu greifen und die duftende helle Flüssigkeit in die Kehle zu gießen, aber dann warf er einen Blick auf Wassili Andrejitsch, besann sich auf sein Gelübde, auf die im Trunk verjubelten Stiefel, dachte an den Böttcher und an seinen Sohn, dem er versprochen hatte, zum Frühjahr ein Pferd zu kaufen – und lehnte mit einem Seufzer ab.

»Ich trinke nicht, danke ergebenst«, sagte er mit finsterem Gesicht und setzte sich auf die unter dem zweiten Fenster stehende Bank.

»Nanu, warum denn nicht?«, fragte der älteste Sohn.

»Ich trinke nicht, das ist mal so«, erwiderte Nikita, ohne aufzublicken, und behauchte sein schütteres Bärtchen, um die Eiszapfen daran aufzutauen.

»Das ist nichts für ihn«, bemerkte Wassili Andrejitsch, der gerade ein Gläschen geleert hatte und hinterher eine Brezel aß.

»Nun, dann trinkst du eben ein Glas Tee«, sagte die Alte freundlich. »Bist doch, denke ich, ganz durchgefroren ... Was trödelt ihr Frauensleute so lange mit dem Samowar?«

»Er ist fertig«, antwortete eine der Schwiegertöchter, worauf sie mit der Schürze den übergelaufenen Samowar abwischte, ihn keuchend heranschleppte, in die Höhe hob und geräuschvoll auf den Tisch stellte.

Wassili Andrejitsch erzählte inzwischen, wie sie sich verirrt hatten, im Kreis herumgefahren und zum zweiten Mal hierhergekommen waren, und von ihrer Begegnung mit den betrunkenen Bauern. Die Gastgeber wunderten sich, erklärten, wo und warum sie einen falschen Weg eingeschlagen hätten, um wen es sich bei den betrunkenen Bauern, mit denen sie unterwegs zusammengetroffen waren, gehandelt habe, und setzten ihnen dann auseinander, wie sie fahren müssten.

»Von hier nach Moltschanowka findet ein kleines Kind, man muss nur aufpassen und an der richtigen Stelle von der Landstraße abbiegen – dort steht ein Strauch. Ihr seid zu früh abgebogen«, sagte der Nachbar.

»Ihr solltet doch lieber zur Nacht hierbleiben. Die Frauensleute werden euch ein Lager richten«, versuchte die alte Hausfrau Wassili Andrejitsch zu überreden.

»Wenn ihr morgen früh weiterfahrt, das ist sicherer«, bekräftigte auch der Hausherr.

»Es geht nicht, guter Freund, die Geschäfte drängen«, erklärte Wassili Andrejitsch. »Was man in einer Stunde versäumt, holt man in einem ganzen Jahr nicht nach«, fügte er hinzu und dachte dabei an den Wald und an die Händler, die ihm bei diesem vorteilhaften Kauf zuvorkommen könnten. »Wir werden doch hinfinden?«, wandte er sich an Nikita.

Nikita antwortete nicht gleich, er schien ganz mit dem Auftauen seines Bartes beschäftigt zu sein.

»Dass wir uns nur nicht wieder verirren«, sagte er erst nach einer Weile in griesgrämigem Ton.

Nikita war missgestimmt, weil es ihn unwiderstehlich nach Schnaps verlangte und ihm Tee – das einzige Mittel, das dieses Verlangen unterdrücken konnte – noch nicht angeboten worden war.

»Hauptsache, wir kommen bis zum Scheideweg, dann können wir uns nicht mehr verirren, der ganze weitere Weg führt durch den Wald«, meinte Wassili Andrejitsch.

»Ihr könnt bestimmen, Wassili Andrejitsch; wenn wir fahren sollen, fahren wir«, sagte Nikita und nahm ein Glas Tee entgegen.

»Wir trinken jetzt noch Tee, und dann los!«

Nikita erwiderte nichts, sondern nickte nur und wärmte, nachdem er den Tee behutsam in die Untertasse gegossen hatte, über dem Dampf seine Hände mit den von der Arbeit ständig geschwollenen Fingern. Dann biss er ein winziges Stück Zucker ab und verneigte sich zu den Gastgebern hin.

»Auf eure Gesundheit!«, sagte er und schlürfte die erwärmende Flüssigkeit.

»Schön wäre es ja, wenn uns jemand bis zum Scheideweg begleiten könnte«, meinte Wassili Andrejitsch.

»Nun, das geht zu machen«, erklärte der älteste Sohn. »Petruscha wird anspannen und euch hinbegleiten.«

»Na, dann spann an, guter Freund! Ich werd mich auch dankbar zeigen.«

»Da ist doch nichts zu danken, mein Guter«, sagte die freundliche Alte. »Wir tun's von Herzen gern.«

»Petruscha, geh, spann die Stute an!«, sagte der älteste Sohn.

»Mach ich!«, antwortete Petruscha lächelnd, nahm seine Mütze vom Nagel und lief hinaus, um anzuspannen.

Während das Pferd angeschirrt wurde, nahm man das Gespräch wieder auf, das durch Wassili Andrejitschs Ankunft unterbrochen worden war. Der Alte beklagte sich beim Nachbar, der Dorfälteste war, über den dritten Sohn, weil er zu den Feiertagen nichts für die Eltern, sondern nur ein französisches Tuch für seine Frau geschickt hatte.

»Das junge Volk ist zügellos geworden«, sagte der Alte.

»Und wie!«, pflichtete ihm der Nachbar bei. »Nicht fertig zu werden ist mit den jungen Burschen. Alles wollen sie besser wissen! Nimm den Demotschkin – der hat seinem Vater sogar den Arm gebrochen. Das kommt alles von der Überklugheit.«

Nikita hörte zu, beobachtete die Gesichter und hätte sich offenbar auch gern an dem Gespräch beteiligt; aber er war ganz mit seinem Tee beschäftigt und beschränkte sich darauf, zustimmend zu nicken. Er trank ein Glas nach dem andern, und ihm wurde immer wärmer und wohler. Das Gespräch drehte sich jetzt die ganze Zeit um ein und dasselbe – um den Schaden, der durch die Aufteilung von Bauernhöfen entstand; und zwar handelte es sich nicht um eine Erörterung dieser Fragen im Allgemeinen, sondern es ging um eine Teilung in dieser Familie, die vom ältesten Sohn verlangt wurde, der mit finsterer

Miene am Tisch saß und verbissen schwieg. Dies war offenbar ein wunder Punkt, der alle Familienangehörigen berührte, obwohl sie aus Anstand in Gegenwart Fremder eine Auseinandersetzung über ihre persönlichen Angelegenheiten vermeiden wollten. Doch der Alte konnte schließlich nicht mehr an sich halten und erklärte mit tränenerstickter Stimme, er werde sich, solange er lebe, einer Teilung widersetzen; seine Wirtschaft sei gottlob in bestem Stande, aber eine Aufteilung würde alle an den Bettelstab bringen.

»So ist es ja auch den Matwejews ergangen«, bemerkte der Nachbar. »Es war eine schöne Wirtschaft, aber nachdem sie das Ganze aufgeteilt haben, sind alle verarmt.«

»Und dazu willst auch du es kommen lassen«, sagte der Alte zum Sohn.

Der Sohn antwortete nichts, und ein beklommenes Schweigen trat ein. Unterbrochen wurde das Schweigen von Petruscha, der schon einige Minuten zuvor in die Stube zurückgekehrt war und den letzten Teil des Gesprächs lächelnd mit angehört hatte.

»Im Pulson, da gibt's auch so eine Fabel«, sagte er. »Ein Vater gab seinen Söhnen ein Reisigbündel, das sollten sie durchbrechen. Das ganze Bündel zusammen konnten sie nicht brechen, aber als sie das Reisig einzeln nahmen, ging es leicht. So ist es auch hier«, sagte er und lächelte übers ganze Gesicht. »Der Schlitten ist fertig!«, fügte er hinzu.

»Wenn er fertig ist, dann wollen wir auch aufbrechen«, meinte Wassili Andrejitsch. »Und wegen der Teilung, Großväterchen, da gib nicht nach. Du hast alles erarbeitet, du bist auch der Herr. Leg die Sache dem Friedensrichter vor, der wird sie ordnen.«

»Ach, er ist ja so widerspenstig«, wiederholte der Alte

immer wieder mit wehleidiger Stimme. »Ständig gibt's mit ihm Streit. Als ob er vom Satan besessen wäre!«

Nikita hatte mittlerweile das fünfte Glas Tee geleert, stülpte es aber noch nicht um, sondern kippte es nur auf die Seite, in der Hoffnung, man werde ihm noch ein sechstes einschenken. Allein im Samowar war kein Wasser mehr, so dass die Hausfrau ihm weiteren Tee nicht anbieten konnte, und überdies zog sich Wassili Andrejitsch auch schon an. Da war nichts zu machen. Nikita stand ebenfalls auf, legte sein von allen Seiten angeknabbertes Stück Zucker in die Zuckerdose zurück, wischte sich mit dem Rockzipfel den Schweiß aus dem Gesicht und ging auf den Ofen zu, um seinen Mantel zu holen.

Als er fertig angezogen war, seufzte er tief und trat, nachdem er sich bei den Wirtsleuten bedankt und sich von ihnen verabschiedet hatte, aus der hellen, warmen Stube in den finsteren, kalten Flur, den es durch die Ritzen der vom Wind gerüttelten Tür voll Schnee geweht hatte, und von dort auf den dunklen Hof.

Mitten auf dem Hof stand Petruscha in einem Pelz neben seinem Pferd und zitierte lächelnd einen Vers aus dem Pulson:

> »Finstrer Himmel, Schneegestöber,
> Und es tobt und braust der Wind.
> Bald klingt es, als heulten Tiere,
> Bald, als wimmerte ein Kind.«

Nikita nickte beifällig und nahm die Leine.

Der Hausherr, der Wassili Andrejitsch hinausgeleitete, brachte, um ihm zu leuchten, eine Laterne mit, die jedoch sogleich erlosch. Selbst innerhalb des Hofes war zu merken, dass der Schneesturm noch heftiger tobte.

Na, das ist ein Wetter! Ob wir da überhaupt hinkommen?, dachte Wassili Andrejitsch. Aber ich kann keine Zeit verlieren, sonst komme ich zu spät. Und nun haben wir uns auch schon reisefertig gemacht, und der Bauer hat das Pferd anspannen lassen. Irgendwie werden wir's mit Gottes Hilfe schon schaffen!

Auch der alte Hausherr glaubte, es wäre richtiger, die Fahrt zu verschieben; doch er hatte es bereits geraten, und man hatte nicht auf ihn gehört. Weiteres Zureden würde auch nichts nützen. Vielleicht, dachte er, bin ich durch mein Alter zu ängstlich geworden, und sie kommen doch gut hin. Nun, wir können jetzt wenigstens zur gewohnten Zeit schlafen gehen und brauchen uns keine Umstände zu machen ...

Petruscha kam überhaupt nicht der Gedanke, dass die Fahrt gefährlich sein könnte; dazu kannte er den Weg und die ganze Gegend zu gut, überdies war er durch das Verschen von dem »tobenden und brausenden Wind«, das genau mit dem übereinstimmte, was sich jetzt draußen abspielte, in eine verwegene Stimmung versetzt. Nikita hatte zwar gar keine Lust zu fahren, war aber seit langem daran gewöhnt, nicht seinen eigenen Willen durchzusetzen, sondern sich andern zu fügen, so dass niemand der Abfahrt widersprach.

5

Nachdem Wassili Andrejitsch in der Dunkelheit mühsam bis zum Schlitten getappt war, stieg er ein und griff nach den Zügeln.

»Fahr du voran!«, rief er Petruscha zu.

Petruscha kniete in seinem sitzlosen Bauernschlitten und trieb das Pferd an. Muchorty, der schon die ganze

Zeit gewiehert hatte, weil er vor sich die Stute witterte, lief schnell hinter ihr her, und sie fuhren auf die Straße hinaus. Sie fuhren wieder auf demselben Weg durch das Dorf, kamen wieder an dem Hof mit der auf einer Leine hängenden, steif gefrorenen, aber in der Dunkelheit nicht mehr sichtbaren Wäsche vorbei, passierten wieder dieselbe Scheune, die jetzt nahezu bis ans Dach eingeschneit war, von dem unaufhörlich Schnee herabwehte, erreichten wieder die im Wind wehmütig rauschenden und sich biegenden Weiden und fuhren an ihnen vorüber abermals in das von oben und unten wütende Schneemeer hinein. Es stürmte mit solcher Gewalt, dass der Schlitten umzukippen drohte, wenn der Wind von der Seite kam und man sich ihm entgegenstemmte, und das Pferd zur Seite abgedrängt wurde. Petruscha fuhr mit seiner rassigen Stute in forschem Trab und feuerte sie ständig durch Zurufe an. Muchorty trabte hinter ihr her.

Nachdem sie etwa zehn Minuten gefahren waren, wandte sich Petruscha um und rief ihnen etwas zu. Weder Wassili Andrejitsch noch Nikita konnten bei dem Sturm verstehen, was Petruscha rief, errieten jedoch, dass sie am Scheideweg angelangt waren. Petruscha bog dann auch wirklich nach rechts ab, worauf sie den so lange von rechts gekommenen Wind von vorn hatten und rechter Hand durch das Schneegestöber eine dunkle Masse schimmerte. Es war der am Scheideweg stehende Strauch.

»Nun, dann fahrt mit Gott!«

»Vielen Dank, Petruscha!«

»Finstrer Himmel, Schneegestöber …«, rief ihnen Petruscha noch zu und verschwand in der Dunkelheit.

»Hör mal an, was für ein Dichter er ist!«, sagte Wassili Andrejitsch und zog die Zügel an.

»Ja, ein forscher Bursche, ein richtiger Bauer!«, bemerkte Nikita.

Sie fuhren weiter.

Nikita, der die Schultern hochgezogen und sich so eingemummt hatte, dass ihm sein schütterer Bart um den Hals lag, saß schweigend im Schlitten und war bemüht, die durch den Tee aufgespeicherte Wärme nicht einzubüßen. Vor sich sah er die geraden Linien der Deichselstangen, die ihm immer wieder einen eingefahrenen Weg vortäuschten, das sich hebende und senkende Hinterteil des Pferdes mit dem aufgebundenen, nach der Seite gebogenen Schweif und weiter vorn den unter dem hohen Krummholz auf und ab wippenden Kopf Muchortys und seine im Wind flatternde Mähne. Hin und wieder entdeckte er Absteckpflöcke, woraus er ersah, dass sie sich bislang noch auf dem Weg befanden und es für ihn nichts zu tun gab.

Wassili Andrejitsch kutschierte, überließ es aber hauptsächlich dem Pferd, auf dem Weg zu bleiben. Obwohl Muchorty im Dorf verschnauft hatte, lief er unwillig und schien vom Weg abbiegen zu wollen, so dass ihn Wassili Andrejitsch mehrmals zurückhalten musste.

Rechts steht einer, da kommt der nächste, da der dritte, zählte Wassili Andrejitsch im Stillen die Absteckpflöcke, und dort vorn sieht man auch den Wald, fügte er in Gedanken hinzu, als sich in einiger Entfernung etwas Schwarzes abzeichnete. Doch das, was er für einen Wald gehalten hatte, war nur ein Strauch. Sie fuhren an dem Strauch vorüber, fuhren nochmals zwanzig Sashen – ein vierter Absteckpflock erschien nicht, und auch von einem Wald war nichts zu sehen. Jetzt muss er aber gleich kommen, dachte Wassili Andrejitsch, und angeregt durch den Schnaps und den Tee, zog er die Zügel an und trieb das Pferd weiter in dieselbe Richtung. Das brave, gefügige Tier gehorchte und lief, bald im Zeltergang, bald in leichten Trab übergehend, wohin es gelenkt wurde, obwohl es wusste, dass dies nicht die richtige Richtung war. Es verstrichen zehn Minuten, aber der Wald kam immer noch nicht.

»Wir sind ja wieder verkehrt gefahren!«, sagte Wassili Andrejitsch und hielt das Pferd an.

Nikita stieg wortlos aus dem Schlitten, raffte seinen Mantel zusammen, der ihm vom Wind bald um den Körper geklatscht, bald auseinandergerissen wurde, und stapfte in das Schneefeld hinein. Er ging zuerst in die eine, dann in die andere Richtung und geriet mehrmals ganz aus der Sicht. Schließlich kehrte er zurück und nahm Wassili Andrejitsch die Zügel aus der Hand.

»Wir müssen nach rechts fahren!«, sagte er in bestimmtem, keinen Widerspruch duldendem Ton und wendete das Pferd.

»Nun, wenn es rechts richtig ist, dann los nach rechts!«, sagte Wassili Andrejitsch und steckte, nachdem er die Zügel abgegeben hatte, seine durchfrorenen Hände in die Ärmel.

Nikita antwortete nichts.

»Nun, Freundchen, streng dich mal an!«, rief er Muchorty zu. Aber obgleich er das Pferd mit den Zügeln antrieb, ging es nur im Schritt. Der Schnee reichte dem Pferd stellenweise bis an die Knie, und bei jeder Bewegung wurde der Schlitten durch einen heftigen Ruck erschüttert.

Nikita nahm die am Bock hängende Peitsche und schlug auf das Pferd ein. Das brave, nicht an die Peitsche gewöhnte Pferd bäumte sich auf und setzte zum Galopp an, verfiel indessen gleich wieder in Zeltergang und Schritt. So fuhren sie etwa fünf Minuten. Es war so dunkel, und das Schneegestöber war so dicht, dass man zeitweilig nicht einmal das Krummholz sehen konnte. Mitunter hatte man den Eindruck, als stünde der Schlitten still und als flutete das Feld zurück. Plötzlich blieb das Pferd mit einem jähen Ruck stehen, offensichtlich schien es vor sich Unheil zu wittern. Nikita schwang sich wieder mit einem leichten Satz aus dem Schlitten, warf die Zügel hin und ging nach vorn, um zu ermitteln, wovor das Pferd scheute; doch kaum hatte er sich einen Schritt von dem Pferd entfernt, da glitt er aus und rollte einen Abhang hinunter.

»Prr, prr…«, sprach er zu sich selbst, als er stürzte und irgendwie einen Halt zu finden suchte; doch das glückte ihm nicht, und er rollte immer weiter, bis er schließlich auf der Sohle der Schlucht mit den Füßen gegen eine dort angehäufte dicke Schneeschicht stieß und darin steckenblieb.

Eine dicht am Rand der Schlucht zusammengewehte Schneewehe, die durch Nikitas Sturz ins Rutschen gekommen war, fiel herab und überschüttete ihn von oben bis unten mit Schnee.

»Was soll denn das!«, rief Nikita, sich an die Schneewehe und an die Schlucht wendend, vorwurfsvoll, während er sich den Schnee aus dem Nacken klopfte.

»Nikita! Hallo, Nikita!«, rief von oben Wassili Andrejitsch.

Aber Nikita antwortete nicht – er hatte keine Zeit.

Nachdem er den Schnee von sich abgeklopft hatte, suchte er die Peitsche, die ihm beim Absturz aus der

Hand gefallen war, und als er sie endlich gefunden hatte, versuchte er, an derselben Stelle, wo er herabgerollt war, hinaufzuklettern; doch er rutschte immer wieder zurück und musste erst lange nach einer bequemeren Aufstiegsmöglichkeit suchen. Nachdem er dann etwa drei Saschen weiter auf allen vieren mühsam hinaufgeklettert war, ging er am Rand der Schlucht entlang, in die Richtung, wo das Pferd stehen musste. Noch sah er nichts vom Pferd und vom Schlitten; da er aber gegen den Wind ging, hörte er schon, wie Muchorty wieherte und Wassili Andrejitsch nach ihm rief.

»Ich komme, komme ja schon, was grölst du so!«, murmelte er vor sich hin.

Erst als er unmittelbar beim Schlitten angelangt war, nahm er das Pferd und den danebenstehenden, jetzt ungewöhnlich groß wirkenden Wassili Andrejitsch wahr.

»Wohin, zum Teufel, bist du denn verschwunden gewesen?«, wurde Nikita erregt von seinem Herrn angeschrien. »Wir müssen zurückfahren – wenn nicht anders, dann nach Grischkino!«

»Das würd ich schon gern machen, Wassili Andrejitsch, aber in welche Richtung sollen wir denn fahren? Drüben ist eine Schlucht; wenn wir in die reingeraten, kommen wir überhaupt nicht mehr heraus. Ich bin dort so im Schnee versackt, dass ich mich nur mit Müh und Not herausgearbeitet habe.«

»Ja, wir können aber hier nicht einfach stehenbleiben! Irgendwohin müssen wir doch fahren«, erklärte Wassili Andrejitsch.

Nikita antwortete nichts. Er setzte sich, den Rücken dem Wind zugekehrt, auf den Schlittenrand, zog seine Stiefel aus, schüttete den Schnee heraus und verstopfte am linken Stiefel von innen mit einem kleinen Büschel Stroh sorgfältig ein Loch.

Wassili Andrejitsch schwieg und schien entschlossen zu sein, alles Weitere Nikita zu überlassen. Nachdem dieser seine Stiefel wieder angezogen hatte, schwang er sich in den Schlitten, zog die Fausthandschuhe an und lenkte das Pferd am Abgrund vorbei. Doch waren sie noch keine hundert Schritt gefahren, als das Pferd sich aufs Neue sträubte weiterzugehen. Vor ihm gähnte abermals ein Abgrund.

Nikita stieg wieder aus und stapfte durch den Schnee. Er blieb eine ganze Weile weg. Schließlich kam er von der entgegengesetzten Seite zurück,

»Seid Ihr noch da, Andrejitsch?«, rief er schon von weitem.

»Ja, hier!«, rief Wassili Andrejitsch ihm zu. »Nun, wie ist es?«

»Man kann sich nicht zurechtfinden in der Dunkelheit. Ringsum sind lauter Schluchten. Wir müssen wieder gegen den Wind fahren.«

Sie fuhren ein Stück – und abermals stapfte Nikita durch den Schnee, stieg wieder ein und wieder aus und irrte aufs Neue auf dem Schneefeld umher, bis er schließlich schwerkeuchend zurückkam und vor dem Schlitten stehenblieb.

»Na, wie ist es?«, fragte Wassili Andrejitsch.

»Immer dasselbe, bin schon ganz erschöpft. Und das Pferd kann auch nicht mehr.«

»Ja, was wollen wir nun machen?«

»Warte noch eine Weile!«

Nikita ging wieder fort, kehrte aber bald zurück.

»Fahr hinter mir her!«, sagte er und ging dem Schlitten voraus.

Wassili Andrejitsch gab jetzt keinerlei Anweisungen mehr, sondern fügte sich widerspruchslos allem, was Nikita sagte.

»Hierher, mir nach!«, rief Nikita, während er mit schnellen Schritten nach rechts abbog, Muchorty am Zügel nahm und ihn in eine mit Schnee überhäufte Mulde hinabführte.

Muchorty sträubte sich zunächst, zog dann aber mit einem scharfen Ruck an und versuchte, die verwehte Mulde zu überspringen; doch er schaffte es nicht und versank bis zum Kumt im Schnee.

»Steig aus!«, rief Nikita Wassili Andrejitsch zu, der im Schlitten sitzen geblieben war, worauf er sich gegen eine der Deichselstangen stemmte und den Schlitten auf das Pferd zuschob. »Ja, das ist schwer, mein Guter«, redete er auf Muchorty ein, »aber da hilft nichts, du musst dich schon anstrengen! So, so, noch ein bisschen!«, rief er.

Das Pferd zog einmal, zog noch einmal an, kam jedoch nicht heraus und blieb wieder regungslos stehen, als dächte es über etwas nach.

»Na, Brüderchen, so geht es nicht«, redete Nikita Muchorty gut zu. »Komm, streng dich noch mal an!«

Nikita stemmte sich abermals gegen die eine Deichselstange, und Wassili Andrejitsch half von der andern Seite nach. Das Pferd bewegte den Kopf und bäumte sich plötzlich auf.

»Nu, nu! Sei nicht bange, wirst nicht versinken!«, schrie Nikita.

Ein Satz, ein zweiter, ein dritter – und das Pferd arbeitete sich zu guter Letzt aus der verwehten Mulde heraus, blieb schwerkeuchend stehen und schüttelte den Schnee von sich ab. Nikita wollte es weiterführen, doch Wassili Andrejitsch war in seinen zwei Pelzen so außer Atem gekommen, dass er nicht mehr gehen konnte und sich in den Schlitten fallen ließ.

»Lass mich mal verschnaufen«, sagte er und wickelte das Tuch ab, das er sich im Dorf um den aufgeschlagenen Pelzkragen gebunden hatte.

»Bleib nur liegen, ich schaff es schon allein«, sagte Nikita; er fasste das Pferd am Zügel und führte es mit dem Schlitten und dem darin liegenden Wassili Andrejitsch zuerst etwa zehn Schritt bergab, dann ein kurzes Stück bergauf und machte dort halt.

Die Stelle, an der Nikita haltmachte, lag zwar nicht in einer Schlucht – dort hätte der von den Anhöhen herabwehende Schnee sie womöglich unter sich begraben können –, war aber immerhin durch den Rand eines Abhangs einigermaßen gegen den Wind geschützt. Zeitweilig schien es, als ließe der Wind etwas nach, doch es dauerte nicht lange, und der Wind brauste – als wollte er die vorausgegangene Ruhepause wettmachen – mit verdoppelter Stärke übers Feld und wirbelte ringsum den Schnee auf. Ein solcher Windstoß fegte gerade heran, als Wassili Andrejitsch, nachdem er sich verschnauft hatte, aus dem Schlitten gestiegen war und zu Nikita ging, um mit ihm zu besprechen, was sie nun tun sollten. Beide bückten sich unwillkürlich und warteten ab, bis der Windstoß abgeflaut war. Auch Muchorty legte die Ohren an und schüttelte unzufrieden den Kopf. Sobald der Wind wieder etwas nachgelassen hatte, zog Nikita seine Fausthandschuhe aus und steckte sie unter den Gürtel, hauchte in die hohlen Hände und schickte sich an, die Zügel vom Krummholz zu lösen.

»Was tust du da?«, fragte Wassili Andrejitsch.

»Ausspannen tu ich, was können wir sonst machen? Meine Kraft ist zu Ende«, erklärte, sich gleichsam entschuldigend, Nikita.

»Können wir denn nicht irgendeine Ortschaft erreichen?«

»Wir kommen von hier nicht heraus, wir würden nur den Hengst zu Tode quälen. Er ist sowieso schon überanstrengt, der Gute«, sagte Nikita und zeigte auf das ergeben dastehende und zu allem bereite Pferd, dessen breite nasse Flanken sich unter seinen schweren Atemzügen heftig bewegten. »Wir müssen hier übernachten«, fügte Nikita mit solcher Selbstverständlichkeit hinzu, als wären sie zur Nacht in einen Gasthof eingekehrt. Und er schnallte den Kumtriemen auf.

Die Kumtbügel sprangen auseinander.

»Werden wir auch nicht erfrieren?«, fragte Wassili Andrejitsch.

»Was lässt sich schon machen? Erfrieren wir, müssen wir es auch hinnehmen«, antwortete Nikita.

6

Wassili Andrejitsch hatte es in seinen zwei Pelzen, besonders nachdem er sich im Schnee der Schlucht abgemüht, behaglich warm, aber dennoch lief es ihm kalt über den Rücken, als ihm klar wurde, dass sie die Nacht hier zubringen mussten. Um sich zu beruhigen, setzte er sich in den Schlitten und holte eine Schachtel Zigaretten und Streichhölzer hervor.

Nikita spannte unterdessen das Pferd aus. Er schnallte

Bauchriemen und Sattelriemen auf, legte die Zügel zusammen, nahm Kumt und Krummholz ab und redete ununterbrochen ermunternd auf das Pferd ein.

»Na, komm schon, komm schon«, sagte er, als er es zwischen den Deichselstangen herauszog. »Und nun binden wir dich hier an. Dann leg ich dir schön Stroh unter und nehm dir auch das Zaumzeug ab.« Er erklärte dem Pferd alles, was er tat. »Und wenn du erst gefressen hast, wirst du auch wieder munterer werden.«

Doch Muchorty ließ sich durch Nikitas Zuspruch nicht beschwichtigen und war sichtlich aufgeregt; er trat von einem Bein aufs andere, presste sich, das Hinterteil dem Wind zukehrend, an den Schlitten und rieb den Kopf an Nikitas Arm.

Offenbar nur, um sich Nikita gegenüber nicht undankbar zu zeigen, der ihm im Schlitten Stroh vors Maul gelegt hatte, nahm Muchorty mit einer jähen Bewegung ein Büschel Stroh; doch schon im selben Augenblick fiel ihm wohl ein, dass es jetzt nicht die rechte Zeit zum Fressen sei, und er ließ das Stroh wieder fallen, das dann im Nu vom Wind erfasst, fortgetragen, verstreut und mit Schnee überschüttet wurde.

»Jetzt errichten wir noch ein Erkennungszeichen«, sagte Nikita, worauf er den Schlitten mit der Vorderseite dem Wind zu drehte, mit dem Sattelriemen die Deichselstangen zusammenschnürte, sie aufrichtete und an der Vorderseite des Schlittens befestigte. »Wenn wir jetzt eingeschneit werden und gute Menschen das an den Stangen merken, werden sie uns ausgraben«, sagte er. »So haben es uns die Alten gelehrt.« Dann klopfte er den Schnee von seinen Fausthandschuhen und zog sie wieder an.

Wassili Andrejitsch, der den Pelz zurückgeschlagen

hatte, versuchte inzwischen, ein Streichhölzchen nach dem andern im Schutz des vorgehaltenen Pelzsaums an seiner Stahlschachtel zu entzünden; doch seine Hände zitterten, und noch bevor die aufflammenden Streichhölzchen richtig Feuer fingen oder von Wassili Andrejitsch an die Zigarette geführt werden konnten, erloschen sie im Wind. Schließlich glückte es ihm, ein Streichhölzchen zu entzünden, die Flamme beleuchtete für einen Augenblick die Innenseite des Pelzes, seine Hand mit dem goldenen Ring an dem gekrümmten Zeigefinger, das unter dem Sackleinen vorquellende, mit einer Schneeschicht bedeckte Haferstroh – und die Zigarette brannte an. Aber als er gierig ein paar Züge gemacht, den Rauch verschluckt und durch den Schnurrbart ausgestoßen hatte und die Zigarette nochmals an den Mund führen wollte, wurde ihr brennendes Ende vom Wind abgerissen und ebenso fortgetragen wie zuvor das Stroh.

Doch auch diese wenigen Züge hatten Wassili Andrejitsch in eine bessere Stimmung versetzt.

»Wennschon, dennschon, dann übernachten wir eben hier!«, sagte er entschlossen. »Aber warte mal«, fügte er, zu Nikita gewandt, hinzu, »ich will noch eine Flagge anbringen.« Er hob das Tuch auf, das er vom Kragen abgewickelt und in den Schlitten geworfen hatte, zog die Handschuhe aus, richtete sich im Vorderteil des Schlittens auf, reckte sich in die Höhe, um die Enden der Deichselstangen zu erreichen, und band dort mit einem festen Knoten das Tuch an.

Das Tuch begann sofort ungestüm zu flattern, wobei es sich bald um die Stange legte, bald wieder entfaltete, sich blähte und im Wind knatterte.

»Sieh mal hin, wie schön es flattert!«, sagte Wassili

Andrejitsch, zufrieden mit seinem Werk, und ließ sich wieder im Schlitten nieder. »Würden wir uns nebeneinanderlegen, hätten wir es wärmer, aber für zwei ist es hier zu eng«, sagte er.

»Ich werd schon für mich ein Plätzchen finden«, antwortete Nikita, »ich muss nur erst den Hengst zudecken, der Gute trieft vor Schweiß ... Lass mich mal ran«, fügte er, an den Schlitten herantretend, hinzu und zog unter Wassili Andrejitschs Sitz das Sackleinen hervor.

Dann nahm er Muchorty das Hintergeschirr und das Sattelzeug ab, faltete das Sackleinen doppelt zusammen und bedeckte damit das Pferd.

»So, jetzt hast du's wärmer, du Dummerchen«, sagte er und legte dem Pferd über dem Sackleinen wieder das Sattelzeug und Hintergeschirr an. »Wenn Ihr die Matte nicht braucht, gebt sie mir und auch etwas Stroh«, sagte Nikita zu Wassili Andrejitsch, als er alles erledigt hatte und zum Schlitten zurückkam.

Nachdem er das eine wie das andere unter Wassili Andrejitschs Sitz hervorgezogen hatte, scharrte er hinterm Schlitten im Schnee eine kleine Grube und legte das Stroh hinein; hierauf stülpte er die Mütze tief über den Kopf, wickelte sich in seinen Mantel, setzte sich auf das ausgebreitete Stroh, bedeckte sich von oben mit der Matte und lehnte sich gegen die rohe Außenwand des Schlittens, die Wind und Schnee von ihm abhielt.

Wassili Andrejitsch schüttelte zu Nikitas Handlungsweise missbilligend den Kopf – wie er überhaupt alle bäuerliche Unbildung und Dummheit missbilligte – und machte es sich dann selbst für die Nacht bequem.

Er breitete das restliche Stroh im Schlitten aus, stopfte sich ein paar Handvoll in den Rücken, steckte die Hände in die Ärmel und bettete den Kopf vorn im Schlitten in eine Ecke, wo er gegen den Wind geschützt war.

Schlafen mochte er nicht. Er lag da und gab sich seinen Gedanken hin; er dachte darüber nach, was das einzige Ziel, den ganzen Sinn, die ganze Freude und den ganzen Stolz seines Lebens ausmachte – darüber, zu welchem Wohlstand er es bereits gebracht hatte und wie er ihn in Zukunft noch vergrößern werde, welches Vermögen andere ihm bekannte Leute besaßen und auf welche Weise sie es erworben hatten und immer noch vermehrten und dass er gleich ihnen noch sehr viel Geld verdienen könne. Dem Kauf des Waldes in Gorjatschkino maß er allergrößte Bedeutung bei. Er hoffte, durch diesen Kauf mit einem Schlag an die zehntausend Rubel zu verdienen. In Gedanken begann er zu berechnen, wie viel er aus dem Wald herausschlagen würde, den er sich im Herbst angesehen und von dem er auf zwei Deßjatinen sämtliche Bäume gezählt hatte.

Die Eichen geben gute Schlittenkufen ab, überlegte er. Balken selbstverständlich auch. An Brennholz wird jede Deßjatine ihre dreißig Sashen bringen. Da kann ich von jeder Deßjatine, knapp gerechnet, zweihundertfünfundzwanzig Rubel einnehmen, sagte er sich. Sechsundfünfzig Deßjatinen, das sind also sechsundfünfzig mal hundert und noch einmal sechsundfünfzig mal hundert, dann sechsundfünfzig mal zehn und noch einmal sechsundfünfzig mal zehn, dann sechsundfünfzig mal fünf... Er sah, dass über zwölftausend Rubel herauskamen, konnte die Summe jedoch ohne Rechenbrett nicht genau errechnen. Aber zehntausend werde ich trotz alledem nicht geben, höchstens achttausend, und auch das nur mit Abzug für das Brachland. Der Landmesser kriegt hundert oder vielleicht auch hundertfünfzig Rubel Schmiergeld – da errechnet der mir an die fünf Deßjatinen Brachland. Dann wird er schon auf achttausend heruntergehen. Erst mal lege ich ihm dreitausend bar auf den Tisch, das wird ihn weichmachen, dachte Wassili Andrejitsch und befühlte mit dem Oberarm die in der Tasche steckende Brieftasche... Weiß Gott, wie wir nach dem Scheideweg so weit abirren konnten! Hier hätte doch der Wald kommen und eine Wächterbude stehen müssen. Doch dann würde man Hunde hören ... Aber wenn sie sollen, bellen die Biester nicht... Er schlug den Pelzkragen vom Ohr zurück und horchte: Zu hören war nach wie vor das Pfeifen des Windes, das Klappern der Deichselstangen, das Flattern des Tuches und das Klatschen des Schnees gegen die Außenwand des Schlittens. Er schlug den Kragen wieder hoch.

Hätte man das alles gewusst, wären wir doch zur Nacht im Dorf geblieben. Na einerlei, dann kommen wir eben morgen hin. Nur ein Tag ist verloren. Bei diesem Wetter werden sie auch aus der Stadt nicht losfahren ... Da fiel ihm ein, dass er am Neunten dieses Monats vom Fleischer das Geld für die Ochsen zu bekommen hatte. Er wollte es selber bringen, da trifft er mich nicht an, und meine Frau wird sich nicht zurechtfinden mit dem Geld. Sie ist ja so ungebildet und hat keine Umgangsformen, setzte er seinen Gedankengang fort, als er sich erinnerte, wie ungeschickt sich seine Frau gestern benommen hatte, als der Landpolizeichef am Feiertag zu einem Besuch bei ihnen eingekehrt war... Na ja – ein Frauenzimmer! Was hat sie schon im Leben gesehen? Wie war es denn zu Lebzeiten der Eltern bei uns zu Hause? Ein reicher Bauernhaushalt wie viele andere. Die Graupenmühle und eine Herberge, das war der ganze Besitz. Und was hab ich in fünfzehn Jahren daraus gemacht? Ein Ladengeschäft, zwei Schenken, eine Mühle, einen Silo, zwei Güter in Pacht, und Haus sowie Speicher mit Eisenplatten gedeckt. Er rief sich voller Stolz alles ins Gedächtnis, was er besaß ... Das ist was anderes als zur Zeit meines Alten! Wer spielt heute die erste Rolle im Kreis? Brechunow!

Und woher kommt das? Daher, dass ich immer ans Geschäft denke, mich abmühe und nicht so wie andere auf der Bärenhaut liege oder nichtsnutziges Zeug treibe. Ich schlage mir ganze Nächte um die Ohren. Muss ich fahren, hält mich auch ein Schneesturm nicht ab. Dafür geht auch das Geschäft. Die andern meinen, dass man das Geld im Schlaf verdient. Nein, man muss arbeiten, muss sich den Kopf zerbrechen und, wenn nötig, so wie ich jetzt hier die Nacht unter freiem Himmel und ohne Schlaf zubringen. Wie Federzeug wirbeln die Gedanken in meinem Kopf herum, sagte er sich stolz ... Manche sagen, man muss Glück haben, um es zu was zu bringen. Mironow, zum Beispiel, der ist jetzt Millionär. Und wodurch? Man muss arbeiten, dann hilft auch Gott. Wenn Gott einen nur gesund erhält ...

Und der Gedanke, auch er könnte so ein Millionär werden wie Mironow, der mit nichts angefangen hatte, regte ihn dermaßen auf, dass er das Bedürfnis empfand, mit jemandem zu sprechen. Aber es war niemand da, mit dem er hätte sprechen können. Ja, wären sie bis Gorjatschkino gekommen, dann hätte er mit dem Gutsbesitzer gesprochen und dem heimgeleuchtet!

Hu, wie das stürmt! Wir werden hier noch so einschneien, dass wir morgen nicht herauskommen, dachte Wassili Andrejitsch, während er dem Wind lauschte, der von vorn gegen den Schlitten anfuhr, ihn rüttelte und den Schnee gegen seine Außenseite peitschte. Er richtete sich etwas auf und blickte sich um: In der in der Finsternis wogenden weißen Masse waren nur die sich undeutlich abhebenden Umrisse von Muchortys Kopf, seinem Rücken mit dem flatternden Sackleinen und seinem aufgebundenen buschigen Schweif zu sehen; ringsum aber, vorn, hinten und zu beiden Seiten, wogte in der Finsternis ein und dieselbe weiße Masse, die sich bald ein wenig lichtete, bald noch mehr verdichtete.

Es war verkehrt gewesen, auf Nikita zu hören, dachte er. Wir hätten weiterfahren müssen, vielleicht hätten wir doch irgendeine Ortschaft erreicht. Und wenn wir auch nur bis nach Grischkino gekommen wären, dann hätten wir bei Taras übernachtet. Jetzt kann man hier die ganze Nacht durch sitzen. Ja, woran dachte ich doch gleich? Ach so – dass Gott jemandem, der arbeitet, auch hilft, aber nicht Faulpelzen, Nichtstuern oder Dummköpfen. Jetzt muss ich erst mal rauchen! – Er setzte sich hin, nahm das Zigarettenetui aus der Tasche, legte sich dann bäuchlings in den Schlitten und versuchte, im Schutz des Pelzes eine Zigarette zu entzünden; allein der Wind fand immer noch einen Zugang und löschte ein Streichholz nach dem andern. Endlich brachte er es doch fertig, eine Zigarette anzubrennen, und begann zu rauchen. Dass er seinen Willen durchgesetzt hatte, erfüllte ihn mit großer Genugtuung. Und wenn die Zigarette auch mehr im Wind verglühte, als dass er selbst sie geraucht hätte, so hatte er immerhin ein paar Züge machen können und war dadurch in besserer Stimmung. Er streckte sich nun wieder aus, hüllte sich ein und gab sich aufs Neue seinen Betrachtungen und Träumereien hin, bis sich schließlich seine Gedanken verwirrten und er unversehens einschlief.

Da verspürte er plötzlich einen Stoß und wachte auf. Ob nun Muchorty Stroh unter ihm hervorgezogen oder ob sich in seinem Innern etwas zusammengekrampft hatte, wie dem auch sei, er wachte auf, und sein Herz klopfte so heftig, dass es ihm vorkam, als bebe der Schlitten unter ihm. Er öffnete die Augen. Ringsum bot sich immer noch dasselbe Bild, nur schien es etwas heller geworden zu sein. Es dämmert schon, dachte er, da muss es bald Morgen werden! Doch dann erkannte er sofort, dass die größere Helligkeit nur von dem inzwischen aufgegangenen Mond herrührte. Er richtete sich auf und warf zuallererst einen Blick auf das Pferd. Muchorty stand nach wie vor mit dem Rücken gegen den Wind und zitterte am ganzen Leib. Das mit Schnee bedeckte Sackleinen hing nur noch auf einer Seite, das Hintergeschirr war seitlich abgerutscht, und den Kopf mit der im Wind flatternden Mähne konnte man jetzt deutlicher sehen. Wassili Andrejitsch beugte sich über den hinteren Schlittenrand und schaute nach Nikita aus. Er saß immer noch so da, wie er sich gleich zu Anfang hingesetzt hatte. Die Matte, mit der er sich zugedeckt hatte, und seine Füße waren mit einer dicken Schneeschicht überzogen. Dass mir dieser Bauer in seinem schäbigen Zeug da bloß nicht erfriert! Dann muss ich mich seinetwegen womöglich verantworten. Was für ein unvernünftiges Volk! Eine wahre Unkultur!, dachte Wassili Andrejitsch. Er wollte eigentlich das Sackleinen vom Pferd herunternehmen und Nikita damit zudecken, ließ es dann aber sein: Es graute ihm, bei dieser Kälte auszusteigen und sich draußen zu schaffen zu machen, und außerdem musste man befürchten, dass das Pferd dann erfror... Warum habe ich ihn nur mitgenommen? Das hat man alles von ihrer Dummheit!, sagte sich Wassili Andrejitsch in Gedanken an seine ungeliebte Frau und legte sich wieder auf seinen alten Platz im Vorderteil des Schlittens... So hat auch mein Onkel mal eine ganze Nacht im Schnee zugebracht und ist dabei nicht umgekommen, erinnerte sich Wassili Andrejitsch. Sewastjan freilich – gedachte er eines andern Falles –, der war schon tot und so steif wie ein gefrorenes Stück Schlachtvieh, als man ihn aus dem Schnee ausgrub. Ja, wären wir zur Nacht in Grischkino geblieben, hätte man das alles nicht auszustehen brauchen ...

Und nachdem er sich wieder so sorgfältig eingehüllt hatte, dass die im Pelz angesammelte Wärme nirgends entweichen konnte und ihn überall – am Hals, an den Knien und Füßen – erwärmte, schloss er die Augen und versuchte aufs Neue einzuschlafen. Doch sosehr er sich auch bemühte, er fand keinen Schlaf, sondern fühlte sich im Gegenteil munter und angeregt. Er begann wieder seine Gewinne zu berechnen und wie viel andere ihm schuldeten, brüstete sich wieder vor sich selber und freute sich über seine Leistungen und seinen Wohlstand; doch nun schlichen sich in diese Betrachtungen immer mehr ein Gefühl von Angst und Ärger darüber ein, dass er zur Nacht nicht in Grischkino geblieben war, wo er jetzt in der Wärme auf der Schlafbank gelegen hätte. Er drehte sich mehrmals von einer Seite auf die andere, um eine bequemere und besser gegen den Wind geschützte Lage zu finden – aber irgendetwas störte ihn immer noch. Wieder richtete er sich auf, wieder wechselte er die Lage, wickelte die Beine ein, schloss die Augen und rührte sich nicht. Doch nun schmerzten ihn die in den dicken

Filzstiefeln gekrümmten Beine, oder es zog irgendwo, und nachdem er eine Weile still gelegen hatte, dachte er wieder daran, wie er in Grischkino jetzt schön in der warmen Stube gelegen hätte, und ärgerte sich über sich selbst. Und abermals richtete er sich auf, drehte sich um, wickelte sich ein und legte sich wieder hin.

Einmal glaubte Wassili Andrejitsch, irgendwo in der Ferne Hähne krähen zu hören. Er freute sich, schlug den Pelzkragen zurück und horchte; doch sosehr er sein Gehör auch anspannte, es war nichts anderes zu hören als das Pfeifen des durch die Deichselstangen fahrenden Windes, das Flattern des Tuches und das Klatschen des Schnees gegen die Außenwand des Schlittens.

Nikita saß die ganze Zeit, seit dem Abend, in derselben Stellung, rührte sich nicht und antwortete nicht einmal, als er zweimal von Wassili Andrejitsch angerufen wurde. Er macht sich wenig Sorge und schläft wahrscheinlich, dachte Wassili Andrejitsch ärgerlich, als er über den Schlittenrand auf den mit Schnee überhäuften Nikita schaute.

Wohl zwanzigmal schon hatte sich Wassili Andrejitsch aufgerichtet und wieder hingelegt. Es schien ihm, diese Nacht wolle überhaupt kein Ende nehmen. Aber jetzt muss es bald Morgen werden, dachte er, als er sich wieder erhob und Umschau hielt. Ich will mal nach der Uhr sehen. Mir wird zwar beim Öffnen des Pelzes kalt werden, aber wenn ich dann weiß, dass es schon auf den Morgen zugeht, wird mir dafür auch wohler zumute sein. Da können wir bald mit dem Anspannen beginnen … Im Grunde seiner Seele wusste Wassili Andrejitsch, dass es noch gar nicht Morgen sein konnte, aber er wurde immer mutloser, täuschte sich selbst etwas vor und wollte sich zugleich auch vergewissern, wie viel Uhr es in Wirklichkeit war. Er löste sorgfältig die Haken an seinem Pelz, steckte die Hand hinein und nestelte lange herum, bis er zur Weste durchdrang. Endlich zog er seine mit emaillierten Blumen verzierte silberne Uhr hervor und warf einen Blick darauf. Ohne Licht war nichts zu sehen. Er legte sich wieder ebenso wie vorhin, als er sich eine Zigarette angezündet hatte, bäuchlings in den Schlitten, stützte sich auf die Ellenbogen, holte Streichhölzer hervor und schickte sich an, eins anzuzünden. Jetzt ging er mit mehr Überlegung ans Werk, er befühlte die Streichhölzer zuerst mit den Fingern und zog das mit dem dicksten Kopf heraus, das auch gleich beim ersten Streich Feuer fing. Dann hielt er die Uhr dicht an die Flamme, blickte auf das Zifferblatt – und traute seinen Augen nicht: Es war erst zehn Minuten nach zwölf! Die ganze Nacht stand noch bevor.

Ach, wie lang so eine Nacht ist!, dachte Wassili Andrejitsch zusammenschauernd; er hakte wieder seinen Pelz zu, hüllte sich ein und drückte sich aufs Neue in die Schlittenecke, um dort geduldig auf den Morgen zu warten. Da hörte er plötzlich in dem eintönigen Pfeifen des Windes ganz klar einen neuen, lebendigen Laut. Dieser Laut schwoll langsam an und schwächte sich, sobald er am deutlichsten war, ebenso langsam wieder ab. Es gab keinen Zweifel, das war das Heulen eines Wolfes. Und der Wolf konnte gar nicht sehr weit entfernt sein, weil man, vom Wind herübergetragen, deutlich hörte, wie seine Kinnladen knirschten, wenn er den Ton seiner Stimme änderte.

Wassili Andrejitsch schlug den Kragen zurück und horchte gespannt. Muchorty spitzte die Ohren und horchte ebenso gespannt, trat dann, als der Wolf sein Klagelied beendet hatte, von einem Fuß auf den andern und stieß gleichsam ein warnendes Schnaufen aus. Hiernach war Wassili Andrejitsch so aufgeregt, dass er sich gar nicht wieder beruhigen und erst recht nicht einschlafen konnte. Sosehr er sich auch bemühte, an seine geschäftlichen Angelegenheiten, sein Ansehen, seine Würde und seinen Reichtum zu denken – er wurde in steigendem Maße von Angst übermannt, und in alle seine Gedanken mischte sich der Ärger darüber, dass er nicht zur Nacht in Grischkino geblieben war.

Zum Teufel mit ihm, dem ganzen Wald, ich mache gottlob auch genug andere Geschäfte!, sagte sich Wassili Andrejitsch. Wie dumm, dass wir nicht im Dorf übernachtet haben! Es heißt ja, dass Angetrunkene leicht erfrieren – und ich habe doch getrunken … Bei diesem Gedanken merkte er, dass er zu zittern anfing, ohne selbst zu wissen, warum, ob vor Kälte oder vor Angst. Er mummte sich wieder ein und versuchte wie vorher, still zu liegen, doch brachte er es jetzt nicht mehr fertig. Es hielt ihn nicht an einer Stelle, er hatte das Bedürfnis, aufzustehen und etwas zu unternehmen, um die in ihm aufsteigende Angst zu unterdrücken, gegen die er, wie er selbst fühlte, machtlos war. Er holte abermals Zigaretten und Streichhölzer hervor, doch in der Schachtel waren nur noch drei Hölzchen, und von denen taugte keins etwas. Alle drei brachen ab, ohne sich zu entzünden.

»Ach, hol dich der Teufel, du Verfluchter, scher dich weg!«, schimpfte Wassili Andrejitsch, ohne selbst zu wissen, auf wen, und schleuderte die zerdrückte Zigarette in den Schnee. Er wollte auch die Streichholzschachtel hinterherwerfen, hielt jedoch im letzten Augenblick inne und steckte sie in die Tasche. Seine Unruhe hatte jetzt einen solchen Grad erreicht, dass er sich unbedingt Bewegung verschaffen musste. Er stieg aus dem Schlitten, stellte sich mit dem Rücken gegen den Wind und schnallte den Gürtel unterhalb der Taille wieder fester.

Was soll ich hier herumliegen und auf den Tod warten! Ich setz mich aufs Pferd und reite los, schoss es ihm plötzlich durch den Kopf. Beim Reiten wird das Pferd nicht scheu werden. Und dem da, dachte er mit einem Blick auf Nikita, dem macht es nichts weiter aus, zu sterben. Was hat er schon vom Leben! Er hat nichts zu verlieren, wogegen ich gottlob genug habe, ein richtiges Leben zu führen!

Hierauf band er das Pferd los, warf ihm die Zügel über den Kopf und wollte sich hinaufschwingen, doch die beiden Pelze und die Stiefel waren so schwer, dass er zurückrutschte. Nun stellte er sich auf den Schlitten und versuchte, von dort aus auf das Pferd zu steigen; aber unter seinem Gewicht schwankte der Schlitten, und er glitt abermals ab. Beim dritten Versuch schließlich führte er das Pferd dicht an den Schlitten heran, stellte sich vorsichtig auf den Rand und erreichte nun wenigstens so viel, dass er sich mit dem Bauch quer über den Rücken des Pferdes legen konnte. Nachdem er dann einmal und noch einmal etwas nach vorn gerückt war, schwang er das eine Bein über den Rücken des Pferdes, setzte sich aufrecht hin und stemmte die Füße gegen die Seitenriemen des Hintergeschirrs. Nikita, der von dem Stoß des schwankenden Schlittens wach geworden war, richtete sich auf, und Wassili Andrejitsch glaubte zu hören, dass er etwas sagte.

»Das hat man davon, wenn man auf euch dumme Tölpel hört! Soll ich hier für nichts und wieder nichts ums Leben kommen?«, rief Wassili Andrejitsch, steckte sich die auseinanderwehenden Enden des Pelzes unter die Knie, wendete das Pferd und ritt in die Richtung davon, in der sich seiner Vermutung nach der Wald und das Wächterhäuschen befinden mussten.

7

Nachdem sich Nikita hinter der Außenwand des Schlittens niedergelassen und mit der Matte zugedeckt hatte, war er dort die ganze Zeit regungslos sitzen geblieben. Wie alle Menschen, die mit der Natur verwachsen sind und die Not kennen, besaß er die Fähigkeit, in jeder Lage stunden-, ja sogar tagelang geduldig auszuharren, ohne Unruhe oder Ärger zu empfinden. Er hatte vorhin auch die Rufe seines Herrn gehört, aber nicht geantwortet, weil er sich nicht rühren und nicht auf ein Gespräch einlassen wollte. Vorläufig war ihm zwar noch von dem getrunkenen Tee und dem anstrengenden Herumwirtschaften im Schnee warm, doch wusste er, dass diese Wärme nicht lange vorhielt und er sich durch Bewegung nicht neu erwärmen konnte; er fühlte sich so erschöpft wie ein überanstrengtes Pferd, das stehenbleibt und auch nicht durch Peitschenhiebe weiterzubringen ist, bis sein Herr erkennt, dass es erst gefüttert werden muss, um wieder arbeiten zu können. Sein Fuß in dem zerrissenen Stiefel war bereits ganz steif vor Kälte, und den großen Zeh spürte er nicht mehr. Außerdem begann er am ganzen Körper immer mehr zu frieren. Als ihm der Gedanke kam, dass er in dieser Nacht vielleicht sterben könnte, ja sogar aller Wahrscheinlichkeit nach sterben musste, flößte er ihm weder besonderes Unbehagen noch besonderen Schrecken ein. Besonderes Unbehagen flößte ihm der Gedanke deshalb nicht ein, weil sein ganzes Leben kein fortwährender Feiertag gewesen war; die Arbeit hatte nie aufgehört und ihn allmählich entkräftet. Und als besonders schreckerregend empfand er diesen Gedanken deshalb nicht, weil er sich außer von seinen Herren, denen er, wie jetzt eben Wassili Andrejitsch, hier auf Erden diente, auch von jenem obersten Herrn abhängig fühlte, der ihn in dieses irdische Leben entsandt hatte; und er wusste, er würde auch in der Sterbestunde unter der Obhut dieses Herrn bleiben und brauchte von ihm keine Ungerechtigkeit zu befürchten. Aber tut es mir nicht leid, das gewohnte Leben und alles, womit man verwachsen ist, aufzugeben? Nun ja, dachte er, aber dagegen lässt sich nichts machen, man muss sich auch an das Neue gewöhnen.

Und meine Sünden?, überlegte er und erinnerte sich an seine Zechereien und das dabei verjubelte Geld, an seine Grobheit und Gewalttätigkeit gegen seine Frau; er dachte daran, dass er nicht in die Kirche gegangen war und nicht die Fasten eingehalten hatte, und ihm fiel alles ein, weswegen ihm der Pope bei der Beichte ins Gewissen geredet hatte… Natürlich habe ich Sünden begangen. Aber hab ich sie mir denn selbst ausgedacht? Gott hat mich so erschaffen. Nun ja, die Sünden! Aber jetzt kann ich sowieso nirgends mehr hin.

Alles das überlegte Nikita, als er daran dachte, was mit ihm in dieser Nacht geschehen könnte; er kehrte später aber nicht mehr zu diesen Gedanken zurück, sondern gab sich den Erinnerungen hin, die von selbst in seinem Gedächtnis wach wurden. Bald erinnerte er sich an Marfas Besuch, an die Saufereien der Knechte und wie er sich selbst geschworen hatte, nicht mehr zu trinken; bald dachte er an die jetzige Fahrt, an die Einkehr bei Taras und die Gespräche über eine Teilung, an seinen Sohn und an Muchorty, der sich unter der Matte erwärmen würde; bald wandte er seine Gedanken Wassili Andrejitsch zu, der so herumwirtschaftete, dass der ganze Schlitten knarrte ... Der Gute wird wohl selber nicht froh sein, dass er gefahren ist, dachte Nikita. Wenn man so ein Leben führt wie er, will man nicht sterben. Das ist was anderes als mit unsereinem ... Alle diese Gedanken verflochten sich allmählich ineinander, vermischten sich in seinem Kopf, und er schlief ein.

Als Wassili Andrejitsch dann das Pferd bestieg, wobei der Schlitten schwankte und die Außenwand, gegen die sich Nikita gelehnt hatte, wegrutschte, so dass er mit dem Rücken auf die Kufen fiel, wachte er auf und musste notgedrungen seine Lage ändern. Nachdem Nikita die Beine mühsam geradegebogen und den Schnee abgeschüttelt hatte, richtete er sich auf und spürte sofort, dass sein Körper von eisiger Kälte durchdrungen war. Und als ihm klar wurde, was Wassili Andrejitsch im Sinne führte, wollte er ihn bitten, ihm die für das Pferd nun nicht mehr benötigte Matte zu geben, damit er sich zudecken konnte, und er rief es ihm zu.

Aber Wassili Andrejitsch ließ sich nicht aufhalten und verschwand im Schleier des Schneegestöbers.

Allein geblieben, dachte Nikita ein paar Augenblicke nach, was er nun anfangen sollte. Auf der Suche nach einer menschlichen Behausung umherirren – dazu war er zu erschöpft. Sich wieder auf seinen bisherigen Platz set-zen, das konnte er nicht, weil der ganz mit Schnee über-häuft war. Und im Schlitten, das fühlte er, würde er nicht warm werden, weil er nichts hatte, womit er sich zu-decken konnte, und sein Mantel und der Pelz ihn jetzt nicht mehr wärmten. Er fror so, als hätte er nur ein Hemd an. Ihm wurde unheimlich zumute. »Großer Gott, himm-lischer Vater!«, murmelte er vor sich hin, und die Gewiss-heit, dass er nicht allein war, dass jemand ihn hörte und ihn nicht im Stich lassen würde, beruhigte ihn. Er stieß einen schweren Seufzer aus, stieg dann, ohne das Sack-leinen vom Kopf zu nehmen, in den Schlitten und legte sich auf den Platz seines Herrn nieder.

Doch auch im Schlitten konnte er auf keine Weise warm werden. Anfangs zitterte er am ganzen Körper, dann ließ der Schüttelfrost nach, und er verlor allmählich das Bewusstsein. Ob er starb oder nur einschlief, das wusste er nicht, doch fühlte er sich gleichermaßen auf das eine wie das andere vorbereitet.

8

Unterdessen bearbeitete Wassili Andrejitsch das Pferd mit den Beinen und den Enden der Zügel und trieb es in jene Richtung, in der er aus irgendeinem Grunde den Wald und das Wächterhäuschen vermutete. Der Schnee verklebte ihm die Augen, und der Wind stemmte sich ihm entgegen, aber er beugte sich tief nach vorn, raffte immer wieder seinen Pelz zusammen, um ihn zwischen sich und das ihn beim Sitzen hinderliche kalte Sattelzeug zu stecken, und trieb unablässig das Pferd an. Muchorty kam zwar nur mit großer Mühe vorwärts, trabte aber dennoch gehorsam dorthin, wohin er ihn lenkte.

Etwa fünf Minuten ritt Wassili Andrejitsch, wie er glaubte, immer geradeaus, ohne etwas anderes zu sehen als den Kopf des Pferdes und die weiße Einöde und ohne etwas anderes zu hören als den Wind, der um die Ohren des Pferdes und den Kragen seines Pelzes pfiff.

Plötzlich tauchte vor ihm in der Ferne etwas Schwarzes auf. Wassili Andrejitschs Herz schlug vor Freude höher, er ritt auf das Schwarze zu und glaubte schon die Häuser eines Dorfes zu erkennen. Aber das Schwarze stand nicht still, es bewegte sich unaufhörlich, und statt eines Dorfes erwies es sich als ein Beifußgebüsch an einem Feldrain, das unter dem Schnee hervorragte und von dem heftigen Wind ständig zur Seite gebogen wurde. Beim Anblick dieses vom Wind unbarmherzig misshandelten Gebüschs zuckte Wassili Andrejitsch unwillkürlich zusammen und trieb das Pferd eiligst weiter, ohne dabei zu beachten, dass er, als er zu dem Gebüsch geritten war, die Richtung geändert hatte; so trieb er das Pferd jetzt in eine ganz andere Richtung, immer noch in der Meinung, dass er dorthin ritt, wo das Wächterhäuschen stehen musste. Das Pferd machte mehrmals Anstalten, nach rechts abzubiegen, aber er zerrte es jedes Mal nach links.

Nach einer Weile tauchte vor ihm abermals etwas Schwarzes auf. Er freute sich und war überzeugt, dies müsse jetzt bestimmt ein Dorf sein. Doch es war wieder ein mit Beifuß überwachsener Rain. Auch hier wurde das dürre Strauchwerk unbarmherzig vom Wind gepeitscht, was auf Wassili Andrejitsch merkwürdigerweise erschreckend wirkte. Aber abgesehen davon, dass das dürre Strauchwerk so unheimlich raschelte, entdeckte er jetzt auch eine sich vor dem Gebüsch hinziehende, vom Wind schon etwas verwehte Pferdespur. Wassili Andrejitsch hielt das Pferd an, bückte sich und blickte genauer hin: Ja, es war eine leicht verwehte Spur von Pferdehufen, und sie konnte von niemand anderem hinterlassen sein als von ihm selbst. Er war offensichtlich im Kreis geritten, und zwar auf einem ganz engen Raum. So komme ich hier um!, dachte er, und um sich nicht von der Angst übermannen zu lassen, schlug er noch heftiger auf das Pferd ein und blickte angestrengt in die weiße Finsternis, in der er hin und wieder lichte Punkte zu bemerken glaubte, die sich jedoch bei genauerem Hinsehen sofort in nichts auflösten. Einmal meinte er, Hundegebell oder das Heulen von Wölfen zu hören; aber diese Laute waren so schwach und undeutlich, dass er bezweifelte, ob er wirklich etwas hörte oder ob es ihm nur so schien; er hielt dann das Pferd an und lauschte gespannt.

Plötzlich ertönte unmittelbar neben ihm ein furchtbarer, Mark und Bein erschütternder Schrei, und unter seinem Körper begann alles zu zittern und zu beben. Wassili Andrejitsch klammerte sich an den Hals des Pferdes, aber auch dieses bebte, und der furchtbare Schrei klang jetzt noch fürchterlicher. Im ersten Augenblick war Wassili Andrejitsch fassungslos und konnte nicht begreifen, was geschehen war. Es war indes nichts weiter geschehen, als dass Muchorty, um sich zu ermutigen oder um jemand zu Hilfe zu rufen, mit seiner schallenden Stimme in lautes Gewieher ausgebrochen war. »Pfui Teufel, wie mich das verdammte Biest erschreckt hat!«, murmelte Wassili Andrejitsch vor sich hin. Doch auch als er den wahren Grund seiner Angst erfasst hatte, war es ihm nicht mehr möglich, sie zu unterdrücken.

Ich muss mich zusammennehmen, muss mit Überlegung handeln, sagte er sich; aber außerstande, sich zu beherrschen, trieb er das Pferd immer weiter und bemerkte dabei nicht, dass er nicht mehr gegen den Wind ritt, sondern ihn jetzt im Rücken hatte. Sein Körper, namentlich zwischen den Beinen, wo er nicht vom Pelz bedeckt war und mit dem Sattelzeug in Berührung kam, schmerzte ihn vor Kälte, seine Arme und Beine zitterten, und er atmete stoßweise. Er erkannte, dass er inmitten dieser furchtbaren weißen Schneewüste umkommen musste, und sah keinen rettenden Ausweg.

Plötzlich sackte das Pferd unter ihm zusammen; es war in eine von Schnee verwehte Mulde geraten, versuchte, wieder herauszukommen, und fiel dabei auf die Seite. Wassili Andrejitsch sprang ab, wobei das Sattelgeschirr, auf das er den Fuß gestützt hatte, wegrutschte und der Riemen sich löste, an dem er sich beim Abspringen festhielt. Nachdem Wassili Andrejitsch vom Pferd gesprungen war, arbeitete sich dieses schnell aus dem Schnee heraus, machte ein paar Sätze nach vorn, wieherte wieder und verschwand, das herunterhängende Sattelzeug und Sackleinen hinter sich herziehend, in der Ferne und ließ Wassili Andrejitsch mitten im Schnee allein. Er wollte dem Pferd nachlaufen, doch der Schnee lag so hoch, und seine zwei Pelze waren so schwer, dass er bis an die Knie im Schnee versank und nach kaum zwanzig Schritten außer Atem kam und stehen blieb. Der Wald, die Ochsen, die gepachteten Güter, der Laden, die beiden Schenken, das Haus und der Speicher mit ihren Eisendächern, sein »Kronprinz« – was soll ohne mich aus alldem werden?, schoss es ihm durch den Kopf. Soll das alles hin sein? Das ist doch nicht möglich! Bei diesen Gedanken erinnerte er

sich an das vom Wind hin und her gerissene Beifußgebüsch, an dem er zweimal vorbeigeritten war, und er
wurde von solchem Grauen gepackt, dass er nicht an die
Wirklichkeit seiner jetzigen Lage glauben wollte. Ob ich
das alles nur träume?, dachte er und versuchte aufzuwa-
chen. Aber es war kein Traum, es war wirklicher Schnee,
der ihm das Gesicht peitschte und auf ihm liegen blieb;
seine rechte Hand, deren Handschuh er verloren hatte,
war wirklich steif vor Kälte, und es war eine wirkliche
Einöde, in der er jetzt ebenso wie jenes Beifußgebüsch
mutterseelenallein zurückgeblieben war und einem unabwendbaren, baldigen und sinnlosen Tod entgegensah.

Himmlische Königin, heiliger Nikolaus, Lehrer der
Enthaltsamkeit…, wiederholte Wassili Andrejitsch in Gedanken die Gebete des gestrigen Gottesdienstes; er erinnerte sich des Heiligenbildes mit dem schwarzen Antlitz
und dem goldenen Messgewand sowie der Kerzen, die er
zum Aufstellen vor dieses Heiligenbild verkaufte und die
man ihm, kaum dass sie ein wenig abgebrannt waren, wieder zurückbrachte und die von ihm dann in einem Kasten
verwahrt wurden. Und jetzt betete er zu ebendiesem
wundertätigen Nikolaus, dass er ihn retten möge, und
versprach ihm dafür einen Dankgottesdienst und Kerzen.
Doch gleich darauf wurde ihm klar, dass dieses Antlitz,
das goldene Messgewand, die Kerzen, der Priester, die
Bittgebete – dass alles das wohl in der Kirche sehr wichtig und nötig war, ihm hier aber nicht helfen konnte, und
dass zwischen diesen Kerzen und Bittgebeten und seiner
gegenwärtigen unheilvollen Lage kein Zusammenhang
bestand und auch nicht bestehen konnte. Ich darf nicht
den Mut verlieren, dachte er. Ich muss den Spuren des
Pferdes folgen, bevor sie noch ganz verweht werden. Sie

werden mich von hier herausführen, sagte er sich, und vielleicht kann ich dann auch das Pferd selbst wieder einfangen. Nur darf ich mich nicht übereilen, damit ich nicht vor Erschöpfung zusammenbreche und dann ganz gewiss erfriere. Aber trotz seiner Absicht, langsam zu gehen, rannte er ungestüm los, fiel dabei alle Augenblicke hin, stand auf und fiel abermals hin. An Stellen, die nur mit einer dünnen Schneeschicht bedeckt waren, ließen sich die Spuren des Pferdes kaum noch erkennen. Ich bin verloren, dachte Wassili Andrejitsch, denn wenn ich die Spuren verliere, kann ich das Pferd nicht einholen. . . Doch im selben Augenblick nahm er, als er nach vorn blickte, etwas Schwarzes wahr. Es war Muchorty, und nicht nur Muchorty, sondern auch der Schlitten mit den aufgerichteten Deichselstangen und dem daran befestigten Tuch. Muchorty, an dessen einer Seite das abgerutschte Sattelgeschirr und die Sackleinendecke herabhingen, stand jetzt nicht an der früheren Stelle, sondern näher an den Deichselstangen und schüttelte den Kopf, der von den Zügeln, auf die er getreten war, nach unten gezogen wurde. Es stellte sich heraus, dass Wassili Andrejitsch in dieselbe Vertiefung eingebrochen war, in der er und Nikita schon vorher steckengeblieben waren, dass Muchorty ihn zum Schlitten zurückgeführt hatte und dass er nicht weiter als fünfzig Schritte vom Schlitten entfernt von ihm abgesprungen war.

9

Nachdem sich Wassili Andrejitsch mühsam bis zum Schlitten geschleppt hatte, stützte er sich auf ihn und blieb dort, bemüht, sich zu beruhigen und zu verschnaufen, lange unbeweglich stehen. Nikita befand sich nicht mehr auf seinem früheren Platz, aber im Schlitten lag eine mit Schnee bedeckte Masse, und Wassili Andrejitsch erriet, dass es Nikita war. Wassili Andrejitschs Angst hatte sich inzwischen völlig gelegt, und in Schrecken versetzte ihn nur noch der Gedanke an den grauenvollen Angstzustand, in dem er sich beim Ritt durch die Schneewüste und besonders danach befunden hatte, als er allein inmitten der Schneemassen zurückgeblieben war. Von dem Gedanken an jenen Zustand durfte er sich nicht übermannen lassen, und um das zu verhindern, musste er irgendetwas tun, sich irgendwie beschäftigen. Das Erste, was er tat, bestand darin, dass er sich mit dem Rücken gegen den Wind stellte und seinen Pelz zurückschlug. Anschließend, nachdem er sich etwas verschnauft hatte, schüttelte er den Schnee aus den Stiefeln und aus dem linken Handschuh – der rechte war unwiederbringlich verloren und lag jetzt wahrscheinlich irgendwo einen halben Arschin tief unterm Schnee –, zog den Gürtel wieder unter der Taille fest, wie er es gewöhnlich tat, wenn er aus dem Laden trat, um von den Bauern das in Fuhren herangeschaffte Getreide zu kaufen, und schickte sich an, sich zu betätigen. Vor allem machte er sich daran, den Fuß des Pferdes zu befreien, und nachdem er dies vollbracht und die Leine hervorgezogen hatte, band er Muchorty wieder an der früheren Stelle an der Vorderwand des Schlittens an. Hierauf ging er um das Pferd herum und rückte ihm das Hintergeschirr, die Sattelriemen und die Decke zurecht; doch in diesem Augenblick sah er, dass sich im Schlitten etwas bewegte und dass sich aus dem Schnee Nikitas Kopf erhob. Nikita, schon ganz steif gefroren, richtete sich offensichtlich unter großer Anstrengung auf, setzte sich hin und machte mit der Hand merkwürdige Bewegungen vor dem Gesicht, als verscheuche er Fliegen. Zugleich sagte er etwas, und Wassili Andrejitsch glaubte herauszuhören, dass er ihn sprechen wolle. Er ließ die Decke liegen, wie sie lag, und trat an den Schlitten heran.

»Nun, was ist? Was sagst du?«, fragte er Nikita.

»Ich, ich ster-be«, stammelte Nikita. »Was ich noch an Lohn zu bekommen hab, gib meinem Sohn oder meiner Frau, das ist gleich.«

»Bist du denn ganz erfroren?«, fragte Wassili Andrejitsch.

»Ich fühle, mein Tod naht… Verzeih mir um Christi willen …«, sagte Nikita mit kläglicher Stimme und machte vor dem Gesicht noch immer dieselben Handbewegungen, als wolle er Fliegen verscheuchen.

Nachdem Wassili Andrejitsch einige Augenblicke still und regungslos am Schlitten verweilt hatte, trat er plötzlich mit der gleichen Entschlossenheit, als wolle er einen vorteilhaften Kauf durch Handschlag bekräftigen, einen Schritt zurück, krempelte die Ärmel seines Pelzes auf und begann mit beiden Händen den auf Nikita und im Schlitten liegenden Schnee herauszuschaufeln. Als er damit fertig war, löste er hastig seinen Gürtel, schlug den Pelz weit auf und legte sich, Nikita einen Stoß versetzend, über ihn, so dass er ihn nicht nur mit dem Pelz, sondern auch mit seinem warmen erhitzten Körper bedeckte. Er steckte die Seiten des Pelzes zwischen Nikita und den Schlittenrand, hielt den Saum mit den Knien fest und hörte nun, wie er so bäuchlings und mit dem Kopf bis an die vordere Schlittenwand reichend dalag, weder die Bewegungen des Pferdes noch das Pfeifen des Windes, sondern horchte nur auf Nikitas Atemzüge. Zuerst lag Nikita eine ganze Weile regungslos, doch dann stieß er einen lauten Seufzer aus und rührte sich.

»Nun siehst du, und da redest du vom Tod«, sagte Wassili Andrejitsch. »Lieg ruhig, erwärm dich, so machen wir es …«

Er brach den Satz ab und konnte zu seiner größten Verwunderung nicht weitersprechen, weil ihm Tränen in die Augen traten und sein Unterkiefer heftig zu zucken begann. Er sagte nichts mehr, sondern schluckte nur. Ich bin ganz ängstlich und schwach geworden, dachte er bei sich. Aber diese Schwäche stimmte ihn nicht traurig, sondern bereitete ihm eine ganz eigenartige, bisher noch nie empfundene Freude.

»Ja, so machen wir es«, murmelte er und verspürte dabei eine besondere, feierliche Rührung. Dann lag er eine ganze Weile schweigend, trocknete sich die Augen am Fell des Pelzes und haschte mit dem Knie nach dem vom Wind immer wieder weggerissenen rechten Zipfel des Pelzes.

Aber er empfand ein unwiderstehliches Bedürfnis, mit jemand über seine frohe Gemütsstimmung zu sprechen.

»Nikita!«, rief er.

»So ist's gut, schön warm«, ertönte es unter ihm zur Antwort.

»Ja, mein Lieber, beinah wär ich umgekommen. Und auch du wärst erfroren, und ich …«

Doch hier begann sein Unterkiefer wieder zu zucken, seine Augen füllten sich aufs Neue mit Tränen, und er konnte nicht weitersprechen.

Nun, das macht nichts, dachte er, was ich weiß, weiß ich auch so.

Von unten erwärmte ihn Nikita und von oben sein Pelz.

Nur seine Hände, mit denen er zu beiden Seiten Nikitas die Pelzschöße festhielt, und seine Füße, von denen der Wind ständig den Pelz zurückschlug, froren. Besonders seine rechte Hand, die ohne Handschuh war. Aber er achtete nicht auf seine Hände und Füße, sondern war ausschließlich darauf bedacht, den unter ihm liegenden Knecht zu wärmen.

Einige Mal blickte er zum Pferd hinüber und sah, dass dessen Rücken unbedeckt war und dass das Sackleinen und Hintergeschirr im Schnee lagen. Er hätte aufstehen und das Pferd zudecken müssen, aber er konnte sich nicht entschließen, Nikita auch nur für ein paar Augenblicke allein zu lassen und die freudige Stimmung zu zerstören, in der er sich befand. Angst empfand er jetzt überhaupt nicht mehr.

So wird er schon wieder werden, sagte sich Wassili Andrejitsch mit der gleichen Selbstzufriedenheit, mit der er sonst von seinen Käufen und Verkäufen sprach.

So blieb er eine Stunde, eine zweite und eine dritte liegen, und er merkte gar nicht, wie die Zeit verstrich. Anfangs beschäftigten sich seine Gedanken mit den Eindrücken vom Schneesturm, mit dem unter dem Krummholz stehenden Pferd, mit den vor seinen Augen hin und her schwankenden Deichselstangen, und er dachte dabei an Nikita, der unter ihm lag. Dann mischten sich in diese Vorstellungen Erinnerungen an den Feiertag, an seine Frau und den Landpolizeichef, an den Kerzenkasten und an Nikita, der nunmehr unter diesem Kasten lag. Hierauf sah er in seiner Phantasie Bauern, die verkauften und einkauften, weiße Wände und mit Eisenplatten gedeckte Häuser, unter denen wiederum Nikita lag. Dann vermengten sich alle diese Vorstellungen, eine

ging in die andere über, und ebenso, wie die Farben eines
Regenbogens zu einem einzigen weißen Licht ver-
schmelzen, lösten sich alle seine Phantasiebilder in nichts
auf, und er schlief ein. Eine ganze Weile schlief er traum-
los, doch vor Morgengrauen begann er wieder zu träu-
men. Er träumte, er stand vor dem Kerzenkasten, und
Tichons Frau bat ihn zum Feiertag um eine Fünfkope-
kenkerze; aber als er die Kerze aus dem Kasten nehmen
und sie ihr geben wollte, konnte er seine Hände, die zu-
sammengeballt in den Taschen steckten, nicht heben. Er
wollte um den Kasten herumgehen, doch die Füße ge-
horchten ihm nicht, seine blank geputzten neuen Gum-
mischuhe waren am Steinfußboden angewachsen, sie
ließen sich nicht losreißen, und die Füße aus ihnen her-
auszuziehen, war auch nicht möglich. Dann verwandelte
sich der Kerzenkasten plötzlich in ein Bett, und Wassili
Andrejitsch sah sich selbst bäuchlings auf dem Kerzenkasten, das heißt zu Hause, in seinem Bett liegen. Er lag
im Bett und konnte nicht aufstehen, was aber dringend
nötig war, weil gleich der Polizeichef Iwan Matwejitsch
kommen und ihn abholen würde und er dann mit ihm
mitgehen musste, entweder um den Wald zu kaufen oder
um auf Muchorty das Hintergeschirr zurechtzurücken.
Er fragte seine Frau: »Ist er noch nicht da, Nikolajewna?«
– »Nein, er ist noch nicht gekommen«, antwortete sie.
Dann hörte er vor dem Haus Rädergerassel. Das muss er
sein! Nein, der Wagen fuhr vorüber. »Nikolajewna, höre,
Nikolajewna, ist er denn noch immer nicht gekommen?«
– »Nein, noch nicht.« So lag er im Bett, konnte nicht aufstehen und wartete und wartete, und bei diesem Warten
war ihm zugleich bange und freudig zumute. Und dann
geschah das Beglückende: Der von ihm Erwartete kam,

war aber gar nicht der Polizeichef Iwan Matwejitsch, sondern ein anderer – eben der, auf den er wartete. Er kam und rief ihn, und er war es auch, der ihn zu Nikita gerufen und ihm geboten hatte, sich über ihn zu legen. Wassili Andrejitsch freute sich, dass dieser andere gekommen war, um ihn abzuholen. »Ich komme!«, schrie er voller Freude und wachte dabei auf. Aber er war jetzt, als er erwachte, ein völlig umgewandelter Mensch. Er wollte aufstehen – er konnte es nicht; er wollte die Hand heben – es gelang ihm nicht, und ebenso wenig ließ sich der Fuß bewegen. Er versuchte, den Kopf zu wenden – auch das war ihm unmöglich. Das verwunderte ihn, stimmte ihn jedoch nicht im Geringsten traurig. Er begriff, dass der Tod zu ihm gekommen war, und nahm das ohne jegliche Trauer auf. Dann erinnerte er sich Nikitas, der unter ihm lag, sich erwärmt hatte und lebte – und es schien ihm, dass er selbst Nikita und Nikita er sei; es war ihm, als hätte sich sein eigenes Leben auf Nikita übertragen. Er strengte sein Gehör an und hörte die Atemzüge, ja sogar ein leises Schnarchen Nikitas. Nikita lebt, also lebe auch ich, sagte sich Wassili Andrejitsch triumphierend.

Und als er nun an sein Geld, seinen Laden, sein Haus, seine Käufe und Verkäufe und an die Millionen Mironows dachte, konnte er gar nicht begreifen, dass dieser unter dem Namen Wassili Brechunow bekannte Mensch sich mit all diesen Dingen beschäftigt und ihnen so große Bedeutung beigemessen hatte. Nun ja, er hat nicht gewusst, was wirklich wichtig ist, sagte er sich in Gedanken an jenen Wassili Brechunow. Er hat nicht gewusst, was ich jetzt weiß. Jetzt weiß ich es mit voller Gewissheit. Ja, jetzt weiß ich es. Und er hörte wieder den Ruf dessen, der ihn schon vorhin gerufen hatte. Ich komme, ich

komme!, antwortete beglückt seine ganz in Rührung auf-
gelöste Seele. Er fühlte, er war frei, und ihn hielt nichts
mehr zurück.

Und fortan hat Wassili Andrejitsch hier auf Erden
nichts mehr gesehen, nichts gehört und nichts gefühlt.

Ringsum tobte noch immer der Sturm. Noch immer
wirbelte er Schneewolken auf und überschüttete damit
den Pelz des toten Wassili Andrejitsch, den am ganzen
Körper zitternden Muchorty und den kaum noch sichtbaren Schlitten, auf dessen Boden Nikita lag und unter
seinem über ihm liegenden, nun schon toten Herrn allmählich warm wurde.

10

Vor Morgengrauen wachte Nikita auf. Wach wurde er,
weil er wieder am Rücken zu frieren begann. Er hatte geträumt, dass er für seinen Herrn aus der Mühle eine Fuhre
Mehl geholt, dann unterwegs beim Überqueren eines
kleinen Flusses die Brücke verfehlt hatte und mit der
Fuhre stecken geblieben war. Er kroch unter die Fuhre,
so träumte er, und stemmte sich mit dem Rücken dagegen, um sie anzuheben. Aber sonderbar: Die Fuhre ließ
sich nicht bewegen, sie war an seinem Rücken angeklebt,
so dass er sie weder anheben noch darunter hervorkrie-
chen konnte. Sein Kreuz schmerzte. Und wie kalt war die
Fuhre! Er musste sich unbedingt befreien. Hör auf!, rief
er im Traum demjenigen zu, der seiner Meinung nach die
Fuhre gegen seinen Rücken drückte. Nimm die Säcke
herunter! Aber die Fuhre drückte ihn immer stärker und
wurde immer kälter, bis er plötzlich mehrere Stöße verspürte, davon aufwachte und sich auf die Wirklichkeit

besann. Die kalte Fuhre, das war sein erfrorener toter Herr, der auf ihm lag. Und die Stöße kamen daher, dass Muchorty mit den Hufen mehrmals gegen die Schlittenwand geschlagen hatte.

»Andrejitsch, hör doch, Andrejitsch!«, rief Nikita, der den wahren Sachverhalt bereits ahnte, leise seinen Herrn und versuchte, sich vorsichtig aufzurichten.

Allein Wassili Andrejitsch gab keine Antwort, und sein Bauch und die kräftigen Beine lasteten kalt und wuchtig wie schwere Gewichte auf Nikita.

»Er wird wohl schon tot sein. Gott hab ihn selig!«, murmelte Nikita.

Er drehte den Kopf hin und her, streifte mit der Hand den Schnee von sich ab und schlug die Augen auf. Es war jetzt hell, aber der Wind fuhr nach wie vor pfeifend durch die Deichselstangen, und es schneite immer noch, nur mit dem Unterschied, dass der Schnee jetzt nicht gegen die Schlittenwand peitschte, sondern sich lautlos immer höher über dem Schlitten und dem Pferd aufschichtete, und weder die Bewegungen des Pferdes noch seine Atemzüge waren zu hören. Sicherlich ist auch er erfroren, dachte Nikita in Gedanken an Muchorty. In der Tat waren die Hufschläge gegen den Schlitten, die Nikita geweckt hatten, die letzte Kraftanstrengung des vor Kälte schon völlig erstarrten Pferdes gewesen, sich auf den Beinen zu halten.

»Gott, du mein Herr, jetzt rufst du wohl auch mich«, murmelte Nikita vor sich hin. »Dein Wille ist geheiligt. Aber mir ist bange. Nun ja, sterben muss jeder einmal, und um dies eine Mal kommt keiner herum. Wenn es bloß schneller gehen möchte ...« Dann steckte er die Hand wieder zurück, schloss die Augen und ergab sich seinem

Schicksal, fest überzeugt, er werde jetzt ganz bestimmt und endgültig sterben.

Schon um die Mittagszeit des nächsten Tages wurden Wassili Andrejitsch und Nikita – etwa dreißig Sashen von der Landstraße und eine halbe Werst vom Dorf entfernt – von Bauern aus dem Schnee gegraben.

Der Schnee lag so hoch über dem Schlitten, dass nur noch die Deichselstangen und das daran befestigte Tuch herausragten. Muchorty, über und über weiß, stand mit dem von seinem Rücken herabgeglittenen Hintergeschirr und Sackleinen bis an den Bauch im Schnee und hatte den leblosen Kopf gegen den knöchernen Adamsapfel gepresst; an seinen Nüstern hingen Eiszapfen, und die Augen, mit Reif bedeckt und gleichfalls vereist, sahen aus, als seien darin die Tränen gefroren. In dieser einen Nacht war er derart abgemagert, dass er nur noch aus Haut und Knochen zu bestehen schien. Wassili Andrejitsch, steif wie ein Stück gefrorenes Schlachtvieh, wurde in derselben Haltung, so wie er sich mit gespreizten Beinen auf Nikita gelegt hatte, auch von ihm heruntergehoben. Seine vorstehenden Habichtsaugen waren völlig vereist, und der Mund war voll Schnee. Nikita war zwar auch völlig vereist, jedoch am Leben. Nachdem man ihn geweckt hatte, war er zunächst überzeugt, dass er schon gestorben sei und dass sich alles, was jetzt mit ihm geschah, nicht mehr in dieser Welt, sondern bereits im Jenseits zutrug; er wunderte sich nur, als er das Geschrei der Bauern hörte, die ihn ausgruben und den erstarrten Wassili Andrejitsch von ihm herunternahmen, dass die Bauern auch in jener anderen Welt ebenso schrien und ebensolche Körper hatten wie auf Erden. Und als er dann begriff, dass er sich immer noch hier in der irdischen Welt befand,

war er darüber eher betrübt als erfreut, besonders als er
fühlte, dass seine Zehen an beiden Füßen erfroren waren.

Zwei Monate brachte Nikita im Krankenhaus zu. Drei
Zehen wurden ihm amputiert, aber die übrigen verheil-
ten, so dass er weiterhin arbeiten konnte und dann noch
zwanzig Jahre lebte – zuerst als Knecht und nachher, bei
vorgeschrittenem Alter, als Wächter. Gestorben ist er erst
in diesem Jahr, wie es sein Wunsch gewesen war, bei sich
zu Hause unter den Heiligenbildern und mit einer brennenden Wachskerze in den Händen. In der Sterbestunde
bat er seine Frau um Verzeihung und verzieh ihr seinerseits das Zusammenleben mit dem Böttcher; dann verabschiedete er sich von seinem Sohn sowie den Enkelkin-
dern und starb, von echter Freude darüber erfüllt, dass er
durch seinen Tod Sohn und Schwiegertochter von der
Bürde eines überflüssigen Kostgängers befreite und selbst
nun aus dem ihm schon zur Last gewordenen irdischen
Leben endgültig in jenes andere Leben eingehen würde,
das für ihn mit jedem Jahr, mit jeder Stunde verständli-
cher und verlockender geworden war. Ob er es dort, wo
er nach diesem unwiderruflichen Tod wiedererwachte,
besser oder schlechter hat, ob er enttäuscht wurde oder
dort das vorfand, was er erwartet hatte – das werden wir
bald alle erfahren.

1894/95

Wie viel Erde braucht der Mensch?

Aus der Stadt war die älteste Schwester zu der jüngeren ins Dorf gekommen, sie zu besuchen. Die ältere Schwester war in der Stadt mit einem Kaufmann, die jüngere auf dem Lande mit einem Bauern verheiratet. Die Schwestern saßen beim Tee und unterhielten sich. Dabei brüstete sich die ältere Schwester mit ihrem städtischen Leben und pries es auf alle Tonarten: wie geräumig und sauber sie in der Stadt wohne, wie fein sie sich kleiden und ihre Kinder putzen könne, wie gut sie esse und trinke und wie sie zu allen möglichen Vergnügungen und in die Theater fahre.

Die jüngere Schwester ärgerte sich und begann das Kaufmannsleben herabzuwürdigen und das ländliche Leben zu loben.

»Nun, ich würde mein Leben nie gegen deins tauschen«, sagte sie. »Wenn wir auch einfach leben, so brauchen wir dafür auch nichts zu fürchten. Ihr führt ein feineres Leben, aber alles ist unsicher: Ihr könnt viel verdienen in eurem Geschäft, könnt aber auch ganz ruiniert werden. Auch das Sprichwort sagt: ›Wie gewonnen, so zerronnen.‹ Manch einer, der heute noch reich ist, bettelt morgen an den Türen. Mit der Landwirtschaft ist es sicherer – der Bauer hat ein karges, aber langes Leben; wir kommen nicht zu Reichtum, werden aber immer satt sein.«

Darauf sagte die ältere Schwester:

»Was ist das schon für ein Sattsein – zusammen mit Schweinen und Kälbern! Auf dem Lande gibt es keine Bequemlichkeiten, keine Lebensart. Wie viel sich dein Mann auch abmühen mag – so wie ihr zwischen dem Dünger lebt, so werdet ihr auch sterben, und mit euren Kindern wird es ebenso sein.«

»Und wenn schon, so ist es nun mal in der Landwirtschaft«, erwiderte die jüngere Schwester. »Dafür haben wir aber auch ein gesichertes Leben, wir katzbuckeln vor niemandem, haben vor niemandem Angst. Ihr in der Stadt dagegen seid immer Versuchungen ausgesetzt; heute geht's euch gut, aber schon morgen kann plötzlich der Teufel seine Hand im Spiele haben – schon verführt er deinen Mann zum Kartenspiel oder zum Trunk, oder er bringt ihn mit einem hübschen Frauenzimmer zusammen. Und dann stürzt alles ein. Kommt das nicht auch vor?«

Pachom, der Hausherr, lag auf dem Ofen und hörte dem Geschwätz der Frauen zu.

»Das ist wirklich wahr«, sagte er. »Wenn unsereins von Kindheit an das Mütterchen Erde umbuddelt, dann kommen ihm solche Dummheiten gar nicht erst in den Kopf. Nur eins ist ein Unglück – es fehlt einem an Land! Wenn ich reichlich Land hätte, dann könnte mir niemand, auch der Teufel selber nicht, was anhaben!«

Die Frauen tranken ihren Tee aus, plauderten noch eine Weile über ihre neuen Kleider, räumten dann das Geschirr ab und legten sich schlafen.

Hinter dem Ofen aber hatte der Teufel gesessen und

alles mit angehört. Er frohlockte darüber, dass die Bauersfrau ihren Mann zur Prahlerei verleitet und dass dieser sich gebrüstet hatte, ihm könnte, wenn er genügend Land hätte, selbst der Teufel nichts anhaben.

Wohlan, dachte der Teufel, wir wollen unsere Kräfte messen! Ich werde dir viel Land zuschanzen, und durch das Land werde ich mir dann auch dich holen.

2

Neben dem Dorf hauste die Besitzerin eines kleinen Gutes. Sie besaß hundertzwanzig Dessjatinen Land. Zwischen ihr und den Bauern war immer ein gutes Auskommen gewesen – sie hatte die Bauern nie drangsaliert. Doch vor einiger Zeit hatte sie einen verabschiedeten Soldaten als Verwalter angestellt, und der machte den Bauern durch Strafen das Leben schwer. Sosehr Pachom auch aufpasste, es kam immer mal vor, dass ein Pferd auf das Haferfeld lief, dass eine Kuh in den Garten trottete oder dass die Schafe in die Wiesen eindrangen – und jedes Mal musste dann Strafe gezahlt werden.

Pachom zahlte die Strafen, schimpfte auf seine Angehörigen und schlug sie. Eine Menge Sünden lud sich Pachom im Laufe des Sommers wegen dieses Verwalters auf. So war er sogar froh, als das Vieh wieder zu Hause blieb: War es auch schade um das Futter, so fiel doch die ewige Angst fort.

Im Winter verbreitete sich das Gerücht, dass die Gutsherrin ihr Land zu verkaufen beabsichtige und dass der Wirt des an der Landstraße liegenden Gasthofs es kaufen wollte. Als die Bauern hiervon hörten, gerieten sie in große Sorge. Na, dachten sie, wenn der Gastwirt das Land kauft, wird er uns noch ärger mit Strafen plagen als die Gutsherrin. Wir aber können ohne dieses Land nicht wirtschaften, denn wir sind ringsum von ihm eingeschlossen … Eine Abordnung der Bauern begab sich zur Gutsherrin und bat sie im Namen der Gemeinde, das Land nicht an den Gastwirt, sondern ihnen zu verkaufen. Sie erklärten sich auch bereit, einen höheren Preis zu zahlen. Die Gutsherrin willigte ein. Nach den Plänen der Bauern sollte das Land im Ganzen von der Gemeinde gekauft werden. Es wurden einmal und noch einmal Versammlungen einberufen, aber man konnte sich nicht einigen. Der Teufel machte die Bauern starrsinnig und vereitelte jede Übereinkunft. Da beschlossen sie, dass jeder einzeln für sich so viel Land kaufen möge, wie er bezahlen konnte. Die Gutsherrin ging auch hierauf ein. Pachom kam zu Ohren, dass sein Nachbar bei ihr schon zwanzig Deßjatinen gekauft habe und dass ihm die Hälfte der Kaufsumme von der Gutsherrin für mehrere Jahre gestundet worden sei. Da empfand Pachom Neid. Das ganze Land wird im Nu verkauft sein, dachte er, und ich hab dann das Nachsehen. Er beriet sich mit seiner Frau.

»Alle Leute kaufen schon«, sagte er, »da müssen auch wir beizeiten so an die zehn Dessjatinen erstehen. Denn so ist es kein Leben: Der Verwalter hat uns mit seinen Strafen rein auf den Hund gebracht.«

Beide überlegten nun, wie sie das Geld für den Kauf aufbringen sollten. Sie hatten hundert Rubel auf die hohe Kante gelegt, verkauften dazu ein Fohlen und die Hälfte der Bienenstöcke, verdingten den Sohn als Arbeiter und liehen sich noch etwas Geld vom Schwager, so dass die Hälfte der Kaufsumme zusammenkam.

Nachdem Pachom das Geld beisammen hatte, suchte er sich ein gutes, fünfzehn Dessjatinen großes Stück Land aus, zu dem auch etwas Wald gehörte, und ging zur Gutsherrin, den Handel abzuschließen. Der Kauf kam zustande, er bekräftigte ihn durch Handschlag und hinterließ eine Anzahlung. Dann fuhr man in die Stadt, um den Kaufvertrag amtlich registrieren zu lassen, und Pachom zahlte die Hälfte der Kaufsumme in bar und verpflichtete sich, den Rest innerhalb von zwei Jahren zu begleichen.

So war Pachom nun zu Land gekommen. Er kaufte auf Kredit Saatgut und säte es auf dem erstandenen Land aus; alles gedieh gut. Schon nach einem Jahr tilgte er seine Schuld bei der Gutsherrin und bei seinem Schwager. Pachom war jetzt richtiger Gutsbesitzer: Er pflügte und bestellte sein eigenes Land, mähte auf eigener Erde Heu, fällte in eigenem Wald Holz und ließ sein Vieh auf eigenen Wiesen weiden. Wenn Pachom auf seinen Besitz fuhr, um das Feld zu pflügen, oder wenn er hinkam, um sich das schon sprießende Korn und die Wiesen anzusehen, konnte er sich gar nicht genug freuen. Es schien ihm, dass das Gras jetzt viel besser wachse und dass auf den Wiesen ganz andere Blumen blühten als zuvor. Früher, wenn er da an diesem Abschnitt vorbeigekommen war, hatte er in ihm, wie in jedem andern Stück Land, einfach ein Stück Erde gesehen, während ihm dieses Land jetzt etwas ganz Besonderes zu sein schien.

So lebte Pachom dahin und freute sich immer wieder. Alles hätte schön und gut sein können, wenn nicht das Vieh anderer Bauern dauernd in seine Felder und Wiesen eingebrochen wäre. Pachom machte den Bauern Vorhaltungen in Güte, doch das half nichts. Bald hatten fremde Hirten Kühe auf seine Wiesen laufen lassen, bald waren Pferde aus der Nachthürde in seine Felder eingedrungen. Eine Zeitlang hatte Pachom die Tiere nur zurückgetrieben, ein Auge zugedrückt und nichts gegen die Besitzer unternommen; doch dann riss ihm die Geduld, und er entschloss sich, Klagen beim Gemeindegericht einzureichen. Und wenn er auch wusste, dass nur die Enge daran schuld war und dass die Bauern ihm nicht vorsätzlich Schaden zufügten, so sagte er sich doch: Das darf man nicht einreißen lassen, sonst wird mir von ihrem Vieh schließlich alles verwüstet. Sie müssen durch Strafen abgeschreckt werden.

Er erreichte denn auch wirklich, dass das Gericht mehrmals abschreckende Urteile fällte und dass dieser und jener bestraft wurde. Hierdurch entstand unter den benachbarten Bauern eine feindselige Stimmung gegen Pachom, und es kam vor, dass nunmehr der eine oder andere sein Vieh auch absichtlich auf Pachoms Wiesen trieb. Eines Nachts war jemand in seinen Wald eingedrungen und hatte ein Dutzend junger Linden gefällt, um Bast daraus anzufertigen. Als Pachom tags darauf durch den Wald fuhr, fiel ihm auf, dass zwischen den Bäumen etwas Weißes schimmerte. Näher herangekommen, sah er, dass dort die abgeschälten Stämme der jungen Linden herumlagen und nur noch die Stümpfe aus der Erde ragten.

Wenn der Halunke wenigstens nur die äußersten der dichtstehenden Bäumchen gefällt und eins übriggelassen hätte! Aber nein – er hat alle der Reihe nach abgesäbelt! Pachom wurde von Wut gepackt. Ach, dachte er, wenn ich bloß herausbekommen könnte, wer das gemacht hat – dem würde ich's heimzahlen! Er überlegte lange hin und her, wem so etwas zuzutrauen war, und beschloss dann: Das kann nur Sjomka gewesen sein! Er ging auf Sjomkas Hof, um dort nachzusehen, fand aber nichts, und man beschimpfte sich nur gegenseitig. Das bestärkte Pachom noch mehr in seinem Verdacht gegen Semjon. Er verklagte ihn. Beide wurden vor Gericht geladen, und nach langem Hin und Her wurde Sjomka aus Mangel an Beweisen freigesprochen. Das steigerte Pachoms Wut noch, und er beschimpfte sowohl den Gemeindevorsteher als auch die Richter.

»Ihr nehmt Diebe in Schutz«, sagte er. »Wenn ihr selbst rechtschaffen leben würdet, dann wäre es nicht möglich, dass ihr Diebe freisprecht.«

So überwarf sich Pachom mit den Richtern ebenso wie mit seinen Nachbarn. Man drohte ihm sogar, sein Gehöft in Brand zu stecken. Land besaß Pachom jetzt reichlich, aber dennoch fühlte er sich in der Gemeinde beengt.

Zu jener Zeit kam das Gerücht in Umlauf, dass viele Bauern in andere Gegenden übersiedelten. Nun, dachte Pachom, ich selbst hab ja keinen Grund, meine Wirtschaft hier aufzugeben, aber wenn welche von den benachbarten Bauern fortziehen würden, hätten wir es geräumiger. Ich würde ihnen ihr Land abkaufen und meins damit ringsum erweitern, dann könnte man besser wirtschaften. Denn so ist alles zu eng …

Eines Abends, als Pachom zu Hause war, kehrte ein

vorüberwandernder Bauer bei ihm ein. Pachom und seine Frau behielten ihn zum Übernachten da, bewirteten ihn, kamen mit ihm ins Gespräch und fragten, woher er des Weges komme. Der Bauer antwortete, dass er von unten her, aus dem Wolgagebiet, komme, wo er gearbeitet habe. Ein Wort gab das andere, und der Bauer erzählte davon, wie viele Leute sich jetzt in jener Gegend neu ansiedelten. Auch Bauern aus seinem Dorf hätten sich dort schon niedergelassen und in die Genossenschaft eintragen lassen, worauf man jeder Familie pro Kopf zehn Dessjatinen Nutzungsland zugeteilt habe.

»Und der Boden ist so gut«, erzählte er, »dass der Roggen – kaum hat man ihn gesät – schon so hoch und dicht steht, dass ein Pferd drin untertauchen kann und fünf Handvoll Ähren schon eine Garbe abgeben. Ein Bauer ist dort«, fuhr er fort, »der kam ganz arm hin, nur mit dem, was er am Leibe hatte, und jetzt stehen schon sechs Pferde und zwei Kühe in seinem Stall.«

Pachoms Blut kam in Wallung. Warum, dachte er, soll ich mich hier in der Enge abplagen, wenn man anderswo besser leben kann? Ich werde mein Land hier und den Hof verkaufen, und dann baue ich mir für das Geld dort ein Haus und richte alles für die Wirtschaft ein. Hier, in dieser Enge, ist es ja doch kein Leben. Nur muss ich erst mal selbst hin und mir an Ort und Stelle alles genau ansehn . . .

Als es auf den Sommer zuging, machte sich Pachom auf die Reise. Bis Samara fuhr er auf einem Dampfer die Wolga stromabwärts und legte anschließend vierhundert Werst zu Fuß zurück. Am Ziel angekommen, fand er dort alles so vor, wie man ihm erzählt hatte. Den Bauern stand reichlich Land zur Verfügung, jedem waren zur Bewirt-

schaftung zehn Dessjatinen pro Kopf der Familie zugeteilt worden, und die Genossenschaft nahm bereitwillig
weitere Mitglieder auf. Jeder, der genug Geld besaß,
konnte zum Genossenschaftsland noch eigenes hinzu-
kaufen, so viel er wollte – besten Boden für drei Rubel die
Dessjatine. Zu kaufen war beliebig viel.

Nachdem Pachom alles erforscht hatte, kehrte er zu
Anfang des Herbstes nach Hause zurück und begann sein
Hab und Gut zu verkaufen. Er verkaufte das Land mit
Gewinn, verkaufte das Gehöft und das ganze Vieh, ließ
sich aus dem Gemeinderegister streichen, wartete den
Frühling ab und fuhr dann mit seiner Familie in das neue
Siedlungsgebiet.

4

Als Pachom mit seiner Familie an Ort und Stelle ankam,
trat er in die Genossenschaft eines größeren Dorfes ein.
Er bewirtete die Vorstandsmitglieder mit Schnaps und
brachte so alles schnell ins Reine. Man nahm Pachom in
die Genossenschaft auf, und abgesehen von dem allgemeinen Weideplatz wurden ihm für seine fünfköpfige Familie fünfzig an verschiedenen Stellen liegende Dessjatinen Land zur Nutzung zugeteilt. Pachom baute sich ein
Haus mit allem Zubehör und schaffte sich Vieh an. Allein
das ihm zugeteilte Genossenschaftsland war dreimal
größer als sein früherer Besitz. Und es war alles frucht-
barer Boden. Im Vergleich zu früher konnte er jetzt um
ein Zehnfaches besser leben. Ackerland und Wiesen für
die Heuernte standen ihm mehr als genug zur Verfügung.
Vieh konnte er halten, so viel er wollte.

In der ersten Zeit, solange er noch baute und mit der

Einrichtung seiner Wirtschaft beschäftigt war, fand er hier alles sehr schön. Doch hernach, nachdem er sich allmählich eingelebt hatte, schien es ihm auch hier zu eng zu sein. Im ersten Jahr hatte er auf dem Genossenschaftsland Weizen gesät und eine gute Ernte gehabt. Das reizte ihn, fortan mehr Weizen zu säen, aber dazu reichte das genossenschaftliche Land nicht aus. Und solches, das man kaufen konnte, taugte nicht zum Anbau von Weizen. In jener Gegend wurde Weizen auf Grasboden oder auf Brachland gesät; man besäte den Boden ein Jahr, ein zweites Jahr – und dann ließ man ihn liegen, bis er wieder mit Gras bewachsen war. Doch für solches Land gab es viele Bewerber, und nicht für alle reichte es. Deswegen kam es dauernd zu Streitigkeiten; die wohlhabenderen Bauern wollten ihr Land selbst bestellen, und die armen überließen es Kaufleuten, um vom Pachtzins ihre Abgaben zu bezahlen. Aber Pachom hatte sich nun mal in den Kopf gesetzt, mehr Weizen anzubauen. Im nächsten Jahr fuhr er zu einem Kaufmann und pachtete für ein Jahr ein Stück Land. Jetzt besäte er ein größeres Feld, und der Weizen wuchs gut heran; schade nur, dass das Feld weit vom Dorf weg lag – zum Einbringen der Ernte musste man über fünfzehn Werst fahren. Da sah Pachom, dass manche Bauern in der Umgegend auf Einzelgehöften wirtschafteten und dabei zu Wohlstand kamen. Ja, das wäre eine feine Sache, dachte er, wenn auch ich mir ein eigenes Stück Land kaufen und mir ein eigenes Gehöft bauen könnte. Dann hätte ich alles zur Hand. Und er begann nachzusinnen, wie er es anstellen sollte, ein eigenes Grundstück zu erwerben.

So vergingen drei Jahre. Pachom pachtete immer wieder Land und bestellte es mit Weizen. Die Witterung war günstig in diesen Jahren, die Ernte fiel jedes Mal gut aus, und Pachom konnte Geld zurücklegen. Er hätte jetzt gut und in Zufriedenheit leben können, wenn er es nicht leid gewesen wäre, jedes Jahr aufs Neue Land zu pachten und deswegen bei den Leuten herumzufahren; wo guter Boden zu haben war, fielen sofort die Bauern darüber her und brachten alles an sich; gelang es aber nicht, rechtzeitig Land zu pachten, dann wurde es für die Aussaat zu spät. Im dritten Jahr hatte er bei Bauern halbpart mit einem Kaufmann Weideland gekauft; aber als sie bereits gepflügt hatten, fingen die Bauern einen Prozess an, und die ganze Arbeit war umsonst. Wenn ich eigenes Land besitzen würde, dachte Pachom, dann brauchte ich vor niemandem zu katzbuckeln und hätte nicht all die Scherereien.

Und er sah sich immer wieder nach einer Gelegenheit um, eigenes Land zu erwerben. Dabei stieß er auf einen Bauern, der fünfhundert Dessjatinen gekauft hatte, dann aber in Geldverlegenheit geraten war und das Land jetzt billig verkaufen wollte. Pachom begann mit ihm zu verhandeln. Er feilschte lange um den Preis, und sie einigten sich schließlich auf tausend Rubel, von denen die Hälfte gestundet werden sollte. Der Kauf war schon so gut wie abgeschlossen, als eines Tages ein sich auf Reisen befindender Kaufmann auf Pachoms Hof einkehrte, um die Pferde zu füttern. Sie tranken zusammen Tee und kamen ins Gespräch. Der Kaufmann erzählte, dass er aus dem Baschkirengebiet komme. Dort hatte er, wie er erzählte, bei den Baschkiren fünftausend Dessjatinen Land gekauft. Und alles in allem habe er dafür tausend Rubel gezahlt. Pachom fragte ihn genauer aus. Der Kaufmann erzählte.

»Vor allem«, sagte er, »hab ich die Gemeindeältesten

freundlich gestimmt. Röcke und Teppiche für hundert Rubel und auch eine Kiste Tee hab ich an sie verschenkt, und die, die trinken, hab ich mit Schnaps traktiert. Da gaben sie mir das Land für zwanzig Kopeken die Dessjatine.« Er zeigte den Kaufvertrag. »Das Land liegt an einem Fluss«, fügte er hinzu, »und es ist alles guter Steppenboden.«

Pachom fragte nach Einzelheiten.

»Das Gebiet dort ist so groß«, erklärte der Kaufmann, »dass man in einem Jahr nicht drum herumgehen kann; und alles gehört den Baschkiren. Diese Leute sind dumm wie Hammel. Fast umsonst kann man ihnen das Land abknöpfen.«

Ei, dachte Pachom, warum soll ich hier für fünfhundert Dessjatinen tausend Rubel zahlen und mir obendrein noch Schulden auf den Hals laden, wenn ich dort für meine tausend Rubel weiß Gott wie viel Land bekommen kann!

5

Pachom erkundigte sich noch, wie man dorthin kam, und nachdem er den Kaufmann hinausbegleitet hatte, begann er sofort, sich für die Reise zu rüsten. Er übertrug die Wirtschaftsführung seiner Frau, nahm einen Knecht mit und fuhr ab. Als sie in die Stadt kamen, kaufte er eine Kiste Tee, verschiedene Geschenke, Schnaps – alles das, was der Kaufmann genannt hatte. Dann fuhren sie weiter; es war eine endlos lange Strecke – wohl an die fünfhundert Werst legten sie zurück. Am siebenten Tage endlich langten sie an einem baschkirischen Zeltlager an. Alles war so, wie es vom Kaufmann geschildert worden war. Die

Baschkiren hausten durchweg in Filzzelten, die in der Steppe, an einem Fluss entlang, aufgeschlagen waren. Ackerbau betrieben sie nicht, denn sie essen kein Brot. Das Vieh und die Pferdeherden weideten auf der Steppe. Hinter den Zelten waren die Fohlen angebunden, zu denen täglich zweimal die Muttertiere herangetrieben wurden.

Die Baschkiren melken die Stuten und bereiten aus der Milch Kumys. Von den Frauen wird der Kumys gequirlt und zu Käse verarbeitet, während die Männer nur Kumys und Tee trinken, Hammelfleisch essen und Flöte spielen. Wohlgenährt und immer lustig, liegen sie den ganzen Sommer auf der Bärenhaut. Sie leben in tiefster Unbildung und sprechen nicht Russisch, sind dabei aber ein freundliches Volk.

Als die Baschkiren Pachom erblickten, kamen sie sofort aus ihren Zelten gestürzt und umringten den Gast. Auch ein Dolmetscher fand sich. Pachom sagte ihm, dass er gekommen sei, um Land zu kaufen. Die Baschkiren waren sehr erfreut, fassten Pachom unter die Arme und führten ihn in ein prächtig ausgestattetes Zelt; dort nötigten sie ihn, sich auf die über dem Fußboden ausgelegten Teppiche zu setzen, schoben ihm Daunenkissen unter, ließen sich dann selbst rings um ihn herum nieder und bewirteten ihn mit Tee und Kumys. Auch ein Hammel wurde geschlachtet, und man setzte ihm das Fleisch vor. Pachom holte aus dem Reisewagen die mitgebrachten Geschenke, um sie den Baschkiren zu übergeben. Er beschenkte sie alle und verteilte unter ihnen den Tee. Die Baschkiren freuten sich über alles. Sie redeten lange und aufgeregt miteinander und ließen dann den Dolmetscher sprechen.

»Ich soll dir sagen«, begann der Dolmetscher, »dass sie dich liebgewonnen haben und dass es bei uns so Brauch ist, einem Gast jeden Gefallen zu tun und seine Geschenke durch Gegengaben zu vergelten. Du hast uns beschenkt; jetzt kannst du sagen, was dir bei uns hier gefällt, damit wir es dir schenken können.«

»Am besten«, antwortete Pachom, »gefällt mir bei euch euer Land. Bei uns ist Land knapp, und der Boden ist auch schon verbraucht; ihr aber habt viel Land, und der Boden ist gut. Ich hab mein Lebtag nicht solchen Boden gesehn.«

Der Dolmetscher übersetzte es. Nun sprachen die Baschkiren wieder lange miteinander. Pachom verstand nicht, was sie sagten, sah aber, dass sie vergnügt waren und sich lachend irgendetwas zuschrien. Dann wurden sie still und sahen alle Pachom an, während der Dolmetscher wieder übersetzte: »Sie lassen dir sagen, dass sie froh sein werden, dir als Gegengabe für deine Geschenke so viel Land zu geben, wie du haben willst. Du brauchst nur mit der Hand zu zeigen, welches du ausgesucht hast – und es ist dein.«

Als sich die Baschkiren hierauf wieder miteinander besprachen, entspann sich zwischen ihnen ein Streit. Auf Pachoms Frage, weswegen sie sich stritten, antwortete der Dolmetscher: »Die einen erklären, dass man wegen des Landes erst den Ältesten fragen muss; ohne seine Einwilligung gehe es nicht. Die andern aber sagen, man brauche ihn nicht zu fragen.«

Während sich die Baschkiren noch stritten, betrat plötzlich ein Mann mit einer Fuchspelzmütze auf dem Kopf das Zelt. Alle verstummten und erhoben sich.

»Das ist der Älteste«, sagte der Dolmetscher zu Pachom.

Pachom nahm flugs den schönsten Rock, fügte noch ein Pfund Tee hinzu und brachte alles dem Ältesten dar. Der Älteste nahm die Gaben entgegen und setzte sich auf den Ehrenplatz. Nun begannen die anderen Baschkiren sofort auf ihn einzureden. Der Älteste hörte sich alles geduldig an, gebot ihnen dann mit einer Kopfbewegung zu schweigen und wandte sich in russischer Sprache an Pachom: »Nun, das geht«, sagte er. »Such dir aus, wo du das Land haben möchtest, und nimm, so viel du willst. Es ist genug da.«

Ja, aber wie soll ich das denn machen – mir so viel nehmen, wie ich will?, dachte Pachom. Es muss doch irgendwie festgelegt werden. Denn sonst können sie mir das Land, das sie mir heute geben, doch jederzeit wieder fortnehmen.

»Ich danke euch sehr für euer Wohlwollen«, sagte er. »Ihr habt wirklich viel Land, und ich brauche kein sehr großes Stück. Nur müsste ich genau wissen, welches mir gehören soll. Man müsste es immerhin abmessen und auf meinen Namen eintragen lassen. Unser aller Leben liegt in Gottes Hand. Ihr selbst seid gute Leute und gebt mir das Land, aber es könnte doch mal so kommen, dass eure Kinder es mir wieder nehmen wollen.«

»Du hast recht«, stimmte der Älteste zu. »Man muss es festlegen.«

Pachom fuhr fort: »Wie ich hörte, ist kürzlich ein Kaufmann bei euch gewesen. Ihr habt auch ihm Land geschenkt und darüber einen Vertrag aufgesetzt. So könnten wir es auch machen.«

Der Älteste hatte alles verstanden.

»Das geht alles zu machen«, sagte er. »Wir haben auch einen Schreiber hier, der kann den Vertrag aufsetzen, und dann fahren wir in die Stadt und lassen das Amtssiegel aufdrücken.«

»Und wie soll der Preis sein?«, fragte Pachom.

»Der Preis ist bei uns immer der Gleiche – tausend Rubel für den Tag«, sagte der Älteste.

Pachom verstand nicht, wie er das meinte.

»Was ist denn das für ein Maß – ein Tag? Wie viel Dessjatinen sind das?«

»Nach Dessjatinen verstehen wir nicht zu rechnen«, erklärte der Älteste. »Wir verkaufen nach Tagen. Alles Land, um das du an einem Tage herumgehen kannst, wird dein Eigentum, und der Preis dafür beträgt tausend Rubel.«

Pachom stutzte.

»Ja, aber an einem Tage kann man doch um ein sehr großes Stück herumkommen?«

Der Älteste lachte.

»Nun, das gehört dann alles dir!«, sagte er. »Nur an eine Bedingung musst du dich halten: Wenn du nicht am selben Tage zu der Stelle zurückkommst, von der du losgegangen bist, ist dein Geld verloren.«

»Ja, aber wie soll ich denn kennzeichnen, wo ich entlanggegangen bin?«, fragte Pachom.

»Nun, wir werden mit zu der Stelle kommen, die du dir aussuchst, und dort stehen bleiben, solange du rundherum gehst. Nimm eine Schippe mit und mach Zeichen, wo es nötig ist, grabe an den Ecken kleine Gruben, häufle den Rasen auf, und hinterher werden wir dann mit dem Pflug von einer Grube zur andern eine Furche ziehen. Du kannst so weit im Bogen herumgehen, wie du willst, musst aber bis zum Sonnenuntergang wieder an der Stelle sein, von der du losgegangen bist. Und alles Land, um das du herumgegangen bist, gehört dann dir.«

Pachom war begeistert. Es wurde verabredet, am nächsten Morgen in aller Frühe aufzubrechen. Dann unterhielt man sich noch eine Weile, man aß nochmals Hammelfleisch und trank Kumys und Tee dazu, so dass es schon auf die Nacht zuging, als die Baschkiren für Pachom zum Schlafen ein Daunenpfühl auslegten und ihn allein ließen. Beim Morgengrauen wollten sie wieder zur Stelle sein, um noch vor Sonnenaufgang aufs Land hinauszufahren.

7

Pachom legte sich auf das Daunenpfühl, doch er konnte keinen Schlaf finden; ihm schwirrten dauernd die Gedanken an den bevorstehenden Landerwerb durch den Kopf. Ich werde in ganz weitem Bogen herumgehen, dachte er. Einen ganzen Tag über kann ich gut fünfzig Werst schaffen, die Tage sind jetzt ja endlos lang. Und fünfzig Werst im Umkreis – das ist ein mächtiges Stück Land! Das weniger gute werde ich verkaufen oder an Bauern verpachten, und das allerbeste behalte ich für mich – auf ihm lasse ich mich selbst nieder. Zum Pflügen kaufe ich dann ein Ochsenpaar und stelle noch zwei weitere Knechte an; ungefähr hundertfünfzig Dessjatinen werde ich beackern, und das übrige Land habe ich dann als Viehweide . . .

Pachom lag die ganze Nacht über wach. Erst gegen Morgen schlummerte er ein. Sobald er in Schlaf gesunken war, hatte er einen Traum. Er träumte, dass draußen vor dem Zelt, in dem er lag, jemand lachte. Um nachzusehen, wer da lachte, so träumte er, stand er auf, ging hinaus und sah nun, dass vor dem Zelt der Baschkirenälteste saß, sich mit beiden Händen den Bauch hielt und sich vor Lachen bog. Er ging auf ihn zu und fragte, worüber er lache. Doch nun sah er, dass es gar nicht der Baschkirenälteste war, sondern der Kaufmann, der neulich bei ihm eingekehrt war und von dem Land hier erzählt hatte. Aber kaum hatte er ihn gefragt, ob er schon lange hier sei, da verwandelte sich der Kaufmann in jenen Bauer, der noch in seinem Heimatdorf – auf dem Weg aus dem Wolgagebiet – zu ihm gekommen war. Doch dann sah er, dass es auch nicht jener Bauer war, der da saß und lachte, sondern der Teufel selbst, mit Hörnern und Pferdefüßen, und dass vor dem Teufel ein barfüßiger, nur mit Hemd und Hosen bekleideter Mann lag. Er blickte genauer hin, um zu sehen, was das für ein Mann war. Und nun sah er – der Mann war tot, und er erkannte in dem Toten – sich selbst. Von Entsetzen gepackt, wachte Pachom auf. Er rieb sich den Schlaf aus den Augen und dachte: Nein, was man bloß alles zusammenträumt! Als er um sich blickte, bemerkte er, dass sich der Himmel schon lichtete, dass der Morgen dämmerte. Ich muss alle wecken, dachte er, es ist Zeit, dass wir fahren. Pachom stand auf, weckte den im Wagen schlafenden Knecht, hieß ihn anspannen und ging die Baschkiren wecken.

»Es ist Zeit, in die Steppe zu fahren, das Land abzumessen«, sagte er.

Die Baschkiren standen auf, versammelten sich alle,

und auch der Älteste kam hinzu. Sie tranken jetzt wieder Kumys und boten Pachom an, für ihn Tee zu brühen, aber er wollte nicht so lange warten.

»Wenn wir fahren wollen«, sagte er, »müssen wir jetzt aufbrechen, es wird Zeit.«

8

Die Baschkiren machten sich fertig, und ein Teil von ihnen stieg auf Pferde, ein anderer setzte sich in Fuhrwerke. Pachom fuhr zusammen mit dem Knecht in seinem kleinen Reisewagen und nahm eine Schippe mit sich. Als sie in der Steppe anlangten, färbte sich der Himmel schon rot. Sie fuhren auf einen kleinen Hügel hinauf – auf einen Schichan, wie es auf Baschkirisch heißt. Alle saßen ab oder stiegen aus den Wagen und sammelten sich zu einer Gruppe. Der Älteste trat an Pachom heran und beschrieb mit der Hand einen Kreis.

»Dies ganze Land, so weit das Auge reicht, gehört uns«, sagte er. »Suche dir aus, was du davon haben willst!«

Pachoms Augen blitzten auf: Es war bestes Steppenland, eben wie eine Handfläche, schwarz wie Mohn und in den Vertiefungen mit allen möglichen, fast mannshohen Gräsern bewachsen.

Der Älteste nahm seine Fuchspelzmütze ab und stellte sie auf den Boden.

»Dies soll unser Merkmal sein«, sagte er. »Von hier wirst du deinen Weg anfangen, und hierher musst du auch zurückkommen. Und alles Land, um das du herumgegangen bist, soll dann dir gehören.«

Pachom nahm das Geld aus der Tasche und legte es auf die Mütze, zog den Rock aus und behielt nur sein Wams an, zog dann den Riemen über dem Leib fester zusammen, steckte den Beutel mit Brot in den Wamsausschnitt, befestigte eine Flasche mit Wasser am Gürtel, zog die Stiefelschäfte zurecht, nahm dem Knecht die Schippe ab und wollte losgehen. Er überlegte, nach welcher Seite er gehen sollte – es war überall gutes Land. Nun, dachte er, es ist überall dasselbe, ich werde direkt auf die Sonne zugehen. Er wandte das Gesicht in Richtung Sonne, reckte die Glieder und wartete nur noch, dass die Sonne über dem Horizont auftauchen sollte. Ich will keinen Augenblick unnötig verlieren, dachte er. Außerdem geht es sich in der Morgenfrische leichter. – Sowie die ersten Sonnenstrahlen über dem Horizont aufleuchteten, warf sich Pachom die Schippe über die Schulter und trat den Weg in die Steppe an.

Pachom ging weder langsam noch zu schnell. Nachdem er etwa eine Werst gegangen war, blieb er stehen, grub eine kleine Grube und schichtete ein paar Rasenstücke auf, um seinen Weg besser zu kennzeichnen. Dann ging er weiter. Beim Gehen kam er allmählich in Schwung, er schritt jetzt etwas schneller aus. Nachdem er nochmals ein Stück gegangen war, grub er wieder ein Loch.

Pachom warf einen Blick zurück. Von der Sonne beschienen, sah man deutlich den Schichan, die auf ihm stehenden Menschen und die glänzenden Reifen der Wagenräder. Pachom schätzte, bis jetzt ungefähr fünf Werst hinter sich gebracht zu haben. Ihm war warm geworden, er zog sein Wams aus, warf es sich über die Schulter und setzte seinen Weg fort. Er legte nochmals fünf Werst zurück. Es wurde immer wärmer. Pachom blickte zur Sonne hinauf – es war schon Frühstückszeit.

Ein Viertel vom Tage ist vorbei, dachte Pachom, aber drei Viertel hab ich noch vor mir, ich brauche noch nicht abzubiegen. Ich will mir nur die Stiefel ausziehen … Er setzte sich, zog die Stiefel aus, befestigte sie am Gürtel und ging weiter. Er kam jetzt besser vorwärts. Nun gehe ich noch einmal fünf Werst, dachte er, und biege dann allmählich nach links ab. Hier ist der Boden besonders gut, es wäre schade, auf dieses Stück zu verzichten. Je weiter ich komme, desto besser wird das Land. Er ging weiter geradeaus. Nach einer Weile warf er wieder einen Blick zurück. Der Schichan war jetzt kaum noch zu sehen, die Menschen zeichneten sich auf ihm wie Ameisen ab, und irgendetwas glitzerte dort schwach.

Nun, dachte Pachom, an dieser Seite bin ich genug entlanggegangen, ich muss jetzt abbiegen. Auch bin ich erhitzt und habe Durst. Er blieb stehen, grub eine etwas größere Grube, schichtete Rasenstücke auf, löste die Flasche vom Gürtel, trank sich satt und bog dann scharf nach links ab. Hier war der Boden mit hohem Gras bewachsen, das Gehen strengte an, und die Hitze nahm zu.

Pachom wurde müde. Er warf wieder einen Blick auf die Sonne und sah, dass sie schon hoch im Zenit stand. Na, dachte er, jetzt muss ich ein wenig ausruhen. Er setzte sich, aß tüchtig Brot und trank Wasser dazu, legte sich jedoch nicht hin. Wenn ich mich ausstrecke, dachte er, schlafe ich womöglich noch ein. Er blieb noch eine Weile sitzen und setzte dann seinen Weg fort. Zunächst ging es sich leichter. Nach dem Essen fühlte er sich gestärkt. Doch es wurde immer heißer, und zudem fielen ihm vor Müdigkeit immer wieder die Augen zu. Allein er ging standhaft weiter und dachte: Eine Stunde sich quälen bringt Gewinn fürs ganze Leben!

Nachdem er auch auf dieser Seite ein gehöriges Stück zurückgelegt hatte und schon nach links abbiegen wollte, sah er, dass sich vor ihm eine sumpfige Niederung erstreckte – und die liegenzulassen wäre doch zu schade gewesen. Das ist guter Boden für Flachs, dachte Pachom und ging weiter geradeaus. Er ging um die Niederung herum, grub hinter ihr wieder eine kleine Grube und bog nun zum zweiten Mal ab. Dann blickte er zum Schichan hinüber. Bei der Hitze war Dunst aufgestiegen, die Luft zitterte, und durch den Dunstschleier waren die Menschen nur ganz undeutlich zu sehen – wohl fünfzehn Werst waren es bis dorthin. Nun, dachte Pachom, bis jetzt habe ich sehr weit ausgeholt, diese Seite muss ich abkürzen. Und er begann nun mit der dritten Seite und beschleunigte seine Schritte. Nach einer Weile blickte er wieder auf die Sonne: Sie begann bereits zu sinken, und dabei hatte er auf der dritten Seite erst knappe zwei Werst zurückgelegt. Und bis zum Schichan schienen es immer noch fünfzehn Werst zu sein. Nein, dachte Pachom, wenn es auch ein schiefes Grundstück werden wird, die letzte Ecke muss ich abschneiden, um rechtzeitig hinzukommen. Ich hab mir ja ohnedies schon ein tüchtiges Stück Land gesichert… Und Pachom grub in aller Eile eine Grube und bog in gerader Richtung auf den Schichan ab.

9

So ging denn Pachom geradeswegs auf den Schichan zu. Das Gehen fiel ihm jetzt schon sehr schwer: Er schwitzte, seine bloßen Füße waren zerschrammt und wund gerieben, die Knie schlotterten. Er hätte jetzt gern eine Weile ausgeruht, aber das ging nicht – er wäre nicht bis zum Sonnenuntergang hingekommen. Die Sonne wartete nicht, sie sank unaufhaltsam immer tiefer und tiefer. Ach, dachte Pachom, ob ich mich womöglich verrechnet habe und in zu großem Bogen herumgegangen bin? Und wie nun, wenn ich zu spät komme? Immer wieder blickte er bald auf den vor ihm liegenden Schichan, bald auf die Sonne. Bis zum Ziel war es noch weit, die Sonne aber war nicht mehr weit vom Horizont entfernt.

So erschöpft Pachom auch war, er hastete immer schneller vorwärts. Noch immer lag das Ziel in weiter Ferne – er begann zu laufen. Er warf alles von sich – sein Wams, die Stiefel, die Feldflasche, die Mütze – und behielt nur die Schippe in der Hand, um sich auf sie zu stützen. Ach, dachte er, ich habe zu viel haben wollen und damit alles verdorben, jetzt komme ich bis Sonnenuntergang nicht hin! Und vor lauter Angst kam er noch mehr außer Atem. Sein Hemd und die Hosen waren nass vom Schweiß und klebten am Körper, sein Mund war ausgetrocknet. Seine Brust arbeitete wie ein Blasebalg in der Schmiede, das Herz hämmerte, er strauchelte über die eigenen Füße. Da wurde ihm angst und bange: Wenn ich bloß nicht noch vom Schlag gerührt werde vor Überanstrengung!, dachte er.

Zu sterben fürchtete sich Pachom, aber seinen Lauf abzubrechen, das brachte er nicht über sich. Wenn ich jetzt, nachdem ich eine so große Strecke zurückgelegt habe, das Ganze aufgebe, dann werden mich alle auslachen wie einen Narren, dachte er. Und er rannte weiter, kam dem Schichan immer näher und konnte schon hören, wie die Baschkiren schrien und ihm etwas zuriefen. Durch ihr Geschrei noch mehr in Hitze geraten, nahm Pachom seine letzte Kraft zusammen und stürmte weiter. Aber die Sonne hatte sich immer mehr dem Horizont genähert, war von Dunst verschleiert und sah jetzt aus wie ein großer, blutroter Ball. Noch wenige Augenblicke – und sie würde untergehen. Die Sonne war nahe am Untergehen, doch auch bis zu seinem Ziel war es nicht mehr weit. Pachom sah bereits, wie die auf dem Schichan stehenden Menschen mit den Händen fuchtelten, um ihn anzuspornen. Er sah die sich am Boden abzeichnende Fuchsfellmütze und das auf ihr liegende Geld; er sah auch den Baschkirenältesten, der auf dem Boden hockte und sich den Bauch hielt. Und Pachom erinnerte sich seines Traumes. Land hab ich mir in Hülle und Fülle verschafft, dachte er, aber Gott weiß, ob es mir vergönnt sein wird, es zu nutzen. Ach, ich habe mich ins Verderben gestürzt – ich komme nicht hin!

Pachom warf nochmals einen Blick auf die Sonne: Ihr unterer Rand war schon hinter dem Horizont verschwunden, und der obere wölbte sich wie ein Bogen über der Erde. Pachom raffte sich zu einer letzten Anstrengung auf, lief mit weit vorgebeugtem Oberkörper und konnte kaum schnell genug die Füße nachziehen, um nicht zu fallen. Als er vor dem Schichan anlangte, wurde es plötzlich dunkel. Er blickte sich um: Die Sonne war schon untergegangen. Pachom stieß einen Seufzer aus. Ach, dachte er, alle meine Anstrengungen sind jetzt vergebens gewesen! Er wollte schon stehenbleiben, doch als er die Baschkiren auch jetzt noch johlen hörte, wurde ihm bewusst, dass es nur von unten so aussah, als sei die Sonne schon untergegangen, während die Spitze des Hügels von ihr wahrscheinlich noch beschienen war. Pachom schöpfte tief Luft und stürmte den Schichan hinauf.

Oben war es noch hell. Er kam oben an und erblickte die Mütze. Vor der Mütze hockte der Älteste, lachte und hielt sich mit den Händen den Bauch. Da fiel Pachom wieder sein Traum ein; er stöhnte auf, seine Beine knickten ein, er stürzte vornüber zu Boden und konnte mit den Händen gerade noch die Mütze fassen.

»Ei, was für ein Teufelskerl!«, rief der Älteste. »Hast dir ein tüchtiges Stück Erde verschafft!«

Pachoms Knecht sprang hinzu und wollte ihn aufrichten; aber aus seinem Mund strömte Blut, er lag entseelt am Boden.

Die Baschkiren schnalzten mit den Zungen, sie bedauerten ihn.

Da hob der Knecht die Schippe auf und grub für Pachom ein Grab; es war drei Arschin lang, gerade so groß, wie Pachom vom Kopf bis zu den Füßen war.

1886

DREI TODE

Es war Herbst. Über die breite Landstraße rollten in schneller Fahrt zwei Wagen. Im ersten, einer geschlossenen Kutsche, saßen zwei Frauen. Die eine war eine magere, blasse Dame; die andere, ihr Stubenmädchen, war füllig, mit rotglänzendem Gesicht. Ihr kurzes, sprödes Haar quoll dauernd unter dem ausgeblichenen kleinen Hut hervor und wurde von ihrer roten, in einem zerrissenen Handschuh steckenden Hand immer wieder hastig zurückgeschoben. Ihre hohe, von einem Umschlagtuch bedeckte Brust atmete Gesundheit, und die lebhaften schwarzen Augen blickten entweder durch das Wagenfenster auf die vorüberhuschenden Felder, oder sie streiften mit einem scheuen Blick die Herrin und musterten unruhig das Innere des Wagens. Vor der Nase des Stubenmädchens schaukelte der am Gepäcknetz hängende Hut ihrer Herrin, auf ihrem Schoß lag ein junges Hündchen, und ihre Füße, auf die im Wagen aufgestapelten Gepäckstücke gestützt, trommelten darauf kaum hörbar im Takt der rasselnden Räder und der klirrenden Fensterscheiben.

Die Hände über den Knien gefaltet und die Augen geschlossen, wiegte sich die Herrin matt in den Kissen, die ihr hinter den Rücken geschoben waren, und stieß, leicht das Gesicht verziehend, von Zeit zu Zeit ein unterdrücktes Hüsteln aus. Sie hatte ein weißes Nachthäubchen auf, und um den zarten, bleichen Hals war ein hellblaues Tüchlein geschlungen. Ein gerader, sich unter dem Häubchen verlierender Scheitel teilte das pomadisierte blonde, außerordentlich straff anliegende Haar, und diesem breiten Streifen haftete durch die Blässe der Haut etwas eigentümlich Trockenes, Lebloses an. Die schlaffe, ein wenig gelbliche Haut umspannte locker das schöne, feingeschnittene Gesicht und hatte auf den Wangen und an den Backenknochen eine rötliche Tönung. Die Lippen waren trocken und unruhig, die spärlichen Wimpern wiesen keinerlei Wölbung auf, und der aus feinem Tuch gearbeitete Reisemantel bildete über der eingefallenen Brust weite Falten. Obwohl sie die Augen geschlossen hielt, drückten die Gesichtszüge Erschöpfung, Nervosität und ständiges Leiden aus.

Auf dem Bock saß, in seinen Sitz zurückgelehnt, ein Lakai und schlummerte, während der Postkutscher die vier großen schweißbedeckten Pferde durch laute Zurufe anfeuerte und sich hin und wieder nach dem Kutscher des nachfolgenden Wagens umblickte, der ebenfalls seine Pferde antrieb. Auf der lehmigen, aufgeweichten Landstraße pflanzten sich schnell die breiten, parallel laufenden Wagenspuren fort. Der Himmel war grau, und ein kalter, feuchter Nebel rieselte auf die Felder und den Weg nieder. Im Wagen war es stickig, es roch nach Eau de Cologne und Staub. Die Kranke legte den Kopf zurück und hob langsam die Lider. Ihre großen Augen glänzten und waren von einer wunderschönen dunklen Farbe.

»Schon wieder!«, sagte die Dame und stieß mit ihrer schönen abgezehrten Hand unwillig, mit einem leidenden

Zug um den Mund, den Umhang des Stubenmädchens zurück, dessen äußerster Rand leicht ihren Fuß berührt hatte. Matrjoscha raffte mit beiden Händen den Umhang zusammen, richtete sich auf ihren starken Beinen ein wenig auf und rückte weiter von ihr ab. Ihr frisches Gesicht bedeckte sich mit einer tiefen Röte. Die schönen dunklen Augen der Kranken verfolgten gierig die Bewegungen des Stubenmädchens. Sie stemmte sich mit beiden Armen auf das Wagenpolster und wollte sich ebenfalls erheben, um sich etwas höher zu setzen; doch ihre Kraft versagte. Ihr Mund verzerrte sich, und das ganze Gesicht nahm einen Ausdruck ohnmächtiger, boshafter Ironie an. »Wenn du mir wenigstens helfen würdest. Au! Nein, lass schon! Ich kann es selber, nur tu mir den Gefallen und packe mir nicht alle deine Bündel hinter den Rücken! Nein, rühre mich lieber nicht an, wenn du nichts davon verstehst!« Die Kranke schloss die Augen, hob aber gleich wieder die Lider und warf einen Blick auf das Stubenmädchen.

Matrjoscha beobachtete, sich auf die rote Unterlippe beißend, die Herrin. Der Brust der Kranken entrang sich ein schwerer Seufzer und ging, ohne auszuklingen, in Husten über. Sie wandte sich ab, verzog das Gesicht und griff sich mit beiden Händen an die Brust. Als der Anfall vorüber war, schloss sie wieder die Augen und verharrte regungslos auf ihrem Sitz. Die Kutsche und der nachfolgende Wagen hatten ein Dorf erreicht. Matrjoscha zog ihre dicke Hand unter dem Tuch hervor und bekreuzigte sich.

»Was gibt es?«, fragte die Kranke.

»Eine Station, Herrin.«

»Warum du dich bekreuzigst, meine ich.«

»Eine Kirche, Herrin.«

Die Kranke wandte sich dem Fenster zu und begann, sich langsam zu bekreuzigen, mit weit aufgerissenen Augen auf die große Dorfkirche blickend, um die der Wagen im Bogen herumfuhr.

Die Kutsche und der offene Wagen fuhren gleichzeitig am Stationsgebäude vor. Aus dem zweiten Gefährt stiegen der Mann der kranken Dame sowie der Arzt und traten an die Kutsche heran.

»Wie fühlen Sie sich?«, fragte der Arzt, während er ihren Puls fühlte.

»Nun, Liebste, bist du sehr erschöpft?«, erkundigte sich ihr Mann auf Französisch. »Willst du nicht für einen Augenblick aussteigen?«

Matrjoscha räumte ihre Bündel zur Seite und drückte sich in die Ecke, um bei der Unterhaltung nicht im Wege zu sein.

»Ach, es ist immer dasselbe«, antwortete die Kranke. »Aussteigen werde ich nicht.«

Nachdem ihr Mann ein paar Minuten verweilt hatte, begab er sich ins Stationsgebäude. Matrjoscha sprang aus dem Wagen, lief auf Zehenspitzen über die aufgeweichte Straße und verschwand in der Toreinfahrt.

»Wenn es mir schlecht geht, ist das für Sie kein Grund, auf das Frühstück zu verzichten«, sagte die Kranke mit einem schwachen Lächeln zum Arzt, der am Wagenschlag stehen geblieben war.

Niemand ist es um mich zu tun, fügte sie in Gedanken hinzu, als der Arzt zuerst leise zurückgetreten war und dann mit schnellen Schritten die Stufen zum Stationsgebäude hinauflief. Wenn sie sich nur selbst wohl fühlen, alles andere ist ihnen gleichgültig. O mein Gott!

»So, Eduard Iwanowitsch«, empfing der Mann den

Arzt, sich vergnügt lächelnd die Hände reibend, »ich habe schon nach der Proviantkiste geschickt. Was meinen Sie dazu?«

»Das ist nicht übel«, erwiderte der Arzt.

»Und wie finden Sie nun ihren Zustand?«, fragte der Mann mit gedämpfter Stimme und zog seufzend die Brauen hoch.

»Wie gesagt, es ist ausgeschlossen, dass sie es bis Italien schafft. Wir müssen schon Gott danken, wenn wir mit ihr bis Moskau kommen. Besonders bei diesem Wetter.«

»Ja, was soll man bloß machen? O mein Gott, mein Gott!«, stöhnte der Mann und bedeckte die Augen mit der Hand. »Bring sie hierher«, rief er dann dem Hausknecht zu, der mit der Proviantkiste hereinkam.

»Es wäre richtiger gewesen, gar nicht erst abzureisen«, meinte der Arzt achselzuckend.

»Ja, was blieb mir denn übrig, sagen Sie selbst?«, fuhr der Mann fort. »Ich habe doch alles versucht, um sie zurückzuhalten: Unsere pekuniäre Lage habe ich angeführt, die Kinder, die wir allein lassen mussten, meine geschäftlichen Angelegenheiten – sie lässt nichts gelten. Sie schmiedet Pläne für das Leben im Ausland wie eine Gesunde. Und sie über ihren Zustand aufzuklären, würde doch bedeuten, sie zu töten.«

»Sie ist ja schon so gut wie tot, darüber müssen Sie sich im Klaren sein, Wassili Dmitritsch. Kein Mensch kann ohne Lungen leben, denn Lungen wachsen nicht nach. Es ist traurig, ist schwer für Sie, doch was lässt sich dagegen tun? Wir, Sie und ich, können nur noch darauf bedacht sein, dass ihr ein möglichst ruhiges Ende beschieden sein möge. Dazu gehört ein Beichtvater.«

»Oh, mein Gott! Stellen Sie sich nur meine Lage vor,

wenn ich sie an ihren Letzten Willen erinnern soll. Mag kommen, was kommen mag, aber davon kann ich ihr nicht sprechen. Sie wissen doch, wie gütig sie ist...«

»Dann suchen Sie sie wenigstens zu überreden, dass sie mit der Reise wartet, bis wir Schlittenbahn haben«, sagte der Arzt mit einem bedeutsamen Kopfschütteln. »Denn sonst kann unterwegs ein Unglück geschehen ...«

»Axjuscha, he, Axjuscha!«, kreischte die Tochter des Stationsvorstehers, die sich eine Pelzjacke über den Kopf geworfen hatte und auf dem schmutzigen hinteren Treppenaufgang umherstapfte. »Komm, wir wollen uns die Gutsherrin aus Schirkino angucken; sie hat ein Brustleiden, heißt es, und wird zum Auskurieren ins Ausland gebracht. Ich habe noch nie gesehen, wie Schwindsüchtige aussehen.«

Axjuscha kam aus der Tür gesprungen, und beide Mädchen liefen, sich gegenseitig an den Händen fassend, durch das Tor auf die Straße. Mit langsamen Schritten gingen sie an der Kutsche vorbei und blickten durch das heruntergelassene Fenster. Die Kranke wandte ihnen den Kopf zu, ihr Gesicht verfinsterte sich jedoch, als sie die Neugier der Mädchen bemerkte, und sie drehte sich um.

»Meine Güte!«, sagte die Tochter des Stationsvorstehers und wandte schnell den Kopf weg. »Was war sie für eine Schönheit, und wie sieht sie jetzt aus! Richtig schauerlich. Hast du sie gesehen, Axjuscha?«

»Ja, ganz abgemagert ist sie«, stimmte Axjuscha zu. »Komm, wir tun, als wollten wir zum Brunnen gehen, und gucken noch einmal hinein. Sieh mal, jetzt hat sie uns den Rücken zugewandt, aber ich habe sie doch noch gesehen. Was für ein Jammer, Mascha.«

»Ja, und dieser Schmutz hier!«, erwiderte Mascha, und beide liefen zum Tor zurück.

Ich muss wohl furchtbar elend aussehen, dachte die Kranke. Wenn ich nur schnell, möglichst schnell ins Ausland käme, dort würde ich mich bald erholen.

»Nun, Liebste, wie geht es?«, fragte ihr Mann, als er, noch am letzten Bissen kauend, wieder zum Wagen zurückkehrte.

Immer ein und dieselbe Frage, dachte die Kranke. Und er isst noch dabei!

»Es geht«, antwortete sie widerstrebend.

»Weißt du, Liebste, ich fürchte, dein Zustand könnte sich durch die Reise bei diesem Wetter verschlechtern, und auch Eduard Iwanowitsch ist dieser Meinung. Sollten wir nicht doch lieber zurückfahren?«

Sie schwieg eisig.

»Das Wetter wird sich vielleicht bessern, die Wege werden besser befahrbar sein, und du hättest es leichter; auch könnten wir dann alle zusammen fahren.«

»Nimm es mir nicht übel, aber wenn ich nicht so lange auf dich gehört hätte, wäre ich jetzt in Berlin und schon längst wieder ganz gesund.«

»Es ließ sich doch nicht machen, mein Engel, du weißt selbst, dass es unmöglich war. Aber wenn du jetzt noch einen Monat warten wolltest, würdest du inzwischen zu Kräften kommen, ich hätte meine Geschäfte erledigt, und die Kinder nähmen wir dann auch mit.«

»Die Kinder sind gesund, ich aber nicht.«

»Aber du musst doch einsehen, Liebste, wenn sich dein Zustand bei diesem Wetter unterwegs verschlechtert... so wäre man doch wenigstens zu Hause.«

»Wozu zu Hause? Zum Sterben?«, fuhr die Kranke auf. Doch das Wort »Sterben« hatte sie sichtlich erschreckt, und sie sah ihren Mann mit einem flehenden, fragenden

Blick an. Er schlug die Augen nieder und schwieg. Da verzerrte sich der Mund der Kranken plötzlich zu einer kindlichen Grimasse, und Tränen schossen ihr aus den Augen. Der Mann drückte sein Taschentuch vors Gesicht und trat wortlos vom Wagen zurück.

»Nein, ich fahre weiter«, murmelte die Kranke und begann mit zum Himmel erhobenen Augen und gefalteten Händen unzusammenhängende Worte zu flüstern. »O mein Gott! Wofür nur?«, stammelte sie, und die Tränen entströmten noch heftiger ihren Augen. Sie betete lange und inbrünstig, doch der schmerzhafte Druck in ihrer Brust ließ nicht nach, der Himmel, die Felder und der Weg sahen ebenso grau und trübe aus wie vorher, und unverändert, weder sich verdichtend noch sich lichtend, fiel ein herbstlicher Nebel und legte sich auf den Schmutz des Weges, auf die Dächer, auf die Kutsche und auf die Schafpelze der Kutscher, die sich mit kräftigen, fröhlichen Stimmen unterhielten, während sie die Wagen schmierten und die Pferde anspannten…

2

Die Pferde waren angespannt, aber der Kutscher säumte noch mit der Weiterfahrt. Er war erst noch in die Kutscherstube gegangen. In der Stube war es heiß, stickig und dunkel, es roch nach Menschen, frischgebackenem Brot, Kohl und Schafpelzen. Hier saßen mehrere Kutscher beisammen, die Köchin hantierte am Ofen herum, auf dem, mit einem Schafpelz bedeckt, ein Kranker lag.

»Onkel Fjodor! He, Onkel Fjodor!«, rief der Kutscher, ein junger Bursche in einem Schafpelz und mit der Peit-

sche am Gürtel, als er die Stube betrat, zum Kranken
hinüber.

»Was willst du von Fedka, du Nichtsnutz?«, mischte
sich einer der anderen Kutscher ein. »Siehst du nicht, dass
man am Wagen schon auf dich wartet?«

»Um seine Stiefel will ich ihn bitten; an meinen sind
die Sohlen durch«, antwortete der Bursche, mit einer
Kopfbewegung das Haar zurückwerfend, und schob die
im Gürtel steckenden Fausthandschuhe zurecht. »Oder
schläft er? He, Onkel Fjodor!«, rief er noch einmal und
trat näher an den Ofen heran.

»Was denn?«, ertönte eine matte Stimme, und das rotbärtige eingefallene Gesicht des Kranken beugte sich über
den Ofenrand. Mit seiner breiten, ausgemergelten und
blutleeren behaarten Hand zog er seinen Bauernrock über
die sich unter dem schmutzigen Hemd spitz abzeichnenden Schultern. »Gib mir zu trinken, Bruder! Was
willst du von mir?«

Der Bursche reichte ihm eine Kelle mit Wasser.

»Ich meinte nur«, sagte er, verlegen von einem Fuß auf
den anderen tretend, »dass du deine neuen Stiefel jetzt
nicht brauchst, Fedja. Gib sie mir, wenn du doch nicht
nach draußen gehst.«

Der Kranke beugte sich mit seinem müden Kopf über
die blanke Kelle und trank, den dünnen, herunterhän-
genden Schnurrbart in das trübe Wasser tauchend, mit
schwachen, gierigen Zügen. Sein struppiger Bart war unsauber, und nur mühsam hob er seine trüben, eingefallenen Augen zu dem Gesicht des Burschen. Nachdem er
die Kelle abgesetzt hatte, wollte er die Hand heben, um
sich die nassen Lippen zu trocknen; doch er brachte es
nicht fertig und wischte sie am Rockärmel ab. Er atmete

schwer durch die Nase, und schweigend blickte er, seine ganze Kraft zusammennehmend, dem Burschen gerade in die Augen.

»Vielleicht hast du sie schon jemand anderem versprochen«, fing der Bursche wieder an, »dann ist nichts zu machen. Vor allem, weil es draußen nass ist und ich Dienst habe und fahren muss, hab ich mir gedacht: Du bittest mal den Fedka um seine Stiefel, der braucht sie jetzt ja nicht. Aber wenn du sie vielleicht doch selber brauchst, dann sage es nur .. .«

In der Brust des Kranken begann es zu gurgeln und zu röcheln; er krümmte sich und wurde von einem hohlen, nicht richtig zum Ausbruch kommenden Husten geschüttelt.

»Brauchen! Wozu braucht er sie denn noch?«, polterte plötzlich die Köchin mit wütender, durch die ganze Stube schallender Stimme los. »Schon den zweiten Monat kommt er nicht mehr vom Ofen herunter. Seht nur, wie es ihn würgt! Da tut einem selber schon beim Anhören das ganze Innere weh. Was braucht er die Stiefel? In neuen Stiefeln beerdigen wird man ihn ja nicht. Und damit wäre es längst an der Zeit, Gott verzeih mir die Sünde. Oder man müsste ihn fortschaffen, in ein anderes Haus oder sonst wohin. In der Stadt, heißt es ja, gibt es dafür Krankenhäuser. Geht denn so etwas an, dass er die ganze Ecke einnimmt, und damit basta? Man hat überhaupt keinen Platz mehr. Und dabei soll man noch alles sauber halten!«

»He, Serjoga! Geh zum Wagen, die Herrschaften warten schon«, rief der Stationsvorsteher zur Tür herein.

Serjoga wollte bereits unverrichteter Dinge abziehen; aber der noch immer hustende Kranke gab ihm durch ein

Zeichen mit den Augen zu verstehen, dass er ihm antworten wolle.

»Nimm dir die Stiefel, Serjoga«, sagte er, nachdem er den Husten unterdrückt und sich etwas erholt hatte. »Nur musst du mir dafür einen Grabstein kaufen, wenn ich gestorben bin, hörst du?«, fügte er röchelnd hinzu.

»Schönen Dank, Onkel, dann nehme ich sie mir; und den Stein werde ich kaufen, bei Gott.«

»Ihr habt es gehört, Kinder«, konnte der Kranke eben noch sagen, bevor er sich wieder zusammenkrümmte und erneut von einem Hustenanfall geschüttelt wurde.

»Schon gut, wir haben es gehört«, bemerkte einer der Kutscher. »Beeil dich, Serjoga, der Stationsvorsteher kommt schon wieder gelaufen. Die Gutsherrin von Schirkino ist ja wohl krank.«

Serjoga streifte schnell seine zerrissenen, viel zu großen Stiefel ab und schleuderte sie unter die Bank. Die neuen Stiefel Onkel Fjodors passten ihm wie angegossen, und sie mit Wohlgefallen betrachtend, begab er sich zum Wagen.

»Das sind ja feine Stiefel! Komm, ich schmiere sie dir ein«, sagte, mit dem Pinsel in der Hand, der andere Kutscher, während Serjoga auf den Bock stieg und die Zügel ordnete. »Hat er sie dir umsonst gegeben?«

»Du bist wohl neidisch?«, erwiderte Serjoga und richtete sich auf, um sich die Enden des langen Mantels um die Beine zu schlagen. »Lass nur! So, meine Guten!«, rief er, die Peitsche schwingend, den Pferden zu – und die Kutsche und der andere Wagen rollten in schneller Fahrt über die aufgeweichte Landstraße und verschwanden im grauen Herbstnebel.

Der kranke Kutscher blieb in der stickigen Stube auf

dem Ofen zurück, drehte sich, ohne sich ausgehustet zu haben, auf die andere Seite und blieb still liegen.

In der Kutscherstube wurde bis in den späten Abend ein und aus gegangen und gegessen – von dem Kranken war nichts zu hören. Vor Anbruch der Nacht kletterte die Köchin auf den Ofen und zog über die Beine des Kranken hinweg einen Schafspelz zu sich herüber.

»Ärgere dich nicht über mich, Nastassja«, sagte der Kranke. »Bald werde ich deine Ecke frei machen.«

»Ja, ja, schon gut«, murmelte Nastassja. »Wo hast du denn Schmerzen, Onkel? Sag es doch.«

»Innen ist bei mir alles ausgezehrt. Gott weiß, was es ist.«

»Da tut dir wohl auch die Kehle weh, wenn du hustest?«

»Überall tut es weh. Meine Stunde hat geschlagen, das ist es. Oh, oh, oh!«, stöhnte der Kranke.

»Du musst deine Beine zudecken«, sagte Nastassja, kroch vom Ofen herunter und zog ihm dabei seinen Bauernrock über die Füße.

Während der Nacht war die Stube spärlich von einem Nachtlämpchen erleuchtet. Nastassja und wohl zehn Kutscher schliefen laut schnarchend auf dem Fußboden und den Bänken. Nur der Kranke ächzte schwach, hustete und drehte sich auf dem Ofen von einer Seite auf die andere. Gegen Morgen wurde er ganz still.

»Komisch, was ich diese Nacht geträumt habe«, sagte die Köchin am nächsten Morgen, im Halbdunkel die Glieder reckend. »Onkel Fjodor, träumte ich, war vom Ofen gestiegen und ging in den Hof, um Holz zu hacken. ›Ich will dir helfen, Nastassja‹, sagt er. ›Wo denkst du hin‹, sage ich darauf, ›du kannst doch nicht mehr Holz hacken.‹ Aber er nimmt die Axt und schlägt mit einer solchen Wucht auf das Holz los, dass die Späne nur so fliegen. ›Nanu‹, sage ich, ›du warst doch krank?‹ – ›Nein‹, antwortet er, ›ich bin gesund‹, und dabei holt er so mit der Axt aus, dass mir angst und bange wurde. Da schrie ich auf und erwachte… Ob er gar gestorben ist? Onkel Fjodor! He, Onkel!«

Fjodor gab keinen Ton von sich.

»Womöglich ist er wirklich gestorben; man muss mal nachsehen«, meinte einer der wach gewordenen Kutscher.

Die vom Ofen herunterhängende hagere, mit rötlichen Haaren bedeckte Hand war kalt und weiß.

»Man muss es dem Stationsvorsteher melden, er scheint wirklich tot zu sein«, sagte der Kutscher.

Angehörige hatte Fjodor nicht – er war von auswärts. Tags darauf wurde er auf dem neuen Friedhof hinter dem Wäldchen beigesetzt, und Nastassja erzählte mehrere Tage allen von ihrem Traum und wie sie als Erste darauf gekommen war, nach Onkel Fjodor zu sehen.

3

Es war Frühling geworden. Über die nassen Straßen der Stadt, zwischen den gefrorenen Schmutzklumpen, plätscherten hurtige Bächlein; man trug hellere Kleider, und die Stimmen der Menschen, die die Straßen bevölkerten, waren lebhafter geworden. In den Gärten hinter den Zäunen schwollen die Knospen an den Bäumen, deren Zweige leise von einem frischen Lüftchen bewegt wurden. Von überall rannen und tröpfelten durchsichtige Wassertropfen … Die Spatzen schilpten durcheinander und flatterten mit ihren kleinen Flügeln hin und her. Wo die Sonne hinkam – auf den Zäunen, auf den Dächern und den Bäumen –, glänzte und bewegte sich alles. Am Himmel, auf der Erde, in den Herzen der Menschen – überall war alles froh und jugendfrisch.

In einer der Hauptstraßen war vor einem großen, herrschaftlichen Hause frisches Stroh ausgebreitet; in diesem Hause lag jene Kranke im Sterben, die es so eilig gehabt hatte, ins Ausland zu kommen.

Vor der geschlossenen Tür des Krankenzimmers standen der Mann der Kranken und eine ältere Dame. Auf dem Sofa saß ein Priester mit gesenkten Augen und hielt einen in das Epitrachilion eingehüllten Gegenstand in der Hand. In der Ecke, in einen Voltairesessel versunken, saß eine Greisin – die Mutter der Kranken – und weinte bitterlich. Neben ihr stand das Stubenmädchen und hielt ein frisches Taschentuch bereit, um es der alten Dame auf Verlangen zu reichen; ein zweites Mädchen rieb der Greisin die Schläfen mit irgendeiner Flüssigkeit ein und blies ihr unter das Häubchen auf den greisen Kopf.

»Nun, Gott stehe Ihnen bei, meine Liebe«, sagte der Mann der Kranken zu der älteren Dame, die mit ihm vor der Tür stand. »Sie hat ja so großes Vertrauen zu Ihnen, und Sie verstehen so gut mit ihr umzugehen, reden Sie ihr gut zu, meine Beste, gehen Sie zu ihr!« Er wollte schon die Tür öffnen, aber die Kusine hielt ihn zurück; sie drückte mehrmals ihr Taschentuch an die Augen und schüttelte den Kopf.

»So, jetzt sieht man wohl nicht mehr, dass ich geweint habe«, sagte sie, öffnete nun selbst die Tür und ging ins Krankenzimmer.

Der Mann war äußerst aufgeregt und schien völlig die

Fassung verloren zu haben. Er wollte sich zu der Greisin begeben, kehrte aber, als er sich ihr bis auf wenige Schritte genähert hatte, wieder um und ging auf den Priester zu, der am anderen Ende des Zimmers saß. Der Priester sah ihn an, blickte mit hochgezogenen Brauen zum Himmel empor und seufzte. Sein dichter graumelierter Bart hob und senkte sich dabei.

»O mein Gott! O mein Gott!«, stöhnte der Mann.

»Es ist nicht zu ändern«, sagte der Priester mit einem Seufzer, und wiederum hoben und senkten sich seine Brauen und der Bart.

»Und ihre arme Mutter ist auch hier!«, sagte der Mann, nahe daran, von Verzweiflung überwältigt zu werden. »Sie wird es nicht überstehen. Denn so, wie sie sie liebt, wie sie sie liebt… das ist gar nicht zu sagen! Vielleicht würde es Ihnen, ehrwürdiger Vater, gelingen, sie zu beruhigen und sie wenigstens dazu zu bewegen, sich von hier zu entfernen.«

Der Priester stand auf und begab sich zu der Greisin.

»Ich weiß wohl, die Liebe eines Mutterherzens kann niemand ermessen«, sagte er, »aber Gott ist barmherzig.«

Das Gesicht der Greisin begann plötzlich zu zucken, und sie brach in ein hysterisches Schluchzen aus.

»Gott ist barmherzig«, wiederholte der Priester, als sie sich ein wenig beruhigt hatte. »Ich kann Ihnen berichten, dass ich in meiner Gemeinde einen Mann hatte, der noch viel schwerer erkrankt war als Marja Dmitrijewna und den dennoch ein einfacher Bürgersmann in kurzer Zeit durch Kräuter auskuriert hat. Und dieser Bürgersmann hält sich sogar jetzt noch in Moskau auf. Ich sprach schon mit Wassili Dmitrijewitsch darüber – man könnte es doch versuchen. Zumindest wäre es eine Beruhigung für die Kranke. Gott ist nichts unmöglich.«

»Nein, sie ist nicht mehr zu retten«, stammelte die Greisin. »Wenn Gott doch mich statt ihrer zu sich nähme.« Und wieder brach sie in ein so hysterisches Schluchzen aus, dass sie die Besinnung verlor.

Der Mann der Kranken schlug die Hände vors Gesicht und lief aus dem Zimmer.

Der Erste, der ihm im Flur begegnete, war sein sechsjähriger Sohn, der atemlos hinter seiner jüngeren Schwester herjagte.

»Sollte man nicht auch die Kinder zur Mutter führen?«, fragte die Kinderfrau.

»Nein, sie will sie nicht sehen. Es würde sie aufregen.«

Der Knabe blieb stehen, sah den Vater einen Augenblick aufmerksam an, machte dann einen Sprung und lief unter fröhlichen Rufen weiter.

»Wir spielen Pferdchen, Papa, sie ist der Rappe!«, rief er dem Vater zu und zeigte auf seine kleine Schwester.

Mittlerweile saß die Kusine im anderen Zimmer bei der Kranken und bemühte sich, sie durch geschickte Lenkung des Gesprächs mit dem Gedanken an den Tod vertraut zu machen. Der Arzt stand am Fenster und bereitete eine Mixtur zu.

Die Kranke saß, von allen Seiten in Kissen gebettet, in einem weißen Morgenkleid im Bett und blickte schweigend auf die Kusine.

»Ach, meine Liebe«, unterbrach sie sie plötzlich, »Sie brauchen mich auf den Tod nicht erst vorzubereiten. Halten Sie mich nicht für ein Kind. Ich bin eine Christin. Mir ist alles klar. Ich weiß, dass ich nicht mehr lange zu leben habe, weiß auch, dass ich, wenn mein Mann rechtzeitig auf mich gehört hätte, jetzt in Italien sein könnte und vielleicht, ja sogar bestimmt, schon wieder gesund wäre.

Das haben ihm alle gesagt. Doch was hilft es, Gott hat es so gewollt. Auf uns allen lasten viele Sünden, das weiß ich. Aber ich vertraue auf die Gnade Gottes; er vergibt allen, er wird uns gewiss allen vergeben. Ich bin bemüht, mich zu sammeln. Auch ich habe oft gesündigt, meine Liebe. Doch wie viel habe ich dafür auch gelitten. Ich habe versucht, meine Prüfungen mit Geduld zu tragen …«

»Soll ich Ihnen vielleicht den Priester schicken, Liebste?«, fragte die Kusine. »Es wird Ihnen noch leichter sein, wenn Sie das Abendmahl empfangen.«

Die Kranke neigte den Kopf zum Zeichen ihres Einverständnisses.

»Barmherziger Gott! Vergib mir Sünderin!«, flüsterte sie. Die Kusine ging hinaus und machte dem Priester ein Zeichen mit den Augen.

»Sie ist ein Engel!«, sagte sie mit Tränen in den Augen zu dem Mann der Kranken.

Der Mann brach in Tränen aus, der Priester begab sich zur Kranken, die Greisin war immer noch ohnmächtig, und im Nebenzimmer trat völlige Stille ein. Nach fünf Minuten kam der Priester zurück, legte das Epitrachilion ab und ordnete sein Haar.

»Gott sei Dank, sie ist jetzt ruhiger«, teilte er mit. »Sie möchten zu ihr kommen.«

Die Kusine und der Mann gingen ins Krankenzimmer. Die Kranke hatte die Augen auf das Heiligenbild gerichtet und weinte leise.

»Gott steh dir bei, mein Liebling!«, sagte der Mann.

»Ich danke dir. Mir ist jetzt so wohl zumute, eine unfassbare Wonne hat mich ergriffen«, erwiderte die Kranke, während ein leichtes Lächeln ihre schmalen Lippen umspielte. »Wie groß ist die Barmherzigkeit Gottes!

Nicht wahr, er ist barmherzig und allmächtig?«, fügte sie hinzu und richtete die tränengefüllten Augen erneut mit inbrünstig-flehendem Ausdruck auf das Heiligenbild.

Da schien sie sich plötzlich auf etwas zu besinnen. Sie winkte ihren Mann zu sich heran.

»Du willst nie das tun, worum ich dich bitte«, sagte sie mit matter, unwilliger Stimme.

Der Mann beugte sich zu ihr hinab und hörte sie geduldig an.

»Was meinst du, Liebste?«

»Wie oft habe ich gesagt, dass all die Ärzte nichts taugen! Es gibt einfache Heilkundige, die helfen können. . . Auch der Beichtvater sagte … ein Bürger … Lass ihn holen!«

»Wen, Liebste?«

»Mein Gott! Nichts will er verstehen …« Und die Kranke verzog unwillig das Gesicht und schloss die Augen.

Der Arzt trat an sie heran und fühlte ihr den Puls. Er wurde merklich schwächer und schwächer. Der Arzt machte dem Mann ein Zeichen mit den Augen. Die Kranke bemerkte es und fuhr erschrocken auf. Die Kusine wandte sich ab und weinte.

»Weine nicht, quäle nicht dich selbst und mich«, sagte die Kranke. »Das raubt mir die letzte Ruhe.«

»Du bist ein Engel!«, erwiderte die Kusine und küsste ihr die Hand.

»Nein, küsse mich hierhin, die Hände küsst man nur Toten. O mein Gott! O mein Gott!«

Am Abend desselben Tages war die Kranke bereits ein Leichnam, und der Sarg mit ihrem Körper stand aufgebahrt im Saal des großen Hauses. In dem großen Raum, dessen Türen alle geschlossen waren, saß ein Mesner und las mit näselnder, monotoner Stimme die Psalmen Davids. Der grelle Schein der Wachskerzen fiel von den hohen silbernen Leuchtern auf die bleiche Stirn der Entschlafenen, auf ihre schweren, wächsernen Hände und auf die starren Falten der Decke, unter der sich unheimlich die Knie und Zehen abhoben. Der Mesner las den Text, ohne ihn zu verstehen, in gleichförmigem Tonfall, und es lag etwas Beklemmendes darin, wie seine Worte durch den stillen Saal schallten und ausklangen. Hin und wieder drangen aus einem entlegenen Zimmer die Stimmen und das Getrappel der Kinder herüber.

»Verbirgst Du Dein Angesicht, so erschrecken sie«, hieß es im Psalm. »Du nimmst weg ihren Odem, so vergehen sie und werden wieder zu Staub. Du lässest aus Deinen Odem, so werden sie geschaffen, und erneuest die Gestalt der Erde. Die Ehre des Herrn ist ewig.«

Das Gesicht der Entschlafenen hatte einen strengen, ruhigen und erhabenen Ausdruck. Nichts regte sich auf der reinen kalten Stirn und an den fest zusammengepressten Lippen. Sie war ganz Aufmerksamkeit. Ob sie wohl wenigstens jetzt diese erhabenen Worte verstand?

4

Nachdem ein Monat vergangen war, ragte über dem Grab der Verstorbenen eine massive Kapelle empor. Das Grab des Kutschers wies noch immer keinen Stein auf, und nur hellgrünes Gras spross auf dem kleinen Hügel, der das einzige Zeugnis eines vergangenen Menschenlebens darstellte.

»Du versündigst dich, Serjoga«, sagte auf der Station

eines Tages die Köchin, »wenn du für Fjodor keinen Stein kaufst. Solange hast du dich immer mit dem Winter ausgeredet, aber warum hältst du auch jetzt nicht dein Wort? Du hast es in meinem Beisein gegeben. Er ist dir schon zweimal erschienen, dich zu mahnen; kaufst du nicht den Stein, wird er noch mal kommen, wird dich würgen.«

»Ja, weigere ich mich denn etwa?«, entgegnete Serjoga. »Ich werde den Stein schon kaufen, wie ich es versprochen habe, für anderthalb Rubel werde ich einen kaufen. Vergessen habe ich es nicht, aber er muss doch hergeschafft werden. Sobald sich eine Gelegenheit bietet, in die Stadt zu kommen, werde ich auch den Stein kaufen.«

»Du könntest doch wenigstens ein Kreuz aufstellen, meine ich«, mischte sich ein alter Kutscher ein. »Denn so ist es gewissenlos … Seine Stiefel trägst du doch.«

»Woher soll ich ein Kreuz nehmen? Aus einem Scheit Brennholz kann ich es doch nicht machen.«

»Was redest du da für Unsinn! Kannst du es nicht aus Brennholz, dann nimm eine Axt und geh in aller Frühe ins Wäldchen, da wirst du genug Holz haben. Fälle irgendeine junge Esche. Das reicht zu einem Kreuz, mit Dach sogar. Denn sonst musst du erst dem Aufseher einen Schnaps spendieren. Wo aber soll das hinführen, wenn man jedem für jede Kleinigkeit etwas spendieren wollte? Neulich ist mir eine Deichsel zerbrochen, da habe ich mir auch ein Bäumchen gefällt und eine schöne neue gezimmert. Niemand hat ein Wort gesagt.«

Am nächsten Tag nahm Serjoga beim ersten Dämmern des Morgens eine Axt und ging ins Wäldchen.

Alles ringsum war noch von der kalten, matt schimmernden Taudecke überzogen, die von der Sonne noch nicht berührt war. Im Osten lichtete sich allmählich der

Horizont und warf einen schwachen Schein auf den mit leichten Wolken bezogenen Himmel. Kein Grashalm am Boden, kein Blättchen an den oberen Ästen der Bäume regte sich. Nur ab und zu unterbrach ein Flügelschlag in den Baumkronen oder ein Rascheln von Vögeln im Gestrüpp die Stille des Waldes. Plötzlich ertönte ein ungewöhnlicher, der Natur fremder Laut und verhallte am Rande des Waldes. Doch schon erklang dieser Laut aufs Neue und wiederholte sich nun in regelmäßigen Abständen zu Füßen eines der unbewegt stehenden Bäume. Seine Wipfel begannen seltsam zu zittern, die saftigen Blätter schienen irgendetwas zu flüstern, und ein Rotkehlchen, das auf einem der Zweige gesessen hatte, flatterte zwitschernd ein paarmal auf und ab und ließ sich, mit dem Schwänzchen wippend, auf einem anderen Baum nieder.

Die Axtschläge nahmen einen immer dumpferen Klang an, saftige weiße Späne flogen auf das taunasse Gras, und nach jedem Hieb wurde ein leichtes Knistern hörbar. Der Baum zuckte von unten bis oben zusammen, neigte sich zur Seite und richtete sich, erschrocken in den Wurzeln schwankend, schnell wieder auf. Für einen Augenblick wurde alles still; doch dann neigte sich der Baum aufs Neue, abermals wurde in seinem Stamm das Knistern hörbar, und unter sich die Äste brechend und die Zweige niederdrückend, stürzte er mit der Krone auf die feuchte Erde. Die Axtschläge und der Widerhall von Schritten verstummten. Das Rotkehlchen stieß einen Pfiff aus und flatterte höher hinauf. Der Zweig, den es dabei mit seinen Flügeln streifte, schwankte eine Weile hin und her und erstarrte dann wie die anderen mit allen seinen Blättern. Rings um den frei gewordenen Raum prangten die übrigen Bäume noch freudiger mit ihren unbewegten Zweigen.

Die ersten Strahlen der Sonne, die sich durch die vorüberziehenden Wolken Bahn brachen, leuchteten am Himmel auf und huschten über Erde und Himmel. Der Nebel verzog sich wallend in die Täler, das Gras erglänzte im glitzernden Tau, die durchsichtigen, blass gewordenen kleinen Wölkchen verflüchtigten sich eilig am blauen Horizont. Gleichsam losgelöst von allem, rührten sich im Dickicht die Vögel und jubilierten, als verkündeten sie etwas Glückseliges: Die saftstrotzenden Blätter bewegten sich froh und ruhig flüsternd an den Baumwipfeln, und gemessen und majestätisch rauschten die Kronen der lebenden Bäume über dem toten, dem gefällten Baum.

1859

Nach dem Ball

»Sie sagen: Ein Mensch kann nicht von sich aus entscheiden, was recht und was unrecht ist; alles, was er tut
und lässt, ist durch seine Umgebung bedingt und wird
ihm von ihr aufgezwungen. Ich glaube dagegen, alles
hängt von Zufällen ab. Ich kann Ihnen da auch ein Beispiel aus meinem Leben anführen.«

So sprach der allseits hochgeschätzte Iwan Wassiljewitsch, nachdem zwischen uns die Frage erörtert
worden war, ob es zur Vervollkommnung des einzelnen
Menschen notwendig sei, zuvor die allgemeinen Lebensbedingungen zu ändern. Zwar hatte niemand von uns gesagt, ein Mensch könne nicht selbständig entscheiden,
was recht und was unrecht sei, doch es gehörte zu Iwan
Wassiljewitschs Gepflogenheiten, Fragen zu beantworten, die ihm im Laufe eines Gesprächs in den Sinn gekommen waren, und in diesem Zusammenhang Vor-
kommnisse aus seinem eigenen Leben zu erzählen. Im
Eifer des Erzählens – er schilderte immer alles sehr of-
fenherzig und wahrheitsgetreu – wich er allerdings oft
erheblich vom ursprünglichen Thema ab.

Das tat er auch diesmal.

»Ja, ich werde Ihnen etwas erzählen, was ich selbst erlebt habe. Mein Leben ist nicht durch allgemeine Verhältnisse, sondern durch etwas ganz anderes bestimmt
worden.«

»Und was war das?«

»Das ist eine lange Geschichte. Um Ihnen alles verständlich zu machen, muss ich weit ausholen.«

»Ach, erzählen Sie doch!«

Iwan Wassiljewitsch dachte ein wenig nach und nickte dann.

»Ja«, sagte er, »mein Leben hat während einer einzigen Nacht, oder vielmehr eines einzigen Morgens eine grundlegende Wendung genommen.«

»Und wie kam das?«

»Das hing damit zusammen, dass ich damals bis über beide Ohren verliebt war. Verliebt bin ich mehr als einmal gewesen, aber das war die heißeste Liebe, die ich jemals empfunden habe. Doch das gehört der Vergangenheit an: Das junge Mädchen, das ich damals liebte, hat jetzt selbst schon verheiratete Töchter. Sie hieß B…, ja, Warenka B…«, Iwan Wassiljewitsch nannte den Namen, »und war auch noch mit fünfzig Jahren eine ungewöhnlich schöne Frau. Aber in ihrer Jugend, als achtzehnjähriges Mädchen, war sie geradezu bezaubernd: Groß, schlank und graziös, machte sie einen ungemein hoheitsvollen, ja wirklich hoheitsvollen Eindruck. Ihre außergewöhnlich gerade, aber dennoch natürliche Haltung, bei der sie den Kopf ein wenig in den Nacken warf, verlieh ihr, ungeachtet der Magerkeit, im Verein mit ihrer Schönheit und ihrem hohen Wuchs einen gewissen königlichen Zug, der vielleicht abstoßend gewirkt hätte, wäre er nicht mit dem bestrickenden, allezeit strahlenden Lächeln ihres Mundes und den wunderschönen, leuchtenden Augen sowie dem ganzen Liebreiz ihres jugendfrischen Wesens verbunden gewesen.«

»Wie Iwan Wassiljewitsch alles beschreibt!«

»Ja, aber ich muss es einfach so beschreiben, damit Sie begreifen, was für eine Erscheinung sie war. Doch das spielt jetzt keine Rolle: Was ich erzählen will, hat sich in den vierziger Jahren zugetragen. Ich studierte damals an der Universität einer Provinzstadt. Zu dieser Zeit hatten wir unter uns Studenten – ob es ein Vorteil oder Nachteil war, sei dahingestellt – keinerlei Zirkel gebildet und auch keinerlei Theorien aufgestellt, wir waren einfach jung und lebten so, wie es die Jugend eben tut: Wir studierten und vergnügten uns. Ich war ein immer fröhlicher, unternehmungslustiger junger Bursche und besaß zudem Vermögen. Ich hielt mir ein forsches Reitpferd, rodelte mit jungen Damen (Schlittschuhlaufen war damals noch nicht Mode) und zechte mit Studienkameraden (wir tranken ausschließlich Champagner, und wenn unser Geld dazu nicht reichte, tranken wir gar nichts, vor allem nicht Schnaps, wie es heute gang und gäbe ist). Am liebsten jedoch besuchte ich Abendgesellschaften und Bälle. Ich tanzte gut und war auch nicht gerade missgestaltet.«

»Nun, Sie brauchen nicht so bescheiden zu sein«, unterbrach ihn eine der anwesenden Damen. »Wir entsinnen uns noch der Daguerreotypie, die man damals von Ihnen machte. Sie waren nicht nur keine Missgestalt, sondern ein ausgesprochen gutaussehender junger Mann.«

»Ob ich gut ausgesehen habe oder nicht, darauf kommt es nicht an. Ich wollte nur sagen, meine Liebe zu ihr hatte den allerhöchsten Grad erreicht, als ich am letzten Abend der Fastnachtswoche beim Adelsmarschall des Gouvernements, einem gutmütigen, reichen und sehr gastfreundlichen alten Kammerherrn, zum Ball eingeladen war. Seine Frau, die ebenso gutmütig wie ihr Mann war und in ihrem Samtkleid, mit einem Brillantdiadem auf dem Kopf, dem trotz ihres Alters tiefen Dekolleté und ihren entblößten Schultern an die Bildnisse der Zarin Jelisaweta erinnerte, machte die Honneurs. Alles war wunderschön. Getanzt wurde in einem prächtigen, von Balustraden umgebenen Saal, es spielte ein zu jener Zeit berühmtes Leibeigenenorchester eines musikliebenden Gutsbesitzers, das Büfett war mit Delikatessen überladen, und der Champagner floss in Strömen. Obwohl ich für mein Leben gern Champagner trank, nahm ich an diesem Abend keinen Schluck zu mir, denn ich war ohnedies von Liebe trunken; doch dafür tanzte ich fast bis zum Umfallen – tanzte Quadrillen, Walzer, Polkas, und natürlich, soweit das möglich war, immer nur mit Warenka. Sie trug ein weißes Kleid mit rosa Gürtel und dazu nicht ganz bis zu ihren spitzen Ellenbogen reichende weiße Glacéhandschuhe sowie weiße Atlasschuhe. Bei der Mazurka kam mir ein anderer zuvor: der höchst widerwärtige Ingenieur Anissimow – ich kann ihm das bis heute noch nicht verzeihen –, er hatte sie unmittelbar nach ihrem Eintritt in den Saal engagiert, während ich noch beim Friseur gewesen war, um mir Handschuhe zu holen, wobei ich mich etwas verspätet hatte. Infolgedessen tanzte ich die Mazurka nicht mit ihr, sondern mit einer kleinen Deutschen, der ich vorher einmal ein wenig den Hof gemacht hatte. Nun, an jenem Abend wird sie mich, fürchte ich, für sehr unhöflich gehalten haben, denn ich unterhielt mich nicht mit ihr und sah sie auch nicht an, sondern blickte immer nur zu der hohen schlanken Gestalt im weißen Kleid mit rosa Gürtel, zu ihrem strahlenden, vor Erregung leicht geröteten Gesicht mit den Grübchen in den Wangen und den schönen sanften Augen. Und nicht nur ich, nein, auch alle andern sahen immer wieder zu ihr hin und ergötzten sich an ihrem Anblick – die Herren wie die Damen, obwohl sie die allesamt in den Schatten stellte. Es war eben unmöglich, sich ihrem Liebreiz zu entziehen.

Von Rechts wegen sozusagen war ich also bei der Mazurka nicht ihr Partner, aber ich tanzte fast die ganze Zeit über ausschließlich mit ihr. Sie kam, ohne sich zu zieren, durch den Saal auf mich zu, und wenn ich dann, ohne erst ihre Aufforderung abzuwarten, rasch aufsprang, dankte sie mir jedes Mal mit einem Lächeln dafür, dass ich ihre Absicht sogleich erraten hatte. Wenn wir Herren an sie herangeführt wurden, sie aber nicht das mir zugefallene Stichwort erriet und dann einem anderen Tänzer die Hand reichen musste, zuckte sie bedauernd die schmalen Schultern und lächelte mir freundlich zu, als wollte sie mich trösten. Kam nach anderen Figuren bei der Mazurka ein Walzer an die Reihe und war ich lange mit ihr durch den Saal gewirbelt, atmete sie schwer, lächelte und flüsterte mir zu: ›Encore!‹ Dann drehte ich mich mit ihr immer schneller und schneller im Tanz und fühlte überhaupt nicht mehr meinen Körper.«

»Nun, wenn Sie die Taille Ihrer Dame umfassten, werden Sie, denke ich, nicht nur den eigenen, sondern auch ihren Körper sehr wohl gefühlt haben«, warf einer der Gäste ein.

Iwan Wassiljewitsch wurde jählings rot und rief beinahe wütend: »Ja, so seid ihr, die heutige Jugend! Ihr seht nur den Körper. Zu unserer Zeit war das anders. Je mehr sich meine Liebe zu Warenka steigerte, umso weniger dachte ich an ihren Körper. Heutzutage, da betrachtet ihr die Füße, die Knöchel und sonst was, ihr entkleidet die Frauen, in die ihr verliebt seid; für mich hingegen waren die von mir geliebten Wesen immer von einem – wie sich der bekannte Schriftsteller Alphonse Karr einmal ausgedrückt hat – Bronzepanzer umgeben. Uns lag es nicht nur fern, sie zu entkleiden, nein, wir waren im Gegenteil darauf bedacht, ihre Blöße zu bedecken, so wie es der fürsorgliche Sohn mit Noah getan hat. Nun ja, das werden Sie nicht verstehen . . .«

»Hören Sie nicht auf ihn«, sagte einer von uns. »Und was geschah weiter?«

»Ja, dann tanzte ich immer wieder mit ihr und merkte gar nicht, wie die Zeit verstrich. Die Musikanten, schon völlig erschöpft, stimmten, wie gewöhnlich gegen Ende eines Balles, nur noch ein und dasselbe Mazurkamotiv an; in den Nebenräumen hatte sich die ältere Generation in Erwartung des Abendessens bereits von den Spieltischen erhoben, und immer häufiger eilten Lakaien mit allen möglichen Dingen vorüber. Die Uhr ging auf drei. Es galt, die letzten Minuten zu nützen. Ich forderte sie nochmals auf, und wir drehten die soundsovielte Runde durch den Saal.

›Die Quadrille nach dem Essen halten Sie also für mich frei?‹, fragte ich, als ich sie zu ihrem Platz zurückführte.

›Selbstverständlich – falls wir nicht vorher aufbrechen sollten‹, antwortete sie lächelnd.

›Das werde ich nicht zulassen!‹, erklärte ich.

›Geben Sie mir jetzt den Fächer wieder‹, sagte sie.

›Es fällt mir schwer, mich von ihm zu trennen‹, entgegnete ich, während ich ihr den billigen weißen Fächer zurückreichte.

›Nun, dann nehmen Sie das zum Trost‹, sagte sie, riss eine kleine Feder vom Fächer ab und übergab sie mir.

Ich nahm die Feder und vermochte nur durch einen

Blick meine grenzenlose Freude und Dankbarkeit auszudrücken. Ich war nicht nur froh und zufrieden, ich war von überschäumender Glückseligkeit und hohen Gedanken erfüllt, war nicht mehr ich selbst, sondern irgendein überirdisches Geschöpf, das nichts Böses kennt und nur zu Gutem fähig ist. Ich verbarg die kleine Feder in meinem Handschuh und blieb, außerstande, Warenka zu verlassen, vor ihr stehen.

›Schauen Sie mal, man bittet Papa, zu tanzen‹, sagte sie und zeigte auf die große, stattliche Gestalt ihres Vaters, eines Obersten mit silbernen Achselstücken, der mit der Frau des Hauses und einigen andern Damen an der Tür stand.

›Warenka, kommen Sie bitte her‹, rief die Hausherrin mit den Jelisaweta-Schultern und dem Brillantdiadem laut zu uns herüber.

Warenka begab sich zur Tür, und ich folgte ihr.

›Überreden Sie doch Ihren Vater dazu, einmal mit Ihnen zu tanzen, ma chère. Ach bitte, tun Sie es doch, Pjotr Wladislawitsch!‹, wandte sich die Hausherrin an den Oberst.

Warenkas Vater war ein sehr gutaussehender, stattlicher alter Herr mit auffallend frischer, rosiger Gesichtsfarbe. Den weißen Schnurrbart, zu dem von den Schläfen ein schmaler, ebenfalls weißer Backenbart herabführte, trug er à la Nicolas I. aufgezwirbelt, das Haar war zu beiden Seiten der Stirn nach vorn gekämmt, und ebenso wie bei der Tochter strahlte ein gewinnendes, frohes Lächeln in seinen Augen und umspielte den Mund. Mit seiner breiten, militärisch herausgereckten und mit ein paar Orden geschmückten Brust, den ausladenden Schultern und den langen, kräftigen Beinen machte er einen imposanten

Eindruck. Er war ein typischer alter Haudegen nikolaischer Schule.

Als wir zur Tür kamen, sträubte er sich zunächst, da er, wie er sagte, ganz aus der Übung gekommen sei; aber schließlich griff er sich dennoch an die linke Seite, schnallte lächelnd den Degen ab, den er einem dienstbeflissenen jungen Mann übergab, streifte einen Wildlederhandschuh über seine Rechte – ›alles wie es sich gehört‹, bemerkte er schmunzelnd –, fasste die Tochter bei der Hand und stellte sich mit ihr in Positur, um den Auftakt zum Tanz abzuwarten.

Als nun die ersten Klänge einer Mazurka ertönten, stampfte er mit dem einen Fuß auf, streckte den anderen vor – und seine große, wuchtige Gestalt bewegte sich, mal gemessen und gravitätisch, mal stürmisch, laut mit den Stiefeln aufstampfend und die Füße aneinanderschlagend, den Saal entlang. Warenkas graziöse Figur schwebte neben ihm her; und unmerklich verkürzte oder verlängerte sie dabei abwechselnd die Schritte ihrer zierlichen, in weißen Atlasschuhen steckenden Füße. Die Leute im Saal verfolgten jede Bewegung des Paares. Ich selbst betrachtete die beiden nicht nur mit Wohlgefallen, sondern geradezu voller Entzücken und Rührung. Am meisten rührten mich die durch den Lederriemen strammgezogenen Stiefel des Obersten; es waren durchaus solide kalbslederne Stiefel, aber sie hatten nicht die spitze Fasson, sondern eine altmodische mit viereckigen Spitzen und ohne Absätze. Offensichtlich waren sie ein Werk des Bataillonsschusters. Ja, dachte ich, um die geliebte Tochter ausführen und entsprechend kleiden zu können, kauft er sich kein modernes Schuhzeug, sondern trägt diese derb zusammengeschusterten Stiefel. Man sah, dass er einstmals ein sehr guter Tänzer gewesen sein musste, doch jetzt war er schon zu schwerfällig, und seine Beine waren nicht mehr gelenkig genug, um alle die hübschen und schnellen Pas des Tanzes auszuführen. Trotz alledem absolvierte er ziemlich flott zwei Runden. Als er dann rasch die Füße auseinanderstellte und wieder zusammenschlug und sich, obschon ein wenig unbeholfen, auf ein Knie niederließ und Warenka lächelnd ihren Rock zurechtzog, an dem er hängengeblieben war, und graziös im Kreis um ihn herumtanzte, wurde von allen Seiten stürmisch applaudiert. Nachdem er sich hierauf mit einiger Anstrengung wieder erhoben hatte, umfasste er mit beiden Händen das Gesicht der Tochter, küsste sie auf die Stirn und führte sie mir zu, in der Annahme, sie hätte vorher mit mir getanzt. Ich sagte, ich sei nicht ihr Partner.

›Nun, das macht nichts, dann tanzen Sie eben jetzt eine Runde mit ihr‹, sagte er freundlich lächelnd, während er sich wieder den Degen umschnallte.

So wie sich mitunter aus einer Flasche nach dem ersten Tropfen ihr weiterer Inhalt in großen Strömen ergießt, so hatte meine Liebe zu Warenka die ganze in meiner Seele verborgene Fähigkeit zu lieben befreit. Ich umfing in diesem Augenblick die ganze Welt mit meiner Liebe. Ich liebte die Hausfrau mit ihrem Diadem und dem Jelisaweta-Busen, liebte ihren Mann, alle Gäste und Diener, ja selbst den mir grollenden Ingenieur Anissimow. Und für Warenkas Vater, der diese derben Stiefel trug und ebenso gewinnend lächelte wie sie, empfand ich damals ein an Verzückung grenzendes zärtliches Gefühl.

Die Mazurka war beendet, und der Adelsmarschall und seine Frau baten die Gäste zu Tisch. Der Oberst nahm jedoch nicht am Essen teil; er entschuldigte sich bei den

Gastgebern unter dem Vorwand, er müsse am nächsten Morgen früh aufstehen, und brach auf. Ich fürchtete schon, Warenka würde nun auch nach Hause müssen, doch sie blieb mit ihrer Mutter noch da.

Nach dem Essen tanzte ich mit ihr wie verabredet die Quadrille, und obgleich ich mich auch bis dahin schon über alle Maßen glücklich gefühlt hatte, steigerte sich meine Glückseligkeit noch mehr. Wir sprachen kein Wort über Liebe. Ich fragte weder sie, noch stellte ich mir selbst die Frage, ob sie mich liebte. Es genügte mir, dass ich sie liebte, und mir bangte nur davor, mein Glück könnte auf irgendeine Weise zunichtegemacht werden.

Als ich nach Hause kam, den Mantel ausgezogen hatte und zu Bett gehen wollte, merkte ich, dass an Schlafen gar nicht zu denken war. Ich hielt die kleine Feder von ihrem Fächer und einen ihrer Handschuhe in den Händen, den sie mir gegeben hatte, als ich ihrer Mutter und anschließend ihr beim Einsteigen in den Wagen behilflich gewesen war. Ich blickte auf diese Dinge und sah Warenka dabei vor mir, wie sie, als sie zwischen mir und einem andern Tänzer wählen musste, mein Stichwort zu erraten suchte und mit ihrer lieblichen Stimme fragte: ›Stolz – nicht wahr?‹ und mir dann erfreut die Hand reichte; oder wie sie während des Abendessens das Glas mit Champagner an den Mund führte und mich dabei zärtlich von der Seite anschaute. Am deutlichsten jedoch sah ich sie vor mir, wie sie an der Seite ihres Vaters durch den Saal schwebte und, von Stolz auf ihn und sich selbst erfüllt, erfreut zu den entzückten Zuschauern hinsah. Und unwillkürlich empfand ich für Vater und Tochter zugleich ein einziges Gefühl herzlicher Rührung und Zuneigung.

Zu jener Zeit hausten wir, mein verstorbener Bruder und ich, für uns allein. Mein Bruder, der ohnehin für die große Welt nichts übrig hatte und keine Bälle besuchte, führte, zumal er sich gerade auf das Kandidatenexamen vorbereitete, ein äußerst solides Leben. Er schlief. Als ich auf seinen im Kissen vergrabenen und zur Hälfte mit einer Flanelldecke bedeckten Kopf blickte, empfand ich aufrichtiges Mitleid mit ihm; er tat mir leid, weil er das mir beschiedene Glück nicht kannte und nicht daran teilhatte. Unser Diener Petruschka, ein Leibeigener, den wir von zu Hause mitgebracht hatten, kam mir mit einer Kerze entgegen und wollte mir beim Auskleiden behilflich sein, doch ich schickte ihn gleich wieder weg: Sein verschlafenes Gesicht und das wirre Haar wirkten auf mich so rührend. Bemüht, kein Geräusch zu machen, ging ich auf Zehenspitzen in mein Zimmer und setzte mich aufs Bett. Nein, ich war allzu glücklich, ich konnte nicht schlafen. Zudem war es mir in den überheizten Zimmern zu heiß, und ich ging daher, ohne erst meine Galauniform abzulegen, leise ins Vorzimmer, zog wieder den Mantel an, schloss die Außentür auf und trat auf die Straße hinaus.

Den Ball hatte ich gegen fünf Uhr verlassen; seit ich nach Hause gekommen war und dort eine Weile zugebracht hatte, waren nochmals zwei Stunden verstrichen, so dass es jetzt, als ich ins Freie trat, bereits hell war. Wir hatten richtiges Fastnachtswetter: Alles war in Nebel gehüllt, auf den Straßen taute der matschige Schnee, es tropfte von den Dächern. Die Familie B. wohnte am Ende der Stadt neben einer großen Wiese; auf der einen Seite der Wiese zog sich ein Park hin, auf der anderen lag ein Erziehungsinstitut für Mädchen. Nachdem ich unsere menschenleere Gasse durchquert und die Hauptstraße erreicht hatte, begegneten mir hier Fußgänger und mit Holz beladene Lastschlitten, deren Kufen bis zum Straßenpflaster durchdrangen. Und alles – die Pferde mit ihren nassen, unter den feuchtglänzenden Krummhölzern gleichmäßig nickenden Köpfen, die Kutscher, die sich Bastmatten übergeworfen hatten und in ihren riesigen Stiefeln neben den Fuhren herstapften, und die im Nebel ungewöhnlich groß erscheinenden Häuser –, alles das fand ich heute besonders anheimelnd und bedeutsam.

Als ich zu der Wiese gekommen war, an der das von Oberst B. und seiner Familie bewohnte Haus stand, bemerkte ich an ihrem Ende, in Richtung des Parkes, eine große schwarze Masse und hörte zugleich von dort die Töne einer Flöte und die Schläge einer Trommel. In meiner Seele sang es die ganze Zeit, und ab und zu erklang das Motiv der Mazurka. Das jedoch war eine ganz andere, eine harte, misstönende Musik.

Was mag das bedeuten?, fragte ich mich und ging auf dem glitschigen, von Schlittenspuren durchfurchten Weg, der quer über die Wiese führte, in die Richtung, aus der diese Musik herüberschallte. Nachdem ich etwa hundert Schritt gegangen war, konnte ich im Nebel eine große Anzahl schwarzer menschlicher Gestalten erkennen. Es waren allem Anschein nach Soldaten. Sie exerzieren wohl, dachte ich und näherte mich zusammen mit einem Schmied, der in einer schmierigen Pelzjoppe, mit einem Schurz um den Leib und einem Packen auf dem Arm, vor mir herging, der Gruppe. Soldaten in schwarzen Uniformen waren in zwei Reihen aufmarschiert und standen sich Gewehr bei Fuß gegenüber. Hinter ihnen standen ein Trommler und ein

Flötist und wiederholten unaufhörlich ein und dieselbe schrille, unangenehm klingende Melodie.

›Was machen sie dort?‹, fragte ich den Schmied, der neben mir stehen geblieben war.

›Ein Tatar wollte flüchten, da muss er jetzt Spießruten laufen‹, antwortete der Schmied und warf einen wütenden Blick auf das untere Ende der Soldatenreihen.

Als ich nun genauer hinblickte, gewahrte ich eine grauenhaft aussehende Gestalt, die sich zwischen den Reihen der Soldaten auf mich zubewegte. Es war ein Mann mit entblößtem Oberkörper, der an die Gewehre zweier Soldaten gebunden war und von ihnen vorwärtsgezerrt wurde. Neben ihm schritt ein stattlicher Offizier in Mantel und Mütze, dessen Gestalt mir bekannt vorkam. Während der Delinquent, am ganzen Körper zuckend und mühsam durch den Schneematsch watend, sich allmählich immer mehr meinem Standort näherte, prasselten von beiden Seiten unaufhörlich Schläge auf ihn nieder; taumelte er dabei nach hinten – stießen ihn die Unteroffiziere, die ihn an den Gewehren führten, nach vorn; stürzte er vornüber – zerrten sie ihn, damit er nicht hinfiel, wieder zurück. Und ohne von seiner Seite zu weichen, ging mit festen, elastischen Schritten der stattliche Offizier neben ihm her. Es war Warenkas Vater mit dem rosigen Gesicht und dem aufgezwirbelten weißen Schnurrbart!

Bei jedem Schlag drehte der Gezüchtigte, als sei er erstaunt, sein vor Schmerz verzerrtes Gesicht nach der Seite, von der ihn der Schlag getroffen hatte, und wiederholte, seine weißen Zähne entblößend, jedes Mal ein und dieselben Worte. Erst als er ganz in meine Nähe gekommen war, konnte ich die Worte verstehen, die er sagte oder vielmehr wimmernd hervorstieß: ›Brüder, liebe Brüder, erbarmt euch, erbarmt euch!‹ Allein die Brüder erbarmten sich nicht, und als der kleine Trupp unmittelbar vor mir angelangt war, sah ich, wie der mir gegenüberstehende Soldat entschlossen einen Schritt vortrat, den Stock schwang und ihn mit voller Wucht auf den Rücken des Tataren niedersausen ließ. Der Tatar taumelte vornüber, doch die Unteroffiziere stützten ihn, und ein ebenso wuchtiger Schlag traf ihn von der andern Seite, und dann wieder von dieser, und wieder von jener. Der Oberst, der die ganze Zeit neben ihm ging und abwechselnd auf den Boden und auf den Gezüchtigten blickte, atmete in vollen Zügen die Luft ein und blies sie, die Wangen blähend, zwischen den gespitzten Lippen wieder aus. Als der kleine Trupp an der Stelle vorbeikam, an der ich stand, konnte ich für einen Moment den Rücken des Gezüchtigten sehen: Kreuz und quer mit Striemen bedeckt, rot und triefend nass von Blut, bot er einen dermaßen grauenhaften Anblick, dass ich nicht glauben konnte, einen menschlichen Körper vor mir zu haben.

›O mein Gott!‹, stammelte neben mir der Schmied.

Der Trupp entfernte sich wieder – und nach wie vor prasselten von beiden Seiten auf den stolpernden und sich krümmenden Tataren die Schläge nieder, nach wie vor wurde die Trommel geschlagen und die Flöte geblasen, und nach wie vor ging neben dem Gezüchtigten mit festen Schritten die stattliche Gestalt des Obersten. Auf einmal blieb der Oberst stehen und trat schnell an einen der Soldaten heran.

›Ich werde dir gleich helfen!‹, hörte ich ihn wütend schreien. ›Wirst du wohl richtig zuhauen? Wirst du wohl?‹

Und ich sah, wie er mit seiner kräftigen, in einem Wildlederhandschuh steckenden Hand den erschrockenen, schwächlichen kleinen Soldaten ins Gesicht schlug, weil der den Stock nicht mit genügender Wucht auf den roten Rücken des Tataren hatte niedersausen lassen.

›Gebt frische Spießruten her!‹, rief er, und als er sich dabei umsah, bemerkte er mich. Er gab sich den Anschein, mich nicht zu kennen, und wandte sich mit grimmig verzogenem Gesicht gleich wieder ab. Mich befiel eine so grenzenlose Scham, dass ich nicht wusste, wohin ich blicken sollte; als wäre ich bei einer weiß Gott wie schlimmen Missetat ertappt worden, senkte ich die Augen und beeilte mich, nach Hause zurückzukehren. Auf dem ganzen Weg schallten mir noch die Trommelschläge und Flötenklänge in den Ohren, und ich hörte entweder die Worte: ›Liebe Brüder, erbarmt euch!‹ oder wie der Oberst wütend mit seiner herrischen Stimme schrie: ›Wirst du wohl richtig zuhauen? Wirst du wohl?‹ Ich war dermaßen niedergeschlagen, dass ich eine fast physische Übelkeit verspürte und mehrmals stehen blieb, weil mir schien, nach all den schrecklichen Eindrücken, die ich eben in mir aufgenommen hatte, würde ich mich jeden Augenblick übergeben müssen. Wie ich nach Hause gekommen bin und mich niedergelegt habe, weiß ich nicht mehr. Ich erinnere mich nur, dass ich jedes Mal, wenn ich gerade einschlummern wollte, alles wieder hörte und vor mir sah und aufsprang.

Anscheinend muss er doch etwas wissen, was ich nicht weiß, dachte ich hinsichtlich des Obersten. Wüsste ich das, was er weiß, hätte ich auch eine Erklärung für das, was ich gesehen habe, und der Gedanke daran würde mich nicht mehr quälen. Doch soviel ich auch nachsann, ich konnte mir nicht vorstellen, was das Besondere war, was der Oberst wusste. Ich schlief erst gegen Abend ein, und auch das erst, nachdem ich zu einem Freund gegangen war und mich mit ihm sinnlos betrunken hatte.

Meinen Sie nun etwa, ich hätte damals ohne weiteres angenommen, dass das, was ich gesehen hatte, etwas Unrechtes war? Durchaus nicht. Wenn das mit solcher Selbstverständlichkeit getan wird, dachte ich, und alle es für notwendig halten, dann müssen sie doch wohl etwas wissen, was ich nicht weiß, und ich bemühte mich, es zu ermitteln. Doch trotz all meiner damaligen und späteren Bemühungen habe ich es nie erfahren können. Ohne das zu wissen, konnte ich aber nicht die militärische Laufbahn einschlagen, wie ich es ursprünglich beabsichtigt hatte, und so bin ich weder Offizier geworden noch sonst irgendwo in Staatsdienste getreten und habe mich, wie Sie sehen, zu nichts als tauglich erwiesen.«

»Nun, das können Sie uns nicht erzählen, dass Sie zu nichts tauglich gewesen sind«, warf einer von uns ein. »Sagen Sie lieber, wie viele Menschen zu nichts getaugt hätten, wenn Sie nicht gewesen wären.«

»Nun, das ist totaler Unsinn«, erklärte Iwan Wassiljewitsch ehrlich überzeugt.

»Und was ist aus Ihrer Liebe zu der Tochter des Obersten geworden?«, fragten wir.

»Aus meiner Liebe zu ihr? Nun, die verblasste von dem Tage an. Wenn sie über etwas nachsann und dabei, wie sie es häufig tat, lächelnd vor sich hin blickte, fiel mir jedes Mal ihr Vater ein, wie ich ihn damals auf dem Platz gesehen hatte, und mich überkam ein peinliches, unangenehmes Gefühl. Ich vermied es immer mehr, mit ihr zusammenzutreffen, und schließlich erloschen meine früheren

Gefühle für sie ganz ... Ja, so können mitunter Umstände eintreten, die das Leben eines Menschen wandeln und ihm eine andere Richtung geben. Und da behaupten Sie ...«

Damit schloss er seine Erzählung.

1903

VOM RECHTEN
UND VOM FALSCHEN LEBEN
Tolstoi als Geschichten-Erzähler

Sigrid Löffler

Selbst wenn man den Konjunktur-Zyklen, denen auch Klassiker unterworfen sind, keine allzu große Bedeutung beimisst, lässt sich doch eines nicht übersehen: Lew Tolstoi ist wieder im Kommen. Das Eingehen eines Schriftstellers in den Kanon der Weltliteratur ist manchmal nichts als ein literarisches Begräbnis erster Klasse; es gestattet Autoren aber auch periodische Wiederauferstehungen. Eine solche widerfährt gerade, wie es scheint, dem russischen Grafen, Großgrundbesitzer, Ehemann und Vater von dreizehn Kindern, dem Schriftsteller, Lebensreformer, Gründer und Propheten einer Privatreligion Lew Nikolajewitsch Tolstoi (1828–1910).

Der starrköpfige, missionarisch eifernde und zuletzt von seinen Jüngern gegängelte Alte von Jasnaja Poljana hat durch Christopher Plummer Filmgestalt angenommen, sein Roman »Anna Karenina« gewinnt in deutscher Neuübersetzung – der ersten seit fast fünfzig Jahren – neue Leser. Die Zeit scheint reif für einen frischen Blick nicht nur auf den Prediger, Moralisten und großen Romanautor Tolstoi, sondern auch auf den höchst produktiven Geschichten-Erzähler.

Dies umso mehr, als Tolstoi nach den beiden Epochenromanen »Krieg und Frieden« und »Anna Karenina« allein den Roman »Auferstehung« (1899) veröffentlicht und sich ansonsten von der Großprosa abgekehrt und kleineren Erzählformaten zugewandt hat – der Novelle, der Parabel, der Erzählung, auch dem moralisierenden Volksmärchen, der frommen Fabel, der erbaulichen Kurzgeschichte. Einige dieser Erzählungen, die in den letzten drei Lebensjahrzehnten Tolstois – nach seiner großen Krise der späten 1870er Jahre – entstanden, gehören zu den besten und nachhaltigsten Werken, die dieser Autor geschaffen hat, nicht zuletzt deshalb, weil sie existentielle und universale Themen aufgreifen, die alle Menschen aller Zeiten berühren, etwa die Frage nach dem Sinn des Lebens angesichts des Todes.

Vladimir Nabokov, der Tolstoi für den bedeutendsten russischen Prosaautor hielt, besteht darauf, den Prediger und den Künstler strikt auseinanderzuhalten und Letzteren gegen Ersteren in Schutz zu nehmen. Tolstoi mag den gewaltigen Künstler, der er war, rücksichtslos einem mittelmäßigen und engstirnigen, wenn auch wohlmeinenden Philosophen geopfert haben, der zu werden er sich entschlossen hatte, schreibt Nabokov; doch sein Schöpferdrang ließ sich nicht im Zaume halten, und die besten Erzählungen seiner letzten Schaffensperiode blieben nach Nabokovs Urteil »vom Moralisieren ganz unberührt«. Mehr noch: »Seine Kunst war so mächtig, so strahlend, so originär und umfassend, dass sie die Predigt spielend überwindet.« Die Triftigkeit dieses Urteils lässt sich nun an dieser Ausgabe von Tolstois schönsten Erzählungen überprüfen.

Mit Ausnahme der frühen Erzählung »Drei Tode« des dreißigjährigen Autors, erschienen 1859, und der 1863 geschriebenen, doch erst 1885 veröffentlichten Pferde-Geschichte »Leinwandmesser« sind alle übrigen Erzählungen dieses Bandes erst nach Tolstois Konversion entstanden. Er hat seine religiösen Skrupel, seine intellektuellen Zweifel und seine Bekehrung in der Selbstgeißelungs- und Bekenntnisschrift »Die Beichte« 1882 publik gemacht. Darin vollzieht er nach langen und qualvollen Gewissenskämpfen den Bruch mit der russisch-orthodoxen Kirche zugunsten eines christlichen Anarchismus und Pazifismus, der sich allein auf Jesus und den Geist der Bergpredigt beruft und einzig in der Hinwendung zum schlichten Glauben des leidensfähigen und schicksalsergebenen einfachen Bauernvolks die Rettung erblickt.

Aus dieser radikalen Umkehr ergibt sich folgerichtig Tolstois Absage an alle Grundwerte und Grundbedingungen seines Lebens bisher. Er sagt sich los vom Schmarotzer-Dasein seiner Standesgenossen, überhaupt von der herrschaftlichen Lebensart in den Stadtpalais und auf den Landsitzen des Adels. Er wettert gegen Luxus und Besitzdenken, verdammt Geld als Übel und Eigentum als Verbrechen, dem man entsagen müsse. Er prangert den Fortschrittsglauben an und brandmarkt die moderne Wissenschaft, allen voran die Medizin. Er schwört dem Familienleben und der Sexualität ab, nennt leibliche Liebe widerlich und gutes Essen unmoralisch, verbauert vorsätzlich in seinem Habitus und predigt ein heiligmäßiges Leben in allumfassender Askese (was er freilich nicht durchhält – Anlass für weitere Selbstgeißelung). Und er verurteilt die literarischen Werke, die er bisher geschrieben hat, und will von Belletristik fortan nichts mehr wissen.

Zwar ist nicht zu übersehen, dass sich seine Bekehrung in unzähligen moralisierenden Werken niederschlägt.

Gleichwohl lässt sich der Schriftsteller Tolstoi auch in seiner zweiten Lebenshälfte keineswegs reduzieren auf Erbauungsliteratur, agitatorische Publizistik und pädagogisch-didaktische Läuterungsschriften. Die Rousseau'-sche Werte-Antinomie Zivilisation/Natur, die seit seinen literarischen Anfängen sein Denken bestimmt, hält ihn allerdings auch weiterhin in Bann. Das verderbte und verlogene Großstadtleben gegen das simple und natürliche Leben auf dem Lande auszuspielen, ist ein immer wiederkehrender Topos in seinem Werk.

Schon früh, in seiner knappen, parabelhaften Erzählung »Drei Tode«, kontrastiert Tolstoi zivilisatorisches und natürliches Verhalten in der Todesstunde am Beispiel einer Gutsherrin und eines einfachen Bauernkutschers, die beide an Lungenschwindsucht sterben. Die verwöhnte Dame macht viel Aufhebens von ihrer Krankheit, betrügt sich die längste Zeit selbst über ihren desolaten Zustand, quält ihre Umgebung mit Anklagen und hektischen Flucht- und Selbstrettungsversuchen, verlangt nach dem milden Klima Italiens oder nach einem Wunderheiler und will sich trotz ihres Christentums mit ihrem nahen Ende nicht abfinden. Fjodor, der kranke Fuhrmann, hingegen liegt in der Kutscherstube einer Poststation auf dem Ofen und wartet still und schicksalsergeben auf seinen Tod, den er als Naturgesetz begreift und dem er sich, ohne sich aufzulehnen, ruhig ergibt. Der dritte Tod trifft einen Baum, der im Wald gefällt wird und majestätisch zu Boden sinkt. »Der Baum stirbt ruhig, aufrecht und schön«, erläutert Tolstoi seine Erzählung in einem Brief aus jener Zeit: »Schön – weil er nicht lügt, sich nicht ziert, nichts fürchtet noch bedauert.«

36 Jahre nach diesem dreiteiligen Gleichnis variiert und

vertieft der inzwischen fast siebzigjährige Tolstoi das Thema des richtigen Sterbens in seiner Erzählung »Herr und Knecht« (erschienen 1895). Als Kontrastfiguren, die hier Zivilisation und Natur zu repräsentieren haben, führt er nun den Kaufmann Brechunow und seinen Fuhrknecht Nikita gemeinsam in eine ultimative Katastrophe, was beider Charakter auf die äußerste Probe stellt. Sogar der nobel zugrunde gehende Baum aus »Drei Tode« findet hier seine Entsprechung: in der Gestalt eines schönen und charaktervollen Schlittenpferdes, dessen Erfrierungstod als ein Muster an stummer kreatürlicher Würde erscheint.

Der Kaufmann Brechunow ist ein liebloser, egozentrischer und unehrlicher Neureicher, getrieben von unersättlicher Profitgier und dem niederträchtigen Impuls, alle Leute, seinen eigenen Knecht inbegriffen, ständig zu übervorteilen. Der Fuhrmann Nikita wirkt wie eine plastisch ausgearbeitete Variante zur Skizze des geduldigen Kutschers Fjodor in »Drei Tode«. Er ist gutmütig, arbeitsam und friedfertig, bescheidet sich mit dem, was ihm gegeben wird, und trägt seinem Herrn die stete Lohnprellerei nicht nach.

Als die beiden mit dem Schlitten in einen apokalyptischen Schneesturm geraten, vom Weg abkommen und sich in der nächtlichen Steppe verirren, sehen sie sich unerwartet mit dem wahrscheinlichen Tod konfrontiert. Der Knecht in seinem dünnen Mantel ergibt sich demütig in sein Schicksal; seinen Herrn hingegen, der eben noch das Pferd ausspannen, den todgeweihten Nikita zurücklassen und sich allein retten wollte, überkommt eine jähe Erleuchtung, ein recht unmotivierter Durchbruch zu selbstloser Nächstenliebe. In seinem Pelz legt er sich im

Schlitten auf seinen Knecht, hält den fast schon Erfrore-
nen warm und am Leben – und erfriert dabei selbst.

Nicht nur dieser jähe Gesinnungswandel eines schalen
und oberflächlichen Menschen angesichts des Todes ver-
bindet die Geschichte »Herr und Knecht« thematisch mit
der zehn Jahre zuvor geschriebenen Meistererzählung
»Der Tod des Iwan Iljitsch« (erschienen 1886). Beide
Male geht es Tolstoi darum, an einem Sterbenden das er-
wachende spirituelle Leben aufzuspüren, während der
leibliche Tod eintritt. Beide Male beschreibt der Autor
die Errettung aus einem schlecht und falsch geführten
Leben im Augenblick des Todes. Beide Todes-Erzählun-
gen sind letztlich Erlösungsgeschichten.

Zu Anfang der Novelle liegt der hohe Gerichtsbeamte
Iwan Iljitsch Golowin, der auf dem Gipfel seiner berufli-
chen Laufbahn mit 45 Jahren unverhofft gestorben ist,
aufgebahrt in seiner standesgemäß geschmacklosen,
überladenen Wohnung. Von seiner Ehefrau und seinen
Kollegen wird der Verstorbene höchst konventionell, also
sehr wenig betrauert. Die Ehefrau Iwan Iljitschs, die seine
Todeskrankheit und sein wochenlanges Sterben als lästi-
ges Ungemach und ungehörige Störung der häuslichen
Ordnung empfand, sorgt sich vor allem um die Höhe der
staatlichen Witwenrente. Und die Kollegen des Toten
spekulieren, während sie Trauer heucheln, einzig über ihre
Karriere- und Nachfolge-Chancen und über die Aussicht auf Posten und Pfründen, die ihnen sein Abgang
eröffnet.

Nach dieser satirisch geschärften Pompe-funèbre-Ein-
leitung, die das Vorteilsdenken und die Gefühlsdürre des
Bürgertums erbarmungslos bloßstellt, schaltet Tolstoi
eine Rückblende ein und trägt das Leben seines Titelhel-

den nach: »Die Lebensgeschichte des Iwan Iljitsch ist sehr einfach und sehr gewöhnlich und doch entsetzlich.«

Es stellt sich heraus, dass der Verblichene ein banales, spießerhaftes und selbstgefälliges Dasein geführt hat, mit dem einzigen, armseligen Ziel gesellschaftlicher Schicklichkeit und Anerkennung um jeden Preis. »Angenehm und in den Grenzen des guten Tons« sollte das Leben nach seiner Ansicht verlaufen – und so verlief es auch, bis Iwan Iljitsch eines Tages plötzlich erkrankte und immer furchtbarere Schmerzen litt. Schließlich mochte er sich von den bombastischen, aber ratlosen Ärzten nicht länger nasführen lassen, sondern musste sich der eigenen Sterblichkeit stellen. Angesichts des nahenden Todes will sich Iwan Iljitsch der Frage nicht länger verschließen, welchen Sinn sein Leben wohl hatte.

Tolstois Antwort ist zugleich schrecklich und tröstlich. Sein Held, dessen Dasein ein lebender Tod gewesen ist, erkennt im Sterben – zu spät – sein sinnlos vergeudetes Leben, begreift aber gerade noch rechtzeitig, wie der Tod spirituell zu überwinden ist. Zwei Menschen stehen ihm bei, während er den Sinn des Lebens erkennt und der Erleuchtung teilhaftig wird: sein Sohn, der kleine Gymnasiast, der ihn aufrichtig liebt und ehrlich betrauert; und sein Diener Gerassim, ein frischer, junger Bauernbursche, der sich seiner ohne Aufhebens erbarmt, mit großer Natürlichkeit und Selbstverständlichkeit sein Martyrium lindert und seinen zerfallenden Körper pflegt.

Es ist offensichtlich, dass Tolstoi ohne die Erfahrung seiner eigenen Sinnkrise und ohne sein Bekehrungserlebnis diese Erzählung vom richtigen und vom falschen Leben so nicht hätte schreiben können, wie er sie geschrieben hat. Und Ähnliches gilt für die kleine

Geschichte »Nach dem Ball«, die 1903, sieben Jahre vor seinem Tod, entstand, doch erst nach seinem Tod veröffentlicht wurde. Sie geht zurück auf ein Erlebnis des jungen Tolstoi, aus seiner Studentenzeit in den 1840er Jahren an der Universität der Provinzstadt Kasan; und sie besteht aus zwei komplementären Episoden, die motivlich raffiniert miteinander verschränkt sind: auf dem Ball und nach dem Ball.

Auf einem Ball am letzten Abend der Karnevalswoche tanzt der adelige Student Iwan Wassiljewitsch mit der reizenden jungen Warenka, der Tochter eines Obersten, in die er schon seit längerer Zeit verliebt ist. In der leidenschaftlichen Tanzbewegung fühlt er seinen eigenen Körper nicht mehr, und auch die Geliebte, die er durch den Ballsaal wirbelt, erscheint ihm ganz unkörperlich. Als danach der Oberst, ein stattlicher und gutaussehender Militär alter Schule, mit seiner Tochter tanzt, wird der zuschauende Iwan Wassiljewitsch von einem Gefühl der gerührten Zuneigung für die ganze Gesellschaft erfasst. Er liebt in diesem Moment nicht nur Warenka auf eine platonisch-idealistische Weise, sondern auch ihren jovialen Vater, und überhaupt möchte er die ganze Welt umarmen.

Am Morgen nach dem Ball – der Karneval ist vorbei, die Fastenzeit beginnt soeben – treibt die Unruhe den Jüngling früh hinaus ins Freie und in die Nähe von Warenkas Haus. Dort locken ihn Trommel- und Flötenklänge zu einem Menschenauflauf. Zwischen zwei Reihen schwarz uniformierter Soldaten sieht er »etwas Entsetzliches« auf sich zukommen. Dieses Entsetzliche entpuppt sich als halbnackter Soldat mit blutig gepeitschtem Rücken, ein tatarischer Deserteur, der Spießruten laufen muss. Dem Zuschauer erscheint dies als eine andere Art von öffentlichem Tanz, allerdings nicht ideal-ätherisch, sondern von schrecklicher Körperlichkeit.

Das Schrecklichste freilich ist die Roheit des kommandierenden Offiziers: Es ist kein anderer als Warenkas Vater, der hier nach frischen Spießruten schreit und einen schwächlichen Soldaten brutal ins Gesicht schlägt, weil der nicht wüst genug auf den wimmernden Delinquenten einprügelt. Als er den entgeisterten Iwan Wassiljewitsch erblickt, tut er, als würde er ihn nicht kennen. Der aber fühlt, wie seine Liebe schwindet – die Zuneigung zu dem Mädchen ebenso wie sein Gefühl innigen Einverstandenseins mit ihrer ganzen Gesellschaft.

Üblicherweise wird »Nach dem Ball« als Kritik des alten Tolstoi an der absolutistischen Zaren-Herrschaft gedeutet, die in seiner Sicht auf Heuchelei, Gewalt und Brutalität beruhte. Doch mindestens so bedeutsam ist das Motiv der plötzlichen Erkenntnis und seelischen Umkehr des Helden, denn es verleiht der kleinen Geschichte ihre spirituellen und christlichen Obertöne. Dann wird man in dem blutig vorgeführten Soldaten eine Ecce-Homo-Gestalt und einen Hinweis auf die österliche Passion Christi erblicken dürfen, das Umkippen vom Karneval zum Kalvarienberg. Und Tolstois rigorose Absage an den Karneval des Lebens, an die Lügenhaftigkeit einer nur scheinbar wohlwollenden Gesellschaft, wird ein weiteres Mal bekräftigt.

Insofern wird man Nabokovs Urteil, Tolstois Spätwerk sei vom Moralisieren ganz unberührt, zwar etwas einschränken müssen; doch das tut der Faszination und Sogkraft dieses Erzählers und einem anderen Kernsatz Nabokovs keinen Abbruch: »Wer Tolstoi liest, liest einfach weiter, weil er nicht mehr aufhören kann.«

BIOGRAPHISCHE NOTIZ

Lew Tolstoi (1828–1910) entstammte einem alten russischen Adelsgeschlecht. Mit zwei Jahren verlor er die Mutter, mit neun Jahren den Vater. Nun Vollwaise, wurde er unter die Vormundschaft der Schwester seines Vaters gestellt. 1844 studierte er in Kasan zunächst orientalische Sprachen, wechselte dann an die juristische Fakultät. Nach Abbruch des Studiums 1847 unternahm er in Jasnaja Poljana, dem Stammgut der Familie, erste erfolglose Versuche, durch Landreformpläne das Leben der 350 geerbten Leibeigenen zu verbessern. Ab 1851 diente er in der Kaukasusarmee, 1854/55 nahm er am Krimkrieg teil, 1856 verließ er das Militär. 1851 veröffentlichte er sein erstes literarisches Werk, »Die Geschichte des gestrigen Tages«. Mit seiner Trilogie »Kindheit, Knabenjahre, Jugendzeit« (1852–1856) erlangte er erste Berühmtheit. 1857 und 1860 unternahm er Reisen nach Westeuropa (Frankreich, Schweiz, Italien, Deutschland, Belgien, England). Nach seiner Heirat mit Sofja Bers 1862 wohnte er in Jasnaja Poljana und Moskau. In diesen Jahren intensivierte er seine Reformvorhaben und richtete Dorfschulen nach Rousseau'schem Vorbild ein. Sein literarisches Schaffen erreichte einen ersten Höhepunkt mit dem Roman »Krieg und Frieden« (1863/69). Ihm folgte 1873/77 »Anna Karenina«. Diese beiden Romane begründeten Tolstois Weltruhm.

In den Jahren 1879–1882 durchlebte Tolstoi eine Sinnkrise, in deren Folge er sein Leben änderte und sich immer mehr von der Lebensweise des Adels entfernte. Er wurde Vegetarier, verzichtete auf Rauchen und Alkohol, kleidete sich wie ein Bauer, arbeitete hin und wieder in der Landwirtschaft mit. Zeugnis davon legt seine »Beichte« ab, die in Russland nicht gedruckt werden durfte, aber in handschriftlicher Form dort weite Verbreitung fand. Die meisten seiner großen Erzählungen entstanden in dieser Zeit, außerdem 1899 der Roman »Auferstehung«. Tolstoi organisierte zusammen mit seiner Frau und seinen Kindern Hilfe für Bauern, die von Missernten und Hungersnöten betroffen waren, stand öffentlich für Gewaltlosigkeit ein, setzte sich gegen die Todesstrafe ein. In religionskritischen Schriften bezog er Position gegen die offizielle russisch-orthodoxe Kirche und ihre Praktiken und entwickelte seine eigene christliche Lehre. Die russisch-orthodoxe Kirche exkommunizierte ihn daraufhin 1901. Ab 1882 stand Tolstoi unter polizeilicher Beobachtung. In seinen letzten Lebensjahren genoss er weltweite Anerkennung als moralische Autorität.

Seine Frau und einige seiner Kinder standen seiner Entwicklung seit 1879 zunehmend kritisch gegenüber, was zu großen familiären Auseinandersetzungen führte. Im November 1910 verließ Tolstoi – alt und krank – heimlich sein Gut. Er starb am 20.11.1910 auf der Bahnstation Astapowo.

ANMERKUNGEN

7 *M. A. Stachowitsch* – Michail Alexandrowitsch Stachowitsch (gest.
   1858), Schriftsteller und Folklorist; bekannt auch als Heineübersetzer. Von ihm stammt das Sujet der Erzählung, das sein Bruder
   A. A. Stachowitsch Tolstoi übermittelte.

14 *Werschok* – altes russisches Längenmaß; 1 Werschok = 4,45 cm.

85 *Robber* – Doppelpartie bei Bridge und Whist.

86 *le phénix de la famille* – (franz.) das Prachtstück der Familie.

88 *respice finem* – (lat.) bedenke das Ende.

   Raskolniki-Bewegung – gegen die offizielle russische Kirche gerichtete Bewegung, die im 17. Jahrhundert entstand und die eine von
   dem Patriarchen Nikon eingeführte Kirchenreform ablehnte. Die
   fanatisch am alten Glauben festhaltenden Raskolniki (Abtrünnige)
   wurden von der herrschenden Staatskirche zu Ketzern erklärt und
   waren oft grausamen Verfolgungen der zaristischen Behörden ausgesetzt. Die Repressionen gegenüber den Altgläubigen und anderen
   religiösen Sekten betrachtete Tolstoi als eine besonders unheilvolle
   Schuld der offiziellen kirchlichen und staatlichen Einrichtungen, und
   er half vielen Anhängern von Sekten bei ihrer Auswanderung.

89 *bon enfant* – (franz.) braver Kerl.

   Il faut que jeunesse se passe – (franz.) Jugend muß sich austoben.

   neue Gerichtsinstitutionen – Im Zuge der durch gesellschaftlichen
   Druck unumgänglich gewordenen Maßnahmen wurde nach Aufhebung der Leibeigenschaft 1861 und anderen Reformen am
   20. November 1864 von der zaristischen Regierung eine neue Strafgesetzgebung verabschiedet. Danach wurden erstmals in Russland
   Geschworenengerichte eingeführt. Tolstoi täuschte sich nie über
   ihren eigentlichen Zweck, die bestehende Ordnung zu festigen, und
   hat ihren Mechanismus vor allem in »Auferstehung« bloßgestellt.

94 *de gaîté de cœur* – (franz.) mutwillig.

100 *Zarin Marija* – Marija Fjodorowna (1759–1828), Frau des russischen Zaren Paul I. (1754–1801) und Mutter Alexanders I. (1777 bis 1825); unter ihrem Protektorat standen eine Reihe wohltätiger Institutionen, die eine gewisse Tradition erlangten.

130 *Syllogismus* – Tolstoi setzt hier durch Iwan Iljitsch den formallogischen Schluß wissenschaftlicher Welterkenntnis insgesamt gleich, um damit das Versagen der Wissenschaft überhaupt zu suggerieren.

Kiesewetter – Johann Gottfried Karl Christian Kiesewetter (1766 bis 1819), deutscher Philosoph, Anhänger Kants; verfasste ein Lehrbuch der Logik, das auch ins Russische übersetzt wurde und besonders an geistlichen Schulen als Lehrbuch diente.

150 *Sarah Bernhardt* – (1844–1923), französische Tragödin; gastierte erfolgreich auch in Rußland. Durch ihr Spiel wurden alte, längst vergessene Stücke neu entdeckt, darunter das hier anschließend erwähnte »Adrienne Lecouvreur« (1849) des Vielschreibers Eugene Scribe (1791–1861).

151 *das Haar à la Capoul* – nach dem französischen, für seine Eleganz bekannten Sänger Joseph Amédée Victor Capoul (1839–1924) benannte Haartracht, die einen Mittelscheitel hat und bei der zwei nach vorn gekämmte Locken in die Stirn fallen.

199 *Pulson* – richtig: Jossif Iwanowitsch Paulson (1825–1898), Pädagoge; stellte ein populäres »Lesebuch« zusammen.

288 *Epitrachilion* – breites, mit sieben Kreuzen besticktes Band, das der Priester in der orthodoxen Kirche bei der Messe trägt; entspricht der römischen Stola.

300 *Zarin Jelisaweta* – Jelisaweta Petrowna (1709–1761), Tochter Peters I., ab 1741 russische Zarin.

301 *Encore!* – (franz.) Weiter!

302 *Alphonse Karr* – (1808–1890), französischer Schriftsteller, Verfasser humoristisch-sentimentaler Romane, die sich in den dreißiger und vierziger Jahren des 19. Jahrhunderts in Rußland großer Beliebtheit erfreuten und auch Tolstoi gut bekannt waren.

Textnachweis

Der Leinwandmesser. Aus: Lew Tolstoi, Der Tod des Iwan Iljitsch, Späte Erzählungen. Gesammelte Werke in zwanzig Bänden, hrsg. von Eberhard Dieckmann und Gerhard Dudek, Band 12. Rütten & Loening, Berlin 1970

Der Tod des Iwan Iljitsch. Aus: Lew Tolstoi, Der Tod des Iwan Iljitsch, Späte Erzählungen. Gesammelte Werke in zwanzig Bänden, hrsg. von Eberhard Dieckmann und Gerhard Dudek, Band 12. Rütten & Loening, Berlin 1970

Herr und Knecht. Aus: Lew Tolstoi, Der Tod des Iwan Iljitsch, Späte Erzählungen. Gesammelte Werke in zwanzig Bänden, hrsg. von Eberhard Dieckmann und Gerhard Dudek, Band 12. Rütten & Loening, Berlin 1970

Drei Tode. Aus: Lew Tolstoi, Polikuschka, Frühe Erzählungen. Gesammelte Werke in zwanzig Bänden, hrsg. von Eberhard Dieckmann und Gerhard Dudek, Band 3. Rütten & Loening, Berlin 1967

Nach dem Ball. Aus: Lew Tolstoi, Hadschi Murat. Gesammelte Werke in zwanzig Bänden, hrsg. von Eberhard Dieckmann und Gerhard Dudek, Band 13. Rütten & Loening, Berlin 1973

Textnachweis

Wie viel Erde braucht der Mensch?. Aus: Lew Tolstoi, Wie viel Erde braucht der Mensch? Volkserzählungen; Legenden und Gleichnisse. Gesammelte Werke in zwanzig Bänden, hrsg. von Eberhard Dieckmann und Gerhard Dudek, Band 9. Rütten & Loening, Berlin 1966

Die Texte wurden für diese Ausgabe behutsam den neuen Rechtschreibregeln angepasst.

LEW TOLSTOI
Krieg und Frieden
Roman
Aus dem Russischen
von H. Röhl
1291 Seiten
ISBN 978-3-7466-2673-4

Über Liebe, Hass und große Gefühle

Die Schicksale der russischen Adelsfamilien Rostow und Bolkonski zu Beginn des 19. Jahrhunderts, des gutmütigen, steinreichen Pierre Besuchow und der intriganten Kuragins, Familienfeiern, Empfänge, Abendgesellschaften, Duelle, Niederkunfts- und Sterbeszenen, Jagden, Reisen, Bälle in Petersburg und Moskau, Theatervorstellungen, weihnachtliche Schlittenfahrten – an all dem lässt Tolstoi seinen Leser Anteil nehmen. Das Leben jedes einzelnen ist eng verwoben mit einem umfassenden, beeindruckenden Geschichtsbild Europas während der napoleonischen Kriege, in dem der Autor die bedeutensten Persönlichkeiten jener Zeit porträtiert.

»Der Homer aus Jasnaja Poljana.« THOMAS MANN

Mehr Informationen erhalten Sie unter www.aufbau-verlag.de
oder in Ihrer Buchhandlung

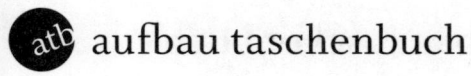

LEW TOLSTOI
Die Kreutzersonate
Ehegeschichten
Herausgegeben von Margit Bräuer
Aus dem Russischen
von Hermann Asemissen
und Dieter Pommerenke
307 Seiten
ISBN 978-3-7466-6126-1

»Zu lieben ist ein Segen, geliebt zu werden Glück.« LEW TOLSTOI

In einem Anfall von Eifersucht ermordet ein Gutsbesitzer seine Frau. Ein glücklich verheirateter Mann kommt nicht los von der Frau, die er vor seiner Ehe liebte. Drei Geschichten von Liebe und Lust, Eifersucht und Enttäuschung, Hass und Mord, kurz von Ehelust und Ehefrust in allen Gefühlsfacetten. Lew Tolstoi hat vieles davon selbst durchlebt und durchlitten.

»Die Kreutzersonate ist eines der Wunder des Zeitalters.«
HEINRICH MANN

»Tolstoi ist einer der größten Psychologen.«
DANIEL KEHLMANN, DER SPIEGEL

Mehr Informationen erhalten Sie unter www.aufbau-verlag.de oder in Ihrer Buchhandlung

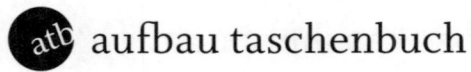

aufbau taschenbuch

LEW TOLSTOI
Anna Karenina
Roman
Aus dem Russischen
von Hermann Asemissen
1227 Seiten
ISBN 978-3-7466-6111-7

Einer der größten Liebesromane der Weltliteratur

Anna, die schöne Frau des hohen Petersburger Beamten Karenin, hat sich leidenschaftlich in den Grafen Wronski verliebt. Sie bekennt sich offen zu ihrer Liebe und verlässt ihren Mann. Aber die vornehme Gesellschaft verzeiht ihr diesen provozierenden Verstoß gegen die Konventionen nicht. Verzweifelt kämpft Anna um ihren Sohn und um ihre Liebe.

»Tolstoi ist einer der größten Psychologen; weil wir seine Figuren nicht wirklich verstehen, begreifen wir sie im Innersten.«
DANIEL KEHLMANN, DER SPIEGEL

Mehr Informationen erhalten Sie unter www.aufbau-verlag.de
oder in Ihrer Buchhandlung

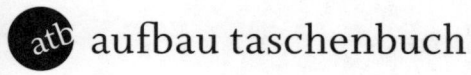 aufbau taschenbuch

ALEXANDER GOLDENWEISER
Entlasse mich aus deinem Herzen
Tolstois letztes Jahr
Aus dem Russischen von Alfred Frank
500 Seiten. Leinen
ISBN 978-3-351-03311-8

Von inneren Kämpfen, äußeren Konflikten, Flucht und Tod

In Lew Tolstois letzten fünfzehn Lebensjahren ritt Alexander Goldenweiser fast täglich nach Jasnaja Poljana, dem Gut der Tolstois. Viele Stunden hat er an der Seite des weltberühmten Schriftstellers verbracht. Er wurde ein intimer Zeuge von Tolstois inneren Kämpfen, Zeuge auch der sich zuspitzenden Konflikte zwischen Tolstoi und dessen Frau Sofja Andrejewna um Tolstois Tagebücher und die Rechte an seinen Werken – ein Streit, der die ganze Familie spaltete und den 82-jährigen Tolstoi schließlich von seinem Gut fliehen ließ.

In diesem Band erscheinen Goldenweisers detailreiche Tagebuchaufzeichnungen aus dem Jahr 1910, Tolstois letztem Lebensjahr, erstmals vollständig in deutscher Sprache.

Mehr Informationen erhalten Sie unter www.aufbau-verlag.de
oder in Ihrer Buchhandlung

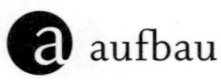

MARK TWAIN
Die schönsten Erzählungen
Mit einem Vorwort
von Dr. Alexander Pechmann
316 Seiten. Leinen
ISBN 978-3-351-03304-0

Voller Humor, Selbstironie und Menschenkenntnis

Ein Fremder wird von den Bürgern einer Stadt beleidigt und ersinnt einen genialen Racheplan, der niemanden unbehelligt lässt. Eine Wette bringt einem Verarmten unversehens eine Million-Pfund-Note ein – ohne das Geld anzurühren, steigt er in kürzester Zeit zu einem reichen und angesehenen Mitglied der Gesellschaft auf. Ein subtil gesponnenes Intrigennetz stürzt eine friedliche Insel in ein Chaos aus Neid und Missgunst. – Mark Twains Geschichten beginnen stets im Alltäglichen. Doch am Ende ist nichts mehr, wie es war. Twains Beobachtungen haben Menschenkenntnis und einen fein geeichten Realitätssinn, seine Wahrheiten über die menschlichen Schwächen sind manchmal bitter. Moralisch, ohne jemals den Zeigefinger zu heben, sind diese temperamentvollen Geschichten dennoch mit einer unvergleichlichen Ironie, mit Humor und Wärme erzählt. Der Schöpfer von Tom Sawyer und Huckleberry Finn, wie er noch – oder wieder – zu entdecken ist.

Mehr Informationen erhalten Sie unter www.aufbau-verlag.de oder in Ihrer Buchhandlung

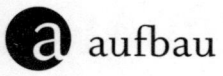